KB082052

책벌레의 하극상

사서가 되기 위해서라면 뭐든지 할 수 있어

제 5 부 여신의 화신 V

카즈키 미야
miya kazuki

길찾기

등장인물

4부 줄거리

귀족원에서 로제마인은 최우수인 동시에 문제아. 축복으로 마술구의 주인이 되기도 하고 대영주와 디터를 하고, 왕족에게 사랑에 대해 조언을 하고, 검은 마물을 쓰러트리고, 채집 장소를 치유하고…… 그러던 중에 페르디난드의 출생 비밀을 알고 있는 중앙 기사단장의 진언 때문에, 페르디난드에게 결혼하라는 왕명이 내려왔다. 그 명령을 받고, 페르디난 드는 아렌스바흐로 떠났다.

로제마인
주인공. 조금 성장해서 외모는 9세 정도. 정신은 딱히 달라지지 않았다. 귀족원에서도 책을 읽기 위해서라면 수단을 가리지 않는다. 귀족원 3학년생.

에렌페스트 영주 일족

질베스타
로제마인을 양녀로 삼은 에렌 페스트 영주이자 로제마인의 양아버지.

플로렌치아
질베스타의 아내이자 세 아이의 어머니. 로제마인 의 양어머니.

빌프리트
질베스타의 아들. 로제마 인의 오빠이자 귀족원 3 학년생.

샤를로테
질베스타의 딸. 로제마인 의 여동생이고 귀족원 2 학년생.

멜키오르
질베스타의 아들. 로제마인의 남동생.

보니파티우스
질베스타의 숙부. 칼스테드의 아버지. 로제마인의 할아버지.

페르디난드
에렌페스트 영주 일족. 왕명을 받고 아렌스 바흐로 갔다.

오틸리에
로제마인의 수석 시종.
하르트무트의 어머니.

리젤레타
중급 시종. 안게리카의
동생.

그레티아
중급 견습 시종. 4학년
생. 이름을 바쳤다.

하르트무트
상급 문관이자 신관장.
오틸리에의 아들.

클라리사
상급 문관. 하르트무트
의 약혼자.

로데리히
중급 견습 문관. 3학년
생. 이름을 바쳤다.

필린느
하급 견습 문관. 3학
년생.

코르넬리우스
상급 호위기사. 칼스테
드의 아들.

레오노레
상급 호위기사. 코르넬
리우스의 약혼자.

안게리카
중급 호위기사. 리젤레
타의 언니.

마티아스
중급 견습 기사. 5학년
생. 이름을 바쳤다.

라우렌츠
중급 견습 기사. 4학년
생. 이름을 바쳤다.

유디트
중급 견습 호위기사. 4
학년생.

다무엘
하급 호위기사.

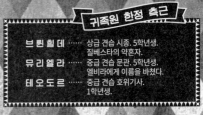

브륀힐데 …… 상급 견습 시종. 5학년생.
질베스타의 약혼자.

뮤리엘라 …… 중급 견습 문관. 5학년생.
엘비라에게 이름을 바쳤다.

테오도르 …… 중급 견습 호위기사.
1학년생.

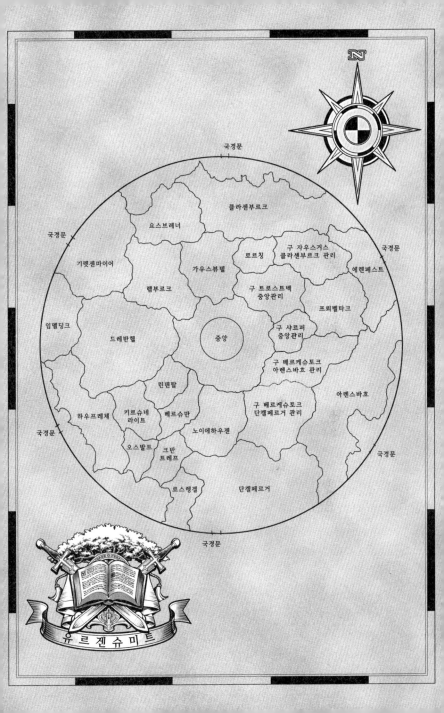

제5부 **여신의 화신 V**

일러스트 시이나 유우 **지도제작** 후지시로 요 **번역** 김정규

디자인 백진화 **편집** 정성학 김일철 **교정** 김보람 **마케팅** 이수빈

제 5 부

여신의 화신 V

프롤로그

창을 통해 들어오는 봄 햇볕이 따뜻하다. 나무들의 녹색이 짙어지고, 꽃들이 밝은 색채를 곁들이고 있다. 산책이라도 하면서 느긋하게 지낼 수 있다면 최고의 계절이지만, 잘 손질된 성의 안뜰에는 사람이 거의 보이지 않는다. 영주 회의가 다가오고 있는 성은 부산스러워서, 회랑을 걸어가는 게 아니라 정원을 가로지르는 사람은 있어도 자연을 바라보면서 느긋하게 지내는 사람은 없었다.

보니파티우스도 계절의 변화를 즐길 여유 따위는 없었다. 색색으로 물들어 가는 정원은 영주 회의가 다가오고 있다는 초조함만 자극할 뿐이다. 짜증 나는 태도를 겉으로 드러내지 않도록 조심하며 다과회실로 걸음을 옮겼다.

질베스타와 이야기해야 할 일이 있으니 시종에게 시간을 잡아 달라 했고, 겨우 잡은 시간이 점심시간이다. 영주 집무실 옆에 있는 휴게실로 점심 식사를 가져가고 있다는 말을 들어 보면 얼마나 힘든 상황인지 짐작할 수 있다.

"음, 리카르다인가……."

휴게실에서는 리카르다가 식사를 준비하고 있었다. 그러고 보니 리카르다는 다시 질베스타의 시종으로 돌아갔었다. 그녀는 영주의 명령에 따라 주인이 바뀌는 시종이다. 바로 시종을 준비하지 못하는 귀찮은 입장인 영주 일족을 섬기는 경우가 많다.

영주 일족인 그레트헨의 시종 교육을 마친 직후, 전전대 영주의 명령으로 아렌스바흐에서 시집온 가브리엘레를 섬겼고, 그 뒤에는 라이제강계 귀족이 꺼리던 베로니카를 섬겼다.

또한 칼스테드가 세례식을 치른 뒤에 영주 후보생으로서 성에 들어온다면 교육 담당이 필요하다고 보니파티우스가 의뢰한 결과, 선대 영주인 아델베르트의 명령을 받아 그의 저택으로 파견된 적도 있다.

칼스테드가 세례식을 치른 뒤에는 '신뢰할 수 있는 교육 담당으로서 리카르다를 게오르기네에게'라는 베로니카의 소원을 받아들여 게오르기네의 수석 시종이 됐다. 그 뒤에 차기 영주가 될 남자아이가 태어나자 리카르다는 질베스타의 유모가 됐다.

최근에는 신전에서 자란 로제마인을 위해 질베스타가 리카르다를 수석 시종으로 지명했다. 신전에서 자란 탓에 측근을 마련하지 못했다는 이유도 틀린 것은 아니지만, 로제마인이 친족들과 교류하는 것을 막기 위한 인선이 아닐까, 최근에 보니파티우스는 그렇게 생각하고 있다.

"잘 오셨습니다. 질베스타 님은 집무가 조금 길어지는 것 같습니다. 조금 전에 올도난츠가 왔으니 이제 곧 도착하시겠죠."

보니파티우스가 리카르다의 안내를 따라 자리에 앉자 동행한 시종이 식사 시중 준비를 위해 움직이기 시작했다.

"자업자득이기는 하지만, 질베스타가 많이 바쁜 것 같군."

"예, 지금까지 본 것 중에서 가장 열심히 일하고 계십니다. 조금 봐주시면 안 되겠습니까."

"나는 페르디난드처럼 어설픈 인간이 아니야. 영주가 영주의 일을 하는 것은 당연한 일이 아닌가."

질베스타의 집무 상황이 작년과 전혀 다른 것은 숙청 때문에 측근이 줄어든 탓만은 아니다. 페르디난드가 성에서 맡았던 집무를 보니파티우스와 빌프리트가 분담하기로 했던 때에 원래 영주가 해야 할 일들은 전부 질베스타한테 되돌려줬기 때문이다.

"아무리 그래도 측근이 격감해서 영주 회의 준비를 하느라 힘들 때 그러실 필요는 없었을 텐데 말이죠⋯⋯."

"원래는 빌프리트의 차기 영주 교육도 영주가 해야 할 일이다. 로제마인이 확실하게 거절했으니, 그것까지 전부 돌려줄 수도 있다만?"

보니파티우스는 아버지, 동생, 조카까지 세 명의 영주를 보좌해 왔다. 질베스타가 영주로 취임하고 3년 정도 지났을 무렵, 베로니카와 그 측근을 은퇴시키고 싶다는 상담을 받고는 일정 나이 이상인 사람은 은퇴하도록 손을 썼다. 그 자신도 베로니카도 마력 공급 이외의 일에서는 물러난 것이다.

그런데, 지금 보니파티우스는 은퇴했다는 말이 전혀 어울리지 않을 정도로 훈련장에 드나들면서 기사들을 교육하고, 집무를 돕고는 한다. 그것은 귀여운 손녀에게 조금이나마 멋진 모습을 보여주고 싶다는 생각 때문이고, 손녀와 교류를 갖기 위해서다.

로제마인이 라이제강계 귀족의 지지를 받아서 차기 영주가 된다면, 차기 영주 교육이라는 구실로 지금보다 훨씬 많은 시간을 보낼 수 있을지도 모른다는 꿍꿍이도 있었다. 하지만 그것은 로제마인 자신이 '오히려, 신전에 있게 해줬으면 싶다'고 딱 잘라서 거절했기에 포기했다. 귀여운 손녀와의 교류는 간단치가 않았다.

"어머나, 차기 영주 교육은 보니파티우스 님 일이 아니던가요. 그런 약속으로 차기 영주 후보에서 벗어나시지 않았습니까."

"⋯⋯대체 언제 적 이야기인가."

"아무리 오래된 일이라 해도, 약속은 약속입니다."

깔깔 웃는 리카르다를 보며 보니파티우스는 자기도 모르게 얼굴을 찌푸렸다. 옛날 일을 잘 알고 있는 리카르다는 정말 상대하기 힘들다.

리카르다가 말한 것처럼, 보니파티우스는 전전대 영주인 아버지와 약속했었다. 차기 영주 후보생에서 빠지게 되지만, 다음 세대에 지식을 전하는 차기 영주 교육 일을 맡도록 하겠다고. 몸이 그다지 강하지 않은 동생 아델베르트를 차기 영주로 삼기 위해서는 만약 동생이 일찍 세상을 떠나더라도 그 자식에게 차기 영주로서의 교육을 해 줄 수 있는 사람이 필요했기 때문이다.

"그래서 일단은 은퇴한 몸인데도 불구하고 이렇게 집무를 돕고, 빌프리트의 차기 영주 교육까지 맡았잖나. 몸이 약했던 아델베르트와 달리 질베스타는 스스로 차기 영주 교육을 할 수 있는데도……. 그랬다면 나는 유유자적하게 손녀나 귀여워하면서 사는 영감이 됐을 텐데."

"어머나, 힘 조절도 못 하시는 보니파티우스 님은 손녀나 귀여워하는 할아버지가 되실 수 없을 텐데요."

정말 화가 나는 것은, 주위 사람들이 '함부로 다가가면 로제마인이 죽는다!'고 경계하면서 로제마인에게 가까이 가지 못하게 한다는 점이다.

……솔직히, 내가 약간 흥분한 상태에서 로제마인을 즐겁게 해주려고 높이 던졌더니 천장에 격돌할 뻔했던 일은 조금 위험했다고 생각한다…….

그 일 이후로 보니파티우스는 기꺼이 훈련을 받는 다른 손주들과 로제마인은 전혀 다른 존재라고 마음속에 깊이 새겨 뒀다.

"즐거워 보이는데, 두 사람."

질베스타가 측근들을 거느리고 들어와 식사 시중을 맡은 리카르다와 호위 기사 칼스테드만 남기고 나머지 사람들에게는 "오후에도 바쁠 테니까. 그대들도 점심을 들고 오도록"이라는 말로 물러나게 했다.

동시에 보니파티우스의 시종과 리카르다가 식사 시중을 시작했다. 두 사람 앞에 모양을 내서 자른 채소 접시가 놓였다. 시중을 맡은 시종이 보니파티우스가 거의 들어 보지 못한 말을 줄줄 늘어놓았다.

……스자르와 라니에의 아삭아삭 샐러드?

또 새로운 요리인 것 같다. 로제마인이 데려온 요리사 덕분에 성의 요리가 크게 달라졌다. 질베스타가 한 입 먹기를 기다렸다가 보니파티우스도 시큼한 맛이 나는 채소에 손을 댔다.

……저 채소를 싫어하는 질베스타가 채소를 먹게 됐다니. 내 손녀의 요리는 정말 최고로구나.

마음속에서 로제마인을 엄청나게 칭찬하면서 약간 쓴맛이 나는 탓에 어린아이들이 싫어하는 채소를 씹었다. 질베스타도 맛있게 먹을 수 있도록 궁리했다는 걸 알 수 있었다.

"그래서, 대체 무슨 일이지? 무슨 걱정거리라도 있나?"

식사를 들면서 자기를 부른 이유를 묻는 질베스타의 얼굴에는 피곤한 기색이 짙었다. 마음고생을 더 늘리게 될 뿐이라는 걸 알고는 있지만, 영주가 인식하지 못하는 것도 문제다. 보니파티우스는 입을 열었다.

"어딜 봐도 걱정거리투성이가 아닌가. 먼저 빌프리트한테 태도를 바꾸게 해라. 그런 태도가 계속된다면 나는 더 이상 돌봐 줄 수 없다."

질베스타의 눈이 휘둥그레지면서 깜짝 놀랐고, 리카르다도 당황하며 말했다.

"보니파티우스 님, 그 발언은 농담으로 넘어갈 수 없는 것입니다."

차기 영주 교육을 맡는 보니파티우스가 '더 이상 돌봐 줄 수 없다'라는 말을 던진 것은 빌프리트가 차기 영주에 걸맞지 않다고 판단했다는 것과 같은 의미가 된다. 그 말이 얼마나 무거운 것인지 당연히 보니파티우스 자신도 알고 있다.

"그런 태도…… 라면? 빌프리트 본인이 불만을 호소한 적이 있기는 했지만, 그건 기원식 전에 있었던 일인데. 일단 수긍했었는데, 또 무슨 문제가 있었나?"

"……빌프리트의 측근들에게서도 아무런 보고가 없었나?"

"기원식에서 빌프리트가 라이제강계 기베들한테 험한 취급을 당했으니까 기베들한테 조금 주의를 주라는 요망이 있기는 했지. 자세히 물었더니 은근히 무례하게 대하기는 했어도 딱히 험하게 취급한 건 아니었다고 기억하고 있다만."

측근들이 영주에게 보고하기는 한 것 같다. 하지만 그것은 기원식 중에 있었던 라이제강계 귀족에 대한 일이고, 기원식 이후에 달라진 빌프리트의 태도 문제에 대한 보고가 아니다.

"숙청을 계기로 구 베로니카 파벌을 완전히 쓸어버리겠다고 생각하는 귀족들도 있는 곳에 돌격한 것이 아닌가. 과격파를 억누르려던 기베였다면 상황을 똑바로 보라고 빈정대는 말 정도는 해 주고 싶겠지. 어째서 빌프리트를 보냈지?"

"차기 영주로서 자각을 갖게 하기 위해서라도 자신의 선택에 책임을 지는 경험이 필요하다고 플로렌치아가 말했기 때문이지."

영주가 되면 자신의 선택에 따라 영지를 둘러싼 상황이 크게 달라진다. 그 선택에 대한 책임을 져야만 한다. 영주가 되기 전에 그런 일을 경험할 필요가 있고. 자기 안에서 조금이라도 더 옳다고 생각되는 선택을 하기 위해서는 정보 수집이 중요하다. 어떤 정보를 믿을지, 주어진 정보가 옳은 것인지, 선택은 그 시점부터 시작된다.

"기원식은 수확량을 늘리기 위해 필수인 작은 성배를 전달하는 제사고, 제사의 책임자는 로제마인이다. 라이제강계 귀족이 빌프리트를 싫어하기는 해도 경솔한 짓을 벌이지는 않아. 아무리 말로 떠들어 봤자 직접 겪어 보지 못하면 알 수 없는 라이제강계 귀족들의 분노와 원한을 비교적 안전한 형태로 실감하고, 정보 수집의 중요성과 선택의 책임에 대해 생각하게 될 기회가 될 거라고……."

그랬나, 라고 생각하며, 보니파티우스는 팔짱을 끼었다. 분명 차기 영주라면 그런 경험이 필요하겠지.

"허나, 빌프리트한테는 너무 무거웠던 것 같다. 기원식에 다녀온 뒤로 집무 태도가 나빠졌고, 주의를 준 뒤로 닷새가 지나도록 개선되질 않았다."

"겨우 닷새 아닙니까. 좀 더 지켜봐 주세요. 누구나 실패하는 법입니다. 아무리 그래도 더는 돌봐 줄 수 없다고 할 정도는 아니잖습니까."

현재의 집무 상황을 본 적 없는 리카르다는 '겨우 닷새'라는 말로 빌프리트를 감쌌지만, 매일 그 꼴을 보고 있는 보니파티우스의 측근들에게는 '벌써 닷새'다.

"실패 자체가 문제가 아니야. 차기 영주가 집무를 내던지고 반항적인 감정을 태도로 드러내는 것이 문제다. 적대 귀족에게 약점을 드러내는 짓이라니, 미숙한 것도 정도가 있지. 그놈이 지금 대체 몇 살이나 됐지?"

귀족원 3학년을 마쳤으면서, 세례식 직후의 어린아이라도 혼날 것 같은 언동을 보이고 있다. 다른 영지의 귀족 앞에서도 그런 태도를 보이는 건 아닌지 걱정이 되고, 이렇게 감정적인 녀석에게 영지의 장래를 맡기는 것도 불안하다.

"영주 회의를 앞두고 다들 바쁜 상황이다. 솔선해서 움직여야 하는 것은 숙청을 벌인 영주 일족이고. 그런데, 차기 영주가 집무 중에 다른 데 정신을 팔고, 주의를 줬더니 반항적인 태도를 보이다니, 대체 무슨 생각인가? 주위에서 빌프리트를 보는 눈이 점점 엄격해지는 가운데 그런 불성실한 태도를 계속 보인다면, 순식간에 공격당할 여지를 준다. 그런 것도 모르는 건가?"

주위에 대한 인상을 생각하면, 보니파티우스도 사람들의 이목이 있는 곳에서는 엄하게 혼낼 수가 없다. 로제마인이 차기 영주가 되기를 바라는 귀족들이 있는 자리에서 빌프리트가 차기 영주에 걸맞지 않은 모습을 보이게 해서는 안 된다고 생각하고 있다.

하지만 주의를 받은 빌프리트는 '보니파티우스 님은 로제마인이 차기 영주가 되기를 바라시니까 엄하게 말한다'라면서 단단히 토라졌다. 손녀를 지지하던 그의 충고는 받아들이기 힘들 것 같기도 해서 램프레히트에게 주의를 주도록 했는데, 닷새가 지나도록 변화가 없다.

"빌프리트는 귀족원에서 우수생인 데다가 상위 영지의 영주 후보생과도 어깨를 나란히 했다고 자랑하는데, 공부를 잘한다 해도 차기 영주로서 걸맞은 언동이 따르지 않으면 아무 의미가 없다."

"그러고 보니, 언제였던가…… 플로렌치아도 그런 걱정을 했었지. 노력해서 성적만은 올라갔지만, 나머지 부분이 불안하다고……."

질베스타가 플로렌치아와의 대화를 떠올리는 듯한 이야기를 하며 시종이 가져다준 수프를 먹었다. 아내의 의견을 진지하게 받아들이는 사람처럼은 보이지 않는 질베스타의 말투에 보니파티우스는 자기도 모르게 얼굴을 찌푸렸다.

"빌프리트한테만 뭐라 할 게 아니라, 너도 다른 사람의 의견을 진지하게 받아들여야 하지 않겠나? 그런 충고를 했는데도 그냥 흘려 넘겼다는 것이냐?"

"안 들은 건 아니야. 실제로 플로렌치아의 의견을 듣고서 오즈발트가 빌프리트의 교육 담당으로 부적격하다는 생각에 해임했고, 숙청 때문에 생활이 달라진 빌프리트의 불만도 들어주고 있어."

오즈발트는 베로니카의 방식을 답습했었다. 빌프리트가 로제마인과 약혼하면서 차기 영주로 결정된 뒤로 그런 행동이 더 심해졌다는 것 같다.

"오즈발트는 일도 열심히 했고 주인에 대한 충성심도 있었지. 하지만 일하는 방식이나 충성심을 표현하는 방법이 어머니 시대부터 달라지질 않았어. 예전에는 우수하다고 칭찬받았던 자질이지만, 그게 지금 시대에는 맞지 않는다는 걸 알아차리지 못했지. ……아니, 알아차렸으면서도 바꾸지 못했거나 바꾸고 싶어 하지 않은 건가……. 그래서 해임인지 사임인지, 본인한테 선택하라고 했지."

보니파티우스는 오즈발트의 사임을 숙청의 영향이라고 들었는데, 실제로는 교육 방침 차이에 따른 해임이었던 것 같다.

"수석 시종이 바뀌면 조금이나마 괜찮아지면 좋겠지만, 빌프리트의 측근들은 기본적으로 너무 무르다. 램프레히트 녀석은 아예 로제마인과 비교하지 말라는 소리를 하더군."

"……처음부터 비교하지 말라고 말씀하신 건 공주님이랍니다. 본인과 비교하면 빌프리트 도련님이 못 견딜 거라고……."

발표회 전에 교육이 늦어진 것을 만회하기 위해 일치단결했던 때, 로제마인이 교사와 측근들에게 그렇게 지시했다고 리카르다가 말했다. 집무 중에 징그러울 정도로 비교했던 자신의 언동을 돌아보며 보니파티우스는 잠시 생각했다.

"그 이야기는 처음 듣는군. 그런데, 리카르다. 그건 세례식에서 발표회 무렵 이야기가 아니었나? 대체 언제까지 유효한 이야기인가? 귀족원에 들어가면 싫어도 비교당하게 된다. 벌써 3학년도 마쳤는데, 아직도 측근들이 그런 소리를 하는 것에 대해서는 어떻게 생각하나?"

"공주님이 언제까지로 생각하고 말씀하셨는지는 저도 모릅니다. 하지만, 그런 사정은 더는 다른 귀족들에게는 통하지 않겠죠."

사정이 통하는 것은 북쪽 별채에 틀어박혀 교육받는 어린 시절뿐이다. 귀족원에 가게 되면 다른 영지의 영주 후보생과 비교당하고, 성에서 집무를 돕기 시작하면 어쩔 수 없이 성과가 눈에 보이게 된다. 성장하면 차기 영주 선택 때문에 같은 영지의 영주 후보생과 비교당하게 된다. 원래 그런 법이다.

"빌프리트에게 개선할 생각이 없다면 차기 영주 자리에서 내려오게 해라."

"……그때는 동시에 로제마인과 맺은 양자 결연도 해제하겠어."

눈을 부릅뜨고 노려보는 것처럼 바라보는 질베스타의 짙은 녹색 눈동자를 통해 진심이라는 것을 느낀 보니파티우스는 천천히 한숨을 쉬었다.

라이제강계 귀족의 꿍꿍이에 휘둘리던 때에 보니파티우스는 로제마인을 양녀로 삼은 이유에 대해 말해 달라는 질문을 받았다. 그리고 그 질문에 대해 신전에 파고든 상급 귀족의 횡포로부터 구하기 위해, 베로니카 때문에 인생이 망가지는 피해자를 더 늘리지 않기 위해, 그리고 흔들리는 영지를 바로잡기 위해, 로제마인이 고안하던 인쇄업을 새로운 산업으로 삼기 위해서라고 대답했다.

아무리 우수하다 해도 플로렌치아의 친자식도 아닌 로제마인을 차기 영주로 삼을 생각은 없다. 자기 손녀를 차기 영주로 삼고 싶었다면 보니파티우스 본인부터 귀찮은 일에서 도망치지 말고 아우브가 됐어야 했다고 질베스타가 대답했던 일이 생각났다.

"플로렌치아는 좀 어떠냐?"

빌프리트의 언동이 차기 영주답지 못하다고 생각하기는 하지만, 차기 영주 자리에서 끌어내리라는 이야기를 계속해도 평행선만 그을 뿐이다. 그래서 보니파티우스는 다른 이야기를 꺼냈다. 질베스타도 표정이 약간 풀어지면서 새로운 이야기에 응했다.

"……입덧은 괜찮아진 것 같은데, 애들 눈치를 보느라 심적으로 편하게 쉬지를 못하고 있는 것 같아. 몸이 안 좋은데도 일을 하려고 들어서 측근들이 걱정하고 있지."

"영주 회의 준비는 가능한 다른 이들에게 맡기고, 플로렌치아는 확인만 잘하면 되겠지. 다른 집무는 어느 정도 샤를로테에게 맡기면 되고. 그 아이는 의욕이 있고, 금세 배우니까."

플로렌치아의 몸 상태가 좋지 않을 때, 샤를로테는 질문거리가 있으면 보니파티우스와 빌프리트가 일하는 집무실로 찾아왔었다. 그때 주고받은 이야기를 통해 샤를로테가 어머니를 돕기 위해 열심히 노력하고 있다는 것이 느껴졌다. 샤를로테는 브륀힐데와 연계하며 영주 회의가 아니라 영지 내부와의 연락과 사교를 담당한다고 들었다.

"샤를로테도 열심히 해 주고 있고, 올해는 플로렌치아 대신 브륀힐데와 클라리사가 영주 회의 준비를 위해 열심히 일하고 있지. 플로렌치아를 너무 힘들게 하지 않고 영주 회의를 맞이할 수 있게 돼서 나도 조금 안심하고 있다."

질베스타는 안도했다는 것처럼 살짝 미소를 지었지만, 보니파티우스는 떨떠름한 표정으로 고개를 끄덕였다. '귀족원의 영지 대항전 준비도 해 봐서 익숙합니다'라고 말하면서 열심히 지휘하는 브륀힐데가 믿음직하다는 데는 동의하고, 임신 중인 플로렌치아의 몸 상태를 걱정할 여유가 생긴 덕분에 안도하기도 했다. 하지만 그래서 더 문제라는 것을 질베스타는 알아차리지 못했다.

"브륀힐데는 제2 부인으로서 약혼했다. 하지만, 아직 귀족들 사이에서는 브륀힐데도 리카르다도 로제마인의 측근이라는 인상이 강하다. 게다가 클라리사와 필린느가 레베레히트 밑에서 일하고 있고. 그래서 로제마인이 영주 회의에 깊이 관여하는 것처럼 보인다."

"왕족의 요청으로 성결식과 책 필사를 할 거야. 깊이 관여하고 있는 건 사실이지."

속 편한 소리를 하는 조카의 머리를 쥐어박고 싶은 사람이 보니파티우스 혼자만은 아닐 것이다.

"그런 의미가 아니다. 너는 점심 식사하러 식당에 갈 여유도 없고, 플로렌치아는 임신 중인데 제대로 쉬지도 못하고, 브륀힐데와 샤를로테가 힘을 합쳐 제1 부인을 돕고 있다. 로제마인은 성에 없는데도 그 측근들이 노력하는 탓에 영주 회의와 관련된 듯한 인상이 너무 강해. 멜키오르는 신전에서 인수인계를 하겠다고 선언했다. 그런 와중에 기원식에서 받은 취급에 대해 불만이나 늘어놓으면서 집무실에서 보란 듯이 풀 죽어 있는 빌프리트가 집무실에 찾아오는 다른 귀족들한테 어떻게 보일지 생각해 보라는 말이다!"

질베스타가 입을 다물어 버렸다. 빌프리트가 라이제강계 귀족들에게 어떤 취급을 받았는지, 상처를 얼마나 받았는지 따위는 귀족들에겐 아무 상관이 없다. 그들이 보는 것은 빌프리트의 언동과 성과가 차기 영주로서 적합한지 아닌지 뿐이다.

"······빌프리트를 이대로 차기 영주로 삼을지 말지는 최종적으로는 네가 정할 일이다. 나는 더는 아무 말도 하지 않겠다. 허나, 차기 영주 교육은 일단 중지한다. 주어진 집무도 마치지 못한 지금 이 상황에서 서둘러서 할 일이 아니다. 영주 일족으로서 집무를 수행하는 쪽이 더 중요하니까."

"알았다. 빌프리트한테는 나도 주의를 주도록 하지."

영주인 아버지가 주의를 준다면 빌프리트도 조금이나마 말을 듣겠지. 보니파티우스는 그렇게 생각했다. 현안사항 중 하나가 질베스타에게 잘 전해진 것 같아서 안도하고 자기 앞에 놓인 고기를 봤다. 겉이 바삭하게 구워진 모습을 보면 새고기 같기는 한데, 무슨 고기인지 잘 모르겠다.

"이쪽은 로제마인 님이 고안하신 파르바의 바삭바삭 걸쭉걸쭉 구이라고 합니다."

시종의 대답을 들은 보니파티우스는 "그런가"라고 대답하며 고개를 끄덕여 보였다. 파르바는 알고 있는 새인데, 뒤쪽의 바삭바삭 걸쭉걸쭉은 무슨 의미인지를 모르겠다. 로제마인이 고안한 음식은 같은 말을 반복하는 이상한 이름이 많다. 조미료인지, 요리 공정인지, 무슨 의미인지 물어본 적이 있는데, 요리사도 잘 모르겠다는 것 같다. 그래서 그냥 로제마인의 독특한 작명 방법이라고 생각하고 있다.

……이름이 이상해도 맛은 있으니, 내 손녀는 정말 훌륭하구나.

"질베스타, 그쪽에도 로제마인의 소문은 들어오고 있나? 이상한 소문이 돌고 있는 것 같은데……."

"이상한 소문? 무슨 일이 있었나?"

전혀 짐작도 못 하겠다는 얼굴로 질베스타는 시중을 들고 있는 리카르다 쪽을 봤다. 리카르다도 칼스테드도 못 들어 봤는지, 모르겠다는 얼굴이다.

"로제마인이 페르디난드를 연모해서 약혼자인 빌프리트를 업신여기고 있다는 소문이 구 베로니카 파벌 사이에서 돌고 있다는 것 같다. 영지 대항전 날 밤에 기숙사 다과회실에서 만났던 때에는 사람들 앞인데도 거리낌 없이 살을 맞댔다고……."

에렌페스트에 남아 있던 자신과 달리, 현장에 있던 질베스타와 리카르다라면 뭔가 알아차린 것이 있을 것이다. 보니파티우스가 그런 생각을 하며 두 사람을 번갈아 봤더니 둘은 눈이 휘둥그레졌다.

"영지 대항전 날 밤?! 아니, 난 모르는데……. 리카르다, 그대는 로제마인과 있었지? 뭔가 본 것 없나?"

"저는 그날 계속 공주님 곁에 있었습니다만, 딱히 그런 소문이 날 일은 없었습니다. 무슨 일이 있었다면 보고를 드렸겠죠. ……굳이 따지자면, 건강 검진이려나요? 살이 닿았다면 닿았습니다만, 지금까지 그랬던 것처럼 딱히 이상하지 않은 일이었습니다. 오즈발트인가요? 공주님에 대해 상당한 악의가 느껴지는 소문이군요."

리카르다가 불쾌하다는 것처럼 눈살을 찌푸리면서 볼에 손을 얹었다. 보니파티우스는 리카르다가 소문의 근원을 간단히 특정했다는 사실에 놀라서 눈을 깜박였다.

"어째서 오즈발트라고 한번에 짚었지?"

"질베스타 님도 학생 측근들도 식사를 하러 식당으로 간 뒤였습니다. 그 자리에 있던 사람은 손님인 페르디난드 님 일행, 접객을 맡은 공주님과 도련님, 그리고 시중을 맡은 저와 오즈발트뿐이었지요."

리카르다의 설명을 듣자 그 자리에 있던 사람 모두가 '그렇구나'하고 수긍했다. 그 상황에서 구 베로니카 파벌 사이에 소문이 퍼졌다면 빌프리트나 오즈발트가 퍼트렸겠지. 페르디난드나 로제마인이 흘릴 소문은 아니다.

"오즈발트가 한몫을 했을 가능성이 크다. 하지만, 오즈발트라고 단정하는 건 너무 성급한 일이다. 로제마인이 페르디난드와 다시 만나서 기뻐했다는 이야기를 조금 전해 들은 다른 귀족이 몇 배로 부풀려서 퍼트렸을 가능성도 있으니까."

당사자는 흐뭇하게 여기면서 잡담이나 한다는 생각으로 입에 담은 내용에 악의가 끼어들면서 왜곡되는 경우가 많다. 그렇게 생각하면 소문의 근원이 로제마인 쪽 사람이라도 이상할 것이 없다. 보니파티우스의 설명을 듣고 질베스타는 잠시 생각에 잠겼다.

"보니파티우스, 그 소문이 어디를 중심으로 퍼지고 있지? 소문의 근원은 둘째치고, 퍼트리는

자는 누구지? 소문은 정말로 영지 대항전 날 밤에 있었던 일뿐인가?"

당연한 일이지만, 보니파티우스도 소문에 대한 정보를 수집하려 했다. 하지만 라이제강계 귀족들 사이에서 도는 로제마인의 소문은 '차

기 영주에 도전하라는 제안을 거부당했다' '차기 제1 부인으로서 사교도 하지 않고 신전에만 틀어박혀 있다'는 실망감 넘치는 것들이었고, 구 베로니카 파벌 귀족은 처벌에 휘말릴까 두려워서 보니파티우스나 그 측근들 가까이 다가오질 않았다. '저는 아무것도 모릅니다'라고만 말하는 것이 현실이다.

"솔직히 말해서 나도 잘 모른다. 빌프리트에게 주의를 줬을 때, 그런 소문이 도는 로제마인 쪽이 문제라고 반론하는 말을 듣고서야 알았을 정도니까."

"뭐? 소문을 퍼트린 게 빌프리트라고? 그 자리에 있었으면서 부정하기는커녕 소문을 퍼트리다니, 대체 무슨 생각이야? 일단 이쪽에서도 정보를 모아 보겠다. 칼스테드."

질베스타가 머리를 쥐어뜯는 모습을 보고, 보니파티우스는 소문이 빌프리트 주변이나 구 베로니카 파벌 사이에서만 퍼졌으리라고 추측했다.

"만약 오즈발트의 짓이었다면, 해임당한 데 대한 보복일까?"

"도련님을 감싸기 위해 공주님의 평판을 떨어트리려는 것처럼 보이는군요. 오즈발트의 경우에는 공주님에 대한 악의보다는 도련님에 대한 충성심이 더 큰 것이 아닐까요?"

로제마인을 끌어내려서 빌프리트의 평판이 더 떨어지는 것을 막으려는 것 같다고 리카르다가 말했다. 이 자리에 있는 사람은 모두 베로니카가 그런 방식을 선호했다는 사실을 알고 있다.

"귀찮은 충성심이군."

불쾌하다는 것처럼 얼굴을 찌푸린 질베스타에게 동의해서 고개를 끄덕이던 리카르다가 갑자기 걱정된다는 표정을 지었다.

"그런데, 공주님은 겉보기에도 성장하셨고, 페르디난드 님이 영지를 떠나신 이상은 공주님도 관계에 대해 조금 다시 생각해 보셔야 할 시기가 되지 않았나 싶습니다. 주의하실 필요가 있다고 봅니다."

계속 어린 모습이었던 로제마인도 최근에는 귀족원에 입학할 나이 또래로 보이기 시작했다. 지금까지는 생김새가 어려 보였기 때문에 용납됐던 일들도 용납할 수 없게 된다. 어린 시절처럼 응석만 부려서는 안 된다.

……로제마인이 게오르기네처럼 비뚤어지지 않으면 좋겠는데…….

보니파티우스는 팔짱을 끼고 오래전 일을 떠올렸다. 라이제강의 피를 이어받은 칼스테드가 차기 영주가 되는 것을 막기 위해 베로니카는 게오르기네를 상당히 엄하게 가르쳤다. 그런 게오르기네의 응석을 받아 준 사람은 모친의 동생이자 당시의 신관장이었던 베제반스 정도였다. 하지만 귀족원에 들어가면서 베제반스와의 교류를 금지당했다. 신전과는 절대로 엮여선 안 된다. 귀족으로서는 당연한 일이지만, 게오르기네는 비뚤어졌다.

보니파티우스 개인으로서는 조카를 도와주고 싶었지만, 그 당시에는 베로니카와 자신의 첫째 부인과의 사이가 최악이었고, 게오르기네는 칼스테드를 적대했기 때문에 가까이 다가갈 수조차 없었다.

……게오르기네와 달리 로제마인은 내가 온 힘을 다해서 귀여워해도 아무 문제도 없겠지!

페르디난드와 거리를 두라는 말을 듣고 상심한 로제마인을 어떻게 귀여워해 줄까 생각하던 보니파티우스의 귀에 질베스타의 목소리가 날아 들어왔다.

"정말로 그런 소문이 돌고 있다면 부정해야만 한다. 보니파티우스가 뭔가 손을 쓰지는 않았나?"

"애당초 로제마인이 신전에 있는 한 진화하기가 힘들다. 성에 있다면 좀 더 신경을 쓸 수도 있고, 더 빨리 대처할 수도 있었겠지."

성에서라면 묘한 소문이 돌기라도 하면 측근들이 바로 알아차릴 테고, 빌프리트와의 접점도 늘어나게 될 테니 페르디난드가 더 친하다고 말할 수도 없게 된다. 그리고 제사에 대한 다른 영지의 시선도 다소나마 변화가 보이고 신전의 분위기가 예전과 많이 달라지기는 했지만, 보니파티우스는 귀여운 손녀를 신전에 두고 싶지 않았다.

"로제마인은 그렇게나 귀엽고 우수한데, 신전에서 자랐다는 흠을 어떻게든 할 생각이 없는 건 대체 왜인가? 신전 따위는 빨리 다른 이에게 맡겨 버리고 귀족들의 지지를 모으는 쪽이 장래를 위해 훨씬 좋은 일이 아닌가."

"저도 그렇게 생각했습니다만, 공주님께는 신전에서 지내는 시간이 소중합니다. 기숙사에서 지내는 견습 기사들이 정기적으로 본가에 돌아가는 것과 마찬가지입니다."

마음 편히 지내려면 필요한 일이라고 리카르다가 말했다. 세례식 직후부터 로제마인을 섬겨 온 리카르다가 그렇게 말한다면 신전에서 지내는 시간이 손녀에게는 정말로 소중한 시간일 것이다.

"하나, 신전에서 자랐으니 더더욱 제1 부인에 걸맞은 교육이 필요하지 않겠는가. 신전에 틀어박힐 것이 아니라, 귀족과의 사교와 친족과의 교류를 다지는 쪽이 더 좋다."

보니파티우스의 머릿속에 라이제강계 귀족들의 불만이 떠올랐다. 일족의 공주가 비협조적이다. 브륀힐데가 제2 부인으로 결정되면서 조금 가라앉기는 했지만, 로제마인을 신전에서 나오게 해야 한다고 생각하는 친족들이 아직도 많고, 앞으로는 그들과의 협력 관계가 중요해진다.

"영지의 일대 사업을 선도하는 것은 영주와 문관이 할 일이 아닌가. 인쇄 업무는 질베스타와 빌프리트에게 맡기고 로제마인은 플로렌치아 밑에서 제1 부인에게 필요한 교육을 받아야 한다. 그 생각에는 변함이 없다."

"지금 상황에 일이 더 추가되면 내가 죽는다고!"

"그렇게 탈주에 익숙한 네가 이 정도로 죽을 리가 있겠나. 보나 마나 적당한 때에 한숨 돌리고 오겠지."

보니파티우스는 질베스타의 비명을 반사적으로 쳐내 버렸다. 리카르다와 칼스테드도 거기에 동의해서 씁쓸하게 웃고 있다. 그런 측근들의 모습을 보자 질베스타는 분하다는 것처럼 신음 소리를 내고는 고기를 차례로 입에 집어넣었다.

"무슨 주장인지 이해하지만, 이제 와서 로제마인을 신전에서 나오게 하라고 할 수는 없어. 실제로 그 녀석이 신전에 있어 주지 않으면 곤란하니까."

"네 집무가 늘어나는 것 말고도 곤란한 일이 있나?"

보니파티우스에게 신전은 그렇게 중요한 곳이 아니다. 대놓고 말할 수 없는 목적을 위해 몰래 찾아가는 곳이었다. 신전이 다소 달라졌다고 해도, 어린 로제마인이 있을 곳이 아니라는 의식에는 변함이 없다.

"제사는 수확량과 직결되고, 평민 마을 상인들과 만나는 것도 신전에서 하고 있다. 평민과의 의견 교환을 통해서 다른 영지 상인들을 받아들이는 일이 잘 진행되고 있는 것도 사실이고. 가장 중요한 것은 구 베로니카 파벌 아이들의 감시다. 측근들에 의한 감시를 허술하게 할 수는 없으니까."

"크윽……."

질베스타가 말한 대로, 죄인의 아이들을 처형하지 않고 고아원에서 보호하고 있는 이상, 영주 일족이 감시하는 것은 필수다. 아이들에게 약한 로제마인은 그렇다 치더라도, 하르트무트를 비롯한 측근들에 의 한 감시를 지금보다 완화할 수는 없다.

"그 로제마인의 측근들도 문제란 말이다."

"빌프리트만 그런 게 아니라 로제마인의 측근들한테도 문제가 있다 는 건가?"

의외라는 것처럼 질베스타의 눈이 휘둥그레졌다. 리카르다와 칼스 테드도 마찬가지로 깜짝 놀랐는데, 보니파티우스는 어째서 문제를 알 아차리지 못한 것인지 이해할 수가 없었다.

"측근들은 로제마인에게 기존의 사교를 시킬 생각이 없고, 고집스 레 사교에서 멀리하게 하고 있다. 그런 자세 때문에 로제마인은 자신 의 배경인 라이제강계 귀족들에게서 평판이 떨어지고 있다. 그건 어떻 게든 해야만 한다."

코르넬리우스를 통해서 조언을 했더니, '로제마인에게 낡은 방식은 필요 없다'고 말했다. 세대교체를 추진하고, 상위 영지와 어울리기 위 한 새로운 사교 방식이 중요하다면서.

"세대교체를 추진하는 건 좋지만, 장래의 제1 부인이라면 기존 사 교는 필수가 아닌가. 새로운 사교 따위는 그 뒤에 해도 충분하다. 상위 영지의 방식을 도입하는 것보다 자기 영지의 방식을 배워야 하지 않겠나."

　다른 영지와의 교류에서는 새로운 사교가 필요하게 될지도 모른다. 하지만 에렌페스트 귀족과의 교류에 필요한 것은 기존 방식의 사교다. 제대로 교류하지 못하면 자신들의 발판이 무너진다. 보니파티우스는 먼저 발판부터 다져야 하지 않겠느냐고 생각했다.

　"로제마인은 신전 업무가 바쁘다면서 영지 내부의 사교를 거절하고, 측근들은 그것을 나무라지도 않는다. 제1 부인이 기존의 사교 방식도 모르고 뭘 어떻게 하겠나. 영지 내부 귀족들의 이해를 얻지 못하는 영주 일족이 얼마나 고생하는지, 지금의 질베스타를 보면 아주 잘 알 수 있겠지."

　보니파티우스에게는 장래에 고생하게 될 손녀의 모습밖에 떠오르지 않았다. 새로운 일에 도전하는 것도 중요하지만, 그것을 영지의 귀족 대부분이 인정하게 만들지 못하면 성공하기 힘들어진다.

　"……로제마인한테는 무리겠지. 그 녀석은 라이제강계 귀족으로 자라지 않았으니까. 신전에서 자랐고, 귀족으로서 키워 준 부모는 페르디난드잖아."

　페르디난드도 특수한 이력이 있는 인물이다. 세례식 전에 모친을 잃었기 때문에 뒤를 봐주는 이도 없는 영주 일족으로서 성에 들어왔다. 제1 부인인 베로니카에게 미움을 사서 영지 내부의 귀족들과는 제대로 교류도 못 한 채로 자랐고, 부친의 사망을 계기로 신전에 들어갔다. 에렌페스트의 사교에 대해 잘 안다고 할 수는 없다.

　"공주님 나름대로 노력은 하고 계십니다만, 표면적인 것 외에는 이해하기가 힘드신 것 같습니다. 무슨 수를 써도 사람들이 기대하는 것처럼 나아가지를 못하십니다. 아마도 도련님이 같은 실패를 반복하시는 것과 같은 일이라고 생각합니다. 표면적인 흉내는 낼 수 있어도, 근본적인 부분을 이해하지는 못할 것입니다."

리카르다가 질베스타의 그릇을 치우면서 그렇게 말했다.

"사교도 제대로 못 하는 차기 영주 부부라고? 에렌페스트의 장래가 너무나 불안하군."

"그걸 보좌하기 위해 브륀힐데가 제2 부인이 되는 거잖아. 자기가 못 하는 부분을 메워 줄 사람들이 모여 있는 로제마인은 강해."

질베스타는 영주 일족으로서는 성인 측근들이 너무 적지만, 성인식 전후 연령대인 사람들이 잘 성장하고 있다는 점을 칭찬했다. 페르디난드나 유스톡스에게 정보 수집을 배운 하르트무트, 평민들과의 교류도 가능한 견습 문관, 실패를 뛰어넘어서 강해진 호위기사, 상위 영지와의 교섭 자리를 만들 수 있는 시종……

"로제마인은 사람을 키우는 재주가 좋아. 하나같이 내가 탐날 정도야."

보니파티우스는 로제마인의 측근들을 떠올려 봤다. 하급 기사 다무엘은 마력 압축으로 마력을 늘리면서도 마력을 섬세하게 다루는 재주가 좋다. 유디트는 검을 휘두르는 것보다 명중률을 높이는 쪽이 좋겠다는 조언을 듣고 바로 자기 재능을 꽃피웠다. 안게리카는 어려운 일은 생각하지 못하지만, 명령은 충실하게 수행하고 반응 속도가 빠르다. 레오노레는 기억력과 지도력을 살려서 지휘관으로서의 재능을 쑥쑥 키워 가고 있다. 코르넬리우스는 딱히 내세울 장점은 없지만, 그 대신 못 하는 것도 없기에 누구와도 짝을 이뤄서 싸울 수 있다. 그 모든 사람이 로제마인에게 조언을 들었다고 말했다.

"걱정되는 건 새롭게 들어온 이름을 바친 측근인데, 로제마인이라면 잘 키우겠지."

"하긴, 이름을 바치고 측근이 된 범죄자는 걱정거리군."

게오르기네에게 이름을 바쳤던 자들의 저택을 탐색하던 때의 일이 떠올랐다. 보니파티우스는 이름을 바쳤다는 이유로 연좌 처벌을 받으려 살아남은 이들의, 영주 일족에 대한 감사나 자신의 입장에 대한 인식에 상당히 개인차가 있다는 것을 느꼈다.

"그리고 베로니카가 이름을 바칠 것을 강요했던 세대에서는 이름을 바쳐서 목숨을 구하는 것에 대한 불안과 공포가 로제마인에게로 향하고 있는 것 같더군."

"어째서? 그걸 발안한 사람은 난데."

질베스타가 디저트를 먹으면서 받아들일 수 없다는 듯이 눈살을 찌푸렸다. 보니파티우스는 신기한 식감의 디저트를 먹으면서, 계속해서 새로운 것을 생각해 내는 손녀에 대해 생각했다.

"너와 로제마인은 측근들이 없는 곳에서 중요한 일을 정하니까 누구도 부정하기 어렵다. 그리고 아쉽게도, 새로운 일이나 뜬금없는 일들은 항상 로제마인이 생각하는 것이라 여겨지고 있다. 너는 그 제안을 듣고 선언할 뿐이다, 라고……."

"분명히 로제마인이 이름을 바치는 대신에 달돌프 자작을 구해 달라고 제안하면서 떠올린 일이니까……."

"호오?"

페르디난드가 기사단에게 지시를 내리고 뭔가 몰래 깨작깨작 움직이고 있기는 했는데, 보니파티우스한테는 자세한 일을 말해 주지 않았다. 알아차렸을 때는 이미 끝난 후였고, 아무것도 없었던 것으로 되어 있었기 때문이다.

……역시 처음에는 로제마인의 제안이었나.

"이름을 바치는 것은 강요할 일이 아니다. 하지만 로제마인이 충성심을 바치는 행위를 다른 뜻으로 바꿨다는 것이 귀족들에게 알려지면 문제가 된다. 게다가 베로니카에게 충성의 증거로서 이름을 바칠 것을 요구받았던 세대의 귀족들은 영주 일족이 이름을 바치라고 요구하는 악습이 부활한 것은 아닌지 두려워하고 있다는 것 같다."

영주가 모르는 곳에서 가브리엘레, 베로니카, 게오르기네 삼대에 걸쳐서, 충성의 증거로 이름을 바칠 것을 요구해 왔다. 원래 이름은 스스로 바치는 것이고, 강요하는 일이 아니다. 목숨을 구해 주는 대가로 이름을 받아서도 안 된다. 로제마인은 자신이 이름을 바치는 행위의 의미를 바꿔 버렸다는 것을 자각하고 있을까. 베로니카나 게오르기네가 받았어야 할 비난과 비판을 로제마인이 받게 되는 건 아닐까.

"새로운 일과 뜬금없는 제안들을 모든 이가 받아들이리라는 보장은 없다. 로제마인은 가능한 평범한 귀족으로 지내게 하고, 다른 귀족들이 두려워하지 않도록 주의해야 한다."

"하지만 로제마인의 제안이 없었다면 나는 더 궁지에 빠져 있을 거야. 실제로 로제마인의 임기응변에 도움을 받은 일도 많고. 전부 막을 생각은 없어. 책임은 내가 지면 되겠지. 인제 와서 나한테 나쁜 평가가 한 두 개 정도 늘어나 봤자 아무 문제도 안 되니까."

질베스타는 당연하다는 얼굴로 그렇게 말했지만, 보니파티우스는 쓸쓸한 기분을 감출 수가 없었다.

"영주에게 나쁜 소문이 나서야 에렌페스트에 도움이 될 리가 없지 않은가."

로제마인의 발안 때문에 질베스타에게 나쁜 소문이 나거나 그 모든 책임을 떠넘기게 되는 일을 그 손녀가 바라고 있을까. 보니파티우스는 절대 그렇지 않을 것 같았다.

……이 상황을 어디까지 알고 있을까.

빌프리트와 마찬가지로, 로제마인도 측근들이 주위의 이런저런 일을 보지 못하게 눈을 가리고 있는 것은 아닐까. 제삼자의 충고가 필요한 것은 아닐까. 친족과의 교류마저 제한된 손녀의 모습을 떠올리며 보니파티우스는 팔짱을 끼었다.

견습 청색과 고아원 아이들

기원식이 끝날 무렵에는 봄도 한창이다. 춥다고 느껴지는 날들이 사라지고, 새로 돋은 연두색 싹들이 점점 짙은 녹색이 되어 가는 계절이다. 밝은 햇살 속에서, 신전 정면 현관에 성에서 온 마차가 도착했다. 문이 열리자 지금부터 견습 청색 신관이 될 아이들이 귀족다운 움직임으로 마차에서 내렸다. 전에 견학하러 왔던 때와 달리 긴장한 기색도 보이지 않고, 아이들은 정면 현관의 계단을 올라가기 시작했다. 영주 일족인 멜키오르는 같은 마차를 타지 않고, 측근의 기수를 타고 도착했다. 나는 신전장으로서 아이들과 멜키오르를 맞이했다. 지금부터 이 사람들은 신전에서 생활하게 된다.

"그럼, 신전장실에서 맹세 의식을 하도록 하죠."

내가 했던 것처럼 청색 견습으로서 신을 섬길 것을 맹세하는 의식이다. 그때와는 달리 축사를 외우는 입장이다. 조금은 긴장했지만 의식을 마치고 아이들에게 청색 의복을 전달했다. 성장을 위해 노력하기를 바란다고 생각했다.

"그럼 신전에서의 생활을 설명하죠."

두 점 종에 아침 식사를 한다. 식사를 마치면 시종과 같이 신관장실로 가서 하르트무트나 그의 시종으로부터 신전의 업무나 과제를 받는다. 그때 전날의 상황이나 과제의 진도 등에 관해 보고한다. 그리고 세 점 종까지는 자기 방에서 시종과 같이 신전 업무나 제사에 대해 공부한다.

세 점 종이 울리면 고아원으로 가서, 빌마와 로지나를 교사로 삼아 다 같이 페슈필 연습과 이론 등, 귀족으로서 필요한 공부를 한다. 그리고 네 점 종에 점심 식사.

오후부터는 기본적으로 자유롭게 지내는 시간이다. 단련이나 공방 일 돕기, 책 필사 등을 하고, 기사나 문관 등 자신의 장래를 위한 공부를 해도 되고, 공방에서 상인의 이야기를 듣거나 제지업과 인쇄업 공부를 하는 것도 좋은 공부가 될 것 같다. 사전에 신청하면 성에 가도 된다.

"여섯 점 종이 울리면 저녁 식사입니다. 아마 지금까지보다 이른 시간이 될 거예요. 하지만 신전에서는 그렇게 해야 고아원까지 식사를 할 수 있습니다. 식사 시간은 정해져 있지만, 취침 시간은 각자에게 맡기겠습니다. 질문하실 것 있나요?"

남자아이 하나가 손을 들었다.

"고아원에 있는 아이들도 저희와 똑같이 생활하고 있습니까?"

"그 사람들은 신전을 깨끗이 하거나, 숲이나 공방에서 작업하기 때문에 완전히 똑같은 건 아닙니다. 하지만 작업을 마친 뒤에 저녁 시간이나 비가 오는 날에는 같이 지내는 시간을 만들 수도 있습니다."

봄이 되고 밖에 나가는 일이 많아지면 고아원 아이들이 공부할 수 있는 시간이 줄어든다. 작업을 일찍 마치고 저녁에 공부할 시간을 만들자고 생각하고는 있지만, 고아원은 모두가 평등하다. 범죄자의 자식이건 귀족의 자식이건 평민의 고아건, 식사량이나 할 일의 양에는 차이를 두지 않는다.

"저희도 숲에 갈 수 있나요?"

"아쉽지만 견습 청색은 숲에 갈 수 없습니다."

니콜라우스가 기대하는 눈빛으로 질문했지만, 나는 바로 각하했다. 귀족 자식에게 무슨 일이 생기기라도 하면 숲에 갈 때 인솔한 평민이 무언가 처벌을 받게 된다. 고아원의 연장자나 길, 루츠, 그들을 통과시킨 문지기들이. 내가 그걸 두고 볼 수 없으므로 견습 청색은 숲에 보내지 않는다.

"그럼, 각자 시종과 함께 자기 방에 가서 옷을 갈아입으세요. 오늘은 고아원에서 아이들이 기다리고 있으니까, 그쪽으로 놀러 가 주세요."

신전에서 조금이라도 즐겁게 지낼 수 있도록, 첫날인 오늘은 과제를 설정하지 않았다. 굳이 과제를 준다면 점심 식사를 마친 뒤에 신전 시설을 견학하는 정도려나. 고아원은 물론이고 신전 도서실에도 로제마인 공방의 책을 놔뒀으니 천천히 소개하고 싶었다. 하지만, 주위에서 각하했다.

······내가 열의를 가지고 권하면 되레 사람들이 질려 버린다는 이야기를 들었는데, 그거 좀 너무한 거 아냐?

"로제마인 누님도 고아원에 가시나요?"

파란 옷을 손에 든 멜키오르가 고개를 갸웃거렸다. 나는 고개를 끄덕였다. 고아원 밖으로 나오는 일이 많아진 봄의 생활을 아이들이 어떻게 느끼고 있는지 이야기를 들어야겠다고 생각하고 있었다.

"그럼, 같이 가시겠습니까? 보고하고 싶은 일이 있습니다."

나는 멜키오르가 부르러 올 때까지 신관장실에서 하르트무트와 신전 업무의 진척 상황을 확인했다. 기원식을 진행하는 동안에 프리탁이 열심히 일해 준 것 같기는 하지만, 그래도 이런저런 일들이 잔뜩 쌓여 있었다.

"청색 신관의 숫자가 줄어든 영향이 생각보다 큰 것 같네요."

"페르디난드 님이 계시지 않은 영향이 너무나 큽니다, 로제마인 님. 견습 청색이 늘어났으니까 그 시종들에게 일을 잔뜩 배정해 줘야만 합니다."

사람 숫자가 늘어났으니 조금이나마 편해질 것 같다고, 하르트무트가 멋지게 웃으면서 말했다.

"그러고 보니 영주 회의 때 성결식에 대한 자세한 내용은 정해졌습니까?"

"신구나 공물 등은 중앙 신전에서 준비하신다는 것 같아요. 저는 의식용 의상을 입고 제 성전만 가지고 가면 된다는 것 같더군요."

성전은 주인의 마력 등록이 필요하니까 다른 사람의 성전을 빌릴 수는 없다. 그리고 허가를 받아서 중앙 신전장의 성전을 빌리더라도 읽을 수 있는 범위가 적어서 의미가 없다고 한다.

"중요한 보좌를 잊으셨습니다. 저는 로제마인 님을 보좌하기 위해서 신관장으로서 참가하겠습니다."

"잊은 건 아니에요. 하르트무트는 틀림없이 따라오리라 생각했으니까."

오히려 그렇게 억지로 귀족원 제사에 참가하던 하르트무트가 얌전히 신전을 지키고 있는 모습 쪽이 상상도 안 된다. "잘 부탁해요"라는 한마디로 끝내고, 나는 내 호위 기사들을 둘러봤다.

"남은 건, 그렇군요. 호위 기사를 동반했으면 한다고 왕족께 제안을 드렸더니 청색 신관이나 청색 무녀라면 동행해도 좋다고 말씀하셨습니다. 성인이 된 호위 기사 분들이 청색 옷을 입고 호위해 주셨으면 싶습니다만, 괜찮으실까요?"

"물론입니다. 저는 호위 기사니까요."

안게리카는 주저하지도 않고 대답했다. 코르넬리우스와 다무엘도 "봉납식 때도 입었으니까. 새삼스레 안 될 리가 없지"라고 대답해 줬다. 레오노레도 고개를 끄덕였다.

"그리고, 영주 회의 동안에는 왕족의 요청으로 도서관 지하 서고에 들어가 있을 예정입니다. 그쪽에도 호위와 시종이 필요하지만, 지하에는 상급 귀족만이 들어갈 수 있습니다. 호위는 코르넬리우스와 레오노레에게 부탁하고 싶은데, 시종이 오틸리에 한 사람뿐입니다. 맡겨도 될까요? 특히 클라리사가 걱정됩니다만……."

클라리사도 단켈페르거와의 교섭 담당으로 영주 회의에 가기로 결정된 상태다. 오틸리에를 내가 차지해도 괜찮은 걸까.

"어머니는 로제마인 님의 측근입니다. 괜한 걱정은 필요 없습니다. 아버지가 계시니까 클라리사도 로제마인 님께 폐가 되는 짓은 하지 않을 것입니다. ……아마도."

……마지막이 불안하단 말이야, 하르트무트!

불안해하는 내게 레오노레가 미소를 지어 보였다.

"괜찮습니다, 로제마인 님. 차를 준비하거나 기숙사 방을 정돈하는 등, 지하 서고 이외의 일이라면 리젤레타가 할 수 있습니다. 오틸리에는 지하 서고에서 함께 있는 것을 우선으로 생각하시면 좋을 것 같습니다."

신전에서 나와 귀족으로서 행동할 것을 요구받게 되니까, 리카르다가 없는 게 너무나 아쉽다. 하지만 지하 서고에 틀어박히는 나보다 영주 부부 쪽이 더 힘드니 어쩔 수가 없다.

"하아, 다무엘이 들어가면 고어 읽는 걸 도와주기도 할 텐데, 아쉽군요."

"저는 왕족과 영주 일족만 들어갈 수 있는 서고에 들어갈 자격이 없어서 다행이라고, 진심으로 그렇게 생각하고 있습니다. 긴장돼서 죽어 버릴 것만 같습니다."

다무엘이 벌벌 떨고 있는데, 유르겐슈미트 전체의 영주 부부가 모이는 왕족의 성결식에서 청색 신관복을 입고 호위 기사로서 단상에 올라가는 일은 괜찮은 걸까. 호위 기사가 줄어들면 곤란하니까 굳이 말하진 않았다.

……뭐, 어떻게든 되겠지? 힘내, 다무엘.

"영주 회의도 기원식도 성인이 아니면 같이 할 수가 없으니, 저는 아무 도움이 못 되는군요."

완전히 풀이 죽어 버린 것 같은 필린느의 아쉬워하는 목소리를 들은 다무엘이 위로해 줬다.

"그런 건 아니야. 기원식 때처럼 로제마인 님과 하르트무트가 없는 신전을 지킬 사람도 필요하니까. 필린느는 충분히 도움이 되고 있어."

"그렇게 말씀해 주시니 기쁘네요."

필린느가 다무엘을 보면서 쑥스럽다는 것처럼 볼을 발그레 물들이며 웃었다. 그 표정이 묘하게 화사하고 빛나는 것처럼 보였다.

……어, 어라? 필린느 시선이 다무엘한테 가 있는 것 같은데? 필린느는 로데리히를 좋아하는 게 아니었나? 다무엘이 그렇게 말했던 것 같은데……?

고개를 갸웃거리고 있는데, 옷을 다 갈아입은 멜키오르가 들어왔다. 하르트무트는 이대로 신관장실에서 집무를 처리해 줬으면 싶었는데, 같이 고아원에 가겠다고 했다. 고아원에서 마석을 깨트리고 뭉쳐서 고친 사례를 얘기하면서 "로제마인 님은 언제 신기한 일을 하실지 모르니까요"라고 주장했다. 아무 짓도 안 한다고 말해도 도저히 안 믿어 주는 건 대체 왜일까. 모르겠다.

나는 멜키오르와 함께 느긋하게 걸어서 고아원으로 갔다. 가는 동안 멜키오르는 기원식에서 있었던 일을 질베스타에게 보고했더니 여러모로 놀랐다는 이야기와 병사들의 말을 전하고 칭찬받았다는 이야기 등을 해 줬다.

"지금은 수확제에 가기 위해 누님께 배운 기도문을 외우는 중입니다."

성에 있는 사람들은 다들 정신없이 바쁘지만 멜키오르가 도울 수 있는 일은 거의 없다. 그래서 왠지 주눅이 들었는지, 빨리 신전으로 오고 싶었던 것 같다.

"그러고 보니, 누님은 보고받으셨나요?"

"무슨 보고인데?"

"전 기베 게를라흐의 저택에서 발견된 은색 천에 관한 보고입니다."

마티아스와 라우렌츠가 기사단의 조사에 협력했었는데, 아직 보고는 받지 않았다. 두 사람이 호위 당번을 맡는 게 내일이니까, 내일 보고를 받을 생각이었다.

"보니파티우스 님이 계속 그 천이 분명히 이상하다고 말씀하셨던 것 같고, 문관들이 조사해 봤더니 역시 이상한 천이라는 모양입니다. ……좀 어려운 이야기라서 그 이상은 몰랐다는 것 같습니다만, 누님이라면 조금 알기 쉽게 가르쳐 주시지 않을까 싶었습니다."

……아무래도 이상한 천이라는 얘기만 가지고는 뭐라고 말해 줄 수

가 없다.

나는 마티우스와 라우렌츠한테서 보고를 받으면 말해 주겠다고 약속하고는 고아원으로 들어갔다. 청색 옷을 입은 아이들과 고아원 아이들이 같이 카루타를 하는 모습이 보였다.

"멜키오르도 같이 노세요. 저는 빌마한테서 이야기를 들을 테니까."

"예."

멜키오르가 아이들 사이로 끼어드는 모습을 본 뒤 나는 빌마한테 고아원의 최근 상황에 대해 물었다. 빌마는 걱정하는 얼굴로 계단 쪽을 본 뒤에 입을 열었다.

"고아원에서 나간 아이들이 생기면서 의욕을 잃은 아이가 있습니다."

마술구가 없는 채 성장하고 있던 아이들은 본가에 있는 마술구를 작동하는 데 마력을 사용해왔다는 것 같다. 원래 후계자에게만 마술구를 주고 귀족으로 취급한다고 생각했었다. 하지만 고아원에 모이게 되면서 동생들에게도 마술구를 주는 집도 있다는 현실을 알게 된 것 같다.

"그래도 아직 가족이 자신을 필요로 한다고 생각하면서 버티고 있었던 것 같지만, 데리러 오지 않으니까 열심히 노력할 기력을 잃어버린 것 같습니다."

데려간 하급 귀족의 아이들보다 자기 쪽이 높은 귀족이고 마력도 많은데 마술구가 없다. 게다가 부모가 필요로 하지도 않는다. 집에 돌아가도 집에 있는 마술구를 작동시키기 위한 하인 같은 존재가 될 뿐이고, 고아원에서 열심히 노력해 봤자 마술구가 없는 자신은 귀족이될 수 없다. 굳이 열심히 노력하고 싶지도 않아서 멍하니 보내는 시간만 늘어났다는 것 같다.

"하르트무트, 마술구가 있다고 해도 인제 와서 어떻게 할 수는 없는 거겠죠?"

콘라트도 마술구를 빼앗기고 귀족이 되는 길이 끊어졌을 테니까. 지금부터 마술구만 어떻게 구한다고 해도 귀족이 될 수는 없다. 그렇게 생각하면서 물었더니, 하르트무트는 "방법이 전혀 없는 것은 아닙니다"라고 말했다.

"본인의 마력량과 그 사람을 위해서 회복약을 얼마나 많이 준비할 수 있는지에 달려 있습니다. 불가능한 일은 아닙니다만, 약으로 마력을 회복시키며 마력을 억지로 마술구에 흘려 넣어야 하니까 몸에 주는 부담이 크고, 마술구와 회복약이 둘 다 필요하다 보니 금전적인 부담도 커집니다."

정변과 숙청 덕분에 귀족 사회로 돌아오고 특례로 귀족원에 가게 된 견습 청색들은 가족의 금전적 지원을 받아서 그런 수단을 써 왔다고 가르쳐 줬다. 전혀 방법이 없다고 한다면 포기할 수도 있겠지만, 조금이나마 가능성이 있다고 하니까 어떻게든 해 주고 싶어졌다.

"단지, 저로서는 로제마인 님 개인이 고아원 아이들을 위한 마술구와 회복약을 전부 부담하는 것에 찬성할 수 없습니다. 로제마인 님이 신전장으로 계실 수 있는 기간이 앞으로 약 3년 정도. 버려진 아이들이 늘어나더라도 그 뒤까지 계속 어떻게 해 줄 수는 없고, 고아원의 평등 지침에도 어긋나는 일입니다."

하르트무트가 조용히 날 쳐다보며 계속해서 함부로 손을 내밀어서는 안 된다고 말했다.

"그리고, 로제마인 님이 구 베로니카 파벌의 아이들을 구하기 위해서 그렇게까지 해 주시는 것도 조금 이상하지 않을까요? 구 베로니카 파벌의 아이를 구해 줄 바에는 우리 쪽 아이에게 마술구를 줬으면 한다고 말하는 귀족들이 고아원에 있는 아이들보다 훨씬 많지 않을까 싶습니다."

우선순위를 매긴다면 고아원에 있는 아이들이 뒤로 밀리게 된다는 하르트무트의 말을 듣고서 나는 탁, 하고 손뼉을 쳤다.

"저는 구 베로니카 파벌 아이들을 구하려는 게 아니에요. 제 관할 내의 고아원 아이들을 구할 생각입니다. 고아원에 들어온 아이라면 파벌은 물론이고 귀족 아이건 평민 신식이건 일정 이상의 마력을 지니고 성적을 거둔 사람을 구한다고 한다면, 그건 평등하다고 할 수 있겠죠?"

"로제마인 님……."

내 말을 들은 하르트무트는 눈이 휘둥그레진 뒤에, 어쩔 수 없다는 표정을 지었다.

"……로제마인 님의 생각을 어떻게 실행할지는 아우브와 상담해야 겠군요. 저희가 멋대로 정할 일이 아닙니다. 가호 재취득을 위해 초대해 보는 것은 어떨까요?"

양아버님과 할아버님의 재취득

"양아버님, 할아버님. 기다리고 있었습니다."

질베스타에게 재취득 의식에 대해 상담할 것이 있다고 말했더니 보니파티우스도 같이 오기로 했다. 한 번 신전에 와 봤으니까, 기피하고 싶은 생각이 누그러든 걸까.

나와 멜키오르는 두 사람과 측근들을 신전장실로 안내하고 차와 과자를 대접하면서 성의 근황에 대해 물었다. 도서관에서 필린느와 클라리사한테서 보고받고, 호위 기사들한테서 들어오는 정보도 있지만, 복수의 경로를 통해 정보를 얻는 것은 중요한 일이다.

질베스타 주변은 영주 회의 준비에만 매달리고 있는 것 같다. 단켈페르거와의 회담에 참석하는 클라리사는 상당히 의욕에 불타고 있으니까 칭찬해 주라는 말을 들었다.

"아무래도 성인이 된 지도 얼마 안 됐고, 아직 성결식도 마치지 않은 문관이니까. 내보낼 수 있는 곳은 단켈페르거와의 회담뿐이고, 클라리사에게 줄 정보도 레베레히트가 관리하고 있다. 하지만 그 준비에 대한 열의와 꼼꼼함이 주위에 좋은 영향을 주고 있다."

주위에 끼친 크나큰 민폐를 만회하기 위해 클라리사는 필사적으로 일하고 있는 것 같다. 그것도 잘못된 일은 아니지만, 하르트무트의 말에 의하면 영주 회의에 가는 인원에서 빠지게 되면 내가 행하는 성결식을 못 보게 되기 때문에 필사적이라는 것 같다.

……이유가 뭐가 됐건 열심히 일하고 있으니까 됐다고 봐야겠지?

"기사단에서는 문관과 협력해서 은색 천을 연구하고 있다. 대략적인 보고는 마티아스와 라우렌츠한테 들었겠지?"

나는 고개를 끄덕였다. 은색 천이란 멜키오르가 말했던 이상한 천을 말한다. 호위하러 신전에 왔던 마티아스와 라우렌츠한테서 마력을 받아들이지 않는 천이라는 보고는 받았다. 하지만 아주 간단한 보고밖에 못 받았다. 보니파티우스가 직접 나한테 보고하고 싶은지, 말하지 말라고 했다는 것 같았다. 두 사람은 '보니파티우스 님은 천에 대한 정보를 공유하겠다는 이유로 로제마인 님께서 신전으로 초대해 주시길 바라고 계셨던 것 같습니다'라고 말했다. 아무래도 기피하고 싶은 마음이 누그러들긴 했어도 이유나 초대도 없이 자기 스스로 신전에 올 수는 없는 것 같다.

"천에 대해서 처음에 말해 준 사람은 멜키오르였고, 이튿날에 마티아스와 라우렌츠한테서 보고를 받았습니다만, 어떤 천인지 잘 모르겠습니다. 저는 할아버님이 말씀해 주시기를 기대하고 있었답니다."

애매한 정보만 줘서 안달복달하고 있던 내가 그렇게 말했더니, 보니파티우스가 기쁘다는 것처럼 한 번 크게 웃었다.

"바로 어제, 새로운 발견도 있었다. 이미 보고도 마쳤으니 질베스타가 의식을 치르는 사이에 자세한 이야기를 할까 싶다. ……그러니까, 빨리 의식을 치르러 가라. 시간이 지나면 안 그래도 머리가 나쁜 네가 기껏 외운 신들의 이름을 잊어버리지 않겠나."

보니파티우스는 상당히 실례되는 말을 하면서 질베스타를 쫓아내려는 것처럼 손을 파닥파닥 흔들었다. 하지만 질베스타는 딱히 화내지도 않고 "나한테 방해받지 않고 손녀랑 이야기하고 싶어서 그러는 거잖아?"라고 말하고는 씁쓸하게 웃으면서 자리에서 일어났다.

"로제마인이 상담하려는 일들은 대부분 너무 뜬금없는 것들이라서 머릿속이 새하얘진다고 예전에 페르디난드가 말했으니까. 네 이야기를 듣기 전에 의식을 치르고 와야겠다. 안내해라."

"그럼 제가 안내해 드리겠습니다, 양아버님. 이 역할을 위해서 측근들과 함께 예배실 장소를 기억하고, 공물을 준비하기도 했습니다."

청색 신관 차림의 멜키오르가 의욕이 불타는 얼굴로 일어나더니 측근들과 같이 걸음을 옮기기 시작했다. 질베스타는 "다른 아이들과의 이야기를 들어 보자. 성에서는 말하기 힘들다고 했었지?"라고 말하면서 멜키오르와 함께 방에서 나갔다.

"그럼 할아버님. 은색 천에 대해 가르쳐 주세요. 마티아스와 라우렌츠에게서 마력이 전혀 없는 천이라는 보고를 받았는데, 자세한 것을 물어봐도 할아버님께 여쭤 보라고만 했거든요."

두근두근하면서 나는 보니파티우스가 앉아 있는 정면으로 가 몸을 약간 앞으로 내밀었다. 보니파티우스는 "이게 그 천이다"라고 말하면서 작은 천을 꺼냈다. 나는 허락을 받은 뒤에 그 천을 손에 들고서 찬찬히 관찰했다.

내 손바닥 정도 크기다. 찢겼다는 걸 보여주는 들쭉날쭉한 부분과 똑바로 재단된 부분이 있는데, 천의 끝부분인 것 같다. 하지만 얼핏 봐서는 평범한 은색 천이다. 뭐가 이상하다는 건지 전혀 모르겠다.

"마력이 느껴지지 않는 천은 딱히 신기한 것도 아니죠? 평민이 짜는 천 중에는 그런 것들이 많고, 귀족이 마력으로 물들인 천이라도 마력이 빠져나가면 점점 느껴지지 않게 돼 버리니까요. 어떤 점이 신기하다는 거죠?"

"마력 함유량이 낮아서 마력이 느껴지지 않는다든지, 마력이 빠져

나가서 그런 게 아니다. 그냥 품질이 낮은 것이라면 조합으로 품질을 올릴 수도 있고, 빠져나갔다면 마력을 부여해서 물들일 수도 있겠지? 하지만 이 천에는 마력이 전혀 포함되지 않은 데다가, 마력을 받아들이지도 않는다."

이 은색 천은 마력이 전혀 포함되지 않은 소재만을 사용했고, 마력을 사용하는 공정을 전혀 거치지 않고 만든 천이라고 문관들은 판단한 것 같다.

"마력이 전혀 포함되지 않은 소재, 라고요? 그런 게 있다는 이야기는 처음 들어요."

토지에 첸트, 그리고 각지의 아우브와 기베의 마력이 채워져 있는 유르겐슈미트의 소재는 많건 적건 마력이 포함돼 있다. 마력이 전혀 포함되지 않은 소재라는 것은 있을 리가 없다. 최소한 나는 들어 본 적이 없다. 마력이 통하지 않는 가죽 같은 소재는 있지만, 그것은 소재의 바탕이 된 마수나 마목이 가지고 있던 성질 등이 반영돼서 마력을 튕겨내거나 반발할 뿐이다. 소재 자체에는 마력이 포함돼 있다.

"이 천은 게를라흐의 여름 저택에서 억지로 찢긴 상태로 발견된 것인데, 도망치려고 생각했는데 시간이 없는 상황에서 천을 억지로 찢었다는 것이 이상하지 않으냐?"

"서두르다가 그랬을지도 모르잖아요?"

시간이 없는 상황에서 어딘가에 걸린 옷가지 등을 억지로 잡아당기는 것은 딱히 이상할 것도 없다고 생각한다. 나는 그렇게 말하면서 내호위 기사들을 둘러보며 동의를 구했다. 하지만 아무도 나한테 찬동해 주지 않았다.

"망토나 의상 등이 어딘가에 걸렸을 경우에는 메서로 잘라내는 것이 가장 빠르지 않겠습니까. 기사라면 슈타프를 최대한 빨리 변형시킬 수 있도록 훈련을 받았고, 힘이 없는 문관이라면 더더욱 도구를 사용하겠죠."

귀족에게 힘으로 찢어 버리는 것은 있을 수 없는 일이고, 몇 번이나 잡아당겨서 시간을 낭비하는 일도 없다는 것 같다. 그래서 찢어졌다는 점 때문에 보니파티우스의 감이 삐비비, 하고 신호를 울렸다는 것 같고.

······나 같으면 틀림없이 잡아당겼을 거야. 급할 때일수록 조심하지 않으면 평민으로 살아 왔을 때의 습관이 튀어나올 것 같아.

"그럼, 이 천은 왜 찢어진 거죠?"

"조금 전에 이 천이 마력을 받아들이지 않는다고 했지? 그래서 슈타프를 변형시킨 무기로는 자를 수가 없다. 준비해라."

보니파티우스가 자기 측근에게 신호를 보내자 측근이 바로 여러 겹의 판 위에 은색 천을 올려놓았다. 보니파티우스는 "메서"라고 주문을 외우고 슈타프를 변형시킨 뒤 쾅! 하고 큰 소리를 내면서 천을 찔렀다. 밑에 받쳐 두었던 판은 깨졌지만, 은색 천에는 작은 구멍 하나 뚫리지 않았다. 물리적인 충격은 전해지지만 마력은 전혀 통하지 않는다고 설명해 줬다.

"슈타프로 자를 수 없으니 찢어 버린 것이다. 그것을 알게 된 뒤에 가장 문제가 된 것은, 이 마력을 전혀 지니지 않은 천을 두르면 경계의 결계를 빠져나갈 수 있다는 점이다."

"예?"

"평민 정도의 마력이라면 아우브가 일일이 감지하지도 않는다. 그건 로제마인도 알고 있지? 마력이 전혀 존재하지 않는 천이라면 더더욱 간단히 결계를 빠져나갈 수 있다."

보니파티우스의 말에 의하면, 질베스타에게 협조를 구해 작은 간이 결계로 실험해 봤다는 것 같다. 그 결과, 이 천 조각으로 감싼 보니파티우스의 손가락이 결계를 통과했는데도 질베스타가 전혀 감지하지 못했다는 모양이다.

"그러니까, 전 기베 게를라흐가 영지의 경계를 빠져나가는 것이 어렵지 않았다는 뜻이 되는 건가요?"

"그래, 영지의 경계를 넘기 위해서 이 천을 사용한 것이 틀림없겠지. 하지만, 아직 의문이 더 남아 있다. 어떻게 귀족 거리에서 게를라흐로 이동했는지, 그리고 이 천을 어디에서 입수했는지."

보니파티우스의 말에 나는 열심히 생각해 봤다.

"그 천으로 감싸면 사람이 아닌 물건으로서 전이진을 사용할 수 있지 않을까요?"

"그건 안 된다. 마력이 전혀 없는 천이라고 했지? 마력이 없기 때문에 존재를 감지할 수 없고, 그래서 전이진이 작동하지 않는다. 이 천으로 감싼 것은 아무리 작은 것이라도 전이시킬 수 없었다."

문관들 사이에서도 '경계를 간단히 넘을 수 있으니까 전이도 가능하지 않을까?'라는 의견이 있었다는 것 같다. 하지만 물건으로서 전이시킬 수는 없었다는 것 같고.

"그리고, 은색 천이 발견된 비밀의 방에 뭔가를 태운 흔적이 있었다. 마티우스의 말에 의하면, 그 사내는 나쁜 짓에 사용한 전이진을 태우는 습성이 있었다는 것 같더군. 전이진을 사용했을 가능성이 크다고 본다."

"아버님이 사용한 마법진을 태울 때는 마술구를 사용합니다. 어쩌면 그 은색 천도 태우려고 했지만, 마력을 받아들이지 않아서 타지 않고 남은 것이 아닌가 싶습니다."

마티아스의 말을 듣고 고개를 끄덕이면서 보니파티우스는 팔짱을 끼고 생각에 잠겼다.

"평소였더라면 집요하게 흔적을 지웠겠지. 하지만 기베의 혈족만이 들어갈 수 있는 비밀의 방 안이었기 때문에 방치된 것인지도 모른다. 아니면, 마티아스가 처분당하지 않고 살아남아서 수사에 협력하리라고는 생각하지 못했던 것이 틀림없다."

"……보통 남아 있는 관계자는 체포해서 수사를 돕게 하는 거죠?"

마티아스는 귀족원에 가 있어서 무사했으니까 기사단의 수사에 동행한 것도 당연한 일이 아닐까. 내가 그렇게 말했더니, 보니파티우스가 복잡한 표정으로 고개를 저었다.

"비밀의 방의 문을 열기 위해서는 등록된 자의 마력이 필요한데, 마력을 봉하는 족쇄를 채운 상태에서는 마력을 다룰 수 없다. 그렇다고 어떤 위험한 마술구가 있는지도 모르는 비밀의 방을 열기 위해서 범죄자의 관계자를 자유롭게 풀어 주는 것은 너무나 위험하고."

어디에 어떤 형태로 마술구가 놓여 있는지, 조사하러 간 기사단은 모른다. 그런 상황에 마력적인 구속이 전혀 되어 있지 않은 범죄자의 관계자를 데리고 가서 수사에 협력하게 하는 것은 죽음을 전제로 한 반격이나 저항을 고려했을 때 기사단에게 너무나 위험한 일이라는 것 같다.

"기사단에서 수사할 수 있는 부분에서 증거를 찾고, 아우브의 명령으로 기억을 들여다봐서 입증하는 것이 고작이다. 하지만 증거가 될 기억은 토루크를 이용해서 중요한 부분을 지워 버렸다. 마력이 맞지 않고 저항하는 자의 기억을 억지로 휘저어 대면 기억을 들여다본 자도 무사할 수 없다. ……기베 게를라흐는 아마도 마티아스까지 포함해서 완벽하게 증거를 없앴다고 생각했겠지."

마티아스와 라우렌츠가 구 베로니카 파벌 아이들을 지키기 위해 자신들을 배신하고 정보를 흘렸다는 것도, 아우브가 이름을 바치면 연좌를 면하고 목숨을 구해 주겠다고 결단하리라는 것도 생각하지 못했을 것이 틀림없다고 보니파티우스가 말했다.

"그들의 이름을 받은 영주 후보생이 저항하지 말고 수사에 협력하라고 명했기 때문에 우리는 그들을 기베의 저택으로 데려갈 수 있었다. 그들은 도움이 됐고, 유력한 정보와 물품도 찾아냈다. 그것은 틀림없는 사실이다."

마티아스와 라우렌츠를 보면서 보니파티우스는 잘했다고 칭찬하는 것 같은 투로 천천히 말했다. 하지만 분위기가 점점 심각해져 가는 것이 피부로 느껴졌다. 나는 긴장한 채로 보니파티우스를 보면서 자세를 바로잡았다.

"범죄에 직접 관여하지 않은 그들의 목숨을 어떠한 수단을 써서라도 구해 주고 싶다고, 너는 그렇게 생각했겠지. 그래서 이름을 바치는 것을 범죄자의 가족이 목숨을 연장하기 위한 행위로 삼자고 제안했다. 그것을 아우브가 허락했고, 연명을 위한 이름 바치기를 실행했지."

"보니파티우스 님, 그건 아닙니다. 애당초 아우브가……."

하르트무트가 말하려고 했지만, 보니파티우스는 날카로운 눈빛과 한 손을 들어 보이는 것으로 제지하고 자기 할 말을 계속했다.

"달돌프 자작에게 제안한 것은 로제마인이 맞지? 상냥함과 자비심에서 제안했고, 그들의 목숨을 구했다는 것에 안도한 게 아닌가? 좋은 일을 했다고 생각했을지도 모르지."

거기서 잠깐 숨을 돌리고, 보니파티우스가 진지한 얼굴로 나를 쳐다봤다.

"하지만, 그 뒤에는 자신의 긍지와 명예와 목숨을 멸시당했다고 생각하는 자들도 있다는 것을 기억해 두거라. 원래 이름을 바치는 행위는 지극히 신성한 것이다. 범죄자의 가족이 연좌를 피해 목숨을 부지하기 위해서 사용할 것이 아니라고, 나는 지금도 그렇게 생각한다."

저 눈빛을 알고 있다. 로데리히가 똑같은 눈빛으로 똑같은 말을 했었다. 가슴속 깊은 곳이 무거워졌다. 마티아스를 비롯한 사람들의 목숨을 구한 것은 후회하지 않는다. 범죄에 관여하지 않은 사람이 연좌제로 처형당하지 않고 살아갈 수 있는 길이 생겨서 다행이라고 생각한다. 그래도, 자신의 긍지를 짓밟혔다고 생각하는 사람의 심정을 그렇게 깊이 생각하지 않았다.

"……한 번 이용했으니, 아마 앞으로도 연좌를 피하고자 이름을 바치려는 자가 나올 것이다. 그리고 그것이 에렌페스트에서 끝나지 않고 다른 영지에서까지 행해질지도 모르고. 간단히 연좌 처형이 가능할 만큼 귀족이 남아도는 토지 따위, 지금은 없으니까. 그리고 연좌를 회피하기 위해 이름을 바치는 일이 퍼져 나가면 범죄자의 가족이라고 여겨지는 것을 기피해서 본래의 의미로 이름을 바치려는 자가 없어지게 될 것이다. 네가 이름을 바치는 것의 의미를 바꿔 버린 것이다."

찬물을 뒤집어쓴 것 같은 기분이었다. 전혀 생각도 못 했던 것에 대한 이야기를 듣고, 무릎 위에서 꼭 쥐고 있는 주먹이 바들바들 떨리고 있다. 나는 그렇게까지 큰일이 일어나리라고는 생각하지 않았다. 그저 구할 수 있는 목숨을 구하고 싶었을 뿐이다. 하지만 단순하게 구해 줄 수 있는 길이 생겼다고 좋아할 일이 아니었던 것 같다.

"질베스타는 네가 시작하는 뜬금없는 일에 대해, 매번 허락하는 것은 자신이니까 악평이 돌면 자신이 감당하면 된다고 말했다. 이미 수많은 악평이 돌고 있으니, 거기에 하나쯤 늘어나 봤자 달라질 것도 없다면서. ……알고 있었느냐?"

보니파티우스의 말을 듣고서 나는 고개를 저었다. 그런 건 모른다. 질베스타는 아무 말도 안 했다.

"죄송합니다. 저는, 그렇게까지 깊이 생각하지는 않아서……."

"로제마인, 목숨을 구하고 싶다고 생각하는 상냥한 마음은 소중히 간직했으면 하는 네 좋은 점이기는 하지만, 자신이 가지고 있는 권력과 주위에 대한 영향력, 관습을 바꾸는 일의 폐해에 대해서는 좀 더 깊이 생각했으면 좋겠구나. 아마도 이런 사소한 일이나 얼핏 봐서는 대단할 것 없는 일들이 쌓여서 제사나 신전이 멸시당하는 결과가 된 것이 아닌지, 나는 그렇게 생각한다."

보니파티우스는 신전장이 바뀌었을 뿐인데도 신전의 분위기가 이렇게까지 달라졌으니까, 라고 말하고는 몸에서 힘을 뺐다.

"아~ 로제마인. 답답한 잔소리는 여기까지다. 그렇게 당장이라도 울 것 같은 얼굴은 하지 마라. 원래 이런 건 내가 할 말이 아니다. 너한테 충고해 줄 부친도 모친도 잔뜩 있고, 간언해야 할 측근들이 미덥잖은 것이 문제니까."

이렇게 미움받는 역할은 정말 싫다고 말하면서 보니파티우스가 측근들을 둘러봤다.

"너희들도 주인이 모르는 곳에서 미움받고, 원한을 사고, 적을 늘리는 일이 없도록 정신 똑똑히 차리도록 해라"

"정말 죄송합니다!"

측근들이 일제히 사과한 그때, 문밖에서 벨 소리가 울렸다. 질베스타가 의식을 마치고 돌아온 것 같다.

"하하하! 가호를 스물하나씩이나 받았다! 지금까지 받은 가호를 다 합치면 로제마인보다도 많지 않을까?"

의기양양하게 웃으면서 힘차게 들어온 질베스타 덕분에 방안의 무거웠던 공기가 단숨에 날아가 버렸다. 하지만, 바로 그 분위기에 따라갈 수는 없었다.

"그, 그렇군요. 역시 오랫동안 기도를 바쳤던 것이 중요했는지도 모르겠네요."

"그리고 생명 속성까지 늘어나서 전속성이 됐다. 어느 정도 기도를 해야 속성이 늘어나는 것인지는 모르겠지만, 이건 상당히 중요한 일이 아닐까?"

앞으로 영주 일족이 기도문을 외우면서 주추에 마력을 계속 공급하면 언젠가는 전속성이 될 가능성이 큰 것 같다.

"전속성이라면, 에이비리베의 가호를 받으셨나요?"

"아니, 대신의 가호를 받은 건 아니지만, 생명의 권속 중에서 다우어레벤과 슈라트라움, 그리고…… 아, 아니, 이건 됐다. 애들 앞에서 말할 게 아니니까."

……아버님이 말을 못 한 걸 보면, 바이슈마하트려나?

간단히 말하자면, 밤에 가장 정력적으로 활동하는 신이다. 정답인지 아닌지는 모르겠지만, 멜키오르도 있으니까 나도 아는 듯 모르는 듯 애매한 미소로 넘겼다.

"아무튼, 생명의 권속만 해도 복수의 신으로부터 가호를 받았다. 그나저나 대체 무슨 일이 있었지? 로제마인의 측근들이 사죄하는 소리가 밖에까지 들리던데. 보니파티우스가 뭐라고 했나?"

자신이 얻은 가호에서 다른 이야기로 넘어가고 싶었는지, 질베스타는 보니파티우스과 측근들을 둘러보았다.

"못난 측근들을 야단쳤을 뿐이다. 이런 상태에서 로제마인을 지킬 수 있으리라 생각하면 곤란하지."

보니파티우스가 야단쳤던 내용은 말하지 않았기 때문에, 나도 야단 맞은 내용과 질베스타가 나를 감싸 준다는 이야기를 들었다는 사실을 말하지 않았다. 질베스타에게 자리를 권하고 프랑에게 차를 가져다 달라고 하면서 싱긋 웃었다.

"잔소리를 듣기 전에는 전 기베 게를라흐가 이런 천을 대체 어디서 손에 넣었을지에 대한 이야기를 하고 있었습니다."

"흐음. 상당히 중요한 문제지. 아직 어디에도 발표되지 않은 새로운 마술구인지도 모른다."

……마력이 전혀 없고 마력을 받아들이지도 않는 천을 마술구라고 불러도 되는 걸까?

사소한 의문과 동시에, 문득 퀼른베르거에서 들은 이야기가 머릿속에 떠올랐다.

"저기 아버님, 할아버님. 다른 나라는 마석이 아주 적다는 것 같으니까, 유르겐슈미트가 아닌 다른 나라라면 마력이 전혀 포함되지 않은 소재도 있을지도 몰라요."

나는 퀼른베르거에서 들은 보스가이츠의 이야기를 했다. 마력이 전혀 포함되지 않은 소재가 유르겐슈미트에는 없어도 다른 나라에는 있을지도 모른다.

"하지만, 영주 회의에서도 들어 본 적이 없는데. 정변 전까지는 각지에서 다른 나라와의 거래가 행해졌지만, 그런 천이 유르겐슈미트에 들어온 일은 없었을 거야."

질베스타의 말에 보니파티우스도 고개를 끄덕였다.

"다른 나라가 유르겐슈미트에서 마석을 통해 마력을 수입했다고 생각하면, 갑자기 마력을 들여오지 못하게 된 다른 나라에서 다양한 변화가 일어났다고 해도 이상하지는 않을 거라고 생각합니다."

우라노 시절에도 석유가 고갈될 것 같으면 필사적으로 대체 에너지를 찾기 시작했다. 지금 있는 자원을 절약하면서 대신할 것을 찾는 건 당연한 일이다. 국경문이 닫혀 버린 보스가이츠의 정보가 다른 나라로 흘러들었다면, 교역이 중단될 위험성을 생각하고 대책을 마련했을 가능성도 있다. 비장의 카드 같은 무언가라면 영주 회의에서 공개하지 않고 숨겨 두고 있었는지도 모른다.

"만약 전 기베 게를라흐가 살아 있다면 그 사람이 갔을 곳은 아렌스바흐밖에 없어요. 그리고, 아렌스바흐는 유일하게 열려 있는 국경문이 있는 영지니까요. 다른 나라와 뭔가 연줄이 있을 가능성도 있습니다."

보니파티우스가 잠깐 생각한 뒤에 "생각하는 건 페르디난드의 역할이었으니 말이다"라고 중얼거리면서 천천히 고개를 좌우로 저었다.

"그럼 페르디난드 님께 상담해 보도록 하죠. 란체나베산 천 중에 같은 것이 있는지 찾아봐 주실 거예요. 무엇보다 마력을 차단하는 천의 존재와 기베 게를라흐가 살아 있다는 점, 아렌스바흐에 있을 가능성이 크다는 점을 알려야겠죠. 무슨 일이 일어났을 때 이 천 때문에 마력 공격이 통하지 않게 된다면 싸울 방법이 없으니까요. 페르디난드 님은 가장 위험한 곳에 계신데……."

기사단이 발견한 것은 은색 천뿐이었지만, 기베 게를라흐와 게오르기네가 마력이 통하지 않는 무기나 방어구를 가지고 있을 경우에는 공격과 방어 방법을 미리 잘 생각해 두지 않으면 큰일이 날 것이다.

"정보를 보내는 정도라면 질베스타도 안 된다고 하지는 않겠지. 하지만 아렌스바흐의 검열에서 걸리게 되면 정보가 페르디난드에게 전해지지 않는 건 물론이고, 상대를 경계하게 만들 것이다. 로제마인에게는 검열을 통과할 좋은 방법이 있나?"

보니파티우스의 조용한 질문을 듣고 나는 눈을 깜박거렸다. 웃는 표정이지만, 파란 눈은 뭔가를 찾고 있는 것처럼 보였다. 질베스타도 나를 빤히 보고 있다. 마치 시험받는 기분이다. 빛나는 잉크는 페르디난드한테서 비밀로 하라는 말을 들었다. 나는 억지로 웃으면서 볼에 손을 대고, 고개를 살짝 갸웃거렸다.

"양아버님은 뭔가 편지로 전할 방법을 가지고 계시죠? 전에 저녁 식사 자리에서 그렇게 말씀하셨으니까요. 제가 할 수 있는 연락 방법은 귀족원에서 페르디난드 님의 제자인 라이문트를 경유해서 편지를 보내거나, 말을 전해 달라고 부탁하는 정도입니다. 그리고 영주 회의에서 성결식 때 몰래 말하는 정도려나요. 할아버님은 뭔가 좋은 방법이 있으신가요?"

보니파티우스는 약간 편한 표정을 지으면서 "없구나"라고 말하며 고개를 저었다. 시선에서 날카로운 기운이 풀어진 것을 느끼고 조용히 가슴을 쓸어내리고 있었더니, 질베스타가 턱을 만지작거리면서 날 쳐다봤다.

"로제마인. 아쉽게도 페르디난드는 영주 회의에는 출석할 수 없다. 바로 얼마 전에 아우브 아렌스바흐가 돌아가셨기 때문에 디트린데 님이 주추 마술을 물들이게 됐다는 것 같다. 주추가 물들 때까지는 마력에 변화가 없는 쪽이 좋으니 성결식은 내년으로 연기한다는 모양이다."

페르디난드한테서 그런 내용의 편지가 왔다는 것 같다. 그밖에도 아렌스바흐의 기원식에 참가했던 때의 일도 적혀 있다는 것 같고, 아렌스바흐에 대한 대응을 조금 변경해야만 하는 상황이 됐다는 듯하다.

"성결식이 일 년 연기라니…… 페르디난드 님은 어떻게 되는 건가요?"

"어떻게라니?"

"주추를 물들일 때까지는 결혼도 할 수 없으니 에렌페스트로 돌아오실 수 있는 건가요? 하다못해, 비밀의 방 정도는 받을 수 있을까요?"

계절이 하나가 지나도록 숨 돌릴 곳이 없어서 힘들어 보였는데, 그런 상황이 일 년이나 더 이어질 거라고는 생각도 못 했다. 내가 당황해서 그렇게 물었더니, 보니파티우스는 "무슨 걱정을 하는 게냐"라고 말하면서 살짝 한심하다는 표정을 지었다.

"약혼자로서 그쪽에 갔는데, 약혼을 취소하지도 않고 돌아올 수 있을 리가 없잖느냐. 그리고 결혼할 때까지 비밀의 방을 받지 못하는 건 당연한 일이다. 앞으로 일 년이니까 조금 길기는 하지만, 네가 그렇게까지 걱정할 일은 아니다."

……걱정할, 일 맞잖아?

내가 보니파티우스와 질베스타의 얼굴을 번갈아서 보고 있었더니, 질베스타가 천천히 한숨을 쉬었다.

"백부님, 가호를 재취득해 보시는 건 어떻겠습니까? 아무래도 로제마인은 귀족의 결혼에 대해 잘 모르는 것 같으니 제가 그에 대해 설명하겠습니다."

"음……. 그럼, 가 볼까. 멜키오르, 안내해 다오."

보니파티우스는 몇 번이나 고개를 돌려서 우리를 보며 방에서 나갔다. 문이 완전히 닫히자, 질베스타가 큰 한숨을 쉬었다.

"로제마인 너, 페르디난드하고 어떤 관계냐?"

"예?"

무슨 말인지 이해할 수가 없어서 나는 고개를 갸웃거렸다. 새삼 나와 페르디난드의 관계를 물어도 곤란한데.

"양아버님이 알고 계시는 대로라고 생각하는데요……? 제게 페르디난드 님은 보호자입니다. 후견인이라고 생각하고 있는데, 또 뭐가 있나요?"

그 대답에 질베스타와 그 뒤에 호위 기사로서 대기하고 있던 칼스테드가 원했던 대답을 들었다는 것처럼 후, 하고 편한 표정을 지었다.

"저한테는 그럴 테고, 페르디난드한테도 네가 피보호자겠지."

"예, 그렇게 되죠. 그것 말고 또 뭐가 있다는 건가요?"

내가 물었더니, 질베스타는 말하기 거북하다는 것처럼 "음~"하고 어물거린 뒤에, 나와 측근들을 천천히 둘러봤다.

"귀족의 기준으로 생각해 보면 너희 둘은…… 서로에게 가까이 다가간 사이처럼 보일 것 같다."

"으음, 그런가요?"

일단 고개를 끄덕이기는 했지만, 하나도 모르겠다. 귀족의 기준. 내가 전혀 이해하지 못했다는 느낌이 전해졌는지, 질베스타와 칼스테드가 서로 얼굴을 마주 보고는 말하기 힘들다는 투로 입을 열었다.

"실은, 네가 페르디난드에게 연정을 품고 있다는 소문이 있다."

"그건 처음 듣는 얘기고, 저는 전혀 모르는 일이네요."

"……뭐?"

어째선지 주위 사람들이 술렁거렸다. 솔직히 말해서, 어째서 측근들까지 그런 반응을 보이는지 모르겠다. 페르디난드를 귀족 중에서 제일 신뢰하고, 가족처럼 소중히 여기고는 있다. '투리나 루츠만큼 좋아한다'고 말할 수는 있지만, 연정이냐고 묻는다면 고개를 갸웃거리면서 부정할 수밖에 없다.

"어째서 그런 소리가 나오게 됐을까요?"

"아, 그건…… 후견인과 피후견인이라는 관계에서 저택을 물려주는 것은 그렇게까지 기이한 일이 아니지만, 고용인과 가구까지 바꾸지 않고 그대로 사용하는 경우는 드물다. 페르디난드의 방을 그대로 보존하면서 귀중품을 관리하고, 요망에 따라 짐을 아렌스바흐로 보내는 것은…… 그러니까, 너무 가깝다고 말할 수밖에 없는 게 아닌가, 하고 말이다."

칼스테드가 엄청나게 씁쓸한 표정으로 말했다. 저택을 관리하고, 귀중품을 맡아 두고, 요청에 따라서 준비해 주는 건 여성 가족의 역할이고, 타인이 할 일이 아니라는 것 같다.

"예……? 하지만 유스톡스도 에크하르트 오라버니도 에렌페스트에 귀중품을 남겨 뒀고, 요망이 있으면 리카르다와 어머님이 거기에 따라서 보내드리고 있잖아요? 페르디난드 님에게는 관리하고 보내 줄 어머님이 안 계시니까 저택을 관리하는 시종에게 요망을 전하고 준비하도록 하는 건데, 그게 문제라는 건가요?"

딱히 내가 페르디난드의 짐을 준비하는 건 아닌데. 관리하는 사람은 라자팜이고, 나는 라자팜에게 말을 전할 뿐인 올도난츠 같은 존재다. 어째서 갑자기 그런 소리가 나온 것인지 도무지 이해할 수 없다. 페르디난드가 떠난 뒤로 두 번째 계절이 지나가려 하고 있는데, 지금까지는 그런 말을 들어 본 적이 없었다.

"페르디난드의 경우에는 긴급히 불려 갔기 때문에 짐을 제대로 준비하지 못한 데다 계절이 바뀌었기에 짐을 보내게 됐는데, 원래는 혼인을 위해 다른 영지로 가는 이는 짐을 남겨 두지 않고 가지고 가는 법이다."

그러고 보니 에렌페스트와 프뢰벨타크의 경계문에서 받은 클라리사의 짐은 필요한 것들이 전부 실려 있다고 했던 것 같다. 별것 아닌 일이지만, 의상은 유행에 따라서 새로 맞출 수 있으니까 조금만 준비했지만, 유행과 상관없는 속옷은 잔뜩 준비한다고 들었다.

"짐을 본가에 남겨 두면 이혼을 바라는 것 같아서 좋지 않다고 하니까."

"그런 건가요?! 그럼, 페르디난드 님의 결혼은 괜찮은 건가요? 봄에도 짐을 보냈었는데, 필요하다고 요구한 것들만 보낸 탓에 방에는 아직도 짐이 남아 있어요."

아무리 그래도 '환경이 마련되면 부를 예정인 라자팜도 조용히 기다리고 있는데……'라는 말은 할 수 없었지만, 짐이 남아 있다는 선언에 질베스타도 칼스테드도 눈이 휘둥그레졌다.

"페르디난드의 짐은 내가 관리하는 쪽이 좋을지도 모르겠군……. 아무래도 더는 네게 맡길 수는 없으니까."

"어째서죠?"

"네가 관리하는 가장 큰 문제는, 페르디난드가 아렌스바흐로 가면서 후견인이 아니게 됐다는 점이다. 이미 계절이 바뀌고 주위의 인식이 달라질 만큼의 시간이 지났다. 너는 이제 페르디난드의 피후견인이 아니라고, 그렇게 여겨진다고 생각하는 쪽이 좋다."

후견인이 남긴 저택을 상속받는 것까지는 문제가 없지만, 그 뒤에도 관계가 변화하지 않았다는 점에 문제가 있는 것 같다. 칼스테드가 곤란하다는 얼굴로 팔짱을 끼었다.

"사실 우리들의 인식도 너와 마찬가지였다. 최근 들어 주위의 충고를 듣고서야 알아차린 우리가 그랬던 것처럼, 너도 너무나 갑작스럽게 여길지도 모른다. 하지만 네 외모도 성장하고 있다. 키가 조금 자랐고, 생김새가 귀족원에 입학할 나이처럼 보이게 됐다. 사정을 알고 있는 우리는 그렇다고 해도, 주위의 시선이 보호자를 흠모하는 아이로 보지 않게 되어 가고 있다."

나는 내 손발을 봤다. 유레베에서 눈을 뜬 뒤에 나도 모르는 사이에 옷자락 길이가 달라졌고, '귀족원에 갈 나이가 됐으니까'라는 말을 몇 번인가 들었는데, 주위에서 날 대하는 태도는 거의 달라지지 않았다. 그것은 2년 동안 유레베에 잠겨 있었던 탓에 내 외모가 세례식 전후의 모습 그대로였기 때문이겠지. 지금도 빌프리트나 샤를로테와는 아직 차이가 나고, 그 두 사람보다 어리게 보인다. 그래도 주위의 시선은 달라지고 있다는 것 같다. 나는 단순하게 성장을 기뻐하고 있었을 뿐이고, 이런 변화가 일어나리라고는 생각도 못 하고 있었다.

"아~ 그리고 아렌스바흐로 간 페르디난드를 너무 걱정하는 것 같다는 이야기도 있다. 자기 약혼자는 그 절반도 걱정하지 않는 것 같다는 말도 있고."

질베스타가 조심스레 그렇게 말했고, 나는 고개를 끄덕이며 "틀린 말은 아니네요"라고 대답했다.

"페르디난드 님과 빌프리트 오라버니 중에 누가 더 걱정되냐고 묻는다면, 페르디난드 님이 훨씬 더 걱정되니까요."

내가 그렇게 대답했더니 칼스테드가 윽, 하는 소리를 내고는 뭐라고 할 말이 없다는 얼굴로 날 쳐다봤다. 동시에 질베스타가 "으음" 소리를 내면서 머리를 감싸쥐었다.

내가 뭔가 이상한 소리라도 한 걸까. 이마에 손을 얹은 칼스테드와 생각에 잠긴 것처럼 팔짱을 낀 질베스타를 봤다. 그랬더니 질베스타가 말로 표현할 수 없는 표정으로 날 쳐다봤다.

"……조금이나마 네 약혼자도 걱정해 주면 안 되겠나? 고군분투하면서 라이제강에 맞서고 있는데 말이다."

"다소나마 걱정하고 있고, 정보 교환 제안이나 라이제강에 다가가려면 시간을 두는 쪽이 좋다는 조언 정도는 하고 있어요. 하지만 페르디난드 님보다 빌프리트 님의 우선순위가 낮은 건 어쩔 수 없는 일이죠."

"그건 어째서지?"

그 질문을 받고, 나는 질베스타를 똑바로 바라보았다.

"빌프리트 오라버니는 일단 제 약혼자지만, 페르디난드 님은 제 일을 상당 부분 대신 맡아 주신 보호자였고, 책이나 지식, 귀족 사회에서 살아가기 위한 상식 등을 가르쳐 주신 스승이고, 저를 가장 걱정해 준 주치의셨으니까요. 지금까지 받은 것이 다르고, 접했던 시간이 다릅니다."

어째서 빌프리트와 페르디난드를 비교하는 건지 모르겠다. 같은 수준에서 비교할 대상이 아닌데.

"그리고 고군분투라고 하셨는데, 빌프리트 오라버니는 이렇게 신경 쓰고 걱정해 주시는 부모님이 계시고, 무슨 일이 있을 때는 도와 달라고 부탁할 수 있는 샤를로테와 멜키오르도 있습니다. 신전 업무에 지장이 없는 범위라면 저도 도와줄 수 있습니다. 페르디난드 님과 똑같이 걱정할 필요가 있나요?"

나는 투리와 아버지를 정말 좋아하지만, 밥은 제대로 먹고 있는지, 위험한 일을 겪은 건 아닌지, 무사히 있는지 매일매일 너무나 걱정된다. 하지만 페르디난드는 아렌스바흐에서 비밀의 방도 공방도 없고, 믿을 수 있는 측근이 두 명밖에 없는 상태에서 주위에 있는 모든 것을 상대로 긴장하면서 집무에 시달리며 지내고 있다. 게다가 너무 바빠서 식사를 소홀히 하거나 수면 시간을 줄이고, 독이 들었을까 경계하느라 익숙하지 않은 음식에는 손도 대지 않기도 하면서 지내고 있다. 주위를 경계하다 보니 다른 사람과 친하게 지내기도 힘들다는 것 같고, 약혼자는 베로니카를 쏙 빼닮은 디트린데. 페르디난드가 아렌스바흐에서 팔자 좋고 즐겁게 지내고 있다면 나도 걱정할 이유가 없다.

"빌프리트 오라버니가 먹고 자는 걸 포기하고 회복약을 마셔 가면서 일을 처리하고, 측근들이 아무리 쉬라고 말해도 듣지도 않고 열심히 일하는 상태라면 페르디난드 님과 똑같이 걱정할 겁니다. 하지만 빌프리트 오라버니는 그냥 평범하게 지내고 있죠?"

내 말을 듣고 질베스타는 물론이고 측근들까지 깜짝 놀랐다. 칼스테드는 미간을 주무르면서 "네 걱정의 우선순위는 그런 기준으로 정해지는 것인가……"라고 중얼거렸다.

"……뭔가 이상한가요, 아버님?"

"그러니까, 보통은 자신과의 관계성이라고 할까 친밀도라고 할까, 그런 것에 따라 우선순위가 정해지는 법이지? 보호자보다 약혼자와 친밀해질 나이인데 말이다."

"한마디로, 양아버님이 양어머님과 친밀해진 나이라는 말씀이신 가요?"

"아, 아니, 그건 아니고. 그건 잊어버려라."

헛기침하며 고개를 돌려 버렸는데, 아무래도 칼스테드와 엘비라가 친밀해졌던 때가 나와 비슷한 나이대였다는 것 같다. 하지만 솔직히 말해서, 나한테 똑같은 일을 바라면 곤란하다. 대학 졸업 직전까지 살았던 우라노 시절의 기억이 있기 때문이겠지. 빌프리트는 오빠라는 입장이지만 연하로 보인다. 같은 나이라는 생각이 들지 않는 탓인지, 아무리 해도 연애 대상으로는 보이지 않는다.

……하다못해, 우라노의 향년 정도 나이는 됐으면 싶은데 말이야.

"그래도 라이제강과의 관계 등을 생각하면 걱정될 텐데 말이다."

"그러니까, 전혀 걱정을 안 하는 건 아니에요. 빌프리트 오라버니의 측근과 정보를 공유하려고 시도한다든지, 부적을 만들어 주는 정도는 했으니까요. 하지만 정보 공유는 거절당했고, 부적에 대해서도 빌프리트 오라버니 쪽에서 아무런 반응도 없어요."

받았다는 올도난츠가 날아오지도 않았고, 측근을 통해서 기뻐했다는 보고가 들어오지도 않았다. 기뻐했는지 필요도 없는데 쓸데없는 참견이라고 했는지도 모르기 때문에 또 만들어 줄 생각이 들지도 않고, 접촉이 없다 보니 최근에는 바쁜 일상 중에 빌프리트에 대해 생각하는 일도 줄어들었다.

"그건 빌프리트도 잘못했군."

"그리고, 그렇군요. 라이제강의 지지 같은 건 아우브가 될 때까지만 얻으면 되니까 서두를 필요는 없지 않겠냐고 조언하려고 생각하기도

했습니다. 하지만 기원식 때 심한 말을 들었다는 것 같은 빌프리트 님의 신경을 거스르게 될 거라고 측근들이 막았습니다."

내가 측근들을 보면서 그렇게 말했더니, 질베스타와 칼스테드가 나란히 한숨을 쉬었다.

"그건 측근들이 막을 만도 했군."

"음. 그 판단은 틀리지 않았다."

측근들의 판단 자체는 잘못되지 않은 것 같다. 왠지 측근들에게서 빌프리트의 자세한 상황을 알리고 싶지 않다, 가까이 가지 않는 쪽이 좋다는 분위기가 느껴졌는데, 정말로 그게 옳은 일일까. 나는 코르넬리우스를 비롯한 다른 사람들에게서 얻은 애매한 정보를 전하고, 질베스타에게 물었다.

"양아버님, 빌프리트 오라버니는 지금 어떤 상태인가요? 저는 측근들이 말한 대로 가까이 가지 않는 쪽이 좋은가요?"

질베스타는 잠시 생각에 잠겼다. 칼스테드도 질베스타의 측근도 복잡한 표정을 짓고 있다.

"……지금은, 그렇군. 빌프리트에게는 아무리 불쾌해도, 마음에 안 들어도 받아들여야만 하는 현실이 있다. 동시에 로제마인에게도 받아들여야만 하는 현실이 있고. 두 사람이 자신들의 현재 상황을 볼 수 있게 될 때까지는 가까이 가지 않는 쪽이 좋겠지."

"제가 받아들여야만 하는 현실, 말인가요?"

고개를 갸웃거렸더니, 질베스타가 짙은 녹색 눈동자로 나를 빤히 쳐다봤다.

"페르디난드는 이제 네 후견인이 아니고 다른 영지 사람이 됐다. 아우브 아렌스바흐가 돌아가시고 주추를 물들이기 시작한 디트린데 님을 돕는 사람이고, 너를 돕는 사람이 아니게 됐다. 네 약혼자는 빌프리트다. 페르디난드를 걱정하는 것이 나쁜 일이라는 것은 아니다. 나도 걱정은 하고 있으니까. 하지만 걱정하고 챙기는 걸 통해서 매달리고 응석을 부려서는 안 되는 때가 왔다. 너는 지금부터 평생을 함께할 빌프리트와 서로를 지탱할 수 있게 되어야만 한다."

그것은 질베스타가 처음에 말한 것처럼, 받아들이고 싶지 않지만 받아들여야만 하는 현실이다. 거리가 멀리 떨어져 있어도 달라지지 않는 관계로 있고 싶었다. 무슨 일이 있으면 투덜대는 편지를 보내고, 알고 싶은 일을 몰래 가르쳐 달라고 하는 등, 페르디난드 님에게 응석을 부릴 수 있는 관계를 끊어 버리고 싶지 않았다.

"로제마인, 페르디난드로부터 과보호를 받던 기간은 정말 편안했겠지? 항상 갈 길을 알려줬으니까 걸어가기 편했겠지? 없어진 순간에 주위와 어울리지 못하게 되고, 같은 일을 하고 있는데도 주위의 반응이 달라지거나 하지는 않았나?"

"있어요. ……페르디난드 님이라면 말리리라 생각한 부분에서 아무도 말리지 않아서 당혹스러워한 적도 있고요."

내 말을 들은 질베스타의 표정이 부드러워졌다.

"나도 마찬가지다. 그 녀석이 없어진 뒤로 내가 얼마나 생각을 안 하고 살아왔는지 정말 뼈저리게 느끼고 있다. 왕명에 의한 결혼을 위해 아렌스바흐로 간 페르디난드가 에렌페스트로 돌아올 일은 없다. 그것은 뒤집을 방법이 없는 현실이다."

숙청의 결과로 질베스타가 힘든 상황에 놓였다는 이야기는 클라리사에게 들었다. '아우브 에렌페스트는 앞일을 내다보는 능력이 너무 부족하신 게 아닌가 싶습니다'라고 했는데, 원래는 숙청 때에 페르디난드가 있어야 했다. 라이제강을 조용히 하도록 만들 비책을 지니고 있던 페르디난드는 어느 정도 뒤처리까지 마친 뒤에 아렌스바흐로 갈 예정이었다.

여러 일들을 조정해 주던 페르디난드가 없어지면서 발생한 왜곡을 자기 힘으로 바로잡아야만 한다. 그것이 페르디난드에게 잔뜩 의존하고 있던 나와 질베스타의 큰 과제다.

"로제마인, 빌프리트는 너를 에렌페스트에 머무르게 하기 위한 족쇄다. 그래서 좀 더 서로를 마주 봐야만 한다. 약혼자인 빌프리트와의 관계를 다지고, 외부에서 들어오는 간섭을 막을 수 있게 해 두는 것은 중요한 일이다."

바로 현실을 받아들이는 것은 힘들겠지만 그래도 스스로 소화해 나가는 수밖에 없다는 말을 듣고, 나는 천천히 고개를 끄덕였다.

"그런데…… 어떻게 해야 빌프리트 오라버니와 관계를 다져 나갈 수 있을까요?"

"일단, 처음에는 하는 척만이라도 좋으니까, 빌프리트를 걱정하는 것부터 시작해라. 약혼자 자신보다 페르디난드를 소중히 여기고 있다고 생각하는 현재 상황을 개선하는 것부터 시작이다."

질베스타가 내준 과제를 듣고서 나는 작은 소리로 "……예에"라고 대답했다. 걱정하는 척은 어떻게 해야 하는 걸까. 딱히 걱정할 일이 생각나지 않는다. 고아원 아이들과 달라서 영양이 부족한지 걱정할 필요도 없고, 루츠를 걱정하던 때처럼 가출한 것도 아니다. 바느질 일로 고민하던 투리에게 조언해 준 적은 있지만, 성인 문관들에게 둘러싸여 있는 빌프리트가 일 때문에 고민한다는 이야기는 들어 본 적이 없다. 페르디난드보다 더 걱정하라는 말은 식사 시간이 되면 일을 마치라고 올도난츠를 보내거나, 비밀의 방에서 나오게 하거나, 시종에게 수면 시간을 확인한다든지 하면 되는 걸까.

……올도난츠로 '이런 시간에 일하고 있을 리가 없나'라는 대답이 돌아오면 되레 '더 열심히 해 주세요'라고 말하고 싶어질 것 같은데.

"그래서, 네가 상담하고 싶은 일은 뭐지?"

나는 질베스타에게 고아원 아이들 이야기를 했다. 마술구가 없는 탓에 의욕을 잃은 아이들을 위해서 마술구와 회복약을 준비해 주고 싶다고. 질베스타는 얼굴을 살짝 찌푸렸다.

"필요 없다. 구 베로니카 파벌의 세례식도 치르지 않은 아이들의 목숨을 구해 주고 고아원에서 보호하고 있는 것만 가지고도 과분한 배려라는 소리를 듣고 있다. 고아원 아이들에게 줄 바에는 자기 파벌 아이들에게 주고 싶을 거다."

질베스타도 하르트무트와 똑같은 말을 했고, 나도 똑같이 반박했다.

"저는 제가 관할하는 고아원의 아이들을 구하고 싶습니다. 고아원에 들어온 아이들을 구해 주기로 하면 마술구가 없는 아이가 고아원에 오게 될 테고, 아무도 모르는 곳에서 죽어 버리는 아이들을 조금이나마 줄일 수 있으리라 생각합니다만."

"귀족이 되는 데에 필요한 돈이 없는 아이들까지 다 챙길 수는 없다. 고아원이나 아이들 방에 있는 아이들에게 드는 비용은 부모가 모아 뒀던 돈을 쓰면 된다고 네가 말했었고, 나도 그것을 허락했다. 하지만 마술구가 없는 아이들의 몫은 부모가 모아 둔 돈으로 감당할 수 없다. 그 아이에게 마술구를 주기 위한 돈은 누가 낼 거냐?"

부모가 모아 뒀던 교육 자금으로 고아원에서 보호하고 있는 아이들에게 귀족으로서 필요한 것들을 주고 있다. 부모가 모아 두지 않았으면 없다는 말은 맞다. 하지만, 그렇게 되면 마술구가 없는 아이에게 마술구를 줄 수가 없다.

"저기, 빌려주는 걸로 하고, 나중에 일하게 된 뒤에 돌려받는 방식으로 해도 될 것 같습니다만……."

부모를 잃은 구 베로니카 파벌 학생들에게는 귀족원을 졸업할 때까지 자금을 빌려주고 있는 것을 예로 들어서 말했더니, 질베스타가 질렸다는 표정을 지었다.

"견습으로 일하고 귀족원에서 용돈을 벌면서 몇 년 분의 비용을 빌리는 것과 귀족으로서 세례식을 받기도 전부터 막대한 빚을 짊어지는 것은 큰 차이가 나겠지. 고아원 출신이면 부모도 친척도 없을 것이다. 귀족으로서 살아가려면 또 돈이 드는데, 막대한 빚을 짊어지고서 어떻게 귀족으로 살아갈 수 있을까?"

"저기…… 그건……."

바로 대답하지 못하고 우물거리는 나에게 질베스타는 "나는 마술구가 없는 아이들에게 새로 마술구를 줄 생각이 없다"고 확실하게 선언했다.

"아이들의 목숨을 구하는 것은 상관없다. 마력이 있고 지금까지 하던 대로 보조금과 자기가 번 돈으로 청색 신관으로서의 생활을 유지할 수 있다면, 신전에서 청색 신관으로 살아가는 것도 좋겠지. 하지만, 마술구가 없는 고아를 귀족으로 만들 필요성은 전혀 찾을 수가 없다."

"하지만……."

"로제마인, 원래 접수한 구 베로니카 파벌의 소유물들은 내 것이고, 다양한 형태로 내 편을 드는 귀족들에게 분배했어야 하는 것들이다.

지금 네가 구해 줘서 고아원에 있는 아이들이 가지고 있는 것들은 그들이 처분당했다면 같은 파벌의 귀족들에게 나눠 줬어야 할 것들이다. 이 이상은 바라지 마라. 나는 이미 그들에게 충분하고도 남을 만큼 베풀어 주고 있다."

바로 조금 전에 보니파티우스한테서 새로운 일을 시작할 때는 다양한 영향을 생각하라는 말을 들었던 나는 바로 반론할 말을 생각해 내지 못하고 고개를 숙였다. 구해 주고 싶다고 생각은 해도, 구하는 것은 쉬운 일이 아니다. 어디에 어떤 영향이 미칠지, 나는 모른다.

……고아원에 있는 아이들을 어떻게든 구해 주고 싶은데, 어떻게 하는 쪽이 정답인지 모르겠다.

"괜한 일을 시작하려고 생각하기 전에 네가 해야 하는 일을 생각해라. 영주 회의에서 성결식을 치를 준비는 돼 있나?"

"제사의 호위도 결정됐고, 도서관에 갈 인원도 정했습니다."

"그렇다면 됐다. 전날에는 성으로 돌아오도록 해라."

영주 회의에 관한 이야기를 하는 중에 보니파티우스가 의식을 마치고 돌아왔다. 커다란 어깨가 늘어져 있어서 기분 탓인지 주눅이 든 것처럼 보였다.

"할아버님, 어떻게 되셨나요?"

내가 물었더니 보니파티우스는 분하다는 것처럼 질베스타를 노려보면서, "열일곱 가지 가호를 받았다"라고 대답했다. 아무래도 질베스타보다 숫자가 적어서 분한 것 같다.

"기도를 시작한 시기는 나나 숙부님이나 마찬가지지만, 나는 아우브로서 주추를 물들일 때 상당한 마력을 봉납하고 있으니까 어느 정도 차이가 나겠지. 그보다 어떤 신들의 가호를 받았지?"

특이한 권속의 가호를 받은 질베스타가 두근두근하는 얼굴로 쳐다보며 물었다. 보니파니우스는 자기 손을 쥐었다 폈다 하면서, "으음"하고 중얼거렸다.

"나도 전속성이 되기는 했다. 대부분의 전투 계열 권속으로부터 가호를 받았으니까. 어느 정도 강해졌는지는 훈련해서 알아봐야 하겠지만……."

"그럼 스승님. 바로 대련하도록 하죠!"

안게리카의 얼굴이 확, 하고 피었고, 동시에 코르넬리우스가 비명같은 소리를 질렀다.

"그 나이에 더 강해져서 대체 어쩌실 셈이십니까, 할아버님?!"

영주 회의의 성결식

"빠트린 짐은 없나요?"

나는 레서버스 앞에서 회색 신관들에게 지시를 내리고 있던 하르트무트에게 말을 걸었다.

"의식용 의상, 소품, 성전 등, 성결식에 필요한 것들은 전부 실었습니다."

신관장으로서 동행하는 하르트무트가 자신만만하게 말했기에, 나는 신전의 시종들 쪽을 돌아봤다.

"프랑, 모니카, 잠. 영주 회의 동안 신전을 잘 부탁드리겠습니다. 새로 들어온 견습 청색들을 잘 지도해 주세요."

"알겠습니다. 돌아오시기를 기다리겠습니다."

"다녀오셨습니까, 로제마인 님."

"다녀왔습니다. 준비는 다 되었나요?"

오랜만에 성에 돌아왔는데, 반갑다는 기분을 맛보기 전에 영주 회의 준비부터 확인했다. 미성년자인 내가 영주 회의에서 성결식을 집전하고 왕족을 도우라는 명령을 받은 탓인지, 영주 회의에 동행하는 성인들은 어딘가 긴장된 분위기였다.

"영주 회의용 의상과 소품으로, 이쪽을 준비했습니다. 확인해 주세요. ……이 상자는 제사용 의상이라고 적혀 있는데, 파란 의상이군요. 어느 분 것인가요?"

이번에는 내 의상은 물론이고 호위 기사들이 입을 청색 의식복도 여러 벌 들어 있다. 오틸리에와 리젤레타가 신전에서 가져온 짐들을 확인하기 시작했다.

"이쪽 의상은 문제없습니다. 식물지와 잉크는 많이 준비해야 할 텐데 말이죠……."

"그건 제가 준비해 왔습니다. 이 정도 있으면 괜찮을 것 같습니다."

내 측근답게 일할 수 있다고 열심히 보여주고 있는 클라리사가 활짝 웃으면서 하루치 종이 상자와 예비가 들어 있는 나무 상자를 보여 줬다. 이 정도 있으면 도서관 지하에서 번역 작업을 해도 다 떨어지는 일은 없겠지.

"하르트무트는 성결식이 끝나면 문관으로서 교섭에 참여할 예정이죠? 그쪽 준비도 다 됐나요?"

"저는 머릿수만 채운다고 할까요, 정보를 얻는 것이 목적입니다만, 로제마인 님의 측근으로서 부끄럽지 않을 정도는 준비해 뒀습니다."

구 베로니카 파벌의 문관 여러 명이 영주 부부의 측근에서 제외됐다. 그래서 새로 들어온 측근들을 가르치고는 있지만, 8위 영지치고는 인원이 조금 부족하다는 것 같다. 그래서 하르트무트는 신관장 역할을 마친 뒤에 문관으로서 영주 회의에 참여할 예정이다.

"그나저나, 신관장 직무를 처리하면서 영주 회의 준비까지 하다니, 대단하네요. 하르트무트는 너무 우수해서 항상 놀라고 있어요."

"황송합니다. ……저 혼자만의 노력이 아니라 클라리사와 아버지의 협력이 있었기에 가능한 일입니다."

슬쩍, 하르트무트가 옆쪽으로 시선을 옮겼다. 옆에서는 클라리사가 '저도 열심히 했습니다'라는 표정으로 서 있었다. 고삐를 쥐고 있던 하르트무트네 부모님의 노고를 치하할 필요도 있을 것 같지만, 클라리사가 노력한 것도 사실이니까.

"클라리사가 얼마나 노력했는지는 아버님께도 이야기를 들었습니다. 제 문관 중에 영주 회의에 참여하는 사람은 하르트무트와 클라리사 두 사람뿐입니다. 기대하고 있어요."

"예! 맡겨만 주세요."

영주 회의에는 성인만 동행할 수 있다. 시종은 오틸리에와 리젤레타, 문관은 하르트무트와 클라리사, 호위 기사는 코르넬리우스, 레오노레, 안게리카, 다무엘이다.

짐을 확인한 뒤에는 남게 되는 미성년자 시종들에게 말을 걸었다.

"필린느와 로데리히는 가능한 신전으로 가 주세요. 프랑과 같이 청색 신관들을 챙겨 주고, 고아원 상태도 봐주셨으면 싶어요."

새롭게 견습 청색이 된 아이들의 상황을 확인해 줬으면 싶고, 귀족인 그들이 있으면 성인 청색 신관들에 대한 억지력이 된다.

"신관장실에서 멜키오르 님의 측근들과 함께 하르트무트의 지도를 받았으니, 영주 회의 기간에는 조용히 필사를 할 수 있을 것 같습니다."

아무래도 로데리히는 하르트무트가 없으면 숨통이 트일 것 같다고 생각하는 모양이다. 하지만 하르트무트가 그렇게 착할 리가 없다. 신전장실에서 집무와 과제가 잔뜩 기다리고 있을 게 틀림없다.

"마티아스와 라우렌츠는 특훈이 없는 날에는 가능한 신전에 가 줬으면 싶어요. 로데리히와 필린느를 도와주고, 니콜라우스와 다른 사람들이 단련하는 것도 잘 봐주세요."

"특훈이 없는 날이 너무나 기다려집니다. 가호를 잔뜩 받으신 보니파티우스 님이, 예전보다 더 훈련에 힘을 쏟고 계시니까요."

라우렌츠가 쓸쓸하게 웃으면서 그렇게 말하자, 마티아스는 자기 허리에 있는 검을 보면서 말했다.

"마력을 받아들이지 않는 은색 천에 대응하는 훈련도 시작했으니까요. 기사들은 모두 은색 천을 찢을 수 있는, 슈타프 이외의 보통 무기도 휴대하라는 명을 내리셨습니다."

은색 천이 발견되면서 전 기베 게를라흐의 생존 가능성이 제기됐다. 아들인 마티아스는 복잡한 심경이겠지. 미간에 살짝 힘이 들어간 심각한 표정이다.

"필요한 때에 없으면 곤란하겠지만, 평소는 무겁기도 하고 너무나 거치적거립니다. 안 그래, 마티아스?"

라우렌츠가 등을 살짝 두드리면서 묻자, 마티아스는 깜짝 놀라면서 표정을 수습했다.

"저희는 지금까지 무게가 거의 느껴지지 않는 마석으로 만든 갑옷이나 슈타프제 무기를 사용했기 때문에, 이게 꽤 귀찮게 여겨집니다. 잘 다룰 수 있도록 훈련하고 싶습니다."

두 사람에게 신전에 가 달라고 부탁한 뒤에, 나는 유디트 쪽을 봤다.

"유디트는 성에 있어 주세요. 브륀힐데가 베르틸데를 데리고 교육을 위해 성에 출입하겠다는 연락이 있었는데, 그레티아 한 사람한테만 맡겨 두는 건 걱정되니까요. 구 베로니카 파벌 중에 이름을 바친 사람들을 험하게 대하는 귀족이 있다는 이야기도 들었고요……."

오틸리에도 리젤레타도 영주 회의에 데려가야 하는데, 그레티아 혼자만 성에 남겨 두려니 걱정이 된다. 이 경우에는 똑같이 이름을 바친 측근인 마티아스 일행이 있어 봤자 큰 의미는 없다. 그리고 그레티아는 남성을 거북해하니까. 여성 기사인 유디트를 남겨 두는 쪽이 안심할 수 있을 테지.

"알겠습니다. 맡겨만 주세요."

유디트가 밝게 웃으면서 받아들였다.

"북쪽 별채에 있는 동안에는 문제없겠지만, 배려에 감사드립니다."

이 방에 혼자 남게 되는 그레티아는 고개를 살짝 숙이고서 시선을 돌렸다.

"성에 있는 게 힘들다면 유디트와 같이 신전으로 가도 되니까요."

성에서 연락을 주고받을 사람이 없어지는 건 곤란하지만, 그렇다고 그레티아를 힘들게 만들 필요는 없다.

다음날에는 바로 출발이다. 먼저 하인과 요리사들이 이동한다. 푸고와 로지나도 전이했다. 엘라는 회임해서 휴가 기간에 들어갔기 때문에 신전에도 들어오지 않았다. 그 뒤에 짐들을 차례로 보내고, 문관과 측근들이 전이했다. 내 차례는 영주 부부 직전이다. 호위 기사 코르넬리우스와 레오노레 사이에 낀 모양으로 전이하게 된다.

"언니, 조심하세요."

"저도 로제마인 누님의 제사를 보고 싶었습니다."

샤를로테와 멜키오르의 배웅을 받으며, 나는 빌프리트 쪽을 봤다. 질베스타가 지적한 것처럼 아직 서로가 현실을 받아들이지 못한 것 같아서, 어제 저녁 식사 자리에서는 서로 억지로 웃으며 인사를 나누기만 했고 대화는 한마디도 나누지 않았다.

……아무래도 여기서 아무 말도 안 하고 넘어갈 수는 없겠지.

"당분간은 빌프리트 오라버니를 걱정해 드리지 못해서 아쉽네요.

귀족원까지는 올도난츠가 도달하지 못하니까요. 목패라도 교환해 둘까요?"

내가 일단 웃어 보이면서 말을 걸었더니, 빌프리트가 질렸다는 표정을 지었다.

"나는 네가 영주 회의에 가게 돼서 마음이 놓인다. 최소한 그 기간에는 올도난츠한테서 해방되니까."

"어머나, 제 걱정하는 올도난츠를 그렇게 생각하셨나요?"

"매일매일 식사와 일의 내용을 확인하는 올도난츠잖아. 일하라고 몰아붙이는 것 같은 기분이 든다!"

질베스타의 말대로, 빌프리트를 걱정하는 척 페르디난드처럼 하루하루 생활 태도를 걱정하는 올도난츠를 보내 봤는데, 평가가 그다지 좋지 않은 것 같다. 그다지 좋은 효과는 없는 것 같지만 그래도 계속하는 게 좋을지 생각하고 있는데, 측근이 빌프리트를 콕콕 찌르는 모습이 보였다. 볼멘 표정에서 억지로나마 웃는 표정으로 바뀐 빌프리트가 입을 열었다.

"네가 왕족을 돕기 위해서 지하 서고로 간다는 것이 너무나 불안하지만, 그래도 열심히 하기를 바란다. 부디 왕족과 에렌페스트에 폐는 끼치지 말고."

"빌프리트 오라버니도 주추 마술에 마력 공급을 확실히 해 주세요. 아버님도 할아버님도 가호 재취득을 통해서 많은 신들의 가호를 받았으니까요. 방심하다 보면 샤를로테나 멜키오르한테 따라잡힐지도 모릅니다."

빌프리트는 샤를로테와 멜키오르를 보고, 아무 말도 없이 빈정대는 것처럼 훗, 하고 웃었다. '동생들에게는 지지 않는다'라든지 '내가 질리 없다' 따위의 말이 나올 줄 알았는데, 예상을 벗어난 반응이다. 나는 그 웃음을 보고 뭔가가 마음에 걸리는 기분을 맛보면서 전이진 위에 올라갔다.

"로제마인 님, 방이 준비될 때까지 이쪽에서 쉬고 계십시오."

전이의 방은 학생들이 있을 때와 다를 게 없었다. 시종들이 방을 준비할 때까지 다목적 홀에서 대기하는 것도 똑같고. 하지만 대기하는 곳에 있는 사람들은 귀족들이 전부 모이는 연회에서만 본 적이 있는 문관이나 시종들이 많았다. 토론베 퇴치나 겨울의 주인을 쓰러트릴 때 축복을 해 주기도 해서 기사들은 비교적 얼굴을 아는 사람들이 있지만, 문관은 절반 이상이 모르는 사람이다. 당연한 얘기지만 정말로 전부 어른들이다.

……혼자서 키가 작은 내가, 엄청나게 엉뚱한 곳에 와 있는 것 같은 기분이 든다. 사실이기는 하지만.

"로제마인 님, 평안하신지요."

문관 복장을 입은 엘비라가 찾아왔다. 나는 노르베르트가 가져다준 차를 마시면서, 다른 영지와 거래할 인쇄에 관한 이야기를 했다. 인쇄와 관련된 문관들이 모여들었고, 질의응답이 시작됐다.

"로제마인 님, 아우브께서 허가하신 것은 이쪽 것들입니다. 뮤리엘라가 보고를 드렸으리라 생각합니다만, 평민 마을에도 연락이 되었을까요?"

"예, 플랑탱 상회에서 보고가 들어왔습니다. 그리고 상업 길드에서는 그레첼에서 온 사람들을 가르치는 중이고, 상품에 관해서는 확실하게 준비가 되었다는 보고도 있었습니다."

내가 평민 마을의 상황을 전했더니, 엘비라가 웃는 얼굴로 고개를 끄덕이면서 칠흑색 눈동자를 반짝거렸다.

"페르네스티네 이야기 3권은 어떻게 됐나요?"

"의뢰받은 대로, 로제마인 공방과 그레첼의 공방에서 여름까지 맞출 수 있도록 인쇄 중입니다. 그레첼의 진척 상황은 모르겠지만, 로제마인 공방에서 완성된 책이 조금이나마 있습니다. 이번 영주 회의에서 견본으로 보여드릴 수 있도록 지참했으니까, 나중에 방으로 보내드리겠습니다."

"어머나! 정말 감사합니다."

엘비라가 푸근한 미소를 지은 그때, 영주 부부가 다목적 홀에 들어왔다. 질베스타는 평소와 똑같았다. 플로렌치아는 입덧도 가라앉았는지, 영지 대항전에서 봤던 때보다는 안색이 훨씬 좋아졌다. 배가 살짝 불러 온 느낌이 들기는 하는데, 그래도 아직 한눈에 알아볼 수 있는 수준은 아니다.

동행한 사람 중에 호위 기사 칼스테드와 시종 리카르다가 있었다. 어제 저녁 식사 때도 봤지만, 건강한 것 같아서 다행이다.

"로제마인, 너희는 첫날에 성결식이 있으니까 잘 준비해 두도록 해라. 내일은 조식과 준비를 마치면 의식을 행하는 강당에서 중앙 신전에서 온 자와 회의를 한다는 것 같다. 왕족의 의뢰인 만큼 힘들겠지만, 잘해 주길 바란다."

"예."

영주 회의를 위해 각자 준비를 잘하자는 말을 하고, 영주 부부는 각자 방으로 들어갔다. 영주 부부 눈앞에서 준비하느라 바쁜 모습을 보이면 안 되는 탓이겠지. 두 사람의 모습이 사라지자마자, 문관들이 분주하게 준비하기 시작했다. 그런데 기사들은 왠지 한가해 보인다. 내 호위 기사들도 다목적 홀에서 가만히 서 있기만 해서 심심해 보이고.

"기사는 오늘 할 일이 없나요?"

"사전 회의도 끝났을 테니, 지금부터는 식사와 다과회 예정이 잡히지 않으면 움직이고 싶어도 움직일 수가 없습니다."

코르넬리우스가 다목적 홀에서 따분해하고 있는 기사들을 둘러봤다. 영주 부부의 호위도, 본인들이 방에 있으면 많은 인원이 있을 필요가 없다.

"어른이 귀족원 채집 장소를 사용하면 안 된다는 규칙이 없다면, 아버님의 허가를 받아서 시간이 되는 기사들이 다녀오도록 하는 건 어떨까요?"

"사냥 말씀이십니까? 로제마인 님이 축복해 주신 채집 장소는 마수가 강해졌다고 들었습니다. 꼭 가 보고 싶습니다."

귀족원으로 이동하면 먼저 채집부터 하는 예정이 몸에 배어 있는 내가 말했더니, 안게리카의 얼굴이 활짝 피었다. 실제로 한가한 기사들이 많았겠지. 우리를 주목하고 있는 기사들이 있다는 걸 알았다.

"저는 성결식이 있어서 동행할 수 없지만, 영주 회의 마지막 날까지는 축복과 회복해드릴 수 있으니까, 신경 쓰지 말고 마음껏 채집하고 오세요. 여러분의 부적을 만드는 데 사용한 소재를 보충하고 싶으니까, 다양한 소재를 채집해 주시면 정말 기쁘겠어요. 제가 사들이겠습니다."

내가 그렇게 말했더니, 안게리카는 물론이고 다무엘까지 조금 안절부절못하기 시작했다. 코르넬리우스도 가만히 있는 것보다는 몸을 움직이고 싶겠지. 몸이 근질거리는 것처럼 보인다. 그런 모습을 본 레오노레가 피식 웃었다.

"제가 방에서의 호위를 맡을 테니까, 안게리카와 여러분은 다녀오셔도 됩니다."

"저기, 혼자 있어야 하는데, 레오노레는 그래도 되겠어?"

"코르넬리우스가 멋진 마석을 선물로 가져다줄 거라고 기대하고 있으니까요."

레오노레가 지금까지와 달리 자연스럽게 러브러브한 분위기를 풍기며 미소를 지었을 때, 리젤레타가 내 방 준비가 끝났다는 소식을 전하러 다목적 홀에 들어왔다. 나는 레오노레와 함께 방으로 갔다. 엘비라가 눈을 반짝이면서 뭔가를 적기 시작하는 모습이 시야 한쪽에 얼핏 보였다.

……어머님, 영주 회의 준비를 우선해 주세요!

"정말 대단했습니다, 로제마인 님! 강한 마수가 정말 많이 있었습니다. 마석을 잔뜩 가져왔습니다."

"그렇게 잘 우거진 채집 장소는 처음 봤습니다. 제 귀족원 시절과 비교하면 좋은 소재도 많은 것이, 지금 학생들이 정말 부럽습니다."

저녁 식사 자리에서는 내가 축복했던 채집 장소를 모르는 안게리카와 다무엘이 약간 흥분해서 어떤 상태였는지 말해 줬다. 코르넬리우스도 자기가 알고 있던 시절보다 더 풍요로워졌다고 말했다.

……그러고 보니까, 넘쳐나는 마력을 감당할 수 없어서 채집 장소에 뿌렸던 게, 코르넬리우스 오라버니가 졸업한 뒤였지.

"저는, 영주 회의 동안 매일 사냥하러 가고 싶을 정도입니다."

"안게리카가 영주 회의 동안 매일 해야 하는 것은 로제마인 님의 호위입니다. 지하 서고에는 제가 같이 가고, 방에서의 호위는 안게리카가 맡아야 하니까요."

"그건 알고 있습니다, 레오노레."

레오노레의 냉정한 말에 아주 약간 실망하면서, 안게리카가 대답했다. 방에서의 호위는 여성 기사만이 맡을 수 있기에, 지하 서고에도 가야 하는 레오노레는 부담이 크다.

"레오노레, 미안해요."

"계속 훈련하는 것과 비교하면 지하 서고 호위는 그렇게 힘든 일도 아닙니다. 너무 걱정하지 마세요."

싱긋 웃는 레오노레 옆에서는 영주 회의에서 가장 바쁜 문관인 클라리사와 하르트무트가 피곤한 얼굴로 식사하고 있었다.

"로제마인 님이 축복한 채집 장소라니, 저도 같이 가 보고 싶었습니다."

"클라리사는 성결식에 끝난 뒤에 갈 수 있어요. 단켈페르거와의 협상을 기대하고 있으니까, 열심히 해 주세요."

"맡겨만 주세요."

클라리사와 하르트무트를 비롯한 측근들이 정말 열심히 해 주고 있으니까 상을 주고 싶은데, 뭐가 좋으려나.

……이탈리안 레스토랑은 앞으로 바빠질 테고, 사람이 많아져서 전부 데리고 가기도 힘들고, 그렇다면 뭔가 형태가 남는 물건이 좋으려나?

학생들만 있는 귀족원 식사와 달리 저녁 식사에 자연스레 술이 나오는 것이 신기한 느낌이고, 영주 부부가 동석한 탓인지 화제도 비교적 진지했다. 문관과 시종들로부터 이미 회식과 다과회 예약이 잡혔고, 어느 영지와 어떤 일정으로 하게 되는지, 음식이나 과자 준비에 관한 이야기가 오가고 있다. 귀족원 다과회의 영지 대항전 때 회의와 비슷한 느낌이다. 이렇게 어른들이 대화하는 모습을 보고 있으니, 영지 대항전이 영주 회의의 전초전이라는 말이 사실이었다는 기분이 든다.

내가 1학년 때 최종 학년이었던 사람들이 열심히 의견을 내면서 제안하고 있는 모습을 보며, 나는 식사를 마쳤다.

방에서 오틸리에의 도움을 받으며 목욕을 하고, 페르네스티네 이야기 3권을 받은 엘비라의 반응에 대해 보고를 받았다. 아주 기뻐했다는 것 같다.

"단켈페르거의 한넬로레 님도 정말 기대하고 계실 겁니다. 중간에 끝나는 건 너무해요, 라고 하셨으니까요."

지금은 페르네스티네 이야기 2권을 다 읽고, '끝난 게 아니었다니'라면서 부들부들 떨고 있을 것 같다.

"지하 서고에서 빌려드릴 수 있으면 좋겠습니다만……."

"왕족의 명령으로 지하 서고에 가게 됐지만, 로제마인 님이 즐거워하실 일이 있어서 다행입니다."

성결식도 지하 서고에서의 작업도 명령이다. 원래는 미성년인 나는 여기 있어선 안 된다. 오틸리에는 너무 긴장해서 쓰러지는 건 아닌지, 엄청나게 걱정했다는 것 같다.

"그나저나 귀족원에 리카르다가 아니라 오틸리에가 있으니까 왠지 신기하네요."

"그러시군요. 그런데, 겨울에는 어떻게 하죠? 저는 집에서 해야 할 일이 있으니, 리젤레타에게 맡겨야 할까요? 하르트무트가 클라리사와 결혼해서 다른 아들들처럼 신혼집에서 살기 시작하면, 조금이나마 손이 날 것 같습니다만……."

오틸리에한테는 남편도 아들도 있고, 지금은 클라리사와 성까지 동행하는 큰 역할도 맡고 있다. 이번 영주 회의에는 가족 모두가 참가하니까 집을 비워도 문제가 없지만, 지금 상태에서 장기 출장은 힘들겠지.

"올해는 아직 브륀힐데가 최종 학년에 있으니까, 리젤레타가 성인 시종을 맡아도 괜찮을 것 같아요. 문제는 그다음이겠죠. 상급 귀족이 베르틸데만 남으면, 리젤레타 혼자서는 불안할 텐데 말이죠."

저학년인 베르틸데에게 왕족이나 상위 영지에 대한 대응을 맡기는 건 불쌍하고, 중급 귀족인 리젤레타는 대신할 수 없는 부분도 있다.

"성인 상급 시종을 한 명쯤 더 들이는 쪽을 생각해 봐야겠군요. ……정말 어려울 것 같지만."

안 그래도 숙청 때문에 사람 숫자가 줄었고, 아우브의 제2 부인이 될 브륀힐데의 측근으로 라이제강계 귀족들을 모으고 있다. 성인 상급 시종을 찾는 건 정말 힘들 것이다.

……나중에 양어머님과 어머님께 상담해 볼까.

다음날. 아침 식사를 마친 뒤 목욕으로 몸을 깨끗하게 하고는 신전장의 의식용 의상으로 갈아입었다. 오틸리에와 리젤레타가 소품을 달아 줄 때 청색 무녀의 의식용 의상을 입은 레오노레와 안게리카가 들어왔다.

……두 사람 다 너무 미인이잖아. 나보다 자기 몸을 지켜야 하는 것 아냐?

"하아, 역시 반해 버릴 정도입니다. 같이 단상까지 올라가지 못하는 것이 아쉽지만, 로제마인 님의 제사는 이 눈에 확실하게 새겨 두도록 하겠습니다."

클라리사의 뜨거운 응원을 받으면서 준비를 마치고 계단을 내려갔다. 층계참에서 청색 신관의 의식복을 입은 하르트무트, 코르넬리우스, 다무엘 세 사람이 기다리고 있었다. 전부 가죽 허리띠에 회복약과 마석을 찼고, 안게리카는 슈팅루크도 차고 있다. 하르트무트가 안고 있는 건 성전이다.

"그럼 아버님. 저희는 먼저 가 보겠습니다."

"그래. 부디 왕족께 실례되는 일이 없도록 해라."

질베스타의 말에 고개를 끄덕이고, 우리는 강당으로 향했다. 기숙사 문을 나와서 귀족원 중앙동 복도를 걸어간다. 창밖으로 보이는 경치가 설경이 아닌 것이 신기한 느낌이다. 내가 알고 있는 귀족원은 건물이 하얗고, 거기에 밖에는 눈이 쌓여 있는 게 기본이다 보니, 하얗다는 인상뿐이다. 하지만 지금은 따스한 햇볕이 쏟아지고, 녹색 수풀이 빛나는 것처럼 보인다. 곳곳에서 색색으로 꾸며 주고 있는 꽃들이 부드러운 바람에 흔들리고 있다.

"봄의 귀족원은 이렇게나 아름답군요. 항상 하얀색 경치만 봤는데, 깜짝 놀랐어요."

"저도 처음 봅니다만, 정말 아름답군요."

레오노레와 그런 이야기를 하면서 걸어갔다. 강당은 성결식을 치르기 위해 졸업식 때와 똑같은 모양으로 변형되어 있었다. 제일 안쪽에 있는 제단에서는 중앙 신전에서 온 신관들이 의식 준비를 하고 있었다.

"로제마인 님."

우리를 알아보고 이쪽으로 다가온 사람은 본 적이 있는 사람이었다. 귀족원 2학년 때 타니스베팔렌의 사정 청취에 동석했던 중앙 신전의 신관장이다. 플류트레네의 지팡이를 만들었을 때 눈이 무서웠던 기억은 있지만, 이름은 생각나지 않았다.

"오늘은 저, 임마누엘이 신관장을 맡습니다. 에렌페스트의 성녀가 치르는 제사를 이 눈으로 보게 될 줄이야……."

아…… 맞다. 그런 이름이었지.

여전히 회색 눈동자에 묘한 빛이 깃들어 있다. 초점이 맞은 건지 아닌지 알아볼 수 없는 뜨거운 눈이 무섭다. 나도 모르게 한 걸음 뒤로 물러났고, 거기에 있던 소매를 붙잡았다.

"로제마인 님?"

"……실수했네요."

거기에 서 있는 사람은 하르트무트였고, 페르디난드가 아니었다. 나는 하르트무트의 소매에서 손을 떼고 임마누엘과 마주 봤다.

"제단의 준비는 다 되었나요?"

"……이쪽의 준비는 거의 끝나 갑니다만, 로제마인 님은 준비가 안 되신 것처럼 보이는군요. 어둠의 망토와 빛의 관이 없지 않습니까."

제단에는 어둠의 신과 빛의 여신의 상이 나란히 세워져 있고, 거기에 어둠의 망토와 빛의 관이 있었다. 임마누엘이 무슨 소리를 하는 건지 모르겠다. 나는 고개를 갸웃거리면서 말했다.

"제단에는 준비가 되어 있는 것 같습니다만?"

"아뇨, 제단이 아니라, 신전장이 걸칠 것 이야기입니다."

"에렌페스트의 성결식에서는 신전장이 신구를 걸치지 않는데요?"

어느 제사에서도 신전장이 신구를 걸치는 일은 없다. 기원식에서 성배를 들고 있는 정도다. 내 말을 들은 임마누엘은 "한심하군요"라면서 깊은 한숨을 쉬고는 천천히 고개를 저었다.

"옛 제사가 남아 있는 토지라고 에그란티느 님이 말씀하셨습니다만, 그 정도 준비도 못 했을 줄이야……. 로제마인 님의 성전에는 제사에 대해 실려 있지 않은가요?"

"적어도 신전장이 신구를 걸쳐야 한다는 내용은 없습니다. 아버님께 귀족원의 성결식에 대해 여쭤 봤습니다만, 중앙 신전 신전장이 신구를 몸에 걸친다는 이야기는 없었던 것 같습니다."

아나스타지우스 왕자와 에그란티느의 의식에서 신전장이 그런 특수한 차림새를 했었다면, 질베스타가 출발하기 전에 뭔가 말했을 것이다.

"여름에 오래된 문헌이 발견됐고, 거기에 옛 제사에 대한 내용이 적혀 있었습니다. 저희와 달리, 신전장의 성전을 잔뜩 읽을 수 있는 로제마인 님이시라면 알고 계시리라고 생각했습니다. 로제마인 님이 읽지 못한 부분에 실려 있는지도 모르겠군요."

……아, 일부는 못 읽는 걸로 했었지.

"작년에 신전장이 사용하지 않았으니까, 딱히 필요 없지 않겠습니까?"

하르트무트의 말에 임마누엘이 "어라"하고 말하면서 눈썹을 들어 올렸다.

"귀족원 성인식에서 디트린데 님이 마법진을 기동하신 일은 알고 계시겠죠? 차기 첸트를 선출하기 위한 마법진이 문헌에 있었다고, 저희가 아무리 주장해도 받아들이지 않았습니다. 하지만 마법진은 존재했습니다. 중앙 신전에 있는 옛 문헌은 옳습니다."

임마누엘의 회색 눈동자가 뜨거운 열기를 발하면서 흔들리고는, 중앙 신전이 의식에 걸고 있는 정열에 대해 말하기 시작했다.

"옛 의식을 부활시키고, 올바른 의식을 행해서 정당한 첸트를 맞이하기 위해, 저희는 연구를 거듭하고 있습니다. 그렇기에 이번 의식에서 트라오크발 님의 말씀을 받아들였습니다. 올바른 의식을 행할 힘이 있는 에렌페스트의 성녀가 신전장을 맡는 것을 인정했습니다. 옛 의식을 행할 수 없다면, 이야기가 달라지지 않겠습니까?"

"음…… 왕족과 중앙 신전 사이에도 많은 일들이 있었나 보네."

지기스발트 왕자를 차기 왕으로서 인정시키도록 하기 위해 내가 축복해 주기를 바라는 왕족. 정당한 첸트를 얻기 위해서 옛 의식을 부활시키고는 싶지만, 그러기 위한 마력이 부족한 중앙 신전. 양쪽의 꿍꿍이가 나를 신전장으로 삼아 성결식을 치르게 하는 것으로 맞아 떨어졌던 모양이다.

"먼저, 그 문헌을 보여주세요."

"그럴 수는 없습니다. 신구도 지니지 않은 로제마인 님께는 보여드려 봤자 실행할 수가 없으니까. 평소대로 제사를 치르겠다면, 중앙 신전의 신전장으로도 충분합니다."

중요한 문헌은 보여주려고 하지도 않고 '우리가 원하는 제사를 치를 수 없다면 돌아가라'는 의미의 말에 하르트무트가 순간적으로 움찔, 하고 움직였다.

"임마누엘의 제사에 관한 정열은 잘 알겠습니다."

나는 한 걸음 앞으로 나아가면서 그렇게 말하고, 한쪽 손을 살짝 들어 하르트무트를 제지하면서 임마누엘을 향해 빙긋 웃어 보였다.

"중앙 신전의 제사에 어둠의 망토와 빛의 관이 필요하다고 하신다면, 준비하겠습니다."

"어이쿠, 지금 당장 에렌페스트의 신전으로 간다고 해서 제때 준비할 수 있을까요?"

조롱하는 것 같은 임마누엘의 말에 나는 고개를 젓고는 오른손에 슈타프를 꺼냈다.

"굳이 가지러 가지 않아도, 직접 만들면 됩니다. ……핀스움한."

내가 직접 만든 어둠의 망토를 펄럭, 휘날리면서 어깨에 걸치고 고정구를 채웠더니, 크기가 컸던 망토가 내가 걸치기에 딱 좋은 크기로 조절됐다.

경악해서 눈이 휘둥그레진 임마누엘 앞에서 또 하나의 슈타프를 꺼내서 "벨로이히크로네"라고 주문을 외워 빛의 관을 썼다.

"이러면 제사를 치를 수 있겠죠? 자, 그 문헌을 읽게 해 주세요. 옛 제사를 치르려면 필요할 테니까요."

임마누엘은 제단 근처에 있는 신전장 대기 장소로 우리를 안내했고, 가슴을 활짝 펴고서 옛 문헌을 내밀었다. 하얀 석판에 새겨진 그 문헌은 도서관 지하 서고에 있는 것과 아주 비슷했다.

"이쪽이 그 문헌입니다. 로제마인 님이 읽으실 수 있을지……."

"문제없습니다."

나는 하얀 석판을 받아 들고, 걸치고 있던 신구를 지웠다. 문헌만 손에 넣으면 신구는 필요 없다.

"신구가 사라졌잖아?!"

"필요도 없는데 신구를 꺼내 놓은 채 유지하는 것은 마력 낭비니까요. 이 문헌을 확인한 뒤에 정말로 필요하다면 그때 걸치겠습니다."

나는 하얀 석판에서 눈도 떼지 않은 채, 놀라워하는 임마누엘에게 대답하면서 거기 새겨진 문자를 읽어 나갔다. 주의에서 의식 준비를 진행하는 중에 나 혼자 독서를 하고 있는데, 신전장인 내가 옛 의식의 방법을 이해하지 못하면 의식을 시작할 수도 없다. 내가 여기서 독서에 몰두하는 건 신전장으로서의 의무다.

"우흐흥, 흐흥……."

옛 문자도 시대에 따라서 여러 가지로 분류된다. 이 석판에 새겨진 문자는 지하 서고에 있던 것과 같으니까, 아마도 지하 서고에 있는 문헌의 사본이 아닌가 싶다. 다른 의식에 대해 적힌 석판과 똑같은 방식으로 적혀 있었기 때문이다.

그나저나…… 중앙 신전에 이 문자를 읽을 수 있는 사람이 있구나.

왕족이 고어를 읽지 못한다고 들었는데, 중앙 신전에는 읽을 수 있는 사람도 있는 것 같다. 중앙 신전이 가짜 첸트에게 가르쳐 줄 것은 없다고 매몰차게 거절한 건지, 왕족이 신전에 옛 문자를 읽을 수 있는 사람이 있을 리가 없다고 우습게 본 건지, 처음부터 물어보지도 않았는지는 모르겠지만, 중앙 신전과 협력만 했더라면 왕족도 좀 더 편했을지도 모른다.

……목숨을 깎아 가며 나라를 지탱하고 있는데 '구르트리스하이트도 없는 가짜 왕'이라든지 '협력 따위는 못 한다'라는 소리를 들으면 가까이 다가가고 싶지도 않겠지만.

왕족과 신전의 관계는 둘째 치고, 임마누엘이 주장한 대로 성결식에 대해 적혀 있다는 건 틀림없는 사실이다. 빛의 관과 어둠의 망토를 걸칠 뿐이지, 간결하게 적힌 제사의 흐름 자체는 기본적으로 내가 알고 있는 것과 똑같다. 축사도 다를 게 없다. 석판에 적힌 내용밖에 없기 때문에, 다 읽을 때까지 시간도 그리 오래 걸리지 않았다.

……그런데, 이상하네. 에렌페스트에서 성결식은 밤에 하는 의식인데 말이야.

어둠의 신이 생명의 신과 땅의 여신의 혼인을 축복한 신화에서 온 것이고, 어둠의 신의 가호를 받기 쉬운 밤에 행하는 의식이라고 배웠고, 지금도 에렌페스트에서는 밤에 치르고 있다.

하지만, 내가 아침 식사를 마치고 바로 강당으로 향한 것만 봐도 알 수 있겠지만, 영주 회의에서 하는 성결식은 세 점 종에 시작한다. 왕족의 의식인데 밤에 하지 않아도 되는 걸까. 그런 의문이 들었지만, 하얀 석판에는 시간에 관한 내용은 전혀 적혀 있지 않았다.

"어떻습니까, 로제마인 님?"

레오노레가 나를 보면서 물었다. 나는 고개를 저으면서, "신전장이 신구를 걸친다는 것 외에, 의식의 순서나 축사에는 딱히 다를 게 없는 것 같아요"라고 대답하면서 임마누엘에게 석판을 돌려줬다.

뭐…… 됐어. 여기 적혀 있는 대로만 하면 중앙 신전은 만족할 테고, 내가 지기스발트 왕자를 축복하면 왕족의 의뢰도 달성하는 게 되니까.

이미 모든 영지의 영주들이 의식에 참가하기 위해서 올 준비를 하고 있다. 아무리 생각해 봐도 지금부터 의식 시간을 변경하는 건 불가능한 일이다. 말해 봤자 소용없는 일이다.

"일단 현재 상황을 왕족 측에 알리도록 하죠."

문헌을 읽고 만족한 나는 아나스타지우스에게 올도난츠를 날렸고, 중앙 신전이 옛 의식을 부활시키려 하고 있다는 점과 거기에 대한 협력을 요청받고 있다는 내용을 전했다.

"문헌 자체는 진짜인 것 같습니다. 옛 의식을 부활시킬까요? 예년대로 한다면 제가 아니라 중앙 신전장에게 이번 성결식의 의식을 맡기겠다고 하는데, 어떻게 할까요?"

의식에서 축복해 줬으면 싶다고 나한테 부탁한 건 왕족이다. 어떤 의식을 할지, 누가 신전장을 맡을지는 왕족과 중앙 신전이 의논해서 정했으면 싶다. 나는 딱히 신전장 역할을 맡고 싶은 것도 아니고, 문헌을 다 읽었으니까 미련도 없다. 굳이 말하자면 왕족과 중앙 신전 사이의 귀찮은 일에 말려들고 싶지 않으니까 그냥 돌아가고 싶다.

"그대로 대기해라. 바로 가겠다."

아쉽게도 '가도 좋다'는 대답은 돌아오지 않았다. 나는 의식의 움직임에 대해 의논하고 있는 임마누엘과 하르트무트를 봤다. 두 사람은 의식의 흐름만 확인하는 게 아니라, 서로 의식에서 신관장 역할을 맡겠다고 다투고 있었다. 하르트무트는 어디서 내 보좌가 필요한지 몇 번이나 확인했고, 임마누엘은 신전장 역할은 양보할 테니까 신관장 역할은 중앙 신전이 맡겠다고 주장하고 있다.

"로제마인은 여기 있나?"

"오랜만에 뵙습니다, 아나스타지우스 왕자님."

인사를 나누고, 나는 임마누엘과 아나스타지우스 둘이서 의식을 어떻게 치를지 논의하라고 했다.

……불경하다고 혼날 수도 있으니까 굳이 말하지는 않지만, 외부인을 불러서 신전장 역할을 맡겼으면서도 왕족 측에서 중앙 신전에 명령하는 방법이 너무 허술한 것 같단 말이야.

계속 제사를 맡아 왔던 중앙 신전의 신전장이 외부에서 온 신전장에게 자기 역할을 빼앗기면 당연히 기분이 좋지 않겠지. 회의도 안 하고, 사전에 연락도 안 한 주제에 당일에 와서야 갑자기 내가 신구를 걸치지 않았네 어쩌네 트집을 잡았다. 나한테 축복해 달라고 부탁했던 아나스타지우스가 중앙 신전에 대해 열심히 감시도 하고 제대로 지시도 내려 줬으면 좋겠다.

……그만큼 신전 쪽에서 왕족의 말을 우습게 여기고 있다는 뜻이기도 하겠지만.

"그럼, 옛 의식으로 하면 될까요?"

"……그래. 디트린데 때 같은 불의의 사태가 벌어지는 것보다는 마음의 준비를 해 둘 수 있으니까. 네가 관계되고도 아무 일도 없을 리가 없겠지."

너무나 실례되는 말이다. 정말로 아무 일도 일어나지 않기를 바란다면 왜 나를 신전장으로 부른 거냐고. 아나스타지우스는 자기가 명령해서 이렇게 됐다는 걸 알고는 있는 걸까.

"그래서, 로제마인. 신구를 걸치고 의식을 치르면 대체 무슨 일이 일어나는 건가?"

"모릅니다."

"문헌을 읽었다고 하지 않았나."

아나스타지우스가 깜짝 놀랐지만, 문헌에는 의식을 치르는 방법에 대해 간결하게 적혀 있을 뿐이었다. 의식의 결과, 무슨 일이 일어나는지는 적혀 있지 않았다. 내가 알 리가 없다.

"……성결식에 관한 문헌이라는 건 틀림없으니까, 결혼은 할 수 있습니다."

내 설명을 들은 아나스타지우스는 잠시 신음을 냈지만, 포기했다는 얼굴로 나를 봤다.

"성결식이 가능하다면 그걸로 됐다. 슬슬 아우브들이 도착할 시간이군. 왕족은 그 뒤에 입장한다. 나는 일단 돌아가겠지만, 그대는 여기서 대기해라. 함부로 돌아다니지 않도록 주의하고."

몸을 돌려서 걸어가는 아나스타지우스를 바라보고, 나는 조금씩 늘어 가는 각지의 아우브들을 보고 있었다. 망토 색을 보고 어느 영지가 입장하는지를 알 수 있다. 학생과 어른이라는 차이는 있지만, 귀족원의 성인식 광경과 아주 비슷했다.

데엥, 데엥…… 세 점 종이 울렸다. 하지만 아직 입장이 다 끝나지 않은 것 같다. 종이 울리기 전보다는 사람들의 움직임이 약간 빨라졌다. 강당 안에 모든 영지의 색이 모인 것을 확인하고, 신관장인 임마누엘이 제단 앞에 서서 방울이 잔뜩 달린 마술구를 흔들었다.

그 소리에 맞춰 문이 열리고, 왕족이 입장했다. 첸트와 제1 부인, 아나스타지우스와 에그란티느가 들어와서 자리에 앉았다. 제2 부인과 제3 부인이 안 보인다고 이상하게 생각한 직후, 생각해보니 영주 회의는 아우브와 제1 부인이 출석하는 회의라는 사실이 생각났다.

두 번째 방울은 내 출석을 뜻하는 소리다. 나는 일어나서 제단 앞을 향해 걸음을 옮겼다. 내가 신전장을 맡는다는 소식이 모든 영지에 알려지지 않았던 걸까. 강당 안에 놀라움과 당혹에서 나온 술렁임이 퍼져 나가는 게 느껴진다. 장내의 목소리는 무시하고 넘어지지 않도록 신중히, 그러면서도 최대한 빨리 걸어갔다. 내 옆에는 성전을 든 하르트무트, 주위에는 청색 의식복을 입은 호위 기사들이 있다.

에렌페스트의 제사에서도 알 수 있지만, 원래는 혼자서 입장해야 하는 신전장이 청색 신관들에게 완전히 둘러싸인 모양새가 된 것은, 하르트무트가 강경하게 주장했기 때문이다.

하르트무트는 중앙 신전을 엄청나게 경계하고 있다. 신전장은 혼자서 입장해야 한다고 주장하는 중앙 신전측에 '영주 일족인 로제마인 님과 다른 신전장들은 다릅니다'라고 웃는 얼굴로 강경하게 밀어붙였고, 호위 기사들에게는 '그들이 로제마인 님께 다가오지 못 하게 하는 것이 가장 중요한 임무입니다. 허가도 없이 로제마인 님을 건드린 경우에는 팔을 날려 버려도 됩니다'라고 진지한 얼굴로 말했다.

……아무리 그래도 팔을 잘라 버리는 건 너무한 것 아닌가도 싶지만, 임마누엘의 눈이 무서우니까 경계하면서 옆에 있어 주는 건 고마운 일이다.

제단 앞에 서자 하르트무트가 성전을 건넸다. 레오노레가 내 의상 옷자락을 바로잡아 주고 바로 옆으로 비켰다. 임마누엘은 내 준비가 끝난 것을 확인하고는, 잠깐 눈을 가늘게 뜨더니 손을 살짝 움직였다. '신구를 걸쳐라'는 신호다.

하지만 신구를 유지하는 데 마력을 얼마나 소비하는지 알고 있는 하르트무트는 그 신호를 무시하고 '빨리 시작해라'라는 신호를 보냈다. '신구를 걸쳐라' '시작해라'의 응수가 몇 번 오가고, 강당 안에 있는 귀족들한테서 '언제 시작하지?'라는 목소리가 들려오기 시작할 무렵 임마누엘이 졌다.

"지금부터 성결식을 시작한다. 신랑 신부는 이리로!"

왕족인 지기스발트와 아돌피네를 선두로 다른 영지의 신랑 신부 다섯 쌍이 입장했다. 강당 안에 있는 귀족들에게서 박수와 환호성이 터져 나왔고, 축하의 말을 보내는 등 기쁨에 가득 차 있었다.

……페르디난드 님도 축복해 드리고 싶었는데.

당연한 얘기지만 결혼이 연기됐기 때문에 다섯 쌍의 신랑 신부 중에 페르디난드의 모습은 없다. 지기스발트를 축복해 줬으면 싶어서 왕족은 나한테 신전장 역할을 의뢰했다. 앞으로는 성결식에 부르는 일은 없을 테고, 미성년자인 나는 영주 회의에 동행할 수도 없다. 페르디난드를 축복할 절호의 기회를 놓친 모양이 됐고, 나는 그 불만을 마음속에서 늘어놓았다.

……하다못해 아우브 아렌스바흐가 오늘까지만 살아 있었더라면 좋았을 텐데.

그랬다면 페르디난드는 배우자로서의 입장이 확립되고, 비밀의 방을 받았을 테고, 최대한의 축복을 선사할 수도 있었다. 걱정이 조금이나마 줄었을 텐데.

……타이밍이 너무 안 좋아.

한숨을 쉬려다가, 내가 결혼식이라는 경사스러운 자리에 어울리지 않는 표정을 짓고 있다는 걸 깨닫고 미소를 지었다. 무대 위로 올라온 지기스발트, 아돌피네와 눈이 마주쳤고, 나는 축하하는 마음을 담아서 생긋 미소를 지었다.

나는 독서대에 놓여 있는 성전의 자물쇠를 열고는 책장을 넘겼다. "어머나!"하고, 어디선가 프라우렘의 목소리가 들려온 것 같은 기분이 들었지만, 그다음에는 아무 소리도 들리지 않았기 때문에 의식을 시작했다.

시야 한쪽에서 임마누엘이 도끼눈을 뜨고서 '신구를 걸쳐라'라고 신호를 보내고 있다. 하지만 신화를 말하는 동안에는 확성 마술구도 사용해야 한다. 신구를 걸치는 건 좀 더 있다가.

……필요한 때에 걸치겠다고 했는데, 너무 재촉하네.

임마누엘의 신호를 무시한 채 나는 확성 마술구를 사용해서 신화에 대해 말하기 시작했다. 신화에 적혀 있는 어둠의 신과 빛의 여신의 신화다. 생명의 신이 구혼하러 와서 땅의 여신과의 결혼을 인정하는 이야기다. 내가 말하는 사이에 하르트무트와 코르넬리우스가 성결식에 사용할 계약서와 서명에 사용할 마술구 펜을 준비했다.

"그럼, 지금부터 신화와 같이 새로운 부부의 탄생과 축하를 행하겠습니다."

나는 일단 뒤로 물러나 내 호위 기사들이 크게 펼쳐 준 소매에 숨은 상태에서 어둠의 망토와 빛의 관을 걸쳤다. 체격이 작으면 이럴 때 완전히 가려지기 때문에 여러모로 편하고 좋다.

당연한 일이지만 어둠의 망토와 빛의 관을 두르고 다시 등장한 나한테 모든 사람의 시선이 모여들었다. 이대로 평범한 의식을 치르는 건 아닐까, 라고 조마조마하던 임마누엘 혼자만 만족스레 미소를 지으면서 입을 벌렸다.

"첸트 트라오크발의 제1 왕자 지기스발트, 그리고 아우브 드레반헬의 딸 아돌피네."

이름을 불린 두 사람이 정신이 번쩍 들었다는 것처럼 제단 앞으로 들어왔다.

"아나스타지우스로부터 이야기를 듣기는 했지만, 실제로 신구를 걸친 모습을 보니 놀랐습니다."

"제단에 같은 것이 있는데, 이쪽 신구는 에렌페스트 것인가요?"

……제 슈타프로 만들었습니다.

그런 대답은 할 수 없으니까 빙긋 미소만 지어서 대답을 피하고, 나는 두 사람에게 혼인 의사를 확인한 뒤에 계약서를 내밀었다. 두 사람이 이름을 다 적자, 금색 불꽃이 계약서를 태웠다. 그 뒤에, 다른 사람들이 이름을 적은 계약서도 차례로 금빛 불꽃에 휩싸였다.

"새로운 부부의 탄생에, 신전장으로부터 축복을."

임마누엘의 말에 나는 손을 들고 신께 기도하기 시작했다.

"높고 정정한 천공을 관장하는 최고신은 어둠과 빛의 부부신."

기도를 시작하자마자 망토 고정구가 멋대로 풀렸다. 스르륵, 망토가
소리도 없이 벗겨지더니 둥실, 천장을 향해 날아갔다. 손을 들고서 약
간 위쪽을 보며 기도를 바치던 내 눈에는 어둠의 망토가 크게 펼쳐져
밤하늘처럼 되어 가는 모습이 아주 잘 보였다.

"제 기도에 귀를 기울이시고, 새로운 부부의 탄생에 축복을 내려 주
시옵소서."

내 머리 위에 있던 빛의 관이 멋대로 떠올라 빛을 내뿜었다. 밤하늘
에 떠 있는 태양처럼 보인다. 강당 안을 감싸는 것처럼 퍼져 나가는 어
둠의 신과 그 어둠을 비추는 빛의 여신이 보인 것 같은 기분이 들었다.

……아아, 최고신이다.

아무런 의문도 품지 않고 그렇게 생각했다. 그래서, 나는 그대로 최
고신께 기도했다.

"신께 바치는 것은 그들의 마음, 기도와 감사를 바치오니 성스러운
가호를 내려 주소서."

밤하늘이 한 점에 집중해서 빛나기 시작했다. 빛의 고리가 빙글빙
글 돌기 시작했다. 직후, 어둠의 기둥과 빛의 기둥이 우뚝 섰고, 일부가
어딘가로 날아갔다. 귀족원 제사에서는 익숙한 광경이었기 때문에 딱
히 특별한 감개는 없다. 남은 대부분의 빛은 꼬이고 겹치면서 터졌다.
작은 빛의 입자가 되어 뿌려지고, 축복이 되어 신랑 신부에게 쏟아졌
다. 이건 에렌페스트에서 치렀던 제사와 똑같다.

하지만, 이 광경을 보고 귀족원에서는 신구를 걸치고 제사를 치르면 밤하늘이 나타나니까 굳이 밤에 의식을 치르지 않아도 된다는 점을 이해했다.

……끝났다.

슈타프가 내 안으로 돌아오는 감각으로 제사가 끝났다는 걸 깨달았고, 나는 왕족에게 부탁받은 역할을 무사히 마쳤다는 생각에 안도의 한숨을 쉬었다.

"여전히 귀족원에서 의식을 치르면 에렌페스트보다 몇 배는 요란하네요."

내가 중얼거린 소리를 들은 사람은 옆에 서 있던 하르트무트뿐이겠지. 하르트무트는 "몇 배나 거룩합니다"라고 말하며 살짝 웃었고, 독서대에 있는 성전을 들기 위해 손을 내밀었다.

"사람들이 넋이 나가 있는 사이에 퇴장하도록 하시죠."

……이의 없음!

하르트무트의 유도에 따라 나는 일단 강당 근처에 있는 대기실로 들어갔다. 하르트무트가 성전을 레오노레에게 건네고, 다무엘에게 나를 안겨서 최대한 빨리 기숙사로 돌아가라고 명했다.

"뒷정리나 문의에 대응하기 위해서 코르넬리우스를 빌려주십시오, 로제마인 님."

"그건 괜찮은데……"

"대응하기 곤란한 자가 나타나기 전에 돌아가는 쪽이 좋겠죠. 조금 돌아서 가게 됩니다만, 이쪽으로 가십시오."

하르트무트는 재빨리 우리를 방에서 내보냈다. 호위 기사들과는 미리 이야기를 해 뒀던 걸까. 안게리카는 언제든지 뽑을 수 있도록 슈팅루크 자루를 쥐고 선두에서 걸어가기 시작했다. 갑작스러운 전개에 따라가지 못하는 나를 망설임도 없이 안아 든 다무엘이 빠른 걸음으로 그 뒤를 따라갔고, 레오노레는 날 안심시키려는 것처럼 미소를 지으며 제일 뒤에서 걸어갔다.

"혹시 몰라서 말씀드립니다, 로제마인 님. 하르트무트가 중앙 신전의 임마누엘을 크게 경계하고 있습니다. 너무 위험한 광신자라고 했습니다."

신구를 걸치고 의식을 치를 수 있다는 것, 왕족이 이해하지 못하는 문헌을 바로 읽었다는 것, 임마누엘은 시간이 지날수록 점점 눈빛이 뜨거워지면서 위험도도 같이 커졌다는 것 같다.

……하르트무트에게 광신자라는 말을 듣다니. ……아니, 뭐, 눈빛이 다르니까, 무서움의 종류가 전혀 다르다는 건 이해하는데 말이야.

"아무래도 무슨 수를 써서라도 로제마인 님을 중앙 신전으로 끌어들이겠다고 생각하는 것 같습니다. 그들은 문헌 등을 통해서 지식을 얻을 수는 있어도 의식을 치를 마력이 부족한 것 같으니까요. 로제마인 님의 마력을 이용해서 진정한 첸트를 얻으려 하는 것 같습니다."

유르겐슈미트가 진정한 첸트를 얻는 것은 무엇보다 중요한 일이니 옛 의식을 연구하고 있는 중앙 신전에 에렌페스트의 신전도 협력하라. 아우브 에렌페스트에게 나를 중앙 신전으로 보내도록 부탁해라. 이 모든 것은 진정한 첸트를 얻기 위한 일이자 유르겐슈미트를 위한 일이라고 임마누엘이 하르트무트에게 말했다는 모양이다.

하르트무트는 '저는 로제마인 님을 위해서만 움직이고, 로제마인 님은 에렌페스트에 계시기를 바라십니다'라며 웃는 얼굴로 각하했다는 것 같다.

"중앙 신전이 하는 말 따위는 무시해도 되지 않겠어요?"

"예, 신전만이라면 무시하는 건 간단합니다. 하지만 왕족도 구르트리스하이트와 진정한 첸트를 원하고 있습니다. 왕족과 중앙 신전의 이해가 일치했을 때 어떤 명령이 내려올지 모릅니다. 하르트무트는 그것을 제일 걱정하고 있습니다."

에렌페스트는 왕명을 거절할 방법이 없다. 하르트무트는 왕족들도 그걸 알고 있을 텐데도 에렌페스트에 명령을 너무 많이 내린다고 생각한다는 것 같다.

"로제마인 님이 개인적으로 친교를 가지셨기 때문이겠지만, 보통은 왕족이 이렇게까지 여러 가지 일들을 부탁하는 일은 거의 없습니다."

이번 영주 회의에서 지하 서고의 문헌을 읽는 것도 왕족의 명령이다. 원래는 미성년자가 들어갈 시기가 아니고, 귀족원 학생에게 돕게 할 일도 아니다. 하지만 관례를 깨면서까지 왕족은 내게 명령했다.

"로제마인 님이 서고에 가는 것을 기대하고 계시기에 하르트무트도 굳이 말하지 않았을 겁니다. 하지만 신전 업무나 상인과의 교섭 때문에 바쁜 로제마인 님께 성결식과 지하 서고에서 현대어 번역을 명한 왕족에 대해, 하르트무트는 불만을 느끼고 있는 것 같습니다. 명령이니 어쩔 수 없는 일이기는 하지만, 왕족을 돕는 것보다 에렌페스트의 구멍을 메우는 쪽이 더 중요하니까요."

레오노레가 곤란하다는 것처럼 미소를 지었다.

"……그렇군요."

왕족을 도울 바에는 성의 일을 돕는 쪽이 훨씬 에렌페스트에 도움이 된다는 말을 듣자 지하 서고에 가는 것을 기대하던 나는 약간 켕기는 기분이 들었다.

"저기, 그게……."

약간 무거워진 분위기를 풀어야겠다고 생각했지만, 다무엘이 이리저리 시선을 돌린 뒤에 "로제마인 님은 많이 무거워지셨네요"라고, 웃는 얼굴로 말했다. 무거운 분위기를 풀기는커녕, 공기가 얼어붙었다. 일단 '많이 컸다'든지 '성장했다는' 말과 같은 의미로 썼다는 건 이해한다. 하지만 대놓고 '무거워졌다'고 말하니까 왠지 가슴이 뜨끔했다.

"내, 내려 주세요."

"안 됩니다, 로제마인 님. ……다무엘은 여성에게 그런 말을 하는 탓에 미움을 사는 게 아닐까요?"

레오노레가 지적했더니 다무엘이 허둥지둥하며 나와 레오노레를 번갈아 가며 바라봤다.

"예? 저는 로제마인 님이 성장하신 것이 기뻐서……."

"무슨 말을 하려는 건지 이해하고, 분위기를 풀어 주려고 했다는 것도 이해합니다만, 여성에게 무거워졌다는 표현을 사용한 것은 아주 잘못된 짓입니다."

"……실례했습니다."

살짝 풀이 죽은 다무엘 덕분에 분위기가 조금 풀어졌다. 쿡쿡 웃으면서 모퉁이를 돌았을 때, 갑자기 안게리카가 발을 멈췄다. 임마누엘과 신관 여러 명이 복도를 막고 있었다. 다무엘이 나를 안고 있는 팔에 힘을 담은 것이 느껴졌다.

"이런, 로제마인 님. 많이 바쁘신 것 같군요. 아직 옛 의식을 집행해주신 데 대한 감사의 말씀도 못 드렸습니다만……."

"그래요. 마력을 너무 소비해서 몸이 조금 안 좋아졌기 때문에 기숙사로 돌아가는 중입니다. 이런 모습을 보이게 돼서 창피할 따름입니다."

다무엘이 날라 주는 상황을 설명하면서 포위망을 조용히 통과할 수는 없을지 생각했다.

"로제마인 님, 중앙 신전에는 그 석판 외에도 오래된 문헌들이 많이 있습니다. 로제마인 님께서 한 번 중앙 신전에 들러 주시고, 그것들을 읽어 주셨으면 싶습니다만."

내 몸이 움찔 움직였지만, 다무엘이 힘을 줘서 막았다.

"왕족은 중앙 신전의 문헌이 가짜라 단정하고 저희의 말을 들으려 하시질 않습니다. 부디 로제마인 님께서 읽어 주시고, 중앙 신전의 말이 옳다는 것을 전해 주셨으면 합니다."

"죄송합니다. 지금은 몸이 너무 안 좋아서 그런 일을 생각할 수가 없습니다. 그리고 그런 요구는 아우브 에렌페스트를 통해서 해 주세요."

해야 할 말은 했으니 다시 앞으로 가자고 안게리카에게 눈짓으로 신호를 보냈다. 안게리카는 고개를 끄덕이고서 걸음을 옮겼다.

"이쪽에서 쉬고 가시는 것은 어떠실까요?"

임마누엘이 손을 뻗은 순간, 안게리카가 슈팅루크를 뽑았다.

"허가 없이 로제마인 님을 건드리면, 바로 그 손을 잘라 버리겠습니다."

임마누엘이 꿀꺽, 침을 삼키는 소리가 울렸다. 청색 무녀 차림을 한 안게리카가 내 호위 기사고, 무기를 가지고 있으리라고는 생각도 못했던 것 같다. 놀라서 눈이 화등잔만해진 임마누엘 옆으로 나를 안은 다무엘이 레오노레의 유도를 받으며 통과했다.

우리가 충분히 떨어질 때까지 안게리카는 슈팅루크로 겨누면서 견제했다.

지하 서고에서의 작업

"정신을 차렸을 때는 너희가 보이지 않았고, 아무 말도 못 들었던 우리는 정말 큰일이었다."

아무런 연락도 못 받았던 질베스타 일행은 주위에 앉아 있던 다른 영지 귀족들의 질문 공세를 받고서 새파랗게 질려 버렸다고 한다. '왕족의 의뢰니까 자세한 것은 왕족께 물어 보십시오'라고 말하고는 다 같이 기숙사로 돌아왔다는 것 같다.

질베스타의 호출을 받고 다목적 홀에 온 나는 영주 회의를 위해서 귀족원에 온 모든 사람에게 둘러싸여 있는 상태다. 어른들한테만 둘러싸이니까 상당한 위압감이 느껴진다. 왕족 관련 호출을 받거나 이상한 일이 일어나고 하는 데 익숙한 학생들과 비교하면 어른들은 전혀 익숙지 않은 탓에 얼굴이 굳어져 있다 보니 더 무섭다.

"원래는 그 자리에서 오후부터 시작될 회의를 위해 탐색전을 하거나 다과회나 회식 예정도 정하고 해야 하는데, 도저히 그럴 상황이 아니었다. 설명을 요구하마."

점심 식사를 마친 뒤에 오후 회의가 시작되는 게 두렵다며 질베스타가 고개를 저었다.

"그 의식은 중앙 신전에서 발견된 옛 문헌에 적혀 있던 옛날 방식의 의식이라는 것 같습니다. 중앙 신전의 신전장은 마력이 부족해서 재현할 수 없었던 듯하고, 재현해 주길 바란다는 제안이 제게 들어왔습니다. 옛 의식의 재현은 왕족의 결정입니다."

그때까지 받았던 화나는 대응과 함께 설명하고, 아나스타지우스에게 확인을 받았다는 점을 강조했다. 나는 중앙 신전의 신전장에게 의식을 맡기고 돌아가도 됐지만, 아나스타지우스가 그렇게 결정했기 때문에 의식을 치렀다.

"이번 건은 아나스타지우스 왕자가 중앙 신전의 요망을 받아들여서 제게 의뢰한 것이니까 더 이상의 불만 표출이나 질문은 왕족에게 해 주세요. 문헌에는 의식의 순서만 적혀 있었기 때문에 어떤 의식이 될지는 저도 실제로 해 보기 전에는 전혀 몰랐습니다."

"너는 알지도 못하면서 했다는 말이냐?!"

질베스타도 플로렌치아도 깜짝 놀란 표정이 됐지만, 나는 고개를 끄덕였다.

"예. 문헌을 읽어 봤지만 무슨 일이 일어나는지는 아무도 몰랐습니다. 그래도 실행하겠다고 결정한 것은 왕족입니다. 다른 영지의 질문은 왕족에게 돌리면 된다고 생각합니다."

귀찮은 의뢰를 한 왕족들에게 대응을 맡기면 된다. 어차피 왕족도 중앙 신전도 제대로 된 대답은 못 한다. 괜히 귀찮은 일에 휘말렸을 뿐인 에렌페스트가 열심히 대답할 필요는 없을 것 같다.

"의식의 본질은 영지 대항전에서 단켈페르거가 빛의 기둥을 세운 것과 마찬가지입니다. 신구를 사용해서 신들에게 마력을 봉납하는, 예로부터 전해져 내려온 의식이기에 그렇게 됐다. 그게 전부입니다."

영지 대항전에서 시연한 단켈페르거의 의식을 떠올렸겠지. 질베스타는 조금 수긍한 듯한 표정이 됐다.

"……저는 오히려 옛 의식을 부활시키는 것을 통해서 진정한 첸트를 얻기를 바란다고 말했던 중앙 신전 쪽이 신경 쓰입니다."

내 말을 듣고 하르트무트가 한 걸음 앞으로 나섰다.

"중앙 신전에는 거듭거듭 주의해 주십시오. 임마누엘은 주위 사람들의 말을 듣는 사내가 아닙니다. 자기 뜻대로 하기 위해서라면 수단 방법을 가리지 않고 행동할 것입니다. 귀족의 상식은 통하지 않습니다."

의식을 치르는 동안 계속 경계하고 있던 하르트무트가 진지한 눈으로 그렇게 말했다. 우회하는 길까지 막고 있던 것을 보고는 더더욱 경계하게 됐다.

"임마누엘은 신전에 남아 있는 옛 의식을 부활시킬 수 있는 마력을 지닌 로제마인 님을 노리고 있습니다. 정당한 첸트를 얻을 필요가 있을지도 모르겠습니다만, 그것은 왕족이나 중앙 신전이 할 일이지 에렌페스트의 영주 후보생이 할 일이 아닙니다."

여유가 있는 시기라면 또 모를까, 페르디난드가 아렌스바흐로 간 데다, 숙청의 뒤처리도 끝나지 않아서 마력도 사람도 전부 부족한 에렌페스트가 할 일은 아니다.

"다른 영지가 수긍하게 할 명분이 있다면 중앙 신전이나 왕족에게 로제마인 님을 빼앗길 가능성도 있습니다. 로제마인 님의 안전을 최우선으로 생각한다면 도서관 일을 돕는 건을 거절하는 것도 고려해 주십시오."

하르트무트는 질베스타에게 그렇게 제안했다. 주위의 어른들이 "왕족의 제안을 거절할 수 있을까?!" "그런 무례한 짓은……"이라고 말하는 와중에 질베스타는 잠시 눈을 감고서 생각에 잠겨 있었다.

"이쪽에서 왕족의 부탁을 거절하는 것은 무례한 일이라고 생각하지만, 도저히 안 되겠다 싶으면 페르디난드를 빼앗긴 일을 꺼내서라도 항의하겠다."

"감사합니다."

"정말 훌륭했습니다. 로제마인 님!"

점심 식사는 도취된 듯한 투로 이야기하는 클라리사와 함께 시작됐다. 에렌페스트의 일원으로서 강당에 있던 클라리사는 성결식을 보고서 크게 감격했다는 모양이다.

"청색 신관들에게 둘러싸여서 천천히 걸음을 옮기시는 모습도 우아하고 기품이 있었고, 혼자만 하얀 옷을 걸치셨기 때문에 자연스레 시선이 집중됐고……."

"클라리사, 진정하세요. 주위를 둘러싸고 있던 청색 호위 기사들 때문에 입장할 때는 로제마인 님의 모습이 거의 안 보이지 않았습니까."

오틸리에가 그렇게 지적했지만 클라리사는 멈추지 않았다.

"무슨 말씀이십니까?! 오틸리에 님께는 로제마인 님의 신성한 모습과 자애가 넘치는 표정이 안 보였다는 말씀이십니까? ……정말 놀랍군요."

……자기 마음속 눈으로 내 표정까지 멋대로 만들어서 보는 클라리사가 더 놀랍다.

"하르트무트가 로제마인 님의 손을 잡고 단상으로 올라가는 모습에서는 아이퍼즈나이트가 머리카락을 휘날리고 망토를 크게 펼친 것 같은 기분이 들었습니다. 물론 그것은 퀸트쥘의 총애를 얻었다고밖에 할수 없는 드높고 맑고 사랑스러운 목소리가 최고신께 말씀을 드릴 때까지뿐이었지만."

……클라리사, 미안해. 칭찬하고 있다는 건 알겠지만 이해하질 못

하겠어. 아이퍼즈나이트가 머리카락을 휘날리는 게 중요한 거야? 아니면 아이퍼즈나이트의 망토에 의미가 있는 건가?

문장으로 적어 놨다면 전후 흐름이나 하나하나의 흐름을 확인하면서 이해할 수 있겠지만, 그렇게 쏟아붓는 것처럼 말하면 바로 이해할 수가 없다. 생각하는 사이에 다른 신들의 표현까지 나오면 더 혼란스러워지고.

……오틸리에, 도와줘.

내가 시선을 보냈지만, 오틸리에는 클라리사를 진정시키는 일을 완전히 포기해 버렸는지, 식사를 재개하고 있었다. 약혼자인 하르트무트는 맞장구를 치면서 제단에서 보고 있던 정경을 말해서 클라리사를 더 흥분하게 만들었다.

"아아, 정말 잘 이해가 됩니다. 저도 메스티오노라의 화신과도 같은 로제마인 님의 부름에 최고신께서 대답하신 것처럼 여겨졌습니다. 검은 망토가 두둥실 날아올라서 밤하늘이 나타났을 때의 신성한 느낌은 필설로 이루 표현할 도리가 없었고, 그야말로 그라마라투아를 반하게 만들 정도로 아름답지 않았습니까?"

"예, 그렇습니다. 어둠의 신의 깊은 품속을 연상케 하는 별들이 빛나는 밤하늘에, 빛의 여신의……."

……하나도 모르겠다고. 이젠 둘만의 세계가 돼 버렸으니 그냥 내버려 두자.

둘이서 신이 나 있는 걸 봐도 알 수 있겠지만, 정말 마음이 잘 맞는 약혼자들이다. 클라리사와 하르트무트의 대화는 방치하고, 나는 의식을 보기 위해서 강당에 와 있었다는 리젤레타 쪽을 봤다.

"리젤레타도 봤죠? 귀족원에서 의식을 치르면 여전히 요란해지는 것 같지 않나요?"

귀족원 학생으로서 같이 행동했던 리젤레타에게 동의를 구했더니, 리젤레타는 곤란하다는 얼굴로 미소를 지었다.

"……로제마인 님, 요란하다는 표현은 조금……. 하다못해 환상적이라는 표현이나 신비한이라는 표현을 사용해 주셨으면 싶습니다. 정말 아름다웠으니까요."

"신비하다는 건 이해해요. 정말로 최고신이 오신 것 같은 느낌이었으니까요."

내가 기도를 바치던 때의 감각을 설명했더니, 클라리사가 눈을 반짝반짝 빛내면서 감격했다는 것처럼 날 쳐다봤다.

"역시나 로제마인 님이십니다! 신들과 대화를 나누실 수도 있군요."

"그런 말은 안 했어요. ……그리고, 클라리사. 의식의 감상은 나중에 하르트무트와 같이 나누면 되지 않을까요. 지금은 음식을 맛보면서 드시도록 하세요. 그렇게 흥분해서 이야기하면. 기껏 준비한 음식의 맛이 잘 느껴지지 않을 것 같거든요?"

영주 회의 개시를 앞두고 힘을 내자는 의미와 회식에 내놓을 음식의 시식도 겸하기에 오늘 점심은 호화판이다. 클라리사의 수다가 흐뭇한 이야기에서 소음으로 들리기 시작한 나는 에둘러서 '좀 조용히 해 주세요'라고 부탁했다.

"괜찮습니다. 로제마인 님의 이야기를 하면서 먹으면 뭐든지 맛있게 여겨지니까요."

"그럼 혼자만 다른 메뉴로 바꿔드릴까요?"

"죄송합니다. 조용히 먹겠습니다."

클라리사가 수다를 멈추자 주위 사람들이 안도의 한숨을 쉬는 게 느껴졌다. 단켈페르거에서는 클라리사를 대체 어떻게 다뤘는지 정말 궁금해졌다.

　오후부터 시작된 회의에서는 다른 영지의 질문에 대해 '왕족에게 옛 의식의 재현을 부탁받았습니다' '영지 대항전에서 단켈페르거가 빛의 기둥을 세운 것과 마찬가지입니다' '그 이상의 자세한 내용은 왕족께 여쭤 주십시오'라는 세 가지 대답으로 받아넘기는 데 성공한 것 같다. 전년보다 회식 제안이 많이 들어왔는데, 그건 어떻게든 하겠다는 것 같고.

　"그럼 하르트무트, 클라리사. 문관으로서 확실하게 일해 주세요."
　"알겠습니다."
　다음날, 세 점 종에 맞춰서 나가는 어른들을 배웅하고, 나는 한동안 방에서 독서를 했다. 사람들의 이동이 완전히 끝났을 시간에 도서관으로 갈 예정이다.
　"한넬로레 님도 오시니까, 페르네스티네 이야기 3권을 가지고 갈게요."
　리젤레타와 오틸리에가 준비하는 동안 호위 기사들은 회의를 했다.
　"지하에 들어가는 자는 상급 기사뿐이니까 나와 오틸리에가 지하로 가겠다. 다무엘과 안게리카는 도서관 밖에서 주위를 지켜봐 줬으면 싶다."
　"수상한 인물이 있을 경우에는 바로 연락해 주셨으면 합니다. 최소한 보존 서고로 올라가지 않으면 도망칠 수도 없으니까요. ⋯⋯도서관을 전장으로 만들면 로제마인 님이 어떻게 폭주하실지 모릅니다."

코르넬리우스와 레오노레의 지시를 듣고 다무엘과 안게리카가 고개를 끄덕였다.

"도서관에서 종일 있기보다는 바깥쪽이 좋습니다."

안게리카가 기쁘다는 것처럼 그렇게 말했을 때, 솔랑쥬가 보낸 올도난츠가 날아왔다. 한넬로레가 도착한 것 같다.

"그럼 도서관으로 가죠."

나는 호위 기사 네 명과 시종 두 명을 데리고 도서관으로 향했다.

"공주님, 왔다."

"공주님, 마력 필요해."

슈바르츠와 바이스가 맞이해 주자 나는 이마의 마석을 만지면서 마력을 공급했다. 슈바르츠와 바이스를 보고 리젤레타가 미소를 지었고, 오틸리에는 눈이 휘둥그레졌다. 이야기는 들었지만, 도서관의 마술구가 나를 '공주님'이라고 부르는 게 신기한 기분이라는 것 같다.

"로제마인 님, 잘 오셨습니다. 집무실에서 다른 분들이 기다리고 계십니다. 오늘은 사람이 정말 많으니 집무실에 동행하실 측근은 세 명까지만 부탁드리겠습니다."

솔랑쥬의 말에 의하면 한넬로레는 이미 도착했고 왕족도 있다는 것 같다. 정말로 집무실이 꽉 차 있겠지. 안게리카와 다무엘은 논의한 대로 밖으로 나갔고, 리젤레타는 미소를 지으며 "차를 준비하겠습니다"라고 말하고는 다른 곳으로 갔다. 나는 오틸리에, 코르넬리우스, 레오노레 세 명을 데리고 집무실로 들어갔다.

거기에는 아나스타지우스, 에그란티느, 힐데브란트, 한넬로레와 또 한 사람, 처음 보는 여성이 있었다. 힐데브란트와 비슷한 색의 머리카락을 묶어 올렸고, 한넬로레보다 더 빨갛게 보이는 눈동자는 드세고

의지가 강한 성격을 잘 드러내 주고 있었다. 나이는 20대 초반 정도로 보인다.

"로제마인, 어제 의식은 예상했던 대로 예상을 벗어났지만, 예상 이상으로 좋은 결과를 얻었다."

……의미를 모르겠어.

아나스타지우스가 무슨 말을 하는 건지 모르겠지만, 좋은 결과라고 만족하는 것 같으니 그냥 넘어갔고, 눈빛으로 처음 보는 여성을 소개해 달라고 호소했다.

"……아, 이쪽은 아버님의 제3 부인이자 힐데브란트의 어머니인 막달레나 님이다. 단켈페르거 출신이고 고어에 정통하기 때문에 같이 현대어 번역을 해 주시기로 했다."

아나스타지우스의 소개에 나는 막달레나 앞에서 한쪽 무릎을 꿇고 인사했다.

"에렌페스트의 영주 후보생 로제마인이라고 합니다. 물의 여신 플류트레네의 맑은 흐름에 이끌린 이 좋은 만남에 축복을 기원하는 것을 허락해 주십시오."

"허락합니다. ……왕자님으로부터 이야기는 많이 들었습니다. 이렇게 만나게 돼서 정말 기쁩니다. 영주 회의 동안 잘 부탁드리겠습니다."

인사를 마치면 이동할 차례다. 보관 서고를 지나 지하로 내려갔다. 상급 사서인 오르텐시아가 선두에 서고, 슈바르츠와 바이스가 폴짝폴짝 뛰면서 그 뒤를 따랐다. 이럴 때도 신분 순서다. 나는 왕족들이 열람실에서 기다리고 있던 측근들에게 말을 걸고서 내려가는 모습을 바라보면서 기다리고 있었다.

"이야기는 들었습니다만, 도서관에 이런 장소가 있을 줄은 몰랐습니다."

처음 지하 서고에 들어가는 코르넬리우스는 조금 굳은 표정으로 계단을 내려갔다. "레오노레가 말한 대로 공격당했을 때 도망칠 곳이 없구나"라고 중얼거리는 소리가 들려왔다.

나, 한넬로레, 오르텐시아 세 명이 열쇠를 꽂았더니 금속처럼 보이는 벽에 마력으로 선이 그어지고 전체에 복잡한 문양이 그려진 뒤, 끼긱 소리를 내며 벽이 세 부분으로 갈라져 회전하기 시작했다. 투명한 벽에 가로막힌 지하 서고가 나타나는 모습은 언제 봐도 가슴 뛰는 광경이다.

슈바르츠가 안으로 들어가고 바이스가 앞에서 대기하는 것도 익숙한 광경이다. 측근이 들어가지 못하는 곳이니 제일 신분이 낮은 내가 먼저 들어가서 위험하지 않다는 것을 보여줘야만 한다. 나는 오틸리에한테 받은 종이와 잉크를 품에 안고서 투명한 벽을 통과했다.

"공주님, 기도 부족해."

슈바르츠가 그렇게 말하는 것도 항상 있는 일이다. 나는 "앞으로도 열심히 할게"라고 대답하면서 종이와 잉크를 책상 위에 내려놨다.

"한넬로레, 속성 부족해. 기도 부족해."

한넬로레도 이미 몇 번이나 들은 덕분이겠지. 그 말을 흘려 넘기고 필기도구를 준비하기 시작했다.

"어머, 힐데브란트 왕자님?"

다음엔 누가 들어올까 생각하고 있었더니, 힐데브란트가 긴장한 얼굴로 투명한 벽을 향해서 손을 내미는 모습이 보였다. 귀족원 때는 밀려났던 손이 그대로 스르륵 통과하고, 힐데브란트가 서고로 들어왔다.

"힐데브란트, 속성 부족해. 기도 부족해."

"……들어왔습니다."

슈바르츠의 목소리는 들리지도 않는지, 힐데브란트는 놀라움과 기쁨에 가득한 얼굴로 자기 손을 보고는, 뒤따라 들어오는 어머니 막달레나 쪽을 돌아봤다.

"들어왔습니다, 어머니!"

"잘했습니다, 힐데브란트. 당신이 노력한 덕분입니다."

"막달레나, 속성 부족해. 기도 부족해."

듣자 하니 힐데브란트는 조금이나마 도움이 되기 위해 마력을 늘리고 싶다고 왕께 부탁해서 왕족의 마력 압축 방법을 배웠고, 막달레나한테도 단켈페르거의 마력 압축 방법을 배워서 마력을 늘렸다는 것 같다.

"조금이지만 고어도 배웠습니다. ……최소한, 필사 정도는 하고 싶어서요."

중앙에도 고어를 읽을 수 있는 사람이 있지만, 여기엔 들어올 수 없다. 그래서 여기 있는 자료를 베껴 써서 그들에게 현대어로 번역하게 한다는 것 같다.

"여기 들어오기 위해서 저도 트라오크발 님께 부탁을 받았고, 오랜만에 고어 공부를 했습니다."

살짝 미소를 지은 막달레나 뒤쪽에서 에그란티느와 아나스타지우스가 들어왔다.

"에그란티느, 기도 부족해."

"아나스타지우스, 기도 부족해."

"흐음. 말이 달라졌군. 역시 가호를 재취득해서 속성이 충족된 것 같다. 그렇다면 형님도 말이 달라졌겠지."

왕족도 가호를 재취득했는지, 아나스타지우스와 에그란티느는 전속성이 된 것 같다.

"아나스타지우스 왕자님은 재취득으로 전속성이 되셨나요?"

"그래, 그대가 기도문을 외우면서 마력을 공급하면 된다고 가르쳐 줬지? 겨울 봉납 등의 마력을 쓸 때마다 반드시 신들께 기도를 했더니, 가호를 네 가지나 받았다."

일 년 뒤에 다시 재취득 의식을 치렀다는 모양이다. 에그란티느는 두 가지 가호를 받았다는 듯하고.

"어머나, 에그란티느 님도 재취득해서 전속성이 되셨군요. 저도 졸업식 때 재취득해서 속성을 늘릴 수 있을까요?"

한넬로레가 그렇게 말하자 에그란티느는 한 손을 살짝 볼에 대고 "저는 원래 전속성이었으니까요"라고 말하면서 고개를 천천히 저었다.

"속성과 가호를 늘리는 것도 중요하지만, 지금은 여기 있는 자료를 필사하거나 번역하는 쪽이 중요하다. 나와 에그란티느는 오후에 예정이 있어서 오전에만 작업을 할 수 있다. 서두르자."

아나스타지우스의 말을 신호 삼아 우리는 열심히 하얀 석판을 번역하고 필사하기 시작했다. 막달레나, 한넬로레, 나는 현대어로 번역. 아나스타지우스, 에그란티느, 힐데브란트는 고어 공부를 시작한 지 얼마 안 돼서 번역에 시간이 너무 오래 걸리기 때문에 고어를 그대로 베껴 썼다.

각자의 타이밍에서 잠깐씩 쉬면서 네 점 종이 울릴 때까지는 묵묵히 작업을 했다.

"그럼, 우리는 이만 가 보겠다. 힘들겠지만 오후에도 잘 부탁한다."

아나스타지우스와 에그란티느 두 사람이 측근과 함께 바깥으로 나갔다. 나와 한넬로레는 지하 서고 앞에 있는 휴식 장소에서 점심을 먹을 예정이다. 미성년이 영주 회의가 진행 중인 귀족원을 돌아다니는 모습을 보이지 않기 위해서다. 왕족이 다른 영지의 미성년자를 부리고 있다는 이야기가 퍼지면 그다지 좋게 보이지 않는다는 것 같다. 원래 계획대로라면 별궁으로 돌아갈 예정이었다는 듯한 막달레나와 힐데브란트도 여기서 같이 식사를 하기로 한 것 같다. 시종들이 준비하고 있다.

"별궁까지 꽤 거리가 있기도 하고, 제3 부인인 제가 영주 회의 동안에 귀족원에서 돌아다니는 모습을 보이는 것도 그다지 좋은 행위는 아닙니다. 이쪽에서 같이 식사하도록 하겠습니다."

막달레나는 그렇게 말하면서 커틀러리를 손에 들었다. 막달레나는 제1 부인이 돋보이도록 하고자 지금까지 일부러 눈에 띄게 행동하지 않았다는 듯하다. 자신이 눈에 띄게 행동하면 아무래도 단켈페르거 출신인 막달레나를 제1 부인으로 삼는 쪽이 좋다고 하는 사람들이 나올 것 같으니까.

평소에는 영주 회의에 출석하지 않고 조용히 있었으면서 이번에는 귀족원 안에서 돌아다니는 모습이 목격되면, 무슨 일이 있어서 암약하고 있다는 인상이나 단켈페르거에 정보를 흘리고 있는 것처럼 보일 가능성이 있다. 어떤 소문으로 부풀려질지 모른다는 듯하다.

"이 계절이면 밖에서 피크닉을 하는 것도 좋겠지만, 그것도 쉽지는 않겠죠. 소문처럼 형태가 없는 적은 정말 귀찮으니까요. 로제마인 님과 한넬로레 님도 조심하세요."

"충고해 주셔서 감사합니다."

"그건 그렇고, 저는 로제마인 님께 어제 의식에 대해 듣고 싶습니다. 강당에 못 갔기 때문에 훌륭한 의식을 보지 못했으니까요."

막달레나가 그렇게 말했더니, 미성년자인 힐데브란트와 한넬로레도 "이야기를 듣고 싶습니다"라고 말하면서 고개를 크게 끄덕였다. 두 사람은 눈이 반짝이는 모습이 꼭 닮았다.

"저도 보고 싶었습니다. 실내에 밤을 드리우고 빛의 기둥이 솟아나는 광경이 정말 신비했다고 아버님이 말씀해 주셨습니다."

힐데브란트가 말했더니 한넬로레가 후훗, 하고 웃었다.

"저는 오라버니가 그림을 완성하기를 기대하고 있습니다. 정말 아름다운 광경이었기에 그리지 않고는 배길 수가 없다는 것 같더군요. 어머님께 그림은 영주 회의가 끝난 뒤에 그리라고 야단을 맞았습니다."

"로제마인 님의 축복을 받고, 지기스발트 왕자와 아돌피네 님이 서 있는 무대 위에 겨우 몇 초 동안이었지만 희미한 마법진이 나타났다던데 말이죠? 신들께서 지기스발트 왕자를 차기 첸트로 인정한 것이 아닌가, 라는 말이 나오고 있습니다."

그건 처음 듣는 얘기다. 나는 깜짝 놀란 나머지 입에 집어넣으려고 하던 한입 크기로 자른 닭고기가 떨어진 것도 알아차리지 못하고 막달레나를 쳐다봤다.

"무대에 마법진이 나타났었나요?"

"어머나? 저도 단켈페르거 분들께 그렇게 들었습니다만, 로제마인 님은 마법진을 못 보셨나요? 제단에서 의식을 치르고 계셨는데?"

눈이 휘둥그레진 한넬로레가 한 말을 듣고, 나는 내 행동을 돌이켜 생각해봤다.

"최고신께 기도를 바치기 위해서 위쪽을 보고 있었기 때문에, 무대는 전혀 못 봤어요."

"에렌페스트에서는 마법진 얘기가 전혀 화제가 되지 않았나요?"

막달레나가 놀란 얼굴로 묻자 나는 어제 기숙사에서 있었던 일을 생각해 봤다. 최소한 나는 못 들었다.

"그러니까, 중앙 신전에서 옛 의식으로 치르라고 말한 게 당일 아침이고, 실행하기로 결정한 건 그 직전이었기 때문에 에렌페스트 쪽에는 전혀 알려지지 않았어요. 그래서 점심 자리에서는 제가 무슨 짓을 했는지, 다른 영지 귀족들의 질문에는 어떻게 대답해야 좋을지 등의 대책에 관한 이야기만 하기도 바빴거든요. 그리고, 클라리사와 하르트무트는……."

"굳이 말씀하시지 않아도 알 것 같아요. 로제마인 님 이야기만 했겠죠?"

한넬로레가 말한 대로 두 사람의 화제는 내 행동이 중심이었고, 같은 칭찬이 계속 반복되기 때문에 저녁 식사 전에 레베레히트한테 '언제까지 같은 소리를 할 겁니까?'라고 야단맞기까지 했었다.

"저녁 식사 자리에서는 오후부터 너무나 많은 제안이 들어왔기 때문에 어떻게 대응해야 할지를 두고 의논해야만 하는 상태라서 의식에 대한 이야기는 나오지도 않았어요. 마법진이 빛났다는 건 처음 알았습니다."

……나, 그 자리에 있었는데, 의식을 치른 장본인이었는데, 정말 몰랐어.

차기 첸트 후보를 선별하는 마법진이 나타났다면 정당한 첸트를 원하는 중앙 신전이 필사적으로 옛 의식을 부활시키려 하는 것도 수긍할 수 있고, 아나스타지우스 왕자가 '예상대로 예상 밖이었지만, 예상했던 이상으로 좋은 결과를 얻었다'고 말한 의미도 알 수 있다.

"오늘 저녁 식사 때라도 아버님들께 이야기를 들어 보겠습니다. 몰랐다는 이야기로 넘어갈 수는 없으니까요."

점심 식사를 마치면 오후에도 작업이다. 열심히 현대어로 번역했다. 이렇게 새로운 문헌을 읽는 건 정말 즐겁다.

"……로제마인 님!"

막달레나가 어깨를 세게 흔들어서 번쩍, 고개를 들었다.

"당신 측근에게서 올도난츠가 왔습니다. 서고에서 나가죠."

내가 서고 밖으로 나왔더니 코르넬리우스가 막달레나에게 고맙다는 말을 하고는 다무엘에게서 온 올도난츠의 내용을 말해 줬다.

"아렌스바흐의 디트린데 님이 도서관에 왔다는 것 같습니다."

"디트린데 님은 성인식에서 마법진을 빛나게 하고 차기 첸트 후보가 됐다고 합니다. 첸트가 되는 데 필요한 지식을 얻기 위해서 여기에 올 생각인지도 모릅니다."

레오노레의 말을 들은 막달레나가 "여기를 알고 있는 사람은 거의 없을 텐데요"라고 말하면서 눈을 깜박거렸다.

"아닙니다. 페르디난드 님은 왕족과 조건을 충족한 영주 일족이라면 들어올 수 있는 곳이라고 인식하고 계셨습니다. 옛날에는 왕족과 영주 후보생이 여기에 드나드는 것이 당연한 일이었다면, 누군가가 정보를 가지고 있었다고 해도 이상할 것은 없습니다."

그렇게 말했더니 막달레나는 "그런가요……"라고, 수긍할 수 없다는 표정으로 중얼거리고는, 그 뒤에 뭔가가 생각났다는 것처럼 빙긋, 입술 끝을 끌어 올렸다.

"차기 첸트 후보를 자처하는 디트린데 님과는 한 번 이야기를 나눠 보고 싶었습니다. 대응은 제게 맡기고, 힐데브란트와 한넬로레 님과 로제마인 님은 서고 안에서 작업을 계속해 주세요."

차기 첸트 후보

믿음직한 막달레나에게 모든 것을 맡기고 서고로 돌아가려고 했더니, 한넬로레가 쭈뼛쭈뼛하면서 "저, 막달레나 님"하고 막달레나를 불렀다.

"무슨 일이시죠? 한넬로레 님?"

"서고에서 작업을 계속하는 것보다 숨는다고 할까, 디트린데 님과 저희가 얼굴을 마주치지 않도록 하는 쪽이 좋지 않을까요? 그러니까, 미성년인 저희가 여기서 일을 돕고 있다는 건 최대한 알려지지 않는 게 좋잖아요?"

점심때 했던 이야기를 예로 든 한넬로레의 말에, 막달레나가 잠시 생각에 잠겼다.

"디트린데 님이 호위를 얼마나 데리고, 어떤 목적으로 여기에 오는 것인지 모르니까 서고에 들어가 있는 쪽이 가장 안전하기는 합니다만, 한넬로레 님의 말도 일리가 있군요."

기사를 아무리 많이 데리고 와도 서고 안에는 디트린데 혼자만 들어올 수 있다. 서고 안이 제일 안전하기는 하지만, 아예 존재 자체를 알리지 않을 수 있으면 그게 제일이다.

"계단에서 마주치는 쪽이 제일 위험할 것 같습니다만……."

레오노레의 말에 모두가 말문이 막혔다. 그때, 올도난츠가 날아왔다. 하얀 새는 막달레나의 손목에 앉았고, 입을 열었다. 주위를 신경 쓰는 것처럼 약간 소리죽인 솔랑쥬의 목소리로 올도난츠가 말하기 시작했다.

"솔랑쥬입니다. 지금부터 집무실에서 아렌스바흐에서 온 디트린데 님의 입관 등록을 하게 됐습니다. 미성년자가 귀족원에 있는 모습을 보이지 않는 쪽이 좋다고 생각하신다면 보관 서고 깊숙한 곳에 숨어 계세요. 나중에 다른 출입구를 통해서 밖으로 나오실 수 있도록 도와 드리겠습니다."

우리가 점심 식사도 지하 서고에서 해결했다는 걸 알고 있는 솔랑쥬가 일부러 이야기를 전해줬다. 일단 시간을 벌고 나중에 밖으로 내보내 준다면 그보다 좋은 일은 없다.

……오늘은 종일 서고에 있을 거라고 생각했었는데. 디트린데 님 너무해.

"막달레나 님도 모습을 보이지 않는 쪽이 좋다고 생각하신다면, 같이 보관 서고에 숨도록 하시죠."

나는 그렇게 말했지만, 막달레나는 "아닙니다, 이쪽 서고가 열려 있는데 아무도 없으면 부자연스러우니까요"라고 말하면서 고개를 저었다.

"그리고 저는 디트린데 님이 대체 누구에게 얻은 정보로 이 서고의 존재를 알았는지, 그걸 조사해야만 합니다."

정변 이후에 남은 왕족이 몰랐던 서고의 존재를 디트린데 님이 알고 있을 리가 없다. 만약 알고 있었다면 학생 시절에 도서관에 등록했을 거라고 막달레나가 설명해 줬다.

……하긴, 알고 있으면서도 도서관 등록을 안 했다면 그것도 이상하네.

"지금은 아직 점심 식사를 마친 분들의 이동이 끝나지 않았을 시간

대입니다. 솔랑쥬 선생님의 유도에 따라 밖으로 나간다고 해도, 중앙 동에는 가까이 가지 말아 주세요. 디트린데 님이 도서관에서 나가면 올도난츠를 보내겠습니다."

막달레나의 말에 고개를 끄덕여 대답한 뒤, 나는 내가 현대어로 번역한 문장을 정리해서 막달레나에게 건네고 필기 용구를 정리해서 밖으로 나갈 준비를 했다. 그동안에 코르넬리우스가 점심 식사 뒷정리를 하러 간 시종들에게 상황을 알리는 올도난츠를 날려서 연락이 있을 때까지 도서관으로 돌아오지 말라고 했다.

"힐데브란트는 여러분께 폐가 되지 않도록 잘 할 겁니다. 저는 여기서 디트린데 님과 이야기를 하겠습니다"

막달레나는 싱긋 웃고서 호위 기사들에게 힐데브란트를 맡기고는 빨리 보관 서고로 가라고 재촉했다. 우리는 서둘러서 계단을 올라갔다. 보관 서고와 지하 서고 사이에 있는 문은 시종들이 드나들 수 있도록 열어 놨기 때문에 아무 문제 없이 보관 서고에 들어갈 수 있었다.

열람실을 통해서 들어오는 문 앞에 선 코르넬리우스가, 어디에 숨어야 안 보이는지 확인하면서 지시를 내렸다.

"힐데브란트 왕자님은 제일 안쪽 책장 뒤쪽에 숨어 주십시오. 단켈페르거는 그 앞쪽으로 부탁드립니다. 로제마인 님은 이 책장보다 앞쪽으로는 나오지 않도록 조심해 주십시오."

측근들이 많은 한넬로레와 힐데브란트를 안쪽으로 보내고, 우리는 앞쪽에 있는 책장 뒤쪽에 자리를 잡았다. 귀중한 책들이 놓인 보관 서고의 책장에는 뒤판이 달려 있기 때문에 책장 뒤쪽에 숨으면 안 보이겠지.

"……아직인가요?"

완전히 숨었는데도 디트린데가 오질 않는다. 솔랑쥬가 시간을 벌어 주고 있는지도 모르겠지만, 조금도 움직이지 못하고 가만히 있는 건 정말 고역이다.

"시종들이 드나들 수 있도록 문을 열어 뒀습니다. 언제 들어올지 모르니까 얌전히 계셔 주세요."

……여기 있는 책을 읽고 싶어.

눈앞에 읽어 본 적이 없는 책이 있는데, 책장 앞에서 책을 읽지도 못하고 가만히 있는 건 정말 큰 고통이다.

……조용히 읽으면 되지 않을까? 안 되겠지. 나도 알아. 알지만, 읽고 싶어.

말했다간 혼날 것 같은 생각을 하면서 나는 디트린데가 오기를 기다렸다. 찰칵 소리가 나면서 문이 열리고, 보관 서고 안으로 빛이 들어왔다.

"어머나. 그럼, 디트린데 님이 이쪽에 오신 것은 그 편지를 보시고……?"

솔랑쥬의 부드러운 목소리가 보관 서고 안에 울렸다. 솔랑쥬가 우리에게 들리도록 도서관에 온 이유를 물어보고 있다는 걸 알 수 있었다.

"예, 보낸 사람의 이름이 없는 이상한 편지가 와서……. 제가 차기 첸트가 될 수 있도록 마음으로나마 돕고 싶다고 적혀 있었습니다. 귀족원 도서관에 첸트가 되기 위해서 필요한 지식이 잠들어 있다고요. 그건 틀림없이 신들께서 제게 보낸 편지입니다."

……잠깐만. 보낸 사람이 누군지도 모르는 수상한 편지를 믿고서 도서관에 왔다는 거야?! 디트린데 님의 행동은 영주 일족치고는 말도

안 될 만큼 경솔한 짓 같은데!?

경솔하다고 혼나는 일이 많은 나도 알 수 있을 알 수 있을 정도야. 내가 똑같은 짓을 했다면 틀림없이 페르디난드한테서 날벼락이 떨어졌을 텐데. 무엇보다 평소에는 시종들이 편지를 확인할 테니까 그런 수상한 편지가 자신한테까지 도착할지 아닐지도 불분명한 일이다.

……영주 일족으로서는 말도 안 되는 일인데, 그걸 저지른 디트린데 님한테 깜짝 놀랐네.

페르디난드는 '마력이 부족해서 마법진이 기동하지 않았다'고 했는데, 정말로 차기 첸트를 노린다면 지하 서고에 있는 문헌을 읽는 건 필수다.

"영주 회의 동안에는 도서관이 열려 있다고 적혀 있어서 이렇게 오게 됐습니다. 회식이나 다과회 예정이 계속 들어올 테니 오늘 이 기회를 놓치면 다음에는 언제 올 수 있을지 모르니까요."

영주 회의가 시작된 첫날부터 예정이 빽빽하게 잡히는 일은 거의 없다. 처음 며칠 동안에는 영주 부부가 전부 모이는 회의가 있고, 그 중간에 초대도 하고 예정도 조정한다. 그래서 시작한 직후에는 아직 시간에 여유가 있지만, 점점 바빠진다는 것 같다.

밑바닥 영지였던 시절의 에렌페스트는 멋대로 일정을 끝내고 영지로 돌아가고 싶을 정도로 예정이 없었다는 것 같다. 지금은 첫날부터 예정이 꽉 찼다고 질베스타한테 들었다.

……내가 견습 청색 무녀였던 시절에는 빠져나올 여유가 있었는데.

"지기스발트 왕자님이 성결식에서 마법진을 빛나게 하셨고, 영주 회의 때에 왕족은 지하 서고에 출입하잖아요? 먼저 후보가 된 제가 뒤처질 수는 없죠."

오르텐시아가 씁쓸하게 웃으면서 "……그 말씀은 왕족에 대한 불경으로 여겨질 텐데요"라고 나무랐다. 하지만 디트린데는 피식 웃어 버렸다.

　"구르트리스하이트도 없는 자를 왕족이라고 부르는 건 이상하잖아요? 신들께 선택받고 진정한 첸트가 되는 것은 바로 접니다."

　어떻게 하면 그런 자신을 갖게 되는 건지 모르겠지만, 보관 서고에 디트린데의 큰 웃음소리가 울렸다.

　"디트린데 님은 차기 아우브 아렌스바흐가 아니던가요."

　"지금은 그렇지만, 저는 아우브가 되기 전에 구르트리스하이트를 손에 넣을 겁니다."

　측근들이 아무 말도 없는 건 디트린데의 말이 맞다고 생각하기 때문일까, 아니면 반박하기도 귀찮아서 그냥 넘어가고 있는 걸까. 이대로 가면 농담이 아니라 정말로 페르디난드까지 불경죄에 연좌로 묶여 버리게 될 것 같다.

　"디트린데 님, 하나 여쭙고 싶은 게 있습니다만."

　오르텐시아가 어흠, 헛기침을 해서 디트린데의 웃음소리를 잘라 버렸다. 그리고, 마치 이 자리에 있는 우리에게 들으라는 것처럼 천천히, 약간 큰 목소리로 물었다.

　"슈라트라움 꽃은 올해도 아름답게 피었을까요?"

　"그게 무슨 꽃이죠?"

　"디트린데 님은 모르시나요? 아렌스바흐에서만 손에 넣을 수 있는, 제 남편이 좋아했던 꽃이라고 하더군요. 게오르기네 님께 여쭤봐 주세요."

　오르텐시아는 그렇게 말하면서 디트린데와 측근들을 데리고 계단을 내려갔다.

……슈라트라움 꽃이 뭔데? 디트린데 님은 모르고 게오르기네 님한테 물어보면 알 수 있는 꽃? 오르텐시아의 남편이 중앙 기사단의 라오블루트였지?

아마도 무슨 힌트인 것 같다. 꿈의 신의 이름을 사용한 꽃이니까 대놓고 말하고 싶지 않다든지, 관계없다고 주장하고 싶다든지, 아는 사람만 알면 된다든지, 그런 때에 귀족이 사용하는 암호 같은 말이 틀림없다.

……페르디난드 님께 편지로 상담하면 알 수 있을까? 하지만, 상담해도 되려나?

접촉을 자제하라는 말을 들은 직후에 편지를 보내도 되는 걸까. 하지만, 나 혼자 끌어안고 있기에는 너무나 무거운 일이다. 에렌페스트를 노리는 게오르기네와 찬탈하지 않을까 의심해서 페르디난드를 아렌스바흐로 보낸 라오블루트의 이름이 동시에 나왔다. 불온한 일이라는 건 나도 알 수 있다.

……게오르기네 님과 관련된 일이니 일단은 아버님과 상담할 생각이지만…….

질베스타가 라오블루트를 알고 있는지 아닌지도 모른다. 내가 라오블루트와 개인적으로 접촉했던 것은 귀족원에서 호출을 받고 성전을 봤던 때와 도서관에 와서 아달지자의 열매라는 것을 페르디난드에게 확인한 때였다.

……아달지자의 열매에 대한 일을 숨기면서 잘 설명할 수 있다면 좋을 텐데.

내 생각은 솔랑쥬가 지하로 가는 문을 닫는 소리 때문에 끊어졌다.

솔랑쥬는 일단 문을 잠근 뒤에 빙글, 뒤를 돌아봤다.

"여러분, 계신지요?"

"예, 솔랑쥬 선생님."

"이쪽으로 밖에 나갈 수 있습니다."

솔랑쥬는 우리를 비상구 같은 곳을 통해서 밖으로 내보내 줬다. 어두운 보관 서고에서 갑자기 밝은 바깥으로 나왔더니 현기증이 나고 눈이 따끔따끔했다.

"여기는 도서관 뒤쪽입니다. 중앙동은 딱 반대쪽이니까 기수에 타지 않는 한은 다른 사람들의 눈에 띄지는 않을 겁니다."

도서관 뒤뜰이려나. 밖에서 차를 마시기 위한 테이블과 의자가 풀에 묻혀 있는 모습이 보였다. 옛날에는 많이 있었던 사서들의 휴식 공간이라는 걸 왠지 알 수 있었다.

"디트린데 님이 돌아오실 때까지 잠깐 산책이라도 하시는 건 어떠실까요? 하루 종일 지하에만 계시는 것도 몸에 좋지 않겠죠? 저는 지하 서고 문을 다시 열고 집무실로 돌아가야 합니다만……."

솔랑쥬가 그렇게 말하고 다시 안으로 들어갔다. 디트린데와 얼굴을 마주치는 건 피했다. 하지만 그 사람이 돌아갈 때까지 계속 산책을 하는 건 나한테는 무리다.

……하다못해, 책을 빌려 왔으면 좋았을 텐데.

후회가 앞선다. 나는 멍하니 있었다. 한넬로레도 곤란하다는 것처럼 뒤뜰을 둘러봤다.

"날씨가 이렇게 좋으니까 피크닉을 하기 정말 좋을 것 같은데, 차를 우릴 도구도 곁들일 과자도 지하 서고에 두고 왔네요. 어떻게 시간을 보내야 좋을까요?"

"한넬로레 님, 피크닉도 좋긴 합니다만, 만에 하나의 경우를 생각해서 조금 이동하는 것이 좋을지도 모르겠습니다. 여기 있으면 열람실 창을 통해서 보일 가능성이 있습니다."

힐데브란트의 수석 시종인 아르투르가 긴장한 얼굴로 주위를 둘러보고 있다.

"그렇군요. 영주 회의 중에 열람실의 개인 열람석을 사용하는 사람은 없을 것 같지만, 그래도 사용하는 자리에 따라서는 저희 모습이 그대로 보입니다. 저쪽에 가서 산책해 볼까요? 숲속이라면 사람들 눈에 띄지도 않을 것 같으니까요."

레오노레가 남쪽에 펼쳐진 숲을 가리켰다. 나뭇잎 사이로 드문드문 들어오는 햇살이 바닥에 복잡한 문양을 그리고 있는 숲속은 햇살이 쨍쨍 내리쬐는 여기보다 훨씬 편해 보였다.

"레오노레 말대로 로제마인 님은 일인용 기수를 꺼내서 이동하시는 쪽이 좋겠죠. 햇볕을 너무 많이 쬐면 몸이 안 좋아지실 테니까."

"이래 봬도 많이 튼튼해졌는데요……."

오틸리에의 말에 나는 입술을 삐죽 내밀었다. 두 번째 유레베에 들어간 뒤로 나는 많이 튼튼해졌다. 오틸리에는 귀족원에 동행하지도 않았고, 에렌페스트로 돌아온 뒤에도 거의 신전에서 지냈기 때문에 내 몸 상태를 제대로 파악하지 못한 게 아닌가 싶다.

"로제마인 님이 조금씩 튼튼해지고 있다는 사실은 알고 있습니다만, 그래도 방심은 금물입니다. 몸 상태가 나빠지면 당분간은 서고에 못 가게 됩니다."

……그건 그렇긴 한데, 한넬로레 님과 힐데브란트 왕자님 앞에서 말하지는 말아 줘!

오틸리에의 말에 비명을 지르고 싶은 기분을 맛보며 나는 두 사람을 슬쩍 봤다. 예상대로 다과회에서 갑자기 쓰러진 일 때문에 트라우마가 있는 두 사람과 그 측근들이 얼굴이 새파래져서 숲을 가리키고 있었다.

"로제마인, 숲으로 가죠. 기수를 써도 되니까. 왕족을 돕다가 쓰러지기라도 하면, 저는……."

"힐데브란트 왕자님 말씀이 맞습니다, 로제마인 님. 이대로 곧장 남쪽으로 가면 단켈페르거의 기숙사가 나올 겁니다. 숲으로 조금만 들어가면 보일지도 몰라요."

힐데브란트한테서 허가를 받은 상태에서 '건강을 위해 걷겠습니다'라고 할 수도 없다. 나는 1인용 레서 버스를 꺼내서 올라타고는 다른 사람들과 같이 숲을 향해 이동했다. 다른 사람들은 걷고 있는데 혼자만 기수에 타고 있는 상태가 조금 원망스럽다.

……힐데브란트 왕자님과 비슷한 속도라면, 나도 걸을 수 있는데.

코르넬리우스가 올도난츠를 날렸고, 다무엘과 안게리카가 합류할 무렵에는 숲에 들어와 있었다. 나는 사람들의 과보호 때문에 아주 조금 불만을 느끼면서 기수에 타고 있었지만, 우거진 나무들이 햇살을 적당히 가려 주는 숲속은 음이온이 넘쳐나는 덕분인지 아주 기분이 좋았다. 여러 가지 생각 때문에 복잡했던 머릿속이 조금이나마 풀어지는 것 같은 기분이 들었다.

"설경이 아닌 귀족원이 처음이다 보니 신기한 느낌이지만, 정말 기분 좋은 숲이네요."

"맞아요. 이렇게 아름다운 곳인 줄은 몰랐어요. 하얀 건물에 수풀의 초록색과 갖가지 색들의 꽃들이 피어 있어서 정말 아름다워요."

하얀색으로 뒤덮인 귀족원밖에 몰랐던 나와 마찬가지로, 한넬로레도 봄 귀족원의 아름다움에 놀란 모양이다. 주위의 아름다움을 칭찬한 뒤, 한넬로레는 막달레나가 있어서 자제하고 있던 페르네스티네 이야기의 감상을 말하기 시작했다.

"다음 이야기가 너무나 궁금하고 또 궁금해서 견딜 수가 없었어요. 이렇게 해서 페르네스티네가 행복해지지 못한다면 단켈페르거는⋯⋯ 아니, 저는 어떻게 해야 좋을까요."

한넬로레가 부들부들 떨면서 나를 쳐다봤다. 페르네스티네 이야기 2권은 왕자의 구혼을 받아서 행복해질 것 같다는 생각이 든 순간, 왕이 반대하고 의붓어머니의 음모 때문에 다른 남자에게 시집가게 되는 등등 절망의 늪에 가라앉으려는 부분에서 다음 권으로 넘어가는, 사람을 미치게 만드는 내용이다.

"한넬로레, 그렇게 탄식하지 않아도 괜찮습니다. 왕자는 반드시 페르네스티네를 구해 주러 갈겁니다. 서로가 그렇게 깊이 사랑하잖아요. 포기할 리가 없습니다."

아무래도 힐데브란트도 페르네스티네 이야기를 읽은 것 같다. 힘차게 단언했다.

"그런가요, 로제마인 님?"

두 사람이 희망이 가득한 눈으로 쳐다보자, 나도 모르게 웃고 말았다.

"다음 내용은 3권을 읽고 직접 결말을 확인하세요. 오늘 가지고 왔으니까요."

"어머나, 정말인가요? 정말 기대되네요. ⋯⋯이번에야말로 정말 완결인 거죠?"

한넬로레가 약간 경계하는 것처럼 나한테 물었다. 페르네스티네 이야기는 3권에서 완결이니까 틀림없다. 내가 웃는 얼굴로 고개를 끄덕였더니, 그제야 한넬로레가 안심했다는 것처럼 웃었다.

"……저건 뭘까요? 뭔가 하얀 건물이 보입니다."

나무 위에서 앞쪽의 상황을 살피던 안게리카의 목소리가 들려왔다. 우리 위치에서는 안 보이지만, 그렇게 크지는 않은 건물이 있다는 것 같다.

"혹시 단켈페르거의 기숙사가 아닐까요?"

"아뇨, 아닙니다. 단켈페르거 기숙사는 더 멀리에 있고, 저렇게 작지도 않습니다. 나무들에 묻혀서 기수로 상공을 날아가면 보이지도 않을 정도의 건물입니다."

안게리카의 말을 듣고 다른 사람들도 짐작이 가는 건물이 없는지 고개를 갸웃거리고 있다. 각 영지의 기숙사는 기본적으로 숲의 나무들보다 높다. 지하실, 하인들이 있는 지층, 식당과 다목적 홀이 있는 1층, 남자들 방이 있는 2층, 여자들 방이 있는 3층, 그리고 4층이라고 해야좋을까, 다락방을 창고로 사용하고 있다. 아무리 봐도 숲의 나무들에 가려질 높이는 아니다.

"안게리카, 어떤 곳인지 보고 와 주세요. 건물 주위가 트여 있다면 거기서 잠깐 쉬고 싶으니까요."

안게리카는 바로 신체 강화를 사용해서 경쾌한 움직임으로 가지에서 가지로 뛰어넘으며 앞으로 나아갔다. 단켈페르거의 호위 기사도 한넬로레의 지시를 받아서 안게리카를 쫓아갔다.

"문은 자물쇠로 잠겨 있었습니다. 꽤 지저분하고, 최소한 10년 이상은 사용하지 않은 것처럼 보이는 건물입니다."

"저희도 모르는 건물이니까 저기서 쉬어도 다른 사람들 눈에 띄지는 않을 것 같습니다."

정찰대의 보고를 듣고 우리는 그 건물에 가기로 했다. 보고대로 숲의 나무들에 둘러싸여 조용히 숨어 있는 하얀 건물이 있었다. 주위에 풀들이 우거진 모습이나 손질하지 않은 건물의 상태를 보면 아무도 여기에 찾아오지 않는다는 것을 잘 알 수 있었다.

"관리해서 마력을 주입하는 사람이 있으면, 하얀 건물은 열화되지 않으니까요. 정말로 여기를 찾아오는 사람이 없다는 뜻이겠죠."

"정말 작은 건물이네요. 숲을 관리할 때 사용하는 오두막일까요?"

힐데브란트의 말에 아르투르가 "관리용 오두막은 더 작습니다"라고 대답했다. 기숙사나 성과 비교하면 작지만, 정자나 숲의 관리용 오두막보다는 크다. 창이 없어서 안의 상황은 볼 수가 없다. 특이한 건물이지만, 문 좌우에 석상이 늘어서 있는 분위기가 왠지 평민 마을에서 신전으로 들어가는 문 같은 느낌이었다.

"……어쩌면 사당인지도 몰라요. 예전에 제 할아버님이 보물 빼앗기 디터 중에 귀족원 구석에 있는 사당을 부순 적이 있다는 것 같습니다. 그리고 귀족원 곳곳에 있는 신을 모신 사당에서 장난을 치던 못된 학생이 어느 날 갑자기 사라졌다는 20대 불가사의 이야기를 솔랑쥬 선생님이 해 주신 적이 있죠? 여기가 그런 사당인지도 몰라요."

문 좌우에 배치된 석상이 신전 문과 비슷하다는 이야기를 하고, 나는 기수에서 내려 그 건물로 다가갔다. 신들을 모신 사당을 이렇게 더러운 채로 방치해 둘 수는 없다.

"로제마인 님?"

"일단 깔끔하게 해 보죠. 이대로는 여기 앉아서 쉴 수도 없으니까요."

나는 기수로 이동했지만, 힐데브란트와 한넬로레는 꽤 많이 걸어왔다. 잠깐 앉아서 쉬고 싶겠지. 나는 지금까지 쉰 만큼 일하기 위해서 허리에 찬 가죽 주머니에서 마법진이 그려진 마지(魔紙)를 꺼냈다.

"그건 뭔가요?"

"클라리사가 연구하던 광역 마술을 보좌하기 위한 마법진입니다. 이게 있으면 아주 편하게 광역 마술을 쓸 수 있거든요."

나는 슈타프를 꺼내서 그 마법진에 마력을 담았다. 종이가 둥실 떠올라 빛나는 모습을 보면서 "바셴"이라고 주문을 외웠더니 다음 순간, 물이 건물 전체를 감쌌다. 그리고 몇 초 뒤에는 물 덩어리가 사라졌다. 때가 가시고, 빛나는 것처럼 새하얀 건물이 돼 있었다.

"이걸로 깨끗해졌어요."

"거, 건물 전체를 바셴으로 씻어 내다니, 처음 봐요."

엔트비켈른 이후에 페르디난드가 아무렇지도 않은 얼굴로 평민 마을 전체를 통째로 씻어 내는 모습을 봤기 때문에 마력이 잔뜩 필요하기는 해도 비교적 평범한 방법이라고 생각했었다. 하지만 주위의 반응을 보면 아무래도 아닌 것 같네.

"보좌 마법진이 없었다면 도저히 못 했을 거예요. 클라리사 덕분이랍니다. 호호호호……."

웃어넘기려 했지만, 어쩌면 나한테 귀족의 상식이 부족한 건 페르디난드 때문이 아닐까.

"기왕에 깨끗하게 했으니까 잠깐 앉아서 쉬도록 하죠. 힐데브란트 왕자님도 한넬로레 님도 피곤하시죠?"

내가 "문 앞 계단에 앉아서 쉬죠"라고 말했더니 힐데브란트가 웃는 얼굴로 뛰어왔다.

"로제마인 님이 그렇게 말씀하시니 쉽겠습니다만, 이 정도 거리는 아무 문제 없습니다. 단켈페르거 출신인 어머님의 교육 방침 덕분에 제 나이에 맞는 수준으로 단련하고 있으니까요."

왕족이지만 힐데브란트는 단켈페르거의 피를 이은 남자다. 이 정도 거리를 이동한 정도로 지치지는 않는 것 같다. 아무래도 한넬로레도 딱히 피곤하지는 않은지 시종을 기숙사로 보내서 차를 준비해 와야 하는지 생각하고 있다.

······나, 기수에 탄 게 정답이었네. 이 두 사람 체력에 맞춰서 산책하는 건 무리야.

"여기서 단켈페르거의 기숙사는 비교적 가까우니까 차를 준비하도록 할까요?"

"눈에 띄지 않는 쪽이 좋으니까 신경 쓰지 마세요. 기수를 타고 차를 준비하는 시종도 힘들 테니까요."

힐데브란트의 측근들의 말에 한넬로레는 고개를 끄덕였고, "그럼, 저도 잠깐 쉬겠습니다"라고 말하고는 휴식하기 위해 이쪽으로 걸어왔다.

"한넬로레 님은 이쪽에 앉으세요. 막달레나 님한테서 올도난츠가 올 때까지 페르네스티네 이야기의 감상을 들려 주세요."

나는 문에 손을 짚고서 한넬로레를 불렀다. 다음 순간, 나는 분명히 닫혀 있던 문으로 빨려 들어갔다.

"으에?!"

눈 깜박할 사이에 내 시야에 비치는 것은 숲의 풍경에서 신들의 상을 모신 사당으로 바뀌어 있었다. 여섯 평 정도 되는 넓이의 사당 내부에는 열세 신들의 상이 줄지어 있다. 창과 파란 석판을 든 미장부를 중심으로 늠름한 상들이 서 있는 모습을 보고, 여기가 불의 신 라이덴샤프트를 모신 사당이라는 걸 알았다.

"이런 사당은 처음 봐."

신전이나 귀족원 제단에 최고신과 다섯 대신의 석상이 있기는 하지만, 권속이 전부 모인 불의 속성만을 모신 사당은 처음 본다.

"우와, 왠지 성장에 도움이 될 것 같아."

나는 손을 번쩍 들어 올리고, 여기에 있는 권속신들에게 기도를 바쳤다.

"불의 신 라이덴샤프트, 인도의 신 에아바클레렌, 육성의 신 안박스……."

……제발 남들만큼 성장하게 해 주세요!

내가 기도했더니 번쩍, 하고 마력이 라이덴샤프트가 들고 있는 파란 석판으로 빨려 들어갔다. 그 모습을 보고 있었더니 파란 석판이 반짝 빛나면서 글자가 새겨졌다.

……뭐지?

나는 처음 보는 파란 석판으로 다가가서 글자를 읽었다.

"그대의 기도는 내게 전해졌다. 그대를 인정하고, 라이덴샤프트로부터 메스티오노라의 서를 입수하기 위한 말을 내려 주노라……."

여기서 라이덴샤프트의 손가락에 가려져서 문장이 끊어졌다. 중요한 '메스티오노라의 서를 입수하기 위한 말'이 뭔지 대체 알 수가 없다. 나는 석상을 향해서 "이렇게 들고 계시면 읽을 수가 없잖아요, 라이덴샤프트 님"이라고 투덜대며 파란 석판을 집어 들었다.

"내 말만 가지고는 아직 부족하다. 차기 첸트 후보는 모든 신들로부터 말을 받으라."

마지막 말을 다 읽은 순간, 파란 석판이 내 안으로 빨려 들어왔다. 그리고 내 안에 있는 슈타프와 동화해 갔다. 이 파란 석판이 지금까지 내가 바친 기도의 마력과 '신의 의지'가 섞인 물건이라는 것을 감각으로 알았다. 동시에, 마치 어둠의 신과 빛의 여신의 이름이 머릿속에 새겨지던 때처럼, 라이덴샤프트가 내려 준 말이 머릿속에 떠올랐다.

"플렉타르크."

"그럼, 저는 이쪽에 앉아 있겠습니다."

한넬로레가 웃는 얼굴로 다가와서는 문 앞에 앉았다. 나는 문에 손을 짚은 자세 그대로였다. 시간이 전혀 흐르지 않은 것 같은 기묘한 감각에 나도 모르게 주위를 둘러봤다. 라이덴샤프트가 내려 준 말이 입을 통해서 나온 다음 순간, 사당 밖에 서 있었다. 마치 라이덴샤프트가 그 말을 내려 주기 위해서 날 부른 것 같다.

"로제마인 님, 무슨 일 있으신가요?"

"아뇨, 아무것도 아닙니다."

한넬로레에게 빙긋 웃으며 대답했다. 주위 경치는 변함이 없다. 아무도 내가 사당에 들어갔다는 사실을 알아차리지 못했다. 하지만, 뇌리에 새겨진 말은 사라지지 않는다.

……메스티오노라의 서를 입수하기 위한 말이라고 했지?

지혜의 여신 메스티오노라의 서. 즉, 새로운 책. 거역할 수 없는 감미로운 유혹이다.

……아아, 읽고 싶다, 메스티오노라의 서.

힐데브란트와 한넬로레의 대화를 흘려들으며 나는 멍하니 메스티오노라의 서에 대해 생각했다.

……여신님의 책은 대체 어떤 걸까? 기대된다. ……어라, 잠깐? 메스티오노라의 서라면 보통은 구르트리스하이트를 가리키는 거잖아? 혹시, 내가 읽으면 안 되는 건가?

읽고 싶은 유혹에 사로잡혔던 머릿속에 갑자기 현실이 찾아왔다. 그 순간, 나 혼자만 사당에 빨려 들어갔으니까 석판을 읽기 전에 호위 기사들과 연락을 했어야 했다든지, 무엇보다 수상한 석판에 가까이 가지 말았어야 했다든지 등 현실적인 시점에서 내 행동을 돌이켜 보게 됐다.

……마치 플류트레네의 밤에 여신의 목욕터에서 신기한 체험을 했던 때 같아.

그때도 동행자에게 연락하는 것을 부자연스럽게 잊어버렸다든지, 페르디난드 일행이 들어갈 수 없었던 걸 보면 뭔가 마력적인 간섭이 있었을 것 같다. 그 사당 안쪽도 그런 느낌이 아니었을까.

……조금 차분하고 냉정하게 생각해 보자.

메스티오노라의 서가 정말로 구르트리스하이트라면 내가 손에 넣는 건 상당히 위험할 것 같아. 나는 구르트리스하이트를 손에 넣고 싶은 것도 아니고, 첸트가 되고 싶은 것도 아니니까. 괜한 일에 휘말리고 싶지 않다면, 손대지 말고 말도 안 하는 게 제일이다.

하지만 이 기회를 놓치면 여신님의 책은 절대로 못 읽을 것 같다. 읽고 싶다. 너무너무 읽고 싶다. 이런 감정만은 속일 수가 없어.

……그리고, 왕족이 구르트리스하이트를 찾고 있잖아? 조금이나마 단서가 필요하겠지?

지하 서고에 첸트가 되기 위해서 필요한 지식이 있다는 정보만 가지고 필사적으로 번역하고 있을 정도니까. 지금 내가 했던 체험은 상당히 귀중하고 크나큰 정보가 될 것 같다.

……귀중하기는 한데, 같은 방법으로 할 수 있을까?

아마도 빛의 기둥이 솟았을 때 날아갔던 빛의 일부가 파란 빛의 바탕이 된 것이 아닌가 싶다. 즉, 그만한 축복을 해서 마력을 봉납하고, 빛의 기둥을 세워야만 한다. 중앙의 마력 공급 때문에 힘든 상태인 왕족이 귀족원에서 빛의 기둥을 팍팍 세울 수 있을 만큼의 축복을 할 수 있을까.

……왕족이 못 하면 어쩌지?

내가 못 하는 일은 다른 사람한테 다 떠넘기면서 살아 온 내가 제일 먼저 떠올린 것은 '할 수 있는 사람한테 해 달라고 하면 되잖아'라는 생각이었다. 손에 넣을 수 있을 것 같은 사람에게 구르트리스하이트를 손에 넣으라고 하면 된다. 손에 넣을 수 있을 것 같은 사람이 나만 아니라면, 그렇게 제안하겠지.

……그리고 내가 구르트리스하이트를 손에 넣으면 왕족은 어떻게 되지?

내가 읽은 뒤에 왕족에게 간단히 양도할 수 있다면 좋다. 하지만 간단하지 않은 경우에는 어떻게 될까. 페르디난드는 위험시돼서 왕명으로 아렌스바흐로 보내졌다. 나도 마찬가지로 위험시당해서 왕명을 받게 될 가능성이 크다.

……최악의 경우에는 살해당할지도 몰라.

정변의 시작이 구르트리스하이트를 둘러싼 일이었다. 페르디난드의 사례는 왕족이 아닌 자가 구르트리스하이트를 손에 넣으면 어떻게 되는지를 보여주는 것이라고 생각된다. 갑자기, 머릿속에 페르디난드의 목소리가 떠올랐다.

"그대는 왕이 되기를 바라는가?"

그것은 성전에 왕이 되는 길이 보인 때였다. 그때와 지금의 내 생각은 변함이 없다. 왕은 바라지 않지만 책은 읽고 싶다. 그리고 분쟁의 원인이 되고 싶지도 않고. 왕족을 위해서 정보를 제공하고 싶기는 하지만, 나 자신을 위해서는 입을 꾹 다물고 싶다.

누군가와 상담하고 싶지만, 상담할 수 있는 사람이 생각나지 않는다. 음~ 하고 고민하면서 시선을 위쪽으로 옮겼더니 하늘에 파란 선이 그어져 있었다. 사당 지붕에서 여러 개의 파란 빛이 나오고 있다.

"……저 파란 빛은 뭘까요?"

"어떤 파란 빛 말인가요?"

힐데브란트와 한넬로레는 내가 가리킨 곳을 보고는 이상하다는 표정을 지었다. 저렇게 또렷하게 보이는 부자연스런 파란 빛이 전혀 안보이는 것 같다. 두 사람은 물론이고 측근들한테도 안 보이는지, 열심히 응시하거나 고개를 갸웃거리고 있다. 안 보이는 사람들한테 아무리 주장해 봤자 소용없다. 나는 눈을 몇 번 깜박이고 고개를 저었다.

"……제가 잘못 봤나 보네요. 숲속에서 비친 햇빛 때문에 눈이 잠깐 이상해졌나 봐요."

"생각보다 눈이 부셨으니까요."

한넬로레가 나처럼 위를 보고는 눈부시다는 것처럼 눈살을 찌푸렸다. 그쪽 방향에 파란 선이 있는데, 전혀 안 보이는 것 같다.

……저 파란 선 끝에는 뭐가 있을까?

하늘을 바라보며 응시하고 있었더니 올도난츠가 날아왔다. 아르투르의 팔에 앉아서 입을 연 하얀 새는 막달레나의 목소리로 지하 서고로 돌아오라는 말을 세 번 했다.

사당의 장소

"잠깐 바깥에 나갔다 왔으니 기분 전환이 됐으려나요?"

지하 서고로 돌아왔더니 시종들이 바로 차를 준비해 줬다. 밖에서 돌아다닌 탓에 목이 말랐기 때문에 차가 정말 맛있었다. 차를 마시면서 막달레나가 밖에서 어떻게 시간을 보냈는지 질문했다.

"예, 어머님. 솔랑쥬 선생님이 문을 열어 주셔서 보관 서고에서 바깥으로 나갈 수 있었습니다. 도서관 뒤뜰이었습니다만, 로제마인에게는 햇살이 너무 세서 숲으로 들어가기로 했습니다. 거기에 있던 사당 앞에서 쉬었습니다. 잠겨 있어서 안에는 들어가 보지 못했습니다만……."

힐데브란트가 바깥에서 한 행동을 어머니께 보고했다. 막달레나는 아들을 자애롭고 상냥한 미소로 바라보며 "안에 들어가지 않았는데, 어떻게 사당이라는 걸 알았죠?"라는 말로 계속 말하라고 재촉했다.

"에렌페스트 신전 입구와 닮았다고, 로제마인이 말했습니다."

"……귀족원의 제사에 그만한 의미가 있었습니다. 사당에도 뭔가 의미가 있겠죠."

잠깐 생각하고 중얼거린 막달레나의 말에, 나는 '아주 큰 의미가 있습니다'라고 말하며 고개를 끄덕이고 싶었다. 하지만 명확하게 전달하는 것을 피하고, 나는 무난한 정보만 전했다.

"이미 수복한 것 같습니다만, 제 할아버님이 보물 빼앗기 디터 중에 사당을 부순 적이 있다고 합니다. 귀족원 구석진 곳에 있었다고 했으니, 아까 그 사당과는 다른 곳이라고 봅니다. 도서관에서 출발한 저희가 잠깐 걸어가서 도착하는 곳을 구석진 곳이라고 표현하지는 않겠죠?"

중앙동, 문관동, 시종동, 도서관 등이 모여 있는 이 부근은 귀족원의 중심부다. 구석진 곳이라는 표현은 기숙사들이 드문드문 있는 쪽을 가리키는 쪽이 어울릴 것 같다. 이것으로 다른 곳에도 사당이 있을 것 같다는 뜻이 전해졌을까. 내가 사람들의 분위기를 살펴보니, 한넬로레한 테는 확실히 전해진 것 같다.

"그럼, 그밖에도 같은 사당이나 신을 모신 장소가 있을지도 모르겠네요. 왕족이 관리하는 귀족원의 지도 같은 것은 없나요? 아니면 사당 열쇠라든지……."

"옛날에는 디터를 위해서 각 영지의 기숙사를 기록한 지도를 독자적으로 작성하기도 했습니다만, 왕족이 관리하던 사당의 지도는 들어본 적이 없군요. 솔랑쥬나 왕궁 도서관 사서에게도 물어보도록 하죠."

막달레나는 그렇게 말했다. 그러고 보니 페르디난드의 디터 교육책에도 간단한 귀족원 지도가 있었을 텐데. 기숙사로 돌아가면 조사해 보는 것도 좋을지도 모르겠다.

"막달레나 님, 디트린데 님과는 어떤 이야기를 하셨나요?"

"……차기 첸트 후보라고 자처하시는 분은 상당히 개성적이라서, 정말 놀랐습니다. 자, 이야기는 이쯤 하고 작업을 하도록 하죠. 시간이 얼마 없습니다."

그렇게 얘기하고 싶지 않은 내용인지, 막달레나는 빙긋 미소를 지으며 작업을 재촉했다.

……단켈페르거의 제1 부인도 놀랐으니까. 보관 서고에서 말했던

내용을 막달레나 님 앞에서 대놓고 말했을 것 같지는 않지만, 아무래도 디트린데 님이니까……

디트린데 님은 귀족원 다과회에서도 실례되는 말을 했었는데, 기본적으로는 하위 귀족에게 한 말이다 보니까 눈살을 찌푸리게 되는 정도의 발언이었다. 아우브 아렌스바흐가 사망해서 아렌스바흐의 최상위에 있는 사람이 됐으니까, 자기 영지를 생각한다면 자신보다 상위인 왕족에게 실례되는 짓을 했을 리는 없을 것이다. 보통은 측근들이 그런 짓을 못 하게 할 테고.

하지만, 막달레나 님이 말을 끊은 방식을 생각해 보니 엄청나게 불안해졌다. 현재 왕족에게 차기 첸트 후보라고 자처했다는 것 같다. 디트린데가 왕족에게 너무 심한 불경을 저지르면 남편이 될 페르디난드에게도 연좌로 죄를 물을 가능성이 커진다. 성결식이 연기돼서 다행이라고 생각할 수밖에 없다. 약혼자라서 영주 회의에 올 수 없는 페르디난드는 여기서 디트린데가 무슨 사고를 쳐도 아직은 연좌제로 엮이지는 않을 것이다.

나…… 어쩌면, 빨리 구르트리스하이트를 손에 넣는 게 좋지 않을까?

그게 있으면 위급한 때에 왕족에게 '구르트리스하이트를 드릴 테니까 페르디난드 님은 봐주세요!'라고 연좌 회피를 부탁할 수 있다. 아무것도 없으면 교섭 자리까지 갈 수도 없고. 디트린데에게 연좌되는 페르디난드를 가만히 보고 있기만 해야 한다.

……이것도 걱정이 너무 심하다는 소리를 들으려나?

나는 살짝 가슴에 손을 얹었다. 디트린데가 보관 서고에서 했던 말을 막달레나에게도 그대로 하는 타입이라면, 머지않아 내 걱정은 현실이 될 것이다. 입 밖으로 내지 않고 혼자 걱정만 하면 혼나지는 않겠지.

……메스티오노라의 서가 구르트리스하이트라는 보장은 없다. 어쩌면 구르트리스하이트를 손에 넣기 위해서 필요한 물건일 수도 있고, 구르트리스하이트라고 해도 당장 손에 넣을 수 있는 물건은 아닐 테니까. 일단 몰래 찾아보자.

나는 오틸리에한테서 종이와 필기도구를 받아서 지하 서고로 들어갔다. 슈바르츠가 날 보면서 "공주님, 기도 부족해"라고 말했다. 파란 석판을 손에 넣었을 뿐인 나는 분명히 기도가 부족하겠지.

……어디에 있는지도 모르는 사당의 위치부터 찾아봐야겠지.

"슈바르츠, 기도를 바치기 위한 사당의 위치가 기록된 귀족원 지도가 있을까?"

"있어."

내가 별 생각 없이 물어봤더니 슈바르츠가 하얀 석판을 여러 개 꺼내 줬다. 슈바르츠가 보여준 석판은 책장 한복판에서 오른쪽에 드문드문 놓여 있었다. 왼쪽 위에서부터 읽어 가는 내 방식으로는 상당히 도달하기 힘든 부분에 있었던 모양이다.

"고마워, 슈바르츠."

나는 슈바르츠의 이마를 쓰다듬어 주고는 죽 늘어선 지도를 확인했다. 아주 대략적인 지도와 상세한 지도 각각 사당으로 보이는 점의 숫자가 제각기 다르다. 어디에서 기도를 바쳐야 하는지 잘 모르겠다. 그리고 이 지도에는 각 영지의 기숙사와 표식이 될 만한 건물이 그려져 있지 않아서 어디에 있는지도 잘 모르겠고. 전부 베껴 두고 기숙사에 돌아간 뒤에 디터를 위해 작성한 지도와 대조하며 확인해야겠다. 장소 확인에도 시간이 많이 걸릴 것 같다.

"로제마인, 끝났다!"

"꺄악?!"

갑자기 석판을 빼앗기고 깜짝 놀라서 고개를 들었더니 질베스타가 하얀 석판을 슈바르츠에게 넘겨주고 있었다.

"넌 정말로 사물에 집중하면 주위의 목소리가 하나도 안 들리는 것 같구나. 내가 대체 몇 번을 불렀는지는 아느냐?"

"……몰라요."

질렸다는 얼굴의 질베스타가 "빨리 정리해라"라고 재촉해서 현대어 번역을 마친 종이를 막달레나에게 건네고 베껴 그린 지도를 접어 내 가죽 가방에 넣었다.

"양아버님이 마중하러 오셨군요."

"당연하지. 임신 중인 플로렌치아를 이렇게 거대한 마술구 안에 들여보낼 수는 없으니까."

강한 마력으로 출입할 사람을 선별하는 지하 서고는 보관 서고의 문에서부터 시작되는 거대한 마술구라고도 할 수 있다는 것 같다. 뱃속에 있는 아기에게 어떤 영향을 줄지 모르니까 플로렌치아를 들여보내고 싶지 않다는 것 같다.

"양어머님은 도서관에 들여보내실 생각이 없다면, 매일 양아버님이 마중하러 오신다는 말씀이신가요?"

"그럴 생각이다. 자, 가자."

질베스타가 내민 손의 의미를 이해하지 못한 나는 당혹스런 표정으로 고개를 갸웃거렸다. 이건 대체 어떻게 해야 하는 걸까.

"뭘 멍하니 서 있나? 내가 에스코트해 주는 게 불만이냐?"

"아뇨……. 양아버님이 양어머님 말고 다른 사람을 에스코트해 주리라고는 생각도 못 했거든요."

"플로렌치아가 있을 때는 플로렌치아가 최우선이니까."

나는 질베스타 쪽으로 손을 내밀었고, 에스코트를 받으며 서고에서 나왔다. 계단을 오를 때와 내려갈 때 공주님처럼 정중히 다뤄 줬는데, 엄청나게 이상한 기분이 들었다.

도서관에서 나왔더니 벌써 해가 기울어 있었다. 노을이 진 회랑을 질베스타의 에스코트를 받으며 걸어갔다. 평민 시절에는 손을 잡는 일은 있어도 이렇게 누군가의 팔을 붙잡고 걸어간 적은 거의 없었고, 귀족이 돼서도 연회 때 외에는 이렇게 걸어 본 적이 없다.

……할아버지 손가락을 잡고 걸었던 적은 있지만 에스코트라기보다는 중대한 미션이라는 느낌이었고, 무엇보다 에렌페스트 성에서는 기수에 탔으니까.

"로제마인, 내 에스코트가 그렇게 이상한 표정을 지을 일이냐?"

"……이런 에스코트에 익숙하지 않아서 조금 당황했어요."

"익숙하지 않다고? 페르디난드나 빌프리트가 많이 해 줬을 텐데?"

질베스타가 놀랐다는 표정을 지었는데, 나야말로 놀라고 싶다. 두 사람한테 일상생활에서 이런 에스코트를 받아 본 적이 한 번도 없거든.

"페르디난드 님은 일상생활에서 에스코트 같은 걸 해 주시는 분이 아니에요. 아, 그래도 가끔씩 걸음이 너무 빠를 때 뛰어가서 소매를 붙잡으면 제가 넘어지지 않을 정도까지 걷는 속도를 늦춰 주셨어요. 종종걸음에서 빠른 걸음 정도로……."

"뭐? 그게 다야?"

나는 필사적으로 페르디난드가 해 줬던 일들을 떠올렸다.

"그리고, 마수에 같이 타 주셨을 때는 저를 안아서 올려 주시거나 내려 주셨어요. 신장 문제로 혼자서는 타고 내릴 수가 없어서 그랬을 뿐이지만."

"……빌프리트는? 약혼자잖아?"

"연회 때는 에스코트해 줬어요. 하지만, 일상생활에서는 딱히……. 아, 귀족원 강의를 들으러 갈 때, 측근들이 못 들어가는 영주 코스 교실에 갈 때 무거운 짐을 들어줬어요."

그걸 보고 놀란 한넬로레가 상냥한 약혼자라고 말했었다. 내 말을 들은 질베스타는 불만이라는 것 같은 떨떠름한 표정을 지었다.

"성에서는 기수에 타는 일이 많지만, 귀족원에서는 걸어야 하는데 대체 무슨 생각이지?"

"저한테 그렇게 말하셔도, 귀족원에서 일상적으로 에스코트를 받으면서 행동하는 학생은 거의 없을 것 같은데요."

"난 했었다."

……에스코트를 구실로 어머님께 달라붙어 있으려 했겠지만, 좋아하는 사람이 자기를 보게 하려고 필사적이었던 아버님과 의무적으로 약혼했을 뿐인 빌프리트는 다르니까.

그렇게 생각하지만, 질베스타는 플로렌치아 이외의 다른 여성도 정중하게 대한다. 온 세상 남성들이 꼭 보고 배웠으면 좋겠다.

"페르디난드 님과 빌프리트 오라버니와 비교하면 아버님은 여성을 상당히 정중하게 대하시네요. 솔직히 놀랐어요."

"오히려 나는 내 동생이 설마 이렇게까지 못났으리라고는 생각도 못 했다. 연회 등에서는 잘 처신하는 주제에, 일상생활에서는 아주 엉망이잖아…….”

“페르디난드 님은 친해지면 친해질수록 대충 대하는 분이니까요.”

나만 그런 게 아니라, 질베스타를 대하는 것도 상당히 엉망인 부분이 있는 것 같다. 아주 세세하게 걱정해 주기도 하고 상냥할 때는 상냥하기도 하지만, 그렇다고 딱히 잘 대해 주는 건 아니다. 내 말을 들은 질베스타가 복잡한 미소를 지으면서 날 쳐다봤다.

“왜 그러세요?”

“아니, 시간이 지나야만 알 수 있는 일이 있다고 절실하게 생각했을 뿐이다.”

“……저는, 최근의 양아버님께는 젊음이 부족하다고 생각해요.”

“누구 때문일 것 같냐?”

……저 때문인가요. 죄송합니다.

벤노한테도 종종 이렇게 혼났던 일이 생각나서 그립다는 기분이 들었을 때, 나는 질베스타에게 말해야만 하는 일이 있다는 게 생각났다.

“또 양아버님의 젊음이 없어질 수도 있는 이야기가 있는데요…….”

“듣고 싶지는 않지만 들어야만 하겠지?”

질베스타는 싫다는 표정을 지으면서 말하라고 했다. 아장아장 걸어가면서 나는 입을 열었다. 주위에 측근들이 있기는 하지만, 굳이 사람을 물려야 할 이야기는 아니니까.

“성결식 때 마법진이 나타났다는 것 같던데요.”

“그래, 그게 어쨌는데?”

“저는 기도를 바치기 위해 위쪽만 보고 있어서 몰랐는데, 그건 디트린데 님의 성인식과 마찬가지로 차기 첸트 후보를 선별하는 마법진이었다는 것 같아요."

주위에서는 지기스발트가 차기 첸트 후보라고 인식한 것 같다. 그것 자체는 좋은 일이지만, 그 마법진은 어디까지나 선별만 할 뿐이다. 그 마법진을 빛나게 한 것만으로는 첸트가 될 수 없다.

"정당한 첸트를 원하는 중앙 신전이 필사적으로 옛 의식을 부활시키려는 이유를 알 것 같아요. 의식을 부활시킬 수 있는 신전장으로서, 앞으로 중앙 신전에서 이상한 참견이 들어오게 될지도 몰라요."

내가 말했더니, 질베스타는 자기 왼팔을 붙잡고 있는 내 손을 자기 오른손으로 톡톡 두드렸다.

"걱정하지 마라. 너와 빌프리트의 약혼은 왕이 승인했다. 난 취소할 생각 없다."

……내가 구르트리스하이트를 손에 넣어서 첸트의 자격을 얻으면 어떻게 되는 거죠? 최악의 상황이 벌어졌을 때 페르디난드 님을 도울 수 있도록 준비해 두고 싶어요.

온힘을 다해서 나를 지켜 주고 있지만, 페르디난드를 다른 영지 사람으로 취급하겠다고 말한 질베스타에게는 내가 차기 첸트 후보가 돼버렸다는 이야기를 할 수가 없다. 첸트가 될 생각이 없으니까 말할 생각도 없고.

그 대신 디트린데가 지하 서고에 왔다는 이야기, 보관 서고에서 오갔던 대화에 대해 보고했다.

"슈라트라움 꽃이 뭔지 잘 모르겠는데, 아렌스바흐에서만 입수할 수 있다는 것 같아요. 그리고 오르텐시아의 남편, 중앙 기사단장과 게오르기네 님 사이에 뭔가 관계가 있는 것 같고요."

"그러냐."

"은색 천에 대해서는 아버님이 왕족에게 보고하실 건가요? 기사단장이 없는 상태에서 알릴 방법이 없는지 생각해 두는 쪽이 좋을 것 같아요."

질베스타가 복잡한 표정을 지었다. 질베스타에게 중앙 기사단장은 거의 면식이 없는 사람이다. 페르디난드를 원수처럼 여기고, 아렌스바흐로 보내게 된 원인이라는 것도 모른다. 본인이 질베스타에게 말할 생각은 없다고 했고, 아달지자 관련 이야기를 안 하고서 설명할 자신이 없으니까, 나는 말하지 않을 생각이다.

기숙사로 돌아온 나는 다목적 홀의 책장에 있는 기사 코스를 위한 교재 중에서 옛 디터에 사용했던 지도를 꺼냈다. 주위에 있는 어른들이 내일 이후의 준비에 바빴기 때문에, 여기서 지도를 펼치지는 않고 내 방으로 가져갔다.

"로제마인 님, 뭘 하고 계시나요?"

레오노레가 흥미롭다는 것처럼 지도를 들여다봤다. 갑자기 기사 코스 교재를 가지고 왔으니 당연한 일인지도 모른다. 나는 지하 서고에서 베껴 온 종이를 펼치고 사당의 위치가 어디쯤인지 확인해 나갔다.

"지하 서고에 오늘 갔던 사당이 있는 장소를 표시한 지도가 있었어요. 너무 간결해서 어디인지 알 수가 없어서 이 지도와 대조해 볼까 하고……. 아, 이 원이 오늘 그 사당이군요."

"도서관에서 조금 남쪽에 있는 곳이니까 여기가 맞을 것 같습니다. 이쪽은 문관동 조금 안쪽이고, 이쪽은 시종동에서 더 안쪽……. 로제마인 님, 중앙동 부근을 중심으로, 거의 균등한 거리로 사당이 있는 것 같지 않나요?"

레오노레의 말을 듣고 나도 지도를 가만히 들여다봤다. 그렇게 봤더니 레오노레의 말이 맞았다. 오늘 갔던 사당을 표시한 것과 같거나 약간 큼직한 원이 중심부에 가까운 곳에서 거의 균등한 거리를 두고 여섯 개가 있었다.

"작은 원은 귀족원 안에 드문드문 있군요. 이쪽은 뭘까요?"

"크기가 다른 걸 보면 다른 걸 가리키는 건지도 몰라요."

"내일 지하 서고에서 보고해 볼게요."

지도를 치우면서 나는 필사적으로 생각했다. 영주 회의 동안 이 사당들을 돌아보고 싶다. 눈에 묻혀 버리는 겨울 귀족원에서는 이런 곳에 가는 건 무리다.

……그런데, 어떻게? '가고 싶어요'라고 말한다고 해서 갈 수 있을 리가 없잖아.

영주 회의에 참가하지 않는 미성년이 귀족원에서 돌아다니는 것도 이상하고, 이유도 설명하지 않으면 측근들이 가게 해 줄 리가 없다. '페르디난드 님을 구하기 위해서 구르트리스하이트를 손에 넣고, 그리고 제가 제일 먼저 읽어 보고 싶어요'라고 말해 봤자 혼날 게 뻔하다.

다음날, 지하 서고에 갔더니 아나스타지우스와 에그란티느가 와 있었다. 오늘도 오전 중에는 현대어 번역을 하려는 것 같다.

"사당의 위치를 조사해 봤어요. 중앙동을 중심으로 거의 같은 간격으로 원을 그리면서 배치돼 있는 것 같아요. 뭔가 비밀이 있을 것 같지 않나요?"

내가 지도를 펼치면서 보고했더니 아나스타지우스가 "정말로 수상하군"이라고 말하면서 눈을 크게 뜨고 내가 베껴 그린 지도를 봤다.

"자세한 자료가 없는지 왕궁 도서관에서도 찾아 보라고 하겠다."

"아나스타지우스 왕자님, 어제 제가 왕궁 도서관에 연락을 했습니다."

막달레나는 모은 정보를 조금이라도 잘 활용하기 위해서 빠르게 움직이고 있는 것 같다. 아나스타지우스는 막달레나에게 고맙다고 말하고는 "그 사당을 한 번 봐 두고 싶다"라고 말하면서 자리에서 일어났다.

"어떤 건물인지를 모르면 아버님께 설명하기도 힘들 테니까."

"……그렇겠군요."

막달레나도 일어났고, 왕족들은 힐데브란트의 안내를 받아 어제 그 사당을 확인하러 갔다. 나와 한넬로레는 지하 서고에 남아서 현대어 번역을 계속했다. 둘만 남으니까 마음이 정말 편했다.

"어제 빌린 페르네스티네 이야기를 바로 읽어 봤어요. 도저히 책을 놓을 수가 없어서 코르둘라에게 야단을 맞았어요. 저, 오늘은 약간 수면 부족 상태입니다."

수석 시종인 코르둘라의 제지를 뿌리치고 왕자가 페르네스티네를 돕기 위해 뛰어 들어온 부분까지 근성으로 읽었다는 것 같다. 다음 내용이 궁금하지만, 그래도 안심한 기분으로 잠들었다고 했다.

"끝까지 읽는 게 정말 기대돼요."

현대어 번역을 계속하고 있었더니 사당을 보러 갔던 아나스타지우스 일행이 돌아왔다. 안색이 좋지 않은 에그란티느가 뭔가 할 말이 있다는 것처럼 나를 쳐다봤다.

"무슨 일이 있으신가요, 에그란티느 님?"

"로제마인 님, 상담할 일이 있습니다. 시간을 내주실 수 있을까요?"

에그란티느가 부탁하고 아나스타지우스가 노려보고 있으면, 내 대답은 하나밖에 없다.

"제가 도움이 될 수만 있다면."

상담

에그란티느의 상담거리는 서고에서 할 수 있는 이야기가 아니라고 해서, 나는 별궁에 있는 다과회실로 안내받았다. 아무래도 상당한 긴급사태인 모양이고, 가능하다면 내일 오전이 좋다고 한다. 나는 지하 서고 말고는 예정도 없고, 에그란티느의 초대니까 언제가 됐건 상관없다.

"대체 로제마인한테 뭘 상담하겠다는 거지?"

"그건⋯⋯. 로제마인 님과 이야기한 뒤에 아나스타지우스 님께도 말씀드리겠습니다."

"에그란티느, 그건 마치 내 동석을 거부하겠다는 것처럼 들리는데."

아무리 남편이 화가 담긴 낮은 목소리로 말해도, 에그란티느는 의견을 바꿀 생각이 없어 보였다. 조용히 아나스타지우스를 보면서 말했다.

"저는 로제마인 님과 이야기하고 싶습니다. 내일 다과회, 아나스타지우스 님은 참가를 자제해 주세요."

"각하한다. 로제마인이 관계되면 대부분의 경우 엄청난 일이 벌어지지 않는가. 사태를 파악해 두는 건 필수다. 따라서, 양보할 수 없다."

에그란티느와 아나스타지우스의 공방이 이어졌다. 나는 아나스타지우스가 동석하건 안 하건 상관없다. 그저, 나중에 안 좋은 소리를 듣는 건 귀찮으니까 좀 적당히 해 줬으면 싶다.

⋯⋯난 오히려 에그란티느의 상태가 안 좋아 보이는 쪽이 신경 쓰

이는데 말이야.

소중한 부인의 얼굴이 새파래져 있으니 아나스타지우스는 말다툼보다 몸 상태를 걱정해 주는 쪽이 좋을 것 같지만, 그래도 다과회 동석은 양보할 수 없다는 것 같다. 내가 괜히 끼어들면 이야기가 길어질 게 틀림없으니까 어떻게 할지 결정될 때까지 서고에서 문헌과 함께하기로 했다.

……아나스타지우스 왕자는 질투가 심하고 귀찮은 성격이니까. 먼저 지하 서고에 들어가 있자.

나는 '부부싸움에 끼어들 생각 없다'고 재빨리 결론을 내렸지만, 왕족의 대응에 익숙하지 않은 오틸리에는 그렇게 쉽게 판단을 내릴 수 없는 듯했다. 지하 서고로 가려는 나를 붙잡고서 작은 소리로 물었다.

"로제마인 님, 내일 예정은 어떻게 되는 건가요? 왕족의 초대는 영주 회의의 예정에 없었으니, 아우브께 보고하고 준비도 필요합니다."

왕족을 방문하려면 의상이나 선물 등, 다양한 준비가 필요하다. 두 사람의 공방 결과에 따라서 내일 예정이 어떻게 될지 정해지지 않으면, 시종은 일을 하고 싶어도 할 수가 없다. 특히 이 영주 회의에서는 모습을 보이지 않도록 하라는 말을 들었기 때문에 왕족의 초대를 받을 예정은 없었다. 오틸리에의 머릿속은 엄청나게 혼란스러운 상태겠지.

"어떻게 되려나요? 이것만은 두 분이 의견을 맞추지 않으면 알 도리가 없어요."

내가 두 사람을 보면서 "곤란하네요"라고 말하며 뺨에 손을 대고 있었더니, 차를 마시고 있던 막달레나가 잔을 내려놓고 일어났다. 천천히 두 사람 앞으로 가더니, 거창하게 한숨을 쉬었다. "아나스타지우스 왕자님, 에그란티느 님. 두 분 모두 조금 봐주기가 힘들군요."

"막달레나 님······."

딱 잘라서 말하는 막달레나를 진심으로 존경했다. 나나 두 사람한테서 조금씩 거리를 두면서 상황을 지켜보고 있는 한넬로레같으면 절대로 못 할 일이다.

"아나스타지우스 왕자님은 어째서 땅의 여신 게두르리히가 주위의 구원에 매달리고, 생명의 신 에이비리베로부터 거리를 두려고 했는지를 알고 계시는지요? 학생으로 돌아가서 신화 공부를 다시 하시는 쪽이 좋지 않겠습니까?"

막달레나가 완전히 질려 버렸다는 듯 질책했더니, 아나스타지우스가 움찔하고 놀랐다. 아마 땅의 여신에게 거절당한 생명의 신이 이런 표정이었을 거야.

"여성에게는 같은 여성끼리만 이야기하고 싶은 일도 있는 법입니다. 평소에는 아나스타지우스 왕자님의 의견을 받아들여 주시는 관용을 지닌 에그란티느 님이 거절하시는 데는 이유가 있겠죠. 남편이라면 그런 심정을 이해해 주실 필요가 있지 않을까요? 생명의 신처럼 너무 속박하면 미움을 사게 됩니다."

그렇게 위협해서 아나스타지우스를 조용하게 만들고, 막달레나는 빨간 눈동자로 에그란티느를 봤다.

"에그란티느 님도 조금 생각이 부족하시군요. 아나스타지우스 왕자님의 동석을 거부하려면 꼼꼼한 설명이 필요하다는 정도는 알고 계시잖아요? 먼저 부부간의 대화를 마친 뒤에 로제마인 님께 말을 걸었어야지, 그러지 않으면 아나스타지우스 왕자님의 불만이 로제마인 님께로 향할 수도 있습니다."

에그란티느는 깜짝 놀란 뒤에 난처해 하는 얼굴이 돼서 자기 남편과 나를 번갈아 봤다. 막달레나는 조금 부드러워진 시선으로 에그란티느를 보면서 계속 말했다.

"다음날 갑자기 왕족과의 회담 예정이 잡히게 되면, 초대받은 당사자는 물론이고 영지나 측근에게도 큰 부담이 가게 됩니다. 몸이 좋지 않은 탓이겠지만, 조금 배려가 부족하시군요."

"……제가, 실수를 한 것 같군요. 생각이 부족해서 정말 죄송합니다."

에그란티느가 막달레나와 나한테 사과했다.

"로제마인 님, 정말 죄송했습니다. 저는 지금 당장이라도 이야기를 나누고 싶지만, 상담은 나중에 해 주셨으면 합니다."

먼저 남편의 감정을 어떻게든 하지 않으면 다과회도 못 한다니, 에그란티느 님도 참 힘들구나. 나는 "신경 쓰지 마세요"라고 대답하고는, 그 자리를 수습해 준 막달레나에게 고맙다는 말을 하고서 서고에 들어갔다. 예정이 연기돼서 안도하는 오틸리에의 모습이 시야 한쪽에 슬쩍 보였다.

질베스타가 마중 나올 때까지 현대어 번역을 하고, 같이 기숙사로 돌아갔다. 가는 중에 에그란티느에게 초대받을 예정이라는 말을 했더니, 질베스타가 화끈하게 얼굴을 일그러뜨렸다.

"어째서 아우브인 내가 아니라 미성년자인 네가 왕족의 별궁에 초대받는 거지? 도서관에서 이야기하면 안 되는 일인가? 네가 가면 귀찮은 일에 엮일 것 같은데. 나도 동석을 희망한다."

"에그란티느 님이 상담하실 일이 있다고 하셨어요. 아직 아무 이야기도 못 들었으니까 그냥 상상일 뿐이지만, 제사와 관계된 질문이겠죠. 전에도 신전에 대한 질문을 받은 적이 있었으니까."

그렇게 말했더니, 질베스타가 도저히 수긍할 수 없다는 표정으로 나를 쳐다봤다.

"네게 상담이라……. 뭐, 중앙 신전과 왕족의 관계가 좋지 않은 이상, 제사에 대해서는 너한테 질문하는 쪽이 가장 편하기는 하겠지만…… 그저 불안할 뿐이다."

"아나스타지우스 왕자님도 아버님과 똑같은 이유로 동석하고 싶다고 하셨어요. 에그란티느 님이 거절하셔서, 아직 일정은 정해지지 않았지만."

"……아나스타지우스 왕자님의 동석을 거절했다면, 내 동석도 거절하시겠지."

질베스타는 "에그란티느 님뿐이라면, 그나마 안전하려나?"라고 말하면서 한숨을 쉬었다. 그 얼굴에는 왠지 고뇌하는 기색이 짙게 드리워 있었다.

"자세한 내용이 정해지면 다시 말씀드릴게요. 지금은 아직 아무것도 정해지지 않았으니까."

"그래. 꼭 부탁한다."

결국 막달레나에게 주의를 받은 아나스타지우스가 '아내에게 미움받는 것보다는……'이라고 하면서 뜻을 굽혔다는 것 같다. 기숙사로 돌아온 뒤에 조금 지나서 올도난츠가 날아왔고, 에그란티느와의 다과회는 이틀 뒤로 정해졌다. 그때까지는 지하 서고에서 현대어 번역을 하고, 점심을 먹고, 질베스타의 에스코트를 받으며 기숙사로 돌아오는 생활이다. 사당을 찾으러 나갈 시간이 없다.

……행동할 수 있는 시간을 만드는 것도 중요하지만, 사전 준비도 중요하니까.

신속하게 사당을 돌아보려면 장소를 알아 둬야 한다.

"안게리카, 다무엘. 두 사람은 하루를 어떻게 보내고 있나요?"

저녁 식사를 마친 뒤에 두 사람에게 물어봤다. 지하 서고에 들어갈 수 없는 두 사람은 도서관 밖을 지키고 있었다.

"도서관으로 연결되는 회랑을 감시하고 있습니다."

"어쩌면 또 디트린데 님이 오실지도 모르니까 주의하라고, 코르넬리우스와 레오노레가 말했습니다."

안게리카와 다무엘의 대답을 듣고, 나는 잠시 생각했다.

"둘 중 한 사람은 이 지도를 보면서 사당을 찾아 줄 수 있을까요? 중앙동을 중심으로 같은 간격으로 있으니까 그렇게 힘들지는 않겠죠. 교대로 해도 됩니다."

내가 지도를 보여주면서 설명했더니, 두 사람은 쾌히 받아들여 줬다. 같은 장소에 같이 있기만 하는 것도 많이 피곤한지, 오전과 오후로 나눠서 교대로 감시와 사당 찾기를 맡아 준다고 한다.

"로제마인 님은 사당을 찾아서 어떻게 하실 생각이십니까?"

다음날 준비를 하는 문관들과 같이 행동하고 있어야 할 클라리사가 갑자기 대화에 끼어들었다. 나는 빙긋 웃으면서 "깨끗하게 해야죠"라고 대답했다.

"신들께서 계시는 곳을 더러운 채로 둘 수는 없잖아요? 지난번에도 사당을 깨끗하게 해드렸는데, 클라리사가 연구하던 광역 마술의 보조 마법진이 정말 도움이 됐어요. 다른 사당도 깨끗하게 할 수 있도록 보조 마법진을 더 준비해 두고 싶은데…….""

"바로 준비하겠습니다. 제 연구가 로제마인님께 도움이 됐다는 건 큰 영광이니까요! 그런데, 그 마법진을 어떻게 사용하셨나요?"

바셴과 광역 마술이 어떻게 연결되는지 신기하다는 표정을 짓는 클라리사에게, 다무엘이 보조 마법진을 사용해서 사당을 통째로 씻어 낸 과정을 설명했다.

"제 연구를 사용해서 대규모로 행하는 세정 마술. 물방울이 날리면서 무지개색으로 빛나고, 사당에 신성한 빛을 되찾아 주시는 로제마인님의 모습을 이 눈으로 보지 못했다니……."

눈시울이 촉촉하게 젖어서 슬퍼하는 클라리사에게, 나는 말하지 말라고 해 두기로 했다.

"한렐로레 님도 같이 계셨으니까 지금 그 이야기는 단켈페르거에서도 파악하고 있겠죠. 하지만 왕족의 일을 돕는 범주에서 일어난 일이니 다른 곳에서는 말하지 말아 주세요. 몰래 듣고 있는 하르트무트도 잘 알겠죠?"

"잘 알겠습니다."

우리가 그런 이야기를 나누는 동안, 오틸리에와 리젤레타는 바쁘게 왕족과 만나기 위한 준비를 하고 있다. 귀족원에서의 상급 영지나 왕족과의 교류에서는 수석 시종이었던 리카르다와 브륀힐데에게 의존한 부분이 많았다. 다행히 리카르다는 질베스타의 시종으로 같이 왔다. 리카르다에게도 도움을 요청해서 의상과 선물 등을 준비해야 한다.

"로제마인 님과 귀족원에 가면 매일매일 이런 상태가 되는군요. 갓 측근이 된 그레티아가 예상 이상으로 단련되고 있습니다."

실제로 귀족원에서 왕족을 대응해 본 적이 없었던 오틸리에는 그렇게 말하면서 씁쓸하게 웃었다.

"와 주셔서 감사합니다, 로제마인 님."

인사를 마치자 에그란티느가 차와 과자를 한입씩 맛본 뒤에 나한테
도 권했다. 정말로 아나스타지우스가 없고 에그란티느와 단둘이만 있
는 상태가 신기하게 느껴졌다.

"에그란티느 님의 안색이 조금 좋아지셨네요. 사당에서 돌아오셨을
때는 새파랗게 질려 있어서 걱정했습니다."

"걱정을 끼쳐드렸군요. 마력을 너무 써서 그랬을 뿐이고, 이제는 괜
찮습니다."

"에그란티느 님도 사당에 바셴을 쓰셨나요?"

사당에서 대량의 마력을 사용할 다른 이유를 생각하지 못한 내가
그렇게 물었더니, 에그란티느는 밝은 오렌지색 눈동자가 휘둥그레지
더니 쿡쿡 웃었다.

"로제마인 님이 깨끗하게 해 주신 덕분에, 저까지 그럴 필요는 없었
습니다."

부부니까, 에그란티느는 아나스타지우스와 같은 별궁을 사용한다.
오늘 아나스타지우스는 혼자서 지하 서고에 갔다는 것 같다. 에그란티
느가 사람들을 물리자 우리 둘만 남았다. 그런데도 에그란티느는 확실
하게 하기 위해서 도청 방지 마술구를 내밀었다.

"에그란티느 님이 그렇게까지 아나스타지우스 왕자님을 비키게 하
실 줄은 몰랐기 때문에, 정말 놀랐습니다."

내가 차를 마시면서 그렇게 말했더니, 에그란티느는 "로제마인 님
께 상담한 뒤라면, 아나스타지우스 님께도 말할 수 있을 것 같습니다

만⋯⋯." 이라고 말하며 미소를 지었다.

"어떤 상담이신가요? 제가 도움이 될 수 있다면 좋겠는데⋯⋯."

"제가 상담하고 싶다고 말했던 날, 사당을 확인하러 갔었잖아요?"

에그란티느는 나를 빤히 보면서 이야기를 시작했다. 힐데브란트의 안내를 받아 사당에 갔고, 그 문을 건드린 순간에 마력을 빼앗기고 빨려 들어가는 것 같은 기분이 들었고, 정신을 차려 보니 사당 안에 있었다고 한다.

⋯⋯나랑 거의 똑같네.

나는 딱히 마력을 빼앗기는 것 같은 감각은 없었지만, 에그란티느는 슈타프에서 마력이 조금 빠져나가는 것 같은 느낌이 들었다는 모양이다.

⋯⋯혹시, 빠져나간 양이 너무 적어서 알아차리지 못했던 걸까?

항상 온몸에 마석 부적을 착용하고 있는 나는 부적의 마석이 언제나 마력을 빨아들이고 있는 상태다. 그래서 조금 정도는 빠져나가도 늘상 있는 일이라서 위화감이 느껴지지 않는다. 내 마력 유출에 약간 둔감하다고 할 수 있겠지.

"그 사당은 불의 신과 그 권속을 모신 곳이었습니다. 라이덴샤프트의 상을 바라보고 있었더니 갑자기 기도를 바쳐야만 한다는 생각이 들었고⋯⋯ 저는, 봉납춤을 췄습니다."

⋯⋯저는 남들만큼 성장하게 해 달라고 기도했어요.

신을 앞에 두고서 하는 행동에는 아주 조금 개인차가 있는 것 같아. 나는 봉납춤 같은 건 생각도 못 했는데. 신께 기도를 바친다는 행위가 에그란티느한테는 봉납춤이라는 뜻이겠지.

"마치 강당의 무대 위에서 마석을 달고서 춤을 췄던 때처럼 마력이 멋대로 빠져나가는 것 같은 기분이었지만, 저는 그걸 이상하게 여기지도 않고 춤을 췄습니다. 그렇게 마력을 봉납하고 있었더니, 라이덴샤프트의 손에 파란 마석이 생기기 시작했습니다."

……어라? 나는 들어갔을 때부터 라이덴샤프트의 손에 파란 석판이 있었는데?

어렴풋이 빛나면서 글자가 새겨져 있는 게 보였기 때문에, 파란 마석이 아니라 파란 석판이라고 생각했다.

……혹시, 지금까지 봉납한 마력의 차이, 려나?

파란 석판을 얻었을 때의 감각이 지금까지 내가 바친 기도의 마력과 '신의 의지'가 섞인 것이었으니까, 아마도 틀림없을 것 같다.

"봉납춤을 추면서 마력이 거의 다 떨어졌기에 저는 평소에도 허리에 차고 있던 회복약을 사용했습니다. 로제마인 님이 나눠 주셨던 회복약 정도의 효과는 없지만, 꽤 많이 회복되는 약이랍니다."

에그란티느는 왕족이 사용하는 회복약을 써서 마력을 회복했다는 것 같다. 그랬더니 또 기도해야만 한다는 기분이 들었다는 모양이고.

"예? 회복하고 또 기도를 하셨나요?"

"맞아요. 그래야만 할 것 같은 기분이 들었어요."

결국 에그란티느는 회복약을 다 써 버릴 때까지 마력을 봉납했다고 한다.

"끝났을 때는 파란 마석이 많이 커져 있었습니다. 하지만, 아직 기도가 부족하다, 라고 새겨져 있었어요."

……마력을 대체 얼마나 짜낼 생각인가요, 라이덴샤프트 님?!

"마력이 떨어졌더니, 마치 사당에서 쫓겨나는 것처럼 밖으로 나왔습니다. 제 감각으로는 사당 안에서 꽤 긴 시간을 보낸 것 같은데, 밖에 나와 보니 시간이 전혀 흐르지 않았고, 다른 분들은 사당에 들어가지 못했던 것 같았어요."

아나스타지우스가 문을 밀면서 '정말로 잠겨 있네'라고 말하는 걸 보고, 그는 안에 들어가지 못했다고 판단한 것 같다. 막달레나에게도 아무런 변화가 없었던 것 같고.

"저기요, 로제마인 님. 그 사당은 차기 첸트 후보가 기도를 바치는 사당이 아닐까요? 지하 서고에 있던 석판에는 몇 번이고 찾아가서 기도를 바치라는 글귀가 새겨져 있었잖아요? 기도를 충분히 해서 그 파란 마석이 완성되면 대체 어떻게 되는 걸까요?"

에그란티느의 말을 듣고서 나는 아무것도 모른다는 얼굴로 "어떻게 되려나요?"라고 말하면서 고개를 갸웃거렸다. 왕족에서 차기 첸트 후보가 나왔다면, 나한테 있었던 일은 말하지 않는 쪽이 좋다. 바보같이 솔직하게 '저는 이미 파란 석판을 얻었습니다' 같은 소리를 했다간, 선출 마법진이 떠올랐다는 이유로 자칭 차기 첸트 후보라고 떠들어 대는 디트린데보다 훨씬 더 심하게 왕족한테 싸움을 거는 꼴이 될 테니까.

"가호를 재취득하면서 전속성이 된 첸트, 지기스발트 왕자님, 아나스타지우스 님도 마법진을 빛나게 하는 데 성공했습니다. 그런데, 그 사당에 들어간 사람은 저 하나뿐이었습니다. 아나스타지우스 님과 제가 대체 뭐가 다르다는 걸까요?"

"슈타프입니다."

내가 대답했더니 에그란티느가 "예?"라고 말하고 눈을 깜박거렸다.

"막달레나 님에게 보고받지 않으셨나요? 어제 끝 무렵에 제가 현대어로 번역했던 석판에 적혀 있었어요. 큰 사당과 작은 사당의 사용 방법이……."

작은 사당은 권속신을 모신 곳이고, 기도를 바치면 아까 에그란티느가 말했던 것처럼 마석이 생긴다는 것 같다. 그것을 얻어서 속성을 강화할 수 있다는 것도 같고. 모든 권속신의 마석을 얻고 가호를 취득하는 의식을 치러서 대신의 가호를 얻을 수 있기 때문에, 학생 시절에 필사적으로 기도를 바쳤다는 왕족의 이야기가 있었다.

"슈타프는 평생에 한 번만 얻을 수 있잖아요? 그러니까, 그 왕족은 졸업하기 전에 슈타프를 얻는 시기까지 대신의 가호를 받기 위해서 필사적이었다는 것 같아요. 첸트 후보의 슈타프는 시작의 정원에서 얻어야만 한다네요. 처음부터 전속성이었던 에그란티느 님은 거기서 슈타프를 얻으신 게 아닌가요?"

"······시작의 정원이라는 이름은 처음 들었습니다만, 그렇게 불러도 이상하지 않을 장소에서 얻었어요. 하얀 나무가 있는 신기한 장소였죠."

멍한 얼굴로 그렇게 말한 뒤, 에그란티느는 낙담한 것처럼 어깨를 늘어트렸다.

"그렇다면, 슈타프를 얻었을 때 속성이 부족했던 지기스발트 왕자님은 불의 신을 모신 사당에 들어가지 못하고, 차기 첸트 후보가 되지도 못한다는 말인가요······."

재취득을 통해서 전속성이 된 아나스타지우스가 안 된다면, 지기스발트도 못 들어갈 것 같다.

"힐데브란트 왕자님이라면 가능성은 있습니다. 슈타프 취득 시기를 졸업 전으로 되돌리고, 작은 사당에서 기도를 바쳐서 속성을 늘리고, 가호를 받는 의식에서 모든 대신의 가호를 받는 데 성공한다면 차기 첸트 후보가 될 수도 있을 것 같아요."

그 나이에 열심히 마력 압축을 배울 만큼의 근성이 있으니까 어떻게든 될 것 같다. 에그란티느가 앞에 나서는 게 싫다면, 힐데브란트가 열심히 하면 된다. 대신의 가호를 받을 방법은 알았으니까 어떻게든 되겠지.

……문제는 힐데브란트 왕자가 성인이 될 때까지 지금의 첸트가 버틸 수 있을지 어떨지인데.

왕족에서 차기 첸트 후보가 나올 것 같다는 생각에 안도하는 나와 달리, 에그란티느는 그늘진 표정이었다.

"……로제마인 님, 차기 첸트는 지기스발트 왕자님이라고 발표했습니다. 저나 힐데브란트 왕자님이 차기 첸트 후보가 된다면, 또 유르겐슈미트에 폭풍이 몰아치겠죠."

지기스발트는 마법진을 빛나게 했고, 성결식에서 지금까지 본 적이 없는 축복을 받았다. 앞으로 지기스발트를 차기 왕으로 추대하자고, 중앙의 의견은 그렇게 정리되고 있다는 것 같다. 그런 상황에서 에그란티느와 힐데브란트가 불화를 일으킬 수는 없다는 것이다.

"소란의 불씨가 되는 것을 회피하고 싶은 기분은 잘 알겠습니다만, 구르트리스하이트가 없다는 사실 자체가 유르겐슈미트를 어지럽게 만든 원인이잖아요? 국경문 개폐, 영지 경계선 등의 큰 문제를 해결하기 위해 최대한 빨리 구르트리스하이트가 필요하지 않을까요? 그리고, 왕족이 아닌 사람이 구르트리스하이트를 얻는 상황에 비하면 에그란티느 님이나 힐데브란트 왕자가 손에 넣는 쪽이 혼란이 적을 것 같아요."

"그건 그렇습니다만……."

아무래도 에그란티느 님은 자신도 왕족이면서 구르트리스하이트를 손에 넣는 데 거부감이 있는 것 같다. 자신의 친형제가 살해당했던 트라우마 때문이기도 하겠지.

음…… 내가 구르트리스하이트를 손에 넣고, 페르디난드 님을 에렌페스트로 돌아오게 하는 대가로 지기스발트 왕자에게 양보하는 쪽이 좋으려나?

사당에 들어가지 못했던 아나스타지우스에게는 상담하지도 못하고 혼자서 고민만 하던 에그란티느를 보고, 나는 생각에 잠겼다.

하지만, 그 생각을 입으로 말해서는 안 돼.

아마도 내가 구르트리스하이트와 제일 가까운 위치에 있다. 귀족원에서 열심히 기도를 바친 덕분이겠지. 사당에 들어간 시점에서 파란 석판이 완성돼 있었다. 다른 사당에서도 그렇게 고생하지 않고 석판을 얻을 수 있을 거야.

……하지만, 전에 페르디난드 님이 '왕족만이 들어갈 수 있는 열리지 않는 서고'에 구르트리스하이트가 있다고 했었지.

나는 아직 지하 서고에 있는 모든 자료를 읽은 건 아니다. 아무리 대신의 사당에서 석판을 모은다고 해도, 나는 조건을 충족시키지 못할 가능성이 있다. 왕족에게 쓸데없는 기대를 갖게 만들지 않는 쪽이 좋을 거야.

……그리고…….

사당에 들어가서 구르트리스하이트를 손에 넣을 수 있을 것 같은 차기 첸트 후보를 왕족이 그냥 둘 리가 없다. 왕족이 끝까지 지기스발트를 차기 첸트로 삼겠다고 생각한다면 나는 그 아내가 돼 버릴 테고, 최악의 경우에는 구르트리스하이트를 뺏기고 살해당할 것이다. 상세한 이야기는 하지 않는 게 좋다. 나는 가족이 있는 에렌페스트를 떠나고 싶지 않으니까.

"지하 서고의 자료를 조사하다 보면, 지기스발트 왕자가 구르트리스하이트를 손에 넣기 위해서 필요한 정보도 있을지도 모르겠네요."

내가 듣기 좋은 말을 늘어놓으면서 귀족다운 미소를 지었더니, 에그란티느가 뭔가 하고 싶은 말이 있는 것처럼 나를 본 뒤에 조용히 눈을 내리깔았다.

"상담을 들어 주셔서 고맙습니다, 로제마인 님."

나는 에그린타느의 별궁을 나와 기숙사로 돌아갔다. 안게리카와 다무엘한테서 지도에 있는 큰 사당의 위치를 전부 조사했다는 보고를 받았다.

사당 순례

사당의 위치는 알았지만, 지하 서고와 기숙사만 왕복할 수 있는 나는 사당에 갈 수가 없다. 자, 어떻게 해야 좋을까. 지난번처럼 한넬로레와 힐데브란트와 산책하러 나갈 수 있다면 일이 간단하겠지만, 밖에서 돌아다니지 말라는 말을 들은 미성년자인 우리한테는 무리다.

……에그란티느 님한테 사당을 순례할 생각이 있다면 보고하겠지만.

좋은 생각을 떠올리지 못한 채, 나는 지하 서고로 갔다. 오늘도 오전 중에는 아나스타지우스와 에그란티느가 있을 것이다. 평소와 똑같은 하루가 될 듯하다.

"로제마인 님, 잠시 기다려 주세요."

"무슨 일인가요, 에그란티느 님."

필기도구를 안고서 서고에 들어가려고 했을 때 에그란티느가 불렀고, 나는 뒤를 돌아봤다. 온화한 미소를 짓고 있는 에그란티느의 옆에는 약간 떨떠름한 표정의 아나스타지우스가 있었다.

"오늘은 저희와 같이 사당에 가시도록 하죠. 로제마인 님이 광역 마술로 사당을 세정하는 모습을 한 번 보고 싶기도 하고…… 시험해 보고 싶기도 합니다."

꽃이 활짝 핀 것 같은 가련한 얼굴로, 에그란티느는 그렇게 말했다. 아나스타지우스가 어쩔 수 없다는 얼굴로 "광역 마술로 사당을 깨끗이 할 수 있는 사람은 그대뿐이니까"라고 말하는 걸 보면, 그것이 왕족이 의지라고 이해하는 수밖에 없다.

……이런 방법으로 나왔구나.

다과회에서 내가 사당에 들어갔다는 걸 애매하게 말한 탓이겠지. 왕족의 감시하에 내가 확실하게 사당에 들어갈 상황을 만들 생각인 모양이다.

……에그란티느 님과 아나스타지우스가 이렇게 강제적인 수법을 쓸 거라고는 생각하고 싶지 않았는데 말이야.

돌이라도 삼킨 것 같은 무거운 기분이었다. 나는 고개를 살짝 숙인 채로 시종을 데리고 두 사람과 같이 도서관에서 나왔다. 왕족에게 속도를 맞추기 위해서 기수에 타고 이동했다. 아나스타지우스가 향하는 곳은 문관동 저편에 있는 사당인 것 같다.

"로제마인, 이것을."

도청 방지 마술구를 받고, 나는 아나스타지우스를 봤다. 어째선지 심기가 불편해 보이는 회색 눈동자가 나를 노려봤다.

"그대, 나를 빼놓고까지 했던 상담에서 에그란티느에게 뭔가를 숨겼다는 것 같던데. 어젯밤에 에그란티느가 많이 풀이 죽어 있었다."

만약 그 자리에서 내가 '사당에 들어갈 수 없습니다'라고 말했다면 '왕족에게 거짓말을 했다'고 했을 테고, '사당에 들어가서 이미 석판을 입수했습니다'라고 정직하게 대답했다면 '반역죄다'라고 했을지도 모른다. 입만 산 디트린데보다 불경하다는 소리를 들어도 어쩔 수 없는 일이다.

……그래서, 가만히 있었는데 이번에는 숨겼다는 소리를 듣게 되다니.

아무리 숨기려고 해도 사당에 동행하라는 명령을 받고 사당에 들어갈 수 있는지 시험해 보라는 말을 들으면, 나로서는 도망칠 방법이 없다. 왕족의 명령에는 따르는 수밖에 없기는 하지만, 이 두 사람이 강요하니까 기분이 가라앉는다. 가능한 귀족답게 대응했는데, 강제로 밝히려고 할 줄은 몰랐다.

"미안해요, 로제마인 님. 하지만, 저도 양보할 수 없어요."

귀엽게 사과했지만 답답한 가슴은 풀리지 않았다. 에그란티느는 싸움을 막기 위해서 지기스발트가 사당에 들어가기 위한 꼼수가 필요했을지도 모르겠지만, 나도 모르는 건 가르쳐 줄 수가 없다. 지하 서고의 석판을 읽어 나가다 보면 어쩌면 뭔가가 있을지도 모른다고 말하는 방법밖에 없겠지. 바보같이 정직하게 '메스티오노라의 서를 손에 넣고, 제가 읽은 뒤에 페르디난드 님의 연좌 회피 교섭에 사용하고, 왕족에게 양도하고 싶어요'같은 말을 할 수 있을 리가 없다.

"신전에서 기도를 하고 가호를 늘린 그대라면 그 사당에 들어갈 수 있을 것이다. 그만큼의 신구를 조작하고 제사를 치렀으니까. 숨길 의미도 없겠지."

"……뭐든지 다 말하지 마라. 정보의 가치를 알아라, 라고 제게 가르쳐 주신 분은 아나스타지우스 왕자님이시잖아요. 잘했다고 칭찬해 주셔도 되지 않나요?"

내가 살짝 장난스레 말했더니, 날 노려보면서 "로제마인"이라고 불렀다.

"전부 말하라고, 제게 명령하시는 건가요?"

"그래, 그대가 뭔가를 숨기면 뒤쪽에서 뭔가 엄청난 일이 진행될 것 같은 기분이 든다. 나와 그대 사이에서는 전부 소상히 밝혔을 때 매사가 잘 진행됐을 텐데. 괜히 숨기지 마라. 그런 제사를 간단히 치르고,

신구를 다루는 그대가 사당에 들어가지 못할 리가 없다."

귀족으로서 성장했다고 칭찬해 주는 게 아니라, 숨기지 말라는 말을 들었다.

"숨겼다고 야단맞는 건, 지금까지 제가 해 온 행동 때문이니까 자업자득일지도 몰라요. 하지만, 저는 에그란티느 님이 바라는 좋은 해결 방법 같은 건 몰라요."

나는 내 마음을 있는 그대로 말했다. 하지만 아나스타지우스는 눈썹을 살짝 들어 올리고 "과연 정말 그럴까?"라고 말했다. 내가 아직도 뭔가를 숨긴다고 의심하는 눈이다. 하지만 숨기고 있다는 건 너무 불경한 일이라서 말할 수가 없다.

지기스발트가 사당에 들어가지 못하는 이유는 슈타프를 얻었을 때에 전속성이 아니었기 때문이다. 전속성이 아니었던 이유는 지하 서고에 조언이 있었는데도 그걸 읽지 않았기 때문이고. 읽지 못했던 이유는 정변과 숙청 때문에 정보 단절이 심했던 데다가 왕족이 공부가 부족해서 고어를 읽지 못한 탓이다. 그리고 슈타프를 얻는 기회는 평생에 한 번뿐으로 정한 사람은 내가 아니고, 그걸 변경할 힘도 없다. 지금부터 구르트리스하이트를 손에 넣을 수 있을 것 같은 왕족─에그란티느나 힐데브란트에게 사당을 순례시키는 쪽이 가장 현실적이라고 생각하는 게 뭐가 잘못됐다는 걸까.

에렌페스트 출신인 내가 손에 넣는 것보다 다른 영지 귀족들이 받아들이기도 훨씬 좋을 텐데 말이야. 스스로 구르트리스하이트를 손에 넣지 못하는 지기스발트를 차기 왕으로 삼으려고 한다면, 생각할 수 있는 수단은 하나뿐이다.

"……제가 사당에 들어가는 것을 확인한 왕족이 그 뒤에 어떻게 할지를 생각해 보면 입을 다물고 싶어질 만도 하죠. 가족이 있는 에렌페스트를 떠나서 바로 며칠 전에 성결식에서 제가 축복했던 부부의 제3부인으로 들어가는 일 따위, 저는 전혀 바라지 않아요."

아나스타지우스는 "조금이나마 생각이라는 걸 할 수 있게 됐나"라고 중얼거렸고, 에그란티느는 "어머, 오늘은 숨기지 않고 말씀해 주시는군요"라면서 쿡쿡 웃을 뿐이었다.

"로제마인 님의 말씀도 이해하지만, 이제야 겨우 정리된 중앙에서 또 싸움이 벌어지는 건 무슨 수를 써서라도 피해야만 해요."

에그란티느는 평소와 똑같이 부드러운 미소를 짓고 있었지만, '전혀 바라지 않는다'는 내 말은 무시해 버렸다.

"그리고 구르트리스하이트는 시급히 필요한 것입니다. 저희에게 협력해 주실 거죠?"

나는 살짝 시선을 돌렸다. 여기서 "싫어요"라고 말하지 않을 만큼의 분별력은 있다. 하지만, 도저히 받아들이고 싶은 기분이 아니었다.

웃는 얼굴로 말없이 재촉당하는 사이에 문관동 앞에 있는 선생님들의 약초밭 옆을 지나쳤고, 우리는 사당에 도착했다.

"정말로 이런 사당이 또 있군요."

동행하는 왕족의 측근들이 사당을 신기하다는 것처럼 보고 있다. 내 측근들은 왕족과 나를 걱정된다는 것처럼 보고 있을 뿐, 사당 쪽은 보지도 않았다. 나는 도청 방지 마술구를 아나스타지우스에게 돌려주고 측근들에게 웃어 보였다.

"사당을 어떻게 세정할지에 대해 이야기를 나눴을 뿐이에요."

나는 기수에서 내리고는 보조 마법진을 사용해서 광역 바셴 마술로 사당을 통째로 씻었다. 몇초 만에 때가 가시고, 순식간에 하얀색으로 빛나는 모습이 됐다. 에그란티느가 감탄한 것처럼 그 모습을 지켜보며 "정말 훌륭하네요"라고 말하면서 미소를 지었다.

"로제마인, 이 사당도 잠겼는지 확인해 주게."

아나스타지우스의 지명에 나는 무거운 기분으로 문을 향해 손을 뻗었다. 문 안으로 빨려드는 감각이 든 순간, 나는 사당 안에 있었다.

"……여기는 어둠의 신전인가?"

불의 신의 사당과 마찬가지로 열세 개의 신상이 줄지어 있다. 중심에 있는 신상은 밤하늘처럼 빛나는 커다란 망토를 두른 어둠의 신이다. 그 손에는 역시나 검은 마석 석판이 있다. 에그란티느와 달리, 이번에도 마석 완성돼 있던 것 같다. 문자를 읽을 수 있는 형태로.

"일단 기도를 바치는 쪽이 좋겠지?"

아무 말도 없이 석판에 손대기는 왠지 꺼림직해서, 나는 두 손을 번쩍 들어 올리고 왼발을 들었다.

"어둠의 신, 별의 신 슈텔라트, 은폐의 신 페아베르켄, 퇴마의 신 페아드레이오스……. 멋대로 말하면서 말도 안 되는 일을 강요하는 왕족과 거리를 둘 수 있게 해 주세요. 신께 기도를!"

나는 왕족에 대한 분노를 담아서 기도를 바쳤다. 어둠의 권속신에게는 퇴마의 신도 있다. 귀찮은 일만 가지고 오는 왕족을 쫓아 줬으면 좋겠다.

"어라, 불의 사당과 문자가 다른 것 같네. ……그대에게 주어진, 내 이름을 부르라?"

……내 이름이 뭐지? 어둠의 신의 이름?

그렇게 생각한 순간, 귀족원 3학년 실기 때 주어진 이름이 머릿속에 또렷하게 떠올랐다.

"어둠의 신 시크잔트라하트께 기도를."

그 이름을 말한 순간, 손에 있는 까만 석판이 내 마력을 조금 빨아들이더니 문자가 새로운 내용으로 바뀌어 갔다.

"그대의 기도는 내게 전해졌다. 그대를 인정하고, 메스티오노라의 서를 손에 넣기 위한 말을 내려 주겠다. 내 말만으로는 부족하다. 차기 첸트 후보는 모든 신들의 말을 받으라."

마지막 말이 끝나자 까만 석판이 내 안으로 빨려 들어왔고, 내 안에 있는 슈타프와 동화되어갔다. 전부 흡수했더니, 시크잔트라하트가 내려 준 말이 떠올랐다.

"빌레데알."

그 직후, 나는 사당 밖에 있었다. 사당에 들어갔는지 아닌지, 나를 가만히 지켜보고 있는 아나스타지우스와 에그란티느와 시선이 마주쳤다. 여기서 '안 들어갔습니다'라고 거짓말을 해 봤자 좋을 게 없다.

"……검은 선이 늘어났네요."

"뭐?!"

사당 위에 그어진 이상한 선에 원래 있던 파란색에다 검은색 선까지 추가됐다. 내 시선이 향한 쪽을 본 두 사람이 모르겠다는 것처럼 얼굴을 마주 보는 모습을 보고, 나는 애매한 미소를 지었다.

"다음 사당으로 갈까요?"

내가 물었더니, 에그란티느는 믿을 수 없다고 말하려는 것처럼 눈을 깜박인 뒤에, "몸은 아무렇지도 않은가요?"라고 말하며 걱정하는 눈으로 나를 봤다.

"예, 지금은 괜찮습니다. ……다음 사당까지 걸어가면 쓰러지겠지만."

차라리 의식을 잃어버려서 전부 유야무야로 만들어 버리고 싶은 충동에 사로잡혔지만, 기수에 타고 있어서 체력을 소모하지 않았다. 아쉽지만 마력도 그렇게 많이 쓰지 않았고.

"다음 사당으로 가려면, 이쪽 오솔길로 가는 쪽이 좋아요."

나는 문관동으로 돌아가려는 왕족에게 그렇게 말하고, 숲속에 난 좁은 길을 가리켰다. 내 눈에는 어렴풋이 빛나는 것처럼 보인다. 아마도 이게 지하 서고의 석판에 적혀 있던, 먼 옛날의 첸트 후보가 사당을 순례하기 위해서 만든 길이겠지.

"기수에 타라, 로제마인. 다음으로 가자."

아나스타지우스는 눈을 한 번 꾹 감은 뒤에 내가 가리킨 오솔길을 걸어가기 시작했다. 내가 사당이 거의 같은 간격으로 있다고 말했기 때문이겠지. 아나스타지우스도 사당의 위치를 확인해 뒀던 것 같다. 숲속 오솔길인데도 망설임 없이 걸어갔다.

또 도청 방지 마술구를 쥤다. 이것을 쥐는 것과 동시에, 아나스타지우스로부터 "그대는 형님의 셋째 부인이 되어 줘야겠다"라고 선언했다.

"그러면 모든 일들이 원만하게 수습된다."

"전혀 원만하지 않아요. 여신의 책을 읽고 싶기는 하지만, 지기스발트 왕자님의 제3 부인은 싫으니까요."

그렇게 해서 원만하게 수습되는 건 왕족뿐이다. 나는 전혀 납득할 수 없어.

"……에그란티느는 자신이 중심이 되는 싸움을 바라지 않고, 차기 첸트가 되는 것을 두려워하고 있다. 에그란티느가 구르트리스하이트를 손에 넣으면 클라센부르크를 비롯한 상위 영지들이 단번에 움직일 테니까."

에그란티느의 바람을 이뤄 주는 것만 생각하고 있는 아나스타지우스의 말에, 나는 발끈했다.

"제게 싸움의 발단이 될 것을 강요하고, 무슨 일이 생기면 주위 영지의 불만을 에렌페스트를 향해 터트리게 하면 중앙과 귀족은 아무 문제도 없겠죠. 하지만, 에렌페스트가 거기에 수긍할 거라고 생각하시나요? 저는 약혼자도 있고, 에렌페스트에 있기를 바라고 있습니다만."

"그래, 단켈페르거와의 대화에서도 그런 말을 했었지."

그렇다고 생각을 바꿀 것 같지도 않아 보이는 아나스타지우스의 태도에, 나는 입술을 삐죽 내밀었다.

"······두 분 모두 에렌페스트에 대해서는 아무 생각도 없는 것 같군요."

"아무 생각도 없는 건 아닙니다만, 중앙의 싸움을 미연에 방지하는 것과 비교하면 그다지 중요한 일은 아닙니다. 그건 알고 계시겠죠?"

내가 중앙의 사정을 잘 모르고 내 일처럼 생각하지 않는 것과 마찬가지로, 에그란티느도 에렌페스트에 대해서 크게 생각하지 않는 것 같다.

"내가 생각하는 건 왕족에 대해, 중앙에 대해, 유르겐슈미트에 대해. 그리고 에그란티느에 대해서다. 에그란티느의 불안과 근심을 없애기 위해서라면 어쩔 수 없겠지. 에렌페스트의 일은 에렌페스트의 이들이 생각하면 된다."

자신이 우선해야 할 일을 위해 내 기분이나 에렌페스트의 현재 상황은 무시해 버리겠다고 아나스타지우스가 말했다. 지금까지 나름대

로 왕족에게 협력했었는데, 내 기분은 전혀 고려해 주지 않는다고 하니까 너무나 씁쓸한 기분이 들었다.

"에렌페스트의 일은 에렌페스트의 이들이 알아서 하라는 말이 진심으로 하신 것이라면, 중앙의 일은 중앙에서 어떻게든 하면 되는 게 아닌가요? 에그란티느 님이 구르트리스하이트를 가지게 되면 클라센부르크가 지지 세력이 될 테고, 중앙 신전도 싫다는 말은 안 하겠죠. 왕족도 아닌 제가 구르트리스하이트를 손에 넣는 것보다는 훨씬 영향이 적을 거예요. 에렌페스트의 영주 후보생을 차례로 빼앗아 가지 말아 주셨으면 싶어요."

"말이 과하다, 로제마인."

아나스타지우스가 노려봤지만, 나도 지지 않고 노려봤다.

"숨기지 말라고 하신 건 아나스타지우스 왕자님이 아니셨나요? 저를 왕명으로 지기스발트 왕자님의 제3 부인으로 삼을 생각이시라면, 최소한 페르디난드 님을 에렌페스트로 돌려보내 주세요. 페르디난드 님이 없어진 탓에 에렌페스트는 정말 힘듭니다."

"무리다. 아렌스바흐가 망할 테니까."

내 부탁은 허무하게 각하당했다. 에렌페스트와 아렌스바흐의 취급 차이에 화가 나서 도청 방지 마술구를 쥔 내 손에 힘이 들어갔다.

"에렌페스트와 아렌스바흐의 취급이 많이 다르군요. 아렌스바흐의 일은 아렌스바흐에서 알아서 하면 되는 게 아닐까요? 이 영주 회의부터 승자 영지로 취급하겠다고 약속하지 않으셨던가요? 에렌페스트와 저의 왕족에 대한 공헌은 그렇게 가벼운 것이었나요?"

그것이 왕족의 방식이라고 하면 거기서 끝이겠지. 하지만 나도 모르게 어금니를 악물 정도로 화가 났다. 에그란티느가 마치 떼쓰는 아이를 보는 것 같은 눈으로 미소를 지었다.

"로제마인 님의 공헌은 결코 작은 일이 아닙니다. 하지만 긴급도와 중요도를 따져 보면 에렌페스트보보다 아렌스바흐를 우선하게 됩니다."

아렌스바흐는 승자 대영지라서 구 베르케슈토크의 절반을 관리하고 있다. 토지의 넓이, 인구, 유일하게 열려 있는 국경문 등, 중요성이 에렌페스트와 비교도 안 된다는 모양이다. 그런데, 성인 영주 일족이 두 명밖에 없다. 페르디난드까지 넣어야 겨우 세 명. 도저히 대영지를 지탱할 수 있는 숫자가 아니라고 한다.

……아렌스바흐는 영주 일족의 숫자가 적어서 힘들겠지만, 그건 영주가 바뀔 때 다른 영주 후보생들을 상급 귀족으로 떨어트린다는 영지 특유의 규정 때문이 아닌가?

그 탓에 페르디난드와 에렌페스트가 귀찮은 일을 다 하는 건 말도 안 된다고 생각한다.

"그러니까, 제가 아무리 왕족을 도와드려 봤자 아무런 의미도 없다는 말씀이시군요."

"그게 아니다. 할 수 있는 일과 없는 일이 있다. 그대는 페르디난드를 돌려보내라고 간단히 말하지만, 실질적으로 지금의 아렌스바흐를 지탱하고 있는 자는 페르디난드다. 구르트리스하이트를 가진 첸트가 없으면 움직일 수가 없다."

"……무슨 뜻인가요?"

"구르트리스하이트를 지닌 첸트가 영지의 경계선을 다시 긋고, 아렌스바흐의 토지를 잘라서 작은 영지를 만든 뒤에 각 영지의 영주 일족을 아우브로 임명할 수 있게 되지 않는 한, 페르디난드를 에렌페스트로 돌려보낼 수 없다는 뜻이다."

아나스타지우스의 말에 에그란티느가 고개를 끄덕였다.

"중앙을 비롯한 대영지는 구르트리스하이트가 없는 채로 정변의 패배자 영지를 관리하고 있습니다. 지금 아렌스바흐가 무너지면, 그 부담을 나눌 방법이 없습니다. 이웃인 에렌페스트에서 아렌스바흐를 전부 감당할 수 있나요?"

숙청 때문에 귀족의 숫자가 줄어든 에렌페스트는 자기 영지를 유지하는 것만 해도 버거운 상황이다. 다른 영지까지 관리할 여유는 없다.

"마력적으로 이렇게 곤궁한 상태가 아니라면, 디트린데 님의 그런 행실을 그냥 둘 리도 없습니다."

지난번 방문 때문에 막달레나 님이 상당히 화를 내셨다고 에그란티느가 가르쳐 줬다. 그 자리에서 처형당해도 할 말이 없는 수준으로 실례를 저질렀다는 것 같다.

그러니까, 왕족에게 마력적인 여유가 생기면 디트린데 님이 제일 먼저 처분당한다는 뜻이 아닐까. 머리에서부터 찬물을 뒤집어쓴 것 같은 기분이 들었다.

"……그렇다면, 최소한, 페르디난드 님을 디트린데 님의 연좌로 처벌하지 않겠다고 약속해 주세요. 형을 쫓아내거나, 아렌스바흐에서 약에 절어서 일을 하다가 원하지도 않는 상대와 결혼하는 것 중에 선택하라는 왕명을 받았습니다. 아나스타지우스 왕자님이 지기스발트 님을 쫓아내거나 디트린데 님과 결혼하는 것 중에 하나를 강요받는다면 어떨 것 같으신가요? 게다가, 디트린데 님의 불경한 언동 때문에 연좌로 처벌까지 받는다면……."

아나스타지우스는 엄청나게 싫다는 표정을 지은 뒤에 도발하는 것처럼 회색 눈동자로 나를 쳐다봤다.

"페르디난드가 정식으로 남편이 되면 연좌는 면할 수 없다. 연좌에서 구하고 싶으면 성결식이 연기된 일 년 이내에 그대가 구르트리스하이트를 손에 넣어라."

주저하지도 않고 날 이용하려 드는 사람의 눈빛 때문에 몸을 부르르 떨면서, 나는 회색 눈동자를 똑바로 마주봤다.

"……그럼, 제가 구르트리스하이트를 손에 넣으면, 페르디난드 님을 에렌페스트로 돌려보내 주실 건가요?"

"페르디난드를 아렌스바흐에서 빼내고 에렌페스트로 돌려보냈을 때 벌어질 다양한 일들을 예측하고, 대책을 세우면서 실행할 수 있다면 그렇게 해도 좋다."

……페르디난드 님이 디트린데 님의 연좌로 처벌당하게 두진 않겠어.

왕족의 명령을 받아 강제로 사당을 돌고 구르트리스하이트를 찾아내거나, 지기스발트의 제3 부인이 되라는 말도 안 되는 소리를 들었다. 수단을 가릴 때가 아니야.

……무슨 말도 안 되는 소리를 해도, 구르트리스하이트를 방패로 삼아서 구해 내겠어.

"……자, 도착했다."

대화를 자르는 것처럼, 아나스타지우스가 앞쪽을 가리켰다. 하얀 사당이 있었다. 어둠의 사당 때와 마찬가지로 보조 마법진을 사용하며 바셴으로 씻어내고, 부자연스럽지 않도록 문에 손을 대서 안으로 들어갔다.

"……바람의 여신 사당이다. 귀색 석판도 있어."

둥근 방패를 왼손에, 오른손에는 노란색 석판을 든 여신을 중심으로 여신상들이 줄지어 있다.

"바람의 여신 슈첼리아, 우편의 여신 올도슈넬리, 시간의 여신 드레팡아, 지혜의 여신 메스티오노라……. 페르디난드 님을 구하기 위해, 제게 메스티오노라의 서를 내려 주세요. 신께 기도를!"

나는 신들의 이름을 외우면서 기도를 하고, 이미 완성돼 있던 석판을 집어 들었다.

"그대의 기도는 내게 전해졌다. 그대를 인정하고, 슈첼리아로부터 메스티오노라의 서를 손에 넣기 위한 말을 내려 주겠다……."

새겨진 문자는 정형문처럼 똑같은 것이었다. 차이는 주어지는 말뿐이다. 석판이 내 안에 있는 슈타프와 동화되고, 석판의 문자가 머릿속에 새겨지는 감각 속에서, 나는 입을 열었다.

"타이디힌더."

석판의 문자를 읊은 뒤에 밖으로 나오는 데도 익숙해졌다. 나는 문이 잠겨 있는 것을 확인하고, 지켜보고 있던 아나스타지우스 일행 쪽으로 돌아갔다. 위쪽을 봤더니 하늘에는 노란색 선이 추가되어 있었고, 복잡한 문양까지 희미하게 보이기 시작했다.

"다음으로 가자. 지금부터는 다들 기수에 타라."

아무래도 계속 걷는 건 힘든 듯하다. 전원이 기수에 타고 오솔길을 달려갔더니 다음 사당까지는 그리 오래 걸리지 않았다. 나는 바셴으로 사당을 씻어낸 뒤에 안으로 들어갔다.

"그러니까, 여기는 생명의 사당 같은데……."

검을 든 생명의 신 에이비리베와 그 권속들의 신상이니까, 생명의 사당이 맞을 것 같다. 하지만 다른 사당과 다르게, 열세 신상이 작은 사당 주위를 둘러싸고 있다. 사당 안에 또 사당이 있는 것처럼 보였다.

……저거, 혹시 땅의 사당?

생명의 신과 그 권속들이 확실하게 지키고 있는 사당이라면 그것밖에 없을 것 같다.

……이런 것까지 신화를 충실하게 재현하지 않아도 될 텐데…….

한숨을 쉬고 싶어진 그때, 어째선지 생명의 신께 기도해야만 한다는 기분이 들었다. 나는 손을 번쩍 들어 올리면서 생명의 신 에이비리베 쪽을 봤다.

……아. 석판이 완성되지 않았다!

신상의 손에 있는 귀색 석판이 절반만 완성돼 있었다. 분명히 여타의 신들과는 달리 생명의 신에게는 기도한 적이 적었다. 귀족원에서 기도했던 건 단켈페르거와 신부 뺏기 디터를 준비하던 때 정도였다. 빌프리트에게 신구 사용 방법을 가르쳐 주던 때에 하얀 기둥이 솟아났던 기억이 있다.

"생명의 신 에이비리베, 빙설의 신 슈네이아스트, 꿈의 신 슈라트라움, 요리의 신 쿠웨칼라……."

……쿠웨칼라에게 기도를 더 많이 바치면, 다양한 요리를 할 수 있으려나?

그런 생각을 하면서 "신께 기도를!"이라고 말했더니, 에그란티느가 말했던 것처럼 반지에서 마력이 잔뜩 흘러 나가서 석판으로 빨려 들어갔다. 기도하는 자세를 유지하기 힘들어질 무렵에 석판이 완성된 것 같다. 머릿속에 소리가 울렸다.

"그대의 기도는 내게 전해졌다. 그대를 인정하고, 내 아내 게두르리히에게 기도를 바치는 것을 허락한다."

……뭐? 메스티오노라의 서를 손에 넣기 위한 말은?

다른 사당에서 들었던 말과 다르다. 놀라서 눈을 깜박이고 있었더니, 신상들이 둘러싸고 있던 중심부 사당의 문이 열리기 시작했다. 예상대로 그 안에는 땅의 여신 게두르리히의 신상이 있었다. 귀족원 봉납식을 치른 덕분인지, 귀색 석판은 완성돼 있었다.

……그런데, 저거, 어떻게 꺼내야 하지?

땅의 여신의 사당은 생명의 신과 그 권속이 둘러싸고 있어서 도저히 가까이 갈 수가 없다. 잘못 다가갔다간 생명의 신이 들고 있는 칼로 내리칠 것 같아서 무섭고. 나는 빨간 석판을 꺼낼 방법을 생각하면서 허리에 차고 있는 약 주머니에서 마력 회복약을 꺼내서 마셨다.

……에이비리베가 인정했으니까, 가까이 가도 되려나?

거기까지 생각했을 때 번쩍, 하고 생각이 났다. 내게 허락된 것은 기도를 바치는 것뿐이었다. 가까이 다가가는 것은 허락되지 않았다.

흙의 여신 앞에 자리 잡고 있는 에이비리베 신상을 올려다보며, 나는 땅의 여신에게 기도를 바쳤다.

"어떻게 해야 석판을 집을 수 있는지 가르쳐 주세요! 땅의 여신 게두르리히께 기도를!"

반지에서 마력이 빠져나가더니 게두르리히의 손에 있던 빨간 석판이 순간적으로 흔들리다가 사라졌고, 그 직후에 에이비리베의 손에 있는 하얀 석판과 나란히 늘어서는 모양으로 나타났다.

"그대의 기도는 게두르리히에게 전해졌다. 그대를 인정하고 게두르리히와 에이비리베로부터 메스티오노라의 서를 손에 넣기 위한 말을 내려 주겠다……."

……대답하는 역할도 석판을 주는 역할도 에이비리베인가.

철저하게, 다른 이가 게두르리히를 건드리지 못 하도록 하고 있다. 이렇게 귀찮은 기믹까지 써서 신화를 재현하다니, 처음 이 사당을 만든 첸트는 대체 얼마나 집착했던 걸까. 먼 옛날의 첸트에게 감탄하는 사이에 게두르리히의 사당은 다시 닫혀 버렸다. 나는 생명의 신의 손에 있는 하얀 석판을 집어 들었다.

새겨진 문자에도 차이가 있을까 싶었지만, 석판의 정형문은 똑같았다. 차이는 주어지는 말뿐인 것 같다. 석판이 내 안에 있는 슈타프와 동화하고, 석판의 글자가 머릿속에 새겨지는 감각 속에서, 나는 입을 열었다.

"나이군슈."

다음으로 빨간 석판을 집어 들고 읽었다.

"내 말만으로는 아직 부족하다. 차기 첸트는 모든 신들로부터 말을 받으라."

마지막 말을 다 읽은 순간, 빨간 석판이 내 안으로 빨려 들어갔다. 그리고 내 안에 있는 슈타프와 동화되어 갔다.

"트레라이트."

석판을 두 개나 손에 넣었으니까 사당 안에서 꽤 긴 시간을 보냈을 텐데, 밖에 나와 보니 시간이 전혀 흐르지 않은 것 같다. 사당을 세정했다고 칭찬하는 목소리가 들려왔다. 위쪽을 봤더니 색이 더 늘어나 있었다. 모든 석판을 손에 넣으면 어떻게 되는 걸까. 미지의 영역을 향해 돌진하고 있는 내가 왠지 무섭게 여겨졌다.

"다음 사당으로 가자."

아나스타지우스의 목소리를 듣고, 나는 고개를 좌우로 저어서 치밀어 오르는 공포를 떨쳐냈다. 왕족과 교섭할 재료는 필요하다. 아무것도 없이, 그냥 부탁만 하면 도와주지 않는다.

……무섭지 않아. 페르디난드 님을 도와주기로 결심했으니까.

기수를 타고 좁은 오솔길을 달려갔다. 오솔길을 표시해 주는 빛이 점점 강해지는 것 같은 기분이 든다.

"이런 사당이 대체 몇 곳이나 있는 걸까요?"

걱정된다는 투로 말하는 오틸리에의 목소리에 먼저 사당의 위치를 확인했던 다무엘이 "여섯 곳입니다"라고 대답했다. 오틸리에가 어째서 다무엘이 알고 있는지 이상하다는 표정을 지었을 때, 전방에 사당이 보이기 시작했다.

"저기 있다. 로제마인, 세정하라."

명령대로 사당을 세정하고, 나는 잠겼는지 확인하는 척하면서 안으로 들어갔다.

"빛의 여신의 사당."

열세 개의 신상이 줄지어 있고, 중심에는 빛을 본뜬 것으로 보이는 관을 쓴 빛의 여신이 보였다. 그 손에는 금색 석판이 있다. 완성된 석판은 담담하게 빛나고 있는데, 계약 마술의 금색 불꽃처럼 보였다.

"빛의 여신, 질서의 여신 게보르트눈, 정화의 여신 운하일슈나이데, 결연의 여신 리베스크힐페……. 온 힘을 다할 테니까 페르디난드 님을 도와줄 길을 보여 주세요. 신께 기도를!"

기도를 바치고, 마석을 손에 들고 새겨진 문자를 읽었다.

"아, 역시. 어둠의 신과 똑같아. 그대에게 주어진 내 이름을 부르라고 적혀 있네."

귀족원 3학년 실기 때 동시에 받았던 이름이다. 바로 머릿속에 떠올랐다.

"빛의 여신 페어슈프레디께 기도를."

말한 순간, 손에 있는 금색 석판이 내 마력을 조금 빨아들였고, 문자가 새로 쓰였다.

"그대의 기도는 내게 전해졌다. 그대를 인정하고 메스티오노라의 서를 손에 넣기 위한 말을 내려 주겠다. 내 말만으로는 아직 부족하다. 차기 첸트 후보는 모든 신들로부터 말을 받으라."

마지막 말까지 읽자 금색 석판이 내 안으로 빨려 들어갔고, 내 안에 있는 슈타프와 동화되어 갔다. 빛의 여신에게서 받은 말이 입에서 나왔다.

"아오스트라크."

내가 사당에서 나와 보니 아나스타지우스도 문에 손을 대고 있었다. 눈살을 찌푸리고 분하다는 것처럼 문을 노려보고 있다가 내 시선을 느꼈는지 바로 표정을 바꿨다.

"끝났나?"

내가 살짝 고개를 끄덕였더니 아나스타지우스는 "가자"라고 말하고는 망토를 휘날리며 측근들 있는 쪽으로 걸어갔다.

……다음이 마지막이다.

지도에 있던 큰 사당은 여섯 곳이었다. 기수로 오솔길을 달려가서 마지막 사당을 세정하고, 나는 안으로 들어갔다.

안에는 열세 신상이 줄지어 있고 중심에는 오른손에 지팡이를, 왼손에는 빛나는 석판을 들고 있는 물의 여신 플류트레네가 보였다. 플류트레네는 초봄에 에이비리베를 엄청난 양의 해빙수로 밀어내는 강한 여신이고, 상처받은 게두르리히를 치유하는 상냥한 여신이다.

"물의 여신 플류트레네, 천둥의 여신 페어드렌나, 치유의 여신 룽슈멜, 바다의 여신 페어퓌레메어……. 페르디난드 님께 쏟아지는 재난을 확 쓸어 버릴 힘이 필요합니다. 신께 기도를!"

기수를 타고 이동하기는 했지만, 왕족과 같이 사당을 돌아다니면서 전부 세정하느라 지친 탓이겠지. 나는 상당히 속물적인 기도를 바치고, 녹색 마석 석판을 집어 들었다. 모든 사당을 순례한 덕분인지, 석판의 문자가 달라져 있다. 그걸 보고 놀라면서, 나는 문자를 읽었다.

"……그대의 기도는 내게 전해졌다. 그대를 인정하고, 메스티오노라의 서를 손에 넣기 위한 말을 내려 주겠다. 모든 신들로부터 말을 얻은 차기 첸트 후보여. 메스티오노라의 서를 향해 손을 뻗으라."

끝까지 다 읽었더니 녹색 석판이 내 안으로 빨려 들어왔고, 슈타프와 동화해 갔다. 물의 여신으로부터 받은 말이 입 밖으로 나왔다.

"롬베쿠아."

모든 사당 순례를 마치고, '메스티오노라의 서를 향해 손을 뻗으라'는 감사한 말까지 들었다. 물의 여신의 말이 맞다면, 이제 손에 넣을 수 있을 것이다.

……페르디난드 님을 돕기 위한 일이니까 당장이라도 손에 넣고 싶은데, 메스티오노라의 서를 향해 손을 뻗으라는 게 구체적으로 어떻게 하라는 거야?!

수상한 건 사당을 순례할 때마다 색과 선이 늘어나고 있는 상공이다. 나는 다양한 색의 선이 떠 있는 하늘을 향해 손을 뻗어 봤다.

……메스티오노라의 서, 오세요.

"그대는 대체 뭘 하고 있나?"

아무런 변화도 없었던 데다, 아나스타지우스가 수상하다는 눈으로 쳐다봤다.

"아뇨. 아무것도 아니에요. 모든 사당이 깨끗해졌으니까 신들께 기도라도 올릴까 싶어서요."

궁색한 변명을 한 김에 왕족과 측근들의 주목을 받으면서 "신께 기도를!"이라고 외치면서 반지에서 상공을 향해 마력을 내뿜어 봤다. 그래도 아무런 변화가 없다.

……어쩌지? 신이시여, 말씀이 좀 부족하지 않았나요?

하지만 절망하기엔 아직 이르다. 지하 서고에 사당에 대한 정보가 있었다. 다음 행동에 대해서도 지하 서고에 뭔가 힌트가 있을지도 모른다.

……일단, 회복부터 해야겠지?

모든 사당을 세정하면서 마력이 상당히 줄었고, 기수에 타고 있기는 했지만 장시간 이동을 한 탓에 체력적으로도 부담이 컸다. 이 뒤에 지하 서고로 돌아가려면 체력도 회복해 두는 쪽이 좋다. 내가 허리에 차고 있는 상냥함이 들어간 회복약을 향해 손을 뻗었더니, 오틸리에의 안색이 달라졌다.

"로제마인 님, 바셴을 몇 번이나 하신 탓에 몸에 너무 부담이 간 건 아니신가요? 그렇지 않아도 오늘은 이동 거리가 조금 길었던 것 같습니다만……."

"걱정 마라. 이걸로 끝이다. 로제마인이 회복되면 도서관으로 돌아간다."

아나스타지우스의 목소리를 들으면서, 나는 오틸리에에게 "마력이 회복되면 괜찮아요"라며 손을 저어 보였다. 걱정하는 눈빛의 오틸리에에게 미소를 지어 보이면서, 나는 회복을 기다렸다.

……어라?

마력이 지나치게 넘쳐 제대로 다루지 못할 것만 같던 감각이 느껴지지 않는다. 나는 마력을 조금씩 압축했다. 가호 의식을 치르기 전처럼 마력을 압축해도 문제가 없는 느낌이다. 내 손을 가만히 보면서 고개를 갸웃거렸다.

……혹시 내 슈타프, 성장했나?

"왜 그러시나요, 로제마인 님?"

에그란티느가 걱정된다는 투로 말을 걸었다. 나는 주위를 살짝 둘러봤다. 시선을 신경 쓰는 동작을 알아차린 에그란티느가 도청 방지 마술구를 꺼냈다. 비밀 이야기를 하려는 것 같은 조짐을 재빨리 알아차린 아나스타지우스가 다가왔다. 에그란티느는 씁쓸하게 웃으면서 아나스타지우스에게도 하나를 건넸다.

"제 슈타프가 성장한 것 같아요."

"뭐? 그게 무슨 소리지?"

"감각적인 것이라서 저도 아직 잘 모르겠지만……. 가호를 얻는 의식을 치른 뒤에, 1학년 때 손에 넣은 슈타프가 저한테 맞지 않게 됐다는 이야기는 드렸었죠?"

아나스타지우스가 "그래, 들었지"라고 고개를 끄덕이는 것을 보고, 나는 내 손을 쥐었다 폈다 하면서 계속 말했다.

"사당에서 손에 얻은 석판은 신의 의지와 많이 닮았어요. 전부 흡수했더니 마력을 다루기가 너무 편해졌습니다."

"사당의 석판을 손에 넣으면 슈타프가 변화한다는 말씀이신가요? 그렇다면 지기스발트 왕자님께도 희망이 있겠군요."

에그란티느가 기뻐하며 미소를 지었다. 그렇게 기뻐하는 건 좋은데,

정말로 할 수 있을지 아닐지는 모른다. 작은 사당에서 계속 봉납을 거듭하고, 마석을 모아 가지 않으면 대신의 가호는 받을 수 없다. 대신의 가호를 재취득해도 사당에 들어갈 수 있을지의 여부는 모른다. 기나긴 여정이 될 것이다.

"작은 사당에서 기도를 하고, 가호 재취득에서 대신의 가호를 받고, 시작의 정원에 가서 슈타프를 개량한다면…… 하지만, 엄청나게 길고 불확실한 여정이에요. 시작의 정원에 간다고 해도 정말로 개량할 수 있을지는 몰라요. 그곳은 신들의 영역이라서 저는 책임질 수 없고요."

"그래도, 아무런 방법도 없는 것보다는 기뻐요."

에그란티느의 눈부신 미소에 마음이 풀어져 버린 나는, 고개를 도리도리 저었다.

"로제마인 님?"

"사당 순례를 끝냈지만, 이제부터는 어떻게 해야 좋을까요?"

"일단 지하 서고로 돌아가자. 네 점 종까지 시간이 얼마 없다. 다들 기수에 타라."

도청 방지 마술구를 돌려주고 나는 기수에 올라탔다. 다 같이 단숨에 도서관을 향해 달려갔다.

……아!

하늘을 달리기 위해서 숲의 나무들보다 높이 올라갔을 때, 사당과 사당을 연결하는 여러 색을 띤 빛의 선이 복잡한 형태를 그리면서 거대한 마법진이 되어 있는 모습이 보였다. 그렇게 높이 나는 건 아니다 보니 마법진의 전체 모습이 보이지는 않아서, 무슨 마법진인지까지는 모르겠다. 하지만 거대한 마법진이 귀족원 구석까지 뒤덮고 있는 것처럼 보였다. 마법진 중심은 중앙동. 아마도 제단이 있는 가장 깊은 방이다.

무슨 일이 일어나는지는 모르겠다. 하지만, 틀림없이 말도 안 되는 일이 일어나고 있다.

두근, 가슴이 기분 나쁜 소리를 울렸다.

지하 서고 더 깊은 곳

나를 지하 서고까지 바래다주고, 아나스타지우스와 에그란티느는 점심 식사와 오후 회의를 위해서 돌아간다고 한다.

"그대의 사당 순례가 끝났다는 보고를 하고, 아버님 등과 의논을 해야만 한다."

"……혹시 이번 일은, 아나스타지우스 왕자님의 독단인가요?"

"완전히 독단은 아니지만, 조금 앞질러 가고 있다는 자각은 하고 있다."

……조금? 정말 조금으로 넘어갈 수준 맞아?

아나스타지우스의 얼굴이 무표정한 것처럼 보이지만, 그 회색 눈에는 초조한 기색이 드리워 있는 것처럼도 보였다. 똑같이 감정을 숨기기 위한 무표정이지만, 페르디난드와 비교하면 알아보기 쉽다.

……아까 두 사람의 강경한 태도……. 혹시 왕족 쪽에 무슨 일이 있었나?

아직 두 사람을 믿고 싶어 하는 나 자신 때문에 한숨을 쉬면서, 나는 지하 서고로 가는 계단을 내려갔다. 투명한 벽 저편에서 힐데브란트와 막달레나가 뭔가를 적고 있었고, 투명한 벽을 사이에 두고 슈바르츠와 바이스가 서 있다. 한넬로레는 쉬는 중인지 서고 안에는 모습이 보이지 않았다. 측근들은 점심 식사 준비를 하고 있었는데, 우리를 보고는 손을 멈추고 "다녀오셨습니까"라고 인사를 했다.

"지금 돌아왔다. 막달레나 님과 이야기를 한 뒤에 우리는 별궁으로 돌아간다. 당장이라도 아버님과 형님께 말씀드려야만 할 일이 생겼다. 연락을 부탁한다."

계단을 다 내려가기도 전에 아나스타지우스와 에그란티느는 정신 없이 측근들에게 지시를 내리기 시작했다. 둘의 측근들은 올도난츠를 날리거나 돌아갈 채비를 하는 등 움직이기 시작하고, 막달레나의 측근 들은 주인을 부르기 위해 서고로 신호를 보냈다. 나는 바삐 움직이는 사람들을 지나쳐 잔을 내려놓고 미소짓는 한넬로레에게 다가갔다.

"잘 다녀오셨어요, 로제마인 님. 사당 청소는 다 끝났나요?"

"다녀왔습니다, 한넬로레 님. 모두 마쳤어요."

푸근한 분위기의 웃는 얼굴에 마음을 치유받으며 빙긋 웃는 얼굴로 인사를 했더니, 바이스가 깡충깡충 다가왔다. 지금까지는 서고가 열려 있는 동안에는 계속 투명한 벽 앞에서 가만히 서 있기만 했는데, 갑자 기 움직이는 걸 보고서 깜짝 놀랐다. 한넬로레도 놀랐는지 빨간 눈동 자를 깜박거리면서 바이스를 주시했다.

"바이스, 갑자기 움직여서 무슨 일이 난 건 아닌지 깜짝 놀랐어요."

한넬로레의 말에는 반응도 하지 않고, 바이스는 곧장 내 앞으로 다 가와서는 내 오른손을 잡았다.

"공주님, 안내할게."

"뭐? 저기, 바이스?"

어디로, 라고 물으려다가 정신이 번쩍 들었다. 사당에서 기도를 전 부 마친 나를 안내할 곳은 하나뿐이다. 메스티오노라의 서를 손에 넣 기 위한 다음 장소다. 내가 침을 꿀꺽 삼켰을 때, 힐데브란트가 슈바르 츠에게 쫓겨나는 것처럼 서고 밖으로 나왔다.

"슈바르츠가 갑자기 밖으로 나가라고 했는데, 대체 무슨 일이…….

로제마인?"

　사람들이 이상하다는 표정으로 지금까지와 다른 행동을 보이는 슈
바르츠와 바이스, 그리고 바이스의 손에 이끌려서 서고로 향하는 나를
쳐다봤다.

　……이대로 가도 되는 걸까?

　내가 뒤를 돌아봤더니 아나스타지우스가 긴장한 것처럼 굳어진 얼
굴로 고개를 한 번 끄덕였다. 왕족의 허가를 확인하고, 나는 바이스와
같이 서고로 들어갔다. 안에 들어간 것과 동시에 슈바르츠가 내 왼손
을 잡았다.

　"공주님, 사본 해."

　뭘? 하고 묻지 않아도 알 수 있다. 이 앞에 있는 건 메스티오노라의
서가 틀림없다. 슈바르츠와 바이스는 나를 서고 벽으로 유도했고, 잡
고 있던 내 손을 그 벽에 댔다. 하얀 벽에 내 마력이 흘러 들어간다. 지
하 서고 자물쇠가 열릴 때처럼 마법진이 나타났고, 벽에 커다란 구멍
이 뚫렸다.

　……뭔가, 길이 생겼다.

　벽 너머에 있는 다른 사람들의 반응이 궁금해서 뒤를 돌아봤더니,
투명했던 벽이 어째선지 새하얀 색으로 변해 있었다. 그래서 반대쪽에
있을 사람들의 모습이 보이지 않았다.

　"공주님, 이쪽."

　슈바르츠와 바이스의 손에 이끌려 나는 두근두근하면서 벽에 생긴
구멍으로 들어갔다. 새하얀 통로다. 이 안에 메스티오노라의 서가 있
다고 생각하니까 긴장해서 다리가 떨리고, 가슴이 크게 뛰고, 나도 모
르게 흥분이 고조되어 갔다.

……어떤 것일까, 메스티오노라의 서.

조금 걸어갔더니 복잡한 마법진이 띄워진 문이 나타났다. 엄중하게 관리하고 있다는 걸 알 수 있는 문의 모습에, 긴장은 더더욱 커져만 간다.

"공주님, 여기."

슈바르츠와 바이스가 그렇게 말했고, 나는 손을 뻗어서 마법진을 건드렸다. 그 순간, 빠직 소리가 나고 정전기 같은 감각과 함께 손이 튕겨 나갔다. 허가받지 않은 사람이 슈바르츠와 바이스를 건드렸을 때와 비슷했다.

"꺄악?!"

생각도 못한 감촉에 황급히 손을 뺐더니, 슈바르츠와 바이스가 나를 올려다봤다.

"공주님, 등록 없어."

"이 앞에, 못 들어가."

차갑게 내치는 슈바르츠와 바이스의 말을 이해하고 싶지가 않아서, 나는 반쯤 멍한 상태로 되물었다.

"……등록이라는 게 뭔가요?"

"왕족 등록."

간결한 답변에 샥, 하고 핏기가 가셨다. 구르트리스하이트가 보관된 곳은 왕의 핏줄인 자만이 들어갈 수 있는 서고. 페르디난드가 그런 말을 했었다. 평민 출신인 나는 들어갈 수 없으니까 왕이 될 수 없다고, 전에 들은 적이 있다.

하지만 사당에 들어갈 수 있었고, 각 속성의 석판을 손에 넣을 수 있었으니까 그 뒤에도 들어갈 수 있을 거라고 낙관하고 있었다. 설마 등록 유무로 가로막히게 될 줄은 생각도 못 했다. 구르트리스하이트처럼 중요한 것이 보관된 장소로 들어가는 문에 선별 마법이 걸려 있는 건 당연한 일인데.

……어쩌지?

왕족이 아닌 내가 일 년 이내에 구르트리스하이트를 손에 넣고 페르디난드를 도와주는 일이 가능할 리가 없다. 가장 확실한 방법이 사라진다는 걸 깨닫고 눈앞이 새카매져 갔다.

……왕족 등록이 가능한 건 3년 뒤……?

우수한 영주 후보생을 중앙에서 일방적으로 빼앗아 가지 못하도록, 영주 후보생은 결혼 이외의 방법으로는 중앙으로 이동할 수 없게 되어 있다. 내가 왕족으로 등록되려면 지기스발트의 제3 부인이 되는 수밖에 없다. 성결식은 성인이 되어야 할 수 있다. 아무리 빨라도 3년은 걸린다. 페르디난드의 성결식은 일 년 뒤니까, 3년이면 도무지 제때 맞출 수가 없다.

"열어 줘……."

문을 찰싹, 하고 때렸더니 빠직, 하고 튕겨 나갔다. 거부하는 힘이 아까보다 강해져서 손끝이 욱신거렸다. 나는 내 손끝과 눈앞에 있는 마법진을 번갈아 보고, 다시 한 번 문을 때렸다.

"열어 줘."

튕겨 나온 손은 더 아파졌다. 바로 눈앞에 있는데 들어가지 못한다는 원통함과 페르디난드를 도울 수 없다는 절망감, 자신을 튕겨 내는 마법진에 대한 화 등등, 다양한 감정이 섞이고 또 섞여서는 내 안에서 꿈틀거렸다.

"들여보내 달라고!"

저리는 손을 쥐어서 주먹을 쥐고, 나는 감정을 실어서 있는 힘껏 문을 때렸다. 마법진을 부수고 싶은 내 마력과 문을 지키는 마력이 부딪쳐서 빠직빠직 불꽃이 튀었다. 손목의 부적 하나가 터져 나갔다. 바로 또 하나가 터졌다. 문을 지키는 마법진의 반격 때문에 페르디난드가 날 지키기 위해서 준 부적들이 연속으로 터져 나가는 모습을 보고, 나는 서둘러서 손을 거뒀다.

"공주님, 위험."

"공주님, 제거해."

마법진을 공격한 나를 위험인물로 판단한 슈바르츠와 바이스의 이마에 있는 마석이 빛나기 시작했다.

페르디난드가 준 부적을 더는 잃을 수는 없다. 나는 "그만 돌아갈게요."라고 중얼거리고는, 어깨를 늘어뜨리고 고개를 숙인 채로 왔던 길을 되돌아가기 시작했다. 내 움직임을 경계하는 것처럼 슈바르츠와 바이스가 내 뒤를 따라왔다.

서고로 돌아왔지만 입구 쪽 벽은 아직 하얀색이었고, 건너편은 보이지 않았다. 입구 앞에 멍하니 서서, 나는 욱신거리고 열이 나는 손을 봤다. 마법진을 때렸던 주먹 부분이 화상이라도 입은 것처럼 검붉게 부어 있었다. 페르디난드의 부적으로도 완전히 막아 내지 못한 것 같다.

"아파……."

내가 내 상처를 보고 있는 사이에, 슈바르츠와 바이스는 통로를 닫고 깡충깡충 걸어와서 벽 앞에 섰다. 바이스가 통과한 순간, 벽은 투명해지고 반대편에서 마른침을 삼키며 기다리고 있었던 것 같은 사람들

의 얼굴이 보였다.

"로제마인!"

힐데브란트가 달려왔지만 아나스타지우스가 "다른 사람은 들어오지 마라"라며 제지하고 혼자만 서고 안으로 들어왔다.

"로제마인, 그대……."

"틀렸어요. 왕족 등록이 없으면 안쪽 문을 열 수 없어요."

아쉽다는 것처럼 "……그런가"라고 중얼거리던 아나스타지우스는 내 손을 보고서 깜짝 놀랐다.

"뭐야, 이 손은……."

"……마법진이 튕겨 냈어요."

"설마 이렇게 될 줄이야……. 바로 서고 밖으로 나가서 치유하자."

나를 서고 밖으로 내보내려고 하는 아나스타지우스의 손을 잡고, 나는 고개를 저었다.

"그것보다, 페르디난드 님은 어떻게 되는 거죠? 저는 일 년 이내에 구르트리스하이트를 손에 넣을 수 없어요. 어떻게 해야……."

"로제마인, 진정해라. 마력이……."

진정하라고 해서 쉽사리 진정할 수 있는 상황이 아니다. 나는 나도 모르게 아나스타지우스를 노려봤다.

"일 년 이내에 구르트리스하이트를 손에 넣지 못하면 페르디난드 님은 디트린데 님의 연좌로 처분당하게 되잖아요? 디트린데 님에게 연좌되어 자신의 가족이나 에그란티느 님이 처분당할 거라는 말을 들으면, 아나스타지우스 왕자님은 진정하실 수 있나요?!"

괴로워 보이는 표정으로 이를 꽉 악물었던 아나스타지우스가 이해할 수 없다는 것처럼 나를 쳐다보며 말했다.

"······그대와 페르디난드는 가족도 아니고, 부부도 약혼자도 아니지 않은가."

"가족이나 마찬가지입니다. 제게 페르디난드 님은 세례식 전부터 후견인이고, 보호자고, 스승이고, 주치의입니다. 무엇보다 우선해서 지켜야 할 가족이나 마찬가지니까, 걱정 정도는 하는 게 당연하지 않을까요? 거절했는데도 왕명으로 디트린데 님과 결혼하라고 보내 버렸고, 약에 절어서 몸에도 좋지 않은 생활을 하면서 아렌스바흐를 지탱하게 하고, 최종적으로는 디트린데 님의 연좌로 처분이라니, 대체 뭔가요? 저에게는 소중한 사람인데, 그런 취급을 받고서 화내지 않을 수 있을까요?"

감정적으로 돼 버린 순간, 내가 몸에 두르고 있는 부적이 희미하게 빛났다. 온몸 곳곳에 달고 있는 부적에 마력이 채워지면서 빛나기 시작했다.

······위험해. 이대로는 왕족에게 위압이······.

마력이 새어 나올 것 같은 상태가 되자 확 정신이 들었다. 나는 천천히 심호흡을 하고, 부풀어 올랐던 마력을 압축해서 수습했다. 역시 슈타프가 성장한 건 틀림없는지 마력 압축을 하기 쉬워졌고, 마력이 밖으로 새어 나오기 전에 부적의 빛이 가라앉았다.

"가족이나 마찬가지, 란 말인가. ······서둘러 구르트리스하이트를 입수하기 위해서 자극하려고 했는데, 내가 좀 쓸데없는 소리를 했던 것 같군."

아나스타지우스가 한숨과 동시에 후회하는 표정을 지으며 내게 치유를 걸어 줬다.

"지금까지의 관례상, 결혼하면 연좌는 확정이다. 하지만, 디트린데에게 모종이 처분이 내려지는 것은 아렌스바흐가 안정된 뒤의 일이다. 구체적으로 말하자면 왕족이 구르트리스하이트를 손에 넣은 뒤에, 또는 레티치아가 성인이 돼서 힐데브란트와 성결식을 치를 때까지의 사이가 되겠지. 그동안에 페르디난드가 스스로를 지키기 위해서 행동할 수 있도록 돕는 것까지는 그대 마음대로 해도 좋다."

당장 연좌로 처형당한다는 분위기가 아니라서 나는 고개를 갸웃거렸다. 아나스타지우스는 자조하는 것처럼 "내가 정말 여유가 없었나 보군"이라고 중얼거렸다.

"귀족의 상식에 따라 움직였는데, 그대에게는 통하지 않는 것이 많다는 점을 잊고 있었다. 그대를 부추기기 위해서 상당히 도발적으로 말했지만, 지금 내가 말한 것을 페르디난드는 그대와 달라서 이해하고 있으리라고 생각한다."

······디트린데 님의 연좌로 처벌받는 걸 페르디난드 님이 이해하고 있다고?

그러고 보니 디트린데 님이 쓰러져서 에그란티느 님이 불렀을 때도 녹음 마술구를 가지고 왔고, 자신에게는 책임이 없다고 주장했던 것 같다. 그래도 결혼한 이상은 연좌라는 말은 수긍할 수가 없다.

"그대는 반년도 안 돼서 아렌스바흐를 틀어쥘 것 같은 페르디난드보다 자기 자신을 먼저 걱정하도록 해라."

"제 걱정 말인가요?"

페르디난드와 에렌페스트에 대한 것 말고, 뭘 걱정해야 한다는 걸까.

"······그대를 형님의 제3 부인으로 삼겠다는 말은 철회한다. 왕족만이 구르트리스하이트를 손에 넣을 수 있다면 그대의 위험도 조금이나마 낮아지겠지. 무엇보다, 구르트리스하이트를 입수할 수 없는 그대를 왕족이 보호하기 위한 이유를 찾을 수가 없다."

하아, 하고 피곤하다는 얼굴로 말하면서 아나스타지우스는 아주 조금 걱정하는 것처럼 나를 쳐다봤다.

"예? 위험도에 보호, 라뇨?"

"아우브 에렌페스트에게는 말했을 텐데. 못 들었나?"

"못 들었는데요."

"……자세한 이야기는 아우브에게 물어봐라."

설마 아무 말도 못 들었을 줄은 몰랐다며 아나스타지우스는 고개를 저었다. 아무래도 나와 질베스타 사이에서는 보고, 연락, 상담이 부족했던 것 같다.

"구르트리스하이트를 바로 손에 넣고, 그대가 양보해서 형님이 쓸 수 있게 된다면 어떤 수단을 써서라도 그대를 확보해야만 했는데, 그대에게 첸트 후보의 자격이 없다면 다시 생각해 볼 필요가 있을 것 같다."

아나스타지우스는 나를 에스코트해서 서고에서 나온 뒤 측근들에게 나를 맡겼다.

"오늘은 같이 사당 순례를 하게 해서 정말 미안했다. ……그리고, 이건 충고인데, 그대는 호위를 좀 더 늘리는 쪽이 좋을 것이다."

그 말을 남기고 아나스타지우스와 에그란티느는 점심 식사를 하러 갔다. 두 사람이 떠나는 동시에 나는 측근들에게 둘러싸였다.

"로제마인 님, 대체 무슨 일이 있으셨습니까?"

"……그러니까…… 여러분 눈에는 대체 무슨 일이 있었던 것처럼 보였나요?"

나와 바이스가 서고로 들어간 순간, 벽이 새하얗게 변해 버려서 아무것도 안 보이게 돼 버렸다고 한다. 측근들은 물론이고, 지금까지 서고 안에 들어갈 수 있었던 왕족들도 들어갈 수 없게 돼 버렸다는 모양이다.

"로제마인 님은 하얀 벽 안에서 뭘 하셨던 것입니까?"

측근들과 한넬로레가 열심히 물어봤지만, 나는 뭐라고 대답해야 좋을지 알 수가 없어서 막달레나 쪽을 쳐다봤다. 막달레나는 미소를 지으며 아주 살짝 고개를 저었다. 함부로 말하지 않는 게 좋다는 뜻이겠지. 나는 빙긋 미소를 지었다.

"아무것도 못 했어요. 저한테는 자격이 부족했으니까."

"자격이? 무엇을 위해 어떤 자격이 필요한 겁니까?"

궁금하다는 얼굴로 물어보는 힐데브란트의 질문을 받고, 상위 영지와 쓸데없이 대립할 거리를 만들지 않았으면 좋겠다던 에그란티느의 말이 생각났다. 나는 "자세한 내용은 아나스타지우스 왕자님께 여쭤봐 주세요"라고 웃는 얼굴로 거절했다.

힐데브란트의 의문에 어떻게 대답할지는 왕족끼리 이야기하면 될 문제다. 쓸데없는 소리를 해서 지금보다 더 왕족과 엮이는 건 싫다. 오늘 오전 중에만 해도 나는 질베스타와 페르디난드가 입에서 단내가 나도록 '왕족과 상위 영지에 관여하지 마라'라고 말했던 의미를 징그러울 정도로 이해했다. 아무리 사이좋게 지내도 입장이 다르다. 우선하는 것이 다르다. 입으로는 친구라고 말해도 결국은 대등한 관계가 아니기 때문에, 아무리 부조리한 일이라도 받아들여야만 한다. 부조리를 강요당하고 싶지 않다면 거부할 수 있을 만큼의 힘을 키우든지, 시야에 들어가지 않도록 하는 수밖에 없다.

"오전 중에도 밖에 나가 있었고, 이런저런 일이 있었던 탓에 배가 고프네요. 점심을 들도록 하죠."

나는 힐데브란트에게 등을 돌리고 오틸리에한테 말을 걸었다.

"……알겠습니다, 로제마인 님. 조금 전에 네 점 종이 울렸으니까 배가 고프시기도 하겠죠. 코르넬리우스, 로제마인 님을 자리로."

나를 걱정해 주는 것처럼 살짝 눈살을 찌푸리고 내 얼굴을 들여다보며 코르넬리우스가 손을 내밀어 줬다. 나는 그 손을 잡고서 자리를 향해 걸어가기 시작했다.

"기다려 주세요, 로제마인. 저는……."

"너무 깊은 질문을 하면 로제마인 님이 곤란해지게 됩니다, 힐데브란트."

막달레나 님의 말에 사람들이 내 상태를 신경 쓰면서 움직이기 시작했다. 시종들은 차를 준비하기 시작했고, 호위 기사들은 주인의 자리 주위에 섰다. 힐데브란트는 걱정된다는 것처럼 몇 번이나 날 돌아보면서 막달레나가 있는 쪽으로 갔다.

뭐라 말로 표현할 수 없는 어색한 분위기 속에서 식사를 마치고, 오후부터 다시 현대어 번역에 매달렸다. 석판의 내용을 현대어로 옮기면서 문득 단켈페르거의 역사서를 번역하던 때의 일을 떠올렸다.

……단켈페르거에서 왕이 나온 적도 있는 건 어째서지?

오래된 기록이라서 어떻게 왕이 됐는지에 대한 자세한 내용은 없었다. 하지만 왕족 등록을 해야만 구르트리스하이트를 손에 넣을 수 있다면, 단켈페르거에서 왕이 나왔을 리가 없다. 뭔가 다른 방법이 있는 걸까. 아니면 다른 영지에서 왕이 나오는 것을 막고 싶었던 누군가가 후세에 선별 마법진을 만들어 낸 걸까.

　……가장 확실한 수단을 손에 넣지 못하다니.

　아나스타지우스는 페르디난드가 연좌로 처벌받는 것은 아직 한참 남은 일이고, 본인이 스스로를 지키기 위한 대책을 마련하고 있다고 했지만, 어디까지가 사실인지 모르겠다. 하다못해 위험성이 있다는 연락과 무사하다는 확인 정도는 하고 싶은데, 너무 걱정해서는 안 된다고 못을 박은 상태다.

　"저, 로제마인 님."

　한넬로레가 정말 말하기 힘들다는 것처럼 주위를 둘러본 뒤에, 소리를 죽여서 "소매가……"라고 작은 소리로 말해 줬다. 마법진의 반격을 받았을 때 입은 화상이 아니라, 어딘가에서 베인 상처도 생긴 것 같다. 소매에 피가 튄 흔적이 있다. 아나스타지우스가 치유해 준 덕분에 상처는 완전히 나았지만, 혈흔까지는 알아차리지 못했다.

　"걱정해 주셔서 고맙습니다, 한넬로레 님. 아나스타지우스 왕자님이 치유해 주신 덕분에 상처는 없으니까 괜찮아요."

　"예? 아나스타지우스 왕자님이 로제마인 님을 치유해드리셨나요?"

　한넬로레의 말에 나는 고개를 끄덕였다. 다른 사람이 들어오지 못하도록 제지하고 서고 안에서 이야기를 했으니까 치유해 준 사람은 아나스타지우스밖에 없었을 것이다. 무슨 말을 하는 건지 어리둥절해 하는 나에게 한넬로레가 조금 안절부절못하면서 "왕족께서 치유해 주시는 건, 거의 없는 일이에요"라고 가르쳐 줬다.

　나라를 위해서 마력을 써야 하는 왕족이 개인에게 치유를 걸어 주는 일은 없다는 모양이다. 아무래도 간단히 사과할 수는 없는 데다, 사과해서는 안 되는 왕족인 아나스타지우스 나름의 사죄였던 것 같다.

……알기 힘들고, 아무리 사과하더라도 페르디난드 님이 연좌로 처벌받는 건 용서할 수 없어.

"데리러 왔다, 로제마인."

최근 며칠 동안의 경험을 통해서 말을 걸어 봤자 소용없다고 깨달은 듯한 질베스타는 처음부터 석판을 빼앗았다. 나는 필기도구를 정리하고, 막달레나에게 오늘의 작업물을 넘긴 뒤에 도서관에서 나왔다.

"양아버님, 저, 위험한가요? 자세한 내용은 양아버님께 여쭤 보라고 아나스타지우스 왕자님이 말씀하셨는데요."

"그런 얘기는 나중에 하자."

질베스타는 순간적으로 싫다는 표정을 지은 뒤에, 웃는 얼굴로 나를 쳐다봤다.

"그러니까…… 왕족과 그런 이야기를 하게 될 뭔가가 있었다는 거냐?"

"그런 이야기는 나중에 하죠."

둘이서 마주 보며, 동시에 깊은 한숨을 쉬었다. 질베스타도 이런저런 귀찮은 일들에 말려든 것 같다.

"양아버님, 저, 왕족과 관여하지 말라셨던 이유를 오늘 하루 동안에 징그러울 정도로 이해했어요."

어깨를 늘어뜨리고 그렇게 말했더니, 질베스타는 엄청나게 질린 얼굴로 날 쳐다봤다.

"하아. 이제야 알았냐. 너무 늦었다. 이젠 완전히 늦었어."

……늦었다니, 뭐가요?!

편지와 이야기

저녁 식사를 마치고, 둘이서 이야기를 나눌 수 있도록 측근들과 함께 예정을 짜면서 기숙사로 돌아왔더니, 리젤레타가 뛰어왔다.

"다녀오셨습니까. 다목적 홀에서 힐쉬르 선생님이 두 분을 기다리고 계십니다."

"힐쉬르 선생님이?"

나는 질베스타와 얼굴을 마주보고는 다목적 홀로 들어갔다. 오늘 회의를 마치고 내일 이후의 준비를 하느라 바빠 보이는 어른들이 오가는 가운데, 책장 앞에서 느긋하게 책을 읽고 있는 힐쉬르는 혼자서 너무나 튀어 보였다.

"힐쉬르?! 어째서 여기에⋯⋯?"

"이제야 오셨군요. 아우브 에렌페스트, 로제마인 님."

책을 탁, 덮어서 책장에 꽂아 놓고 힐쉬르는 고개를 들어 우리를 봤다.

"페르디난드 님이 편지를 맡기셨습니다."

"예? 성결식이 연기됐는데, 페르디난드 님이 귀족원에 와 계신가요?"

"성결식을 치르지 않아서 아직 에렌페스트 소속이다 보니 회의에는 출석하지 못하겠지만, 기숙사에는 와 계시지 않을까요? 이걸 전해 주신 분은 페르디난드 님의 시종이었습니다."

그러고 보니 에렌페스트에 있을 때도 영지에 남아 있던 페르디난드는 무슨 일이 있으면 귀족원으로 불려왔다. 저쪽에서도 같은 상황이겠지.

"빨리 열어 보세요, 아우브 에렌페스트."

힐쉬르가 가리킨 것은 마술구 상자였다. 편지를 넣기에는 꽤 큰 상자다. 이건 아우브 에렌페스트만이 열 수 있는 상자인 것 같다.

"제가 확실하게 에렌페스트의 기숙사에 전달하도록, 이 안에 연구 자료를 넣어 뒀다고 하셨습니다. 페르디난드 님은 정말 짓궂다니까요."

"힐쉬르 선생님을 잘 알고 있어서 그랬을 겁니다. 자기가 읽고 싶은 연구 자료가 들어 있지 않았더라면 겨울에 전해 줘도 된다고 뒤로 미뤘겠죠?"

"당연한 일 아닌가요?"

……거기서 자랑스레 말하지 말아 주세요!

우리가 그런 이야기를 하는 옆에서 질베스타는 씁쓸하게 웃으며 그 마술구를 열었다. 다음 순간, 힐쉬르가 날 듯이 달려가서 자료를 꺼내더니 신이 나서 읽기 시작했다.

"무슨 연구 자료인가요?"

"도서관 마술구의 연구 자료군요. 자료 정리용과 검색용 등 용도에 따라 마술구를 구분해서 제작 난이도를 낮출 수 있다는 것 같아요. 그래도 충분히 어렵고 품질이 좋은 소재가 필요하지만……."

……도서관 자료 정리용과 검색용 마술구?! 그거, 한마디로, 내 도서관에 간이판 슈바르츠와 바이스를 둘 수 있다는 얘기잖아?!

슈바르츠와 바이스에게는 왕족을 구르트리스하이트로 안내하는 역할도 있는 것 같지만, 내 도서관에서 사용하려면 그런 기능은 필요 없다.

"힐쉬르 선생님, 도서관의 마술구라면 제게도 보여 주세요! 자료 정리를 안 하는 선생님께는 필요 없잖아요?"

페르디난드의 자료를 보려고 점프까지 했지만, 힐쉬르는 손을 높이 올려서 자료를 못 보게 했다.

"제가 먼저입니다, 로제마인 님. 이런 마술구는 스스로 자료를 정리할 수 있는 로제마인 님보다 자료를 방치하는 저한테야말로 필요하지 않을까요."

……하으, 그렇긴 하네.

연구실의 상황을 생각한 나는 손을 내렸다. 마술구를 만들어서 깔끔하게 정돈할 수 있다면, 이 자료와 연구에는 엄청나게 큰 의미가 있을 것이다.

"귀족원이 시작될 무렵에는 제게 필요한 부분의 연구가 끝났을 테니까, 그렇게 관심이 있으시다면 연구실로 오시면 되겠죠."

"겨울까지 기다려야 하나요……. 더 빨리 읽고 싶어요."

"원래라면 로제마인 님은 에렌페스트에 계시고 여기에는 안 계셔야 합니다. 정당하게 이쪽으로 오시게 될 때까지 기다려 주세요."

지금은 영주 회의 기간이고 내가 귀족원에서 돌아다녀도 되는 시기가 아니다. 왕족을 돕기 위해 머무르고 있으니까, 내 취미 때문에 문관동에 들어가거나 힐쉬르의 연구실에 눌러앉아서는 안 된다.

……아으, 도서관 마술구.

내 도서관에도 슈바르츠랑 바이스가 있으면 좋겠다고 생각했던 나한테는 너무나 갖고 싶어서 미칠 지경인 마술구다. 조금이라도 제작 방법을 볼 수 없을까, 라고 생각하면서 고개를 움직였더니, 힐쉬르가 나를 보면서 슬쩍 웃었다.

"제작에 필요한 소재를 적어서 영주 회의가 끝날 때까지 이쪽 기숙사로 전해 드리겠습니다. 겨울에는 연구실에 틀어박혀서 제작할 수 있도록 준비해 두면 좋지 않을까요?"

좋았어! 하고 주먹을 쥐고 있었더니, 질베스타가 종이로 내 머리를 톡톡 두드렸다. 봉투 안에 질베스타와 내 앞으로 온 편지가 같이 들어 있었던 것 같다.

"로제마인, 이건 너한테 온 편지다."

질베스타가 편지를 내밀자 받기 위해서 손을 내밀려고 하던 나는 잠깐 손을 거뒀다. 만약 빛나는 잉크로 적혀 있다면, 하고 생각했기 때문이다. 하지만 머리를 두드린 시점에서 아무런 변화도 없었던 것을 보면 빛나는 잉크로 적은 내용은 없을 것이다.

……괜찮겠지? 페르디난드 님이 빛나는 잉크로 적은 편지를 같은 봉투에 넣을 만큼 경솔한 짓은 안 하겠지?

나는 살짝 움찔움찔하면서 손을 내밀었다. 질베스타는 그런 내 모습을 수상하다는 것처럼 쳐다보면서 편지를 건네줬다.

"왜 그러냐, 로제마인."

"……그러니까, 저기, 양아버님. 저, 답장을 보내도 될까요? 그, 페르디난드 님을 걱정하거나, 편지를 쓰면 안 되는 거죠?"

편지가 빛나지 않는 걸 확인하면서 물었더니, 질베스타는 아주 조금 곤란하다는 표정을 지었다.

"……답장을 보내는 것까지는 상관없다. 너와 이야기하는 건 내일로 연기다. 페르디난드가 보낸 편지를 먼저 읽는 게 좋겠지. 나도 이걸 읽고서 생각해야만 하는 일이 있을 것 같다."

자기 앞으로 온 편지를 문관에게 들게 하고는 질베스타는 "힐쉬르, 고생이 많았다. 식사를 준비하도록 할 테니 먹고 가라"고 권유했다. 하지만 힐쉬르는 자료를 끌어안고서 딱 잘라 거절했다.

"제안은 감사하지만, 한시라도 빨리 연구실로 돌아가고 싶습니다."

"그런가. 억지로 붙잡지는 않겠다."

질베스타는 힐쉬르를 놓아주고 살랑살랑 손을 흔들면서 자기 발로 돌아갔다. 나도 페르디난드가 보낸 편지를 품에 안고서 방으로 돌아갔다.

나는 저녁 식사와 목욕을 마치고 비밀의 방으로 들어갔다. 답장용 종이와 잉크도 준비했다. 하지만 영주 회의 중에 페르디난드에게 편지를 쓸 예정은 없었기 때문에, 빛나는 잉크를 가지고 오지 않았다.

"검열을 고려하면 무난한 내용밖에 못 쓰겠지. 은색 천이라든지 연좌에 대한 걱정이라든지, 쓰고 싶은 건 많지만……. 중요한 정보는 양아버님이 전할 테니까……."

나는 한숨을 쉬면서 편지를 펼쳤다. 제일 먼저 '이 편지는 다른 이들이 회의 때문에 부재인 시간에 적었고, 에크하르트가 상자에 넣었다. 답장을 보낼 때는 검열이 있다는 것을 고려하도록'이라는 주의사항이 적혀 있었다. 페르디난드는 자유롭게 쓸 수 있는 환경이었지만, 자유로이 읽을 수 있는 환경은 아니라는 뜻인 것 같다.

……검열이 있다는 정도는 저도 알아요.

아렌스바흐는 물론이고, 아마 질베스타도 내 편지를 확인할 것이다. 귀찮은 상황이 됐다는 사실에 불만을 품으면서 그리운 필체로 적힌 인사말을 읽었다. 그리고 본문의 첫마디는 잔소리였다.

"자, 내게는 안부를 확인하기 위한 편지를 보내라고 했으면서, 그대가 보내는 편지가 끊긴 것은 어떻게 된 일인가?"

……아윽, 죄송해요.

질베스타로부터 걱정하지 말라느니, 편지를 자제하라느니 같은 말들을 들은 뒤로 나는 페르디난드에게 편지를 보내지 않았다. 이렇게 불만을 들어도 어쩔 수 없는 일이라고 생각한다.

"저도 쓰고 싶은 일이 정말 많아요."

뚱해서 입술을 삐죽 내밀며, 질베스타가 말했던 것에 대해 줄줄이 적어 나갔다. 간단히 정리하자면 '저도 많이 컸으니까 안 된다는 것 같아요'라는 한마디로 끝나지만, 그 한마디로 끝내면 내 기분이 풀리지 않는다.

하는 김에 빌프리트를 더 걱정해 주라는 말을 듣고서 페르디난드처럼 걱정해 줬더니 싫어했다는 이야기도 적었다. 아무한테도 불만을 늘어놓을 수가 없었기 때문에 이렇게 종이에 적는다는 행동을 한 것만으로도 상당히 속이 후련해졌다.

"답답했던 것들을 전부 적었더니 조금 속이 풀린 것 같아. ……뭐, 답장은 다시 써야겠지만. 이런 뒷사정을 아렌스바흐한테 보여줄 수는 없으니까."

나는 불만을 줄줄이 적어 놓은 종이를 접어서 옆에 치워 놓고, 간단히 정리한 한마디에 '저, 많이 성장했습니다'라고 덧붙였다. 이걸로 됐어.

편지를 계속 읽었더니 기원식에서 아렌스바흐의 귀족들에게도 제사를 맡겼다는 이야기, 소재 채집을 했다는 이야기가 적혀 있었다. 레티치아는 젤기우스를 통해서 받은 상냥함이 들어간 약을 '그 정도 품질은 아직 필요 없다'고 거절했다는 것 같다.

체력이 없어서 바로 움직이지 못하게 돼 버리는 나와는 달리 레티치아는 마력을 회복하는 약만 있으면 충분한 것 같다. 마력 부족이 일어나기는 하지만, 기원식을 치르는 동안에 레티치아가 쓰러진 일은 없었다고 한다. 평범하게 건강한 아이와 비교해 보고, 내가 얼마나 허약한지 새삼 놀랐다는 내용이 적혀 있었다.

"저도, 페르디난드 님이 알고 계시던 시절과 비교하면 많이 튼튼해졌어요. 이번 기원식에서는 중간에 잠들어 버린 적이 세 번밖에 없고, 기원식이 끝난 뒤에도 이틀만 쉬면 거의 회복됐으니까요."

대단하지 않냐고, 콧김까지 거칠게 내쉬면서 내 상황을 적어 나갔지만, 레티치아와 비교해 보고 조금 풀이 죽었다. 아직 보통까지는 갈 길이 멀다.

……조금씩 열심히 해 나가면 돼.

'기원식을 위해 아렌스바흐 내부를 돌아다니다가 손에 넣은 베리누르 꽃을 보낸다. 부적을 만드는 데 적합한 소재다. 공방이 없어서 만들어 주지는 못하지만, 이젠 혼자서도 만들 수 있겠지?'

편지와 연구 재료를 넣기에는 상자가 너무 크다 싶었더니, 페르디난드가 소재를 보내준 것 같다. 마침 부적도 망가졌으니까 잘 됐다.

……타이밍이 완벽하네. 역시나 페르디난드 님이다.

베리누르 꽃이 어떤 부적에 적합한지 적혀 있는 내용을 읽어 갔다.

'……그 대신, 내년 영주 회의 때까지 준비해 줬으면 하는 것이 있다. 최고 품질의 마지를 될 수 있는 한 많이, 최소한 300장은 필요하다. 드레반헬과의 마지 연구에서 품질 향상 방법을 발표했었지? 품질을 최대한 높이도록. 그리고 공방 안에 있는 게슈테펠트 가죽, 조넨슈라

크 마석, 레기쉬 마석…… 전부 최고 품질로.'

……잠깐만요. 베리누르 꽃에 대한 요구가 너무 많은 것 아닌가요?

대체 어디에 쓰려는 소재 수집인지는 모르겠지만, 요구가 너무 많은 것 같다. 마지 말고는 페르디난드한테 받은 공방 안을 뒤져 보면 나오겠지만, 그래도, 상당한 양이다.

……최고 품질의 마지.

최소한 300장이라고 하면, 토론베지만 가지고는 부족할 것 같다. 올해는 고아원에 귀족 아이들이 있으니까 양산하는 것도 조금 주저하게 되는 상황이고.

……돌아가면 일크너의 브리기테한테 물어볼까?

일크너에서 만든 새로운 마지의 사용 방법을 연구하다가 드레반헬과의 공동 작업으로 이어졌다. 일크너에서 또 뭔가 새로운 종이가 나왔을지도 모른다. 아무것도 없다면 측근들에게 들키지 않도록 몰래, 고아원 아이들과 토론베를 채집해야 한다.

귀찮은 부탁이지만, 일단 '열심히 준비하겠습니다'라고 대답을 적었다. 그 직후에 '여름에 아우브 아렌스바흐의 장례식이 있으니까, 그때 짐과 추가 음식을 부탁한다'는 말과 함께 필요한 물건들의 목록이 있었다. 페르디난드가 나를 아주 편리하게 부려 먹고 있는 것 같다는 기분이 들었다.

……뭐야! 나도 바쁜데.

'부탁만 하는 것도 미안하니까, 이쪽에서는 선물로 생선을 준비할 생각이다. 원하는 것이 있다면 들어주겠다.'

"이얏호! 최고 품질 마지도 음식도 기꺼이 준비하도록 하겠습니다! 신께 기도를!"

나는 짐 준비를 질베스타에게 부탁해야 한다고 적어 두고, "생선, 생선~"하고 콧노래를 부르며 먹고 싶은 물고기의 종류를 적어 나갔다.

"타우나델 같은 독이 있는 생선은 필요 없지만, 슈프레슈 경단 수프는 맛있었으니까 잔뜩 필요해요. 평민 요리사도 조리할 수 있는 생선이면 좋겠어요. ⋯⋯그래. 이걸로 됐어."

오랜만에 생선을 먹을 수 있을 것 같아서 나는 답장을 보면서 빙긋 웃었다. 여름이 엄청나게 기다려지기 시작했다. 그런데 생선 때문에 들떠 있었지만, 다음에 적혀 있던 내용은 아주 우울한 기분이 들게 만드는 잔소리와 현황 보고였다.

'성결식에서 옛 제사를 재현하다니, 대체 무슨 생각이냐?'

나는 지하 서고에만 있다 보니 영주 회의 내용은 듣지 못했다. 하르트무트와 클라리사한테서도 "바쁩니다"라는 보고밖에 못 들었다. 그런데 이번 영주 회의에서는 중앙 신전이 신전장으로서 나를 탐내고, 에렌페스트를 제외한 영지들이 중앙 신전에 찬동해서 왕족에게 빌프리트와 내 약혼 취소를 요구하고 있다는 것 같다.

아무래도 나를 중앙 신전의 신전장으로 들여서 다른 영지에 제사 방법을 가르친다든지, 옛 의식을 재현하는 등의 일을 시킬 생각이라는 것 같다. 에렌페스트의 신전장이면 각 영지에 파견할 수 없지만, 중앙 신전장이라면 제사를 위해 각지에 파견하는 것도 가능해진다.

그리고 기도가 가호 증가로 이어진다는 것이 증명된 이상, 옛 제사를 부활시키고 올바른 제사 방법을 널리 알리면 유르겐슈미트 전체의 수준을 향상시킬 수 있다.

무엇보다 옛 의식을 부활시키면 올바른 차기 첸트 선출이 가능할 거라고 중앙 신전 측에서 호소하고 있다고 한다.

그 중앙 신전에 가세한 것이 차기 첸트 후보인 디트린데를 거느린 아렌스바흐라는 것 같고. 왕명으로 이동한 페르디난드가 자처해서 기원식을 치르고, 귀족들도 제사에 참가하게 하면서 영지 내부 귀족들의 가호와 수확량이 늘어날 가능성이 크다는 이야기를 게오르기네가 마구 퍼트리고 있다고 한다. 게다가 '로제마인 님이 중앙의 신전장이 되면 모든 영지에서 같은 일이 가능해지겠죠'라든지 '에렌페스트에서만 독점해도 되는 지식이 아니라고 봅니다'라고 다른 영지의 영주 부부들을 열심히 부추기고 있다나.

결혼 전이라서 영주 회의에 출석할 수 없는 페르디난드는 다과회와 회식 자리에서 게오르기네의 발언을 막을 수가 없다. 동석한 문관이나 시종으로부터 보고를 듣고 게오르기네에게 항의를 했지만, '어머나, 사실이 아니던가요?'라고 흘려 넘기고 끝났다고 한다.

'란체나베의 공주를 받아들이는 일을 거부했기 때문에 아렌스바흐로 돌아간 뒤 란체나베와의 교섭이 귀찮아질 것 같다. 받아들이는 것보다는 마음이 편하지만……'

영주 회의가 끝나면 란체나베와 교섭해야 하는 페르디난드는 이미 정신적인 피로가 한계까지 쌓여 있는 것처럼 보인다. 그래도 유스톡스를 아렌스바흐에 남겨 뒀고, 영주 회의 동안에 게오르기네가 영지 쪽에 신경 쓰지 못하도록 만든 건 페르디난드다운 일 처리다.

참고로 도서관에서 무례한 여자를 만나서 기분이 크게 상했다고 분개했던 디트린데는 나를 중앙 신전에 보내고 싶다고 생각하는 사람에게서 '옛 의식이 재현되면 차기 첸트로 결정될지도 모르겠군요'라고 추켜세우는 소리를 듣고 최근에는 기분이 아주 좋다는 것 같다.

아렌스바흐의 다른 귀족들은 '히스테리를 일으키면 일하는 데 방해

되고 귀찮으니까 주추를 완전히 물들일 때까지는 가능한 오랫동안 차기 첸트라고 부추겨 주면 된다'는 분위기고, 디트린데를 말릴 생각이 전혀 없다는 것 같다.

……으아……. 아렌스바흐, 진짜 위험하네.

그런 게오르기네의 말재간에 넘어간 다른 영지의 공세에 대해 에렌페스트는 '로제마인 님을 중앙의 신전장으로 만들겠다니, 말도 안 되는 소리는 하지도 마라'든지 '다른 영지의 영주 후보생을 중앙 신전에 보낼 생각을 할 바에는 자기 영지의 영주 후보생을 신전에 들여보내라'라든지 '영주 후보생을 중앙으로 이동시키는 것은 금지되어 있다'라고 응전했지만, 마력이 부족해서 수확량이 떨어진 영지들이 많기에 상당히 불리한 상황인 것 같다. 마력이 있는 귀족이 제사를 치르면 수확량이 늘어난다는 것은 에렌페스트와 프뢰벨타크의 사례를 통해서 잘 알려져 있다. 페르디난드는 올해를 어떻게든 버티더라도 내년은 힘들 거라고 생각하고 있는 모양이다..

'너를 중앙 신전에 보내는 일에 성공하면 왕족도 중앙 신전을 억누를 수 있게 되고, 올바른 제사 방법을 알아내서 각지에 널리 퍼트리는 것이 가능해진다. 그리고 올바른 수단으로 첸트를 얻을 수 있게 된다면, 트라오크발 왕은 그 무거운 짐에서 해방된다.'

에렌페스트와 내가 곤란할 뿐이고 다른 영지한테는 전혀 문제 될 게 없으므로, 다 같이 나를 중앙 신전에 보낼 방법을 모색하고 있다는 듯하다.

'너는 양녀다. 질베스타와의 양자 결연을 해제하고 상급 귀족 신분으로 돌아가면 중앙으로 이동시킬 수 있다. 하지만 이 양자 결연을 해제하려면 질베스타, 칼스테드, 너, 모두의 승낙이 필요하다. 압력을 가

할 수는 있겠지만 왕명만 가지고 어떻게 할 수 있는 일은 아니다.'

왕명으로 어떻게든 할 수 있는 것은 약혼 취소뿐이라는 것 같다. 약혼 허가 취소는 가능하니까, 질베스타가 어떻게든 주장해 봤자 내부 논의를 통해 결정됐을 뿐이라는 상태로 되돌리는 것은 가능하다는 모양이다.

'왕족의 제안은 기본적으로 거절하지 마라. 에렌페스트에 대한 다른 영지의 인상이 나빠진다. 승자 영지로 취급받게 되면서 패자 영지들이 질투하고 있다. 승자 영지에서는 한층 더 큰 협력을 요구하겠지. 아마도 내가 불려가서 개인의 의견을 물었던 것처럼, 너도 개인의 의견을 들어 봐야 한다는 이유로 불려 갈 가능성이 있다. 거절하지 말고 시간을 벌어라. 최소한 일 년, 그 이상은 최대한 오래.'

왕족에게 협력해서 공적을 남기고 있는데 영주 후보생에서 상급 귀족으로 떨어지면 협력할 기분이 들겠냐고 호소하거나 빌프리트를 깊이 사랑하고 있어서 절대로 약혼을 취소할 수 없다고 엘비라의 연애 이야기 애독자들에게 호소하라는 내용이 적혀 있다.

……충고와 대응은 고맙지만, 앞쪽은 그렇다 치더라도 뒤쪽은 좀. 내가 빌프리트 오라버니를 사랑하는 연기를 할 수 있을까. 애당초 연애 경험이 전혀 없는데 말이야. 으음…….

그런 생각을 하면서 잠들었지만, 오늘 하루 동안 너무 많은 일들이 있었던 탓인지, 나는 다음 날 아침부터 열이 나서 누워만 있었다.

"사당을 정화하기 위해서 어제 오전동안 계속 밖에 계셨으니까요. 오늘은 흙의 날이고 쉬는 날이니까 주위 일은 신경 쓰지 마시고 푹 쉬도록 하세요. 아우브와의 대화는 회복한 뒤에 하셔도 된다고 하셨습니다.”

오틸리에가 약을 준비해 줬다. 자리에 누워 있는 나를 걱정하며 허둥지둥하는 클라리사에게 리젤레타가 “항상 있는 일입니다”라고 달래 주는 모습이 보였다.

“저기, 클라리사. 저는 중앙 신전에 가게 되려나요?”

“에렌페스트에서 로제마인 님을 잃게 되는 일은 없습니다. 저도 하르트무트도 지켜 드릴 테니 안심하세요.”

가슴을 세게 두드리면서 그렇게 말해 주는 클라리사가 든든하기는 하지만, 페르디난드는 에렌페스트의 입장이 그다지 좋지 않다고 말했다. 그렇다면 이미 질베스타에게 상당한 압력이 가해지고 있다고 봐야겠지. 이상한 곳에서 멋있는 척하면서 숨기려고 하는 질베스타는 아마도 자기가 받는 압력에 대해 말해 줄 생각이 없을 것이다. 아나스타지우스가 말했던 것이 아마 이 일이 아닌가 싶다.

“클라리사는 다른 영지 시점에서 생각할 수 있잖아요? 에렌페스트가 어떻게 해야 한다고 보나요? 이런 상황에서 중앙 신전이 바라는 인재가 제가 아니라면, 어떻게 할 건가요?”

클라리사가 확, 하고 표정을 다잡았다. 그리고는 진지한 얼굴로 나를 쳐다봤다.

“……왕족과 다른 영지에게 은혜를 베풀 수 있는 가장 크고 좋은 기회라고 생각합니다. 승자 영지로 취급하겠다고 공표되고, 그에 걸맞은 공헌을 다른 영지의 눈에 보이는 형태로 드러낼 수 있게 되겠죠. 영주 후보생으로서의 대우를 약속하고, 기한을 정하고, 제사를 가르치러 가는 순서에 대해 에렌페스트의 의견을 반영하는 등의 교섭은 필요하겠지만, 영주 후보생 하나로 그만큼의 은혜를 베풀 기회는 찾아볼 수 없을 것입니다"

클라리사는 그렇게 말한 뒤에, "반대로 생각하면 로제마인 님을 독점해서 모든 영지의 원한과 질시를 사게 됩니다"라고, 난처하다는 것처럼 미소를 지었다.

"저는 에렌페스트의 내부 사정을 알고 있기 때문에, 지금 로제마인 님을 보낼 수 없다는 것을 알고 있습니다. 하지만 단켈페르거에 있던 때라면 로제마인 님을 독점하려고 하다니, 라고 생각했겠죠. 에렌페스트의 성녀이신 로제마인 님의 신성한 제사를 이 눈으로 보고 싶어 하는 이가 정말 많을 테니까요."

기껏 잘 만들었던 문관다운 분위기를 마지막에 다 망쳐 버렸지만, 주위 영지가 어떻게 생각하는지는 알았다. 내가 지하 서고에서 현대어 번역에 매달리고, 차기 첸트 후보가 되고, 자격이 없다는 걸 알게 되는 동안, 질베스타도 상당히 힘들었던 것 같다.

저녁에는 열이 내려서 나는 질베스타와 이야기하기 위해 기숙사 회의실로 들어갔다. 오늘은 플로렌치아도 같이 있었고, 상냥한 미소를 지으며 "열이 내려간 것 같군요, 로제마인"이라는 말로 나를 맞이해 줬다.

"페르디난드 님의 편지를 보고 영주 회의의 현재 상황을 알았습니다."

나는 페르디난드의 편지와 내가 보낼 답장을 질베스타에게 보여줬다. 질베스타는 두 가지를 훑어본 뒤에 답장을 문관에게 맡겼고, 편지는 내게 돌려줬다.

"……하지만, 나는 너와 빌프리트의 약혼을 취소할 생각도 없고, 너를 중앙 신전으로 보낼 생각도 없다."

질베스타는 빙긋 웃고서 그렇게 말했고, 플로렌치아는 걱정된다는 것처럼 나와 질베스타를 쳐다봤다.

"왕족은 어떻게 말했나요?"

"중앙 신전을 억제할 수 있고, 다른 영지의 요구를 이뤄 줄 수 있다. 제사에 대해 보다 깊이 알 수 있고, 유르겐슈미트 전체의 수준을 끌어올리게 될 테니까 받아들였으면 한다는 제안이 있었다. 하지만, 거절했다."

질베스타는 '아직 신전에 대한 멸시가 강한 상황에서 무슨 말씀을 하시는 것입니까'라는 말로 왕족에게 반론했다는 모양이다. 성결식을 허락한 것은 일회용 약속이고, 지기스발트 왕자를 축복하고 차기 첸트의 자격을 부여하기 위해서 중앙 신전에 들어가라고 하는 것은 말이 안 된다고. 로제마인의 마력이 강력하니까 왕족에게 협력하라고 말하는 건 간단하지만, 바꿔서 생각해 보면 로제마인이 에렌페스트를 얼마나 지탱해 주고 있는지도 알 수 있을 것이다. 아렌스바흐를 지탱하고 있는 페르디난드에 이어서 로제마인까지 빼앗길 수는 없다. 영주 후보생을 중앙으로 이동시킬 수 없다는 점은 알고 있을 것이다…… 라고 정중하게 말했다는 듯하다.

"첸트는 우리 의견을 인정해 주셨다. 거의 모든 영지에서 요망이 들어온 이상, 일단 질문은 해 본 게 아닌가 싶다. 하지만……."

거기서 질베스타가 팔짱을 끼었다. 곤란하게도 지기스발트는 다른 영지들의 의견을 지지하고 있는 듯하고, '에렌페스트가 모든 영지에게 은혜를 베풀 기회는 지금뿐이다' 제사를 치르고, 가호를 받고, 마력을 조금이라도 더 다루기 쉽게 하는 것은 유르겐슈미트 전체에서 최우선으로 해야만 하는 일이다'라면서 나를 중앙 신전에 넘기라고 말했다는 것 같다.

……어라? 그게 언제 이야기지? 첸트도 지기스발트 왕자도 내가 차기 첸트 후보가 됐다는 걸 모르나?

중앙 신전의 신전장을 할 것인가에 대한 이야기뿐이다. 아나스타지우스와 달리 차기 첸트 후보를 확보하겠다는 시각이 전혀 없다. 사당 순례가 어제 일이니까 첸트 쪽에서는 아직 모를 수도 있지만, 아나스타지우스와 에그란티느한테서 사당에 들어갈 가능성이 있다는 정도는 들었을 텐데.

아니면…… 아직 그 정보도 전해지지 않았나?

아나스타지우스는 사당 순례에 동행할 때까지 내가 차기 첸트 후보라고 확신하지 못했을 텐데. 독주라고 했고, 에그란티느가 주위를 혼란스럽게 만들지 않도록 사당의 용도를 말하지 않았다면 막달레나도 몰랐을 것이다.

……아무래도 지하 서고의 이변 때문에 알아차렸겠지만, 그것도 어제 일이니까 이제야 겨우 첸트까지 정보가 전해진 수준일지도?

왕족들 사이에서 정보를 어느 정도까지 공유했을지 고민하고 있었더니, 질베스타가 어깨를 살짝 으쓱거렸다.

"오늘 아침에 왕족에게서 초대장이 왔는데, 이틀 뒤에 또 오라는 내용이었다. 하지만 첸트는 아직 우리 말을 들어줄 것 같으니 이대로 영주 회의가 끝나기를 기다릴 생각이다. 누가 뭐라고 해도, 영주 후보생은 혼인 이외에는 중앙에 갈 수 없다."

질베스타는 시간이 다 될 때까지 버티겠다고 했지만, 왕족이 차기 첸트 후보의 정보를 손에 넣은 상태에서 초대했다면 상황이 완전히 달라질 수 있다.

"저기, 양아버님. 지금부터는 거절하기 힘들어질지도 몰라요."

"뭐라고?"

질베스타와 플로렌치아가 눈을 깜박거렸다. 나는 오틸리에에게 도청 방지 마술구를 준비해 달라고 했다. 그것을 질베스타와 질베스타의 호위를 맡고 있는 칼스테드에게 건넸다. 마술구를 받지 못한 플로렌치아가 엄청나게 불안하다는 눈빛으로 나를 바라봤다.

"충격이 너무 강해서 양어머님의 뱃속에 지장이 생기기라도 하면 안 되니까, 양어머님께 전해드릴지는 양아버님이 결정해 주세요."

"그렇게 엄청난 내용이냐?"

"가능하다면 사람들도 물려 주셨으면 할 정도예요."

내 말을 들은 질베스타가 살짝 손을 흔들었다. 측근들이 나와 질베스타, 칼스테드, 플로렌치아를 남겨 두고 줄줄이 밖으로 나갔다. 측근들이 보이지 않게 된 뒤, 나는 도청 방지 마술구를 꽉 쥐고서 입을 열었다.

"저, 차기 첸트 후보예요."

질베스타와 칼스타드가 "뭐어?"하고 얼빠진 목소리를 내면서 눈이 휘둥그레졌다.

"영문을 모르겠다. 너, 지금 무슨 소리를 한 거냐?!"

"저도 영문을 모르겠어요. ……하다 보니 그렇게 됐다고 할까, 왕족이 시키는 대로 돕다 보니, 그렇게 돼 있었어요."

신전과 귀족원에서 기도를 하다 보니 후보가 돼 있었고, 아나스타지우스를 따라서 사당을 전부 돌아다녔고, 최종적으로는 '왕족 등록이 없어서 자격이 없다'는 말을 들었다.

"후보가 되는 방법은 여기서 말해도 되는지 알 수 없어 생략하겠지만, 아마도 현시점에서 차기 첸트에 가장 가깝다고 생각합니다. 하지만 왕족 등록이 없어 차기 첸트는 될 수 없어요. 아마도 지금부터 왕족 측에서 뭔가 압력이 들어올지도 몰라요."

"그런 얘기 못 들었다!"

"어제 있었던 일이니까요."

도서관에서 돌아오자마자 바로 말할 예정이었지만, 페르디난드의 편지를 우선했고 열이 나서 쓰러졌다. 그리고 회복해서 지금 이야기했다.

"어쨌거나 약혼 취소 이야기는 확실히 나오지 않을까 싶어요. 제가 성인이 될 때까지 남은 3년 동안에 왕족 중에 누군가가 구르트리스하이트를 손에 넣는다면 좋겠지만, 그러지 못했을 때를 위해서 왕족은 저를 확보해 두려고 할 거예요."

아나스타지우스가 지기스발트의 제3 부인 이야기는 취소했지만, 그건 왕족 안에서 다른 선택지를 찾기 위해서라고 생각하고 있다. 중앙 신전의 신전장을 맡으라는 요망은 '에렌페스트가 싫다면 어쩔 수 없다'고 흘려 넘기는 첸트도 '가능한 주위에 혼란을 불러일으키지 않고 가장 빠르게 구르트리스하이트를 가진 차기 첸트를 얻기 위해서는 어떻게 해야 좋을까'라는 이야기는 흘려 넘길 수 없겠지.

"페르디난드 님의 편지에서는 중앙 신전 신전장으로 삼기 위해서라고 했지만, 왕족이 저를 중앙으로 이동시키기 위해서 선택할 것 같은 수단에 대해서도 적혀 있습니다. 충고도 적혀 있었고요. 왕명이 내려왔을 때 에렌페스트는 어떻게 해야 좋을지 생각해 둬야만 합니다."

질베스타가 원통하다는 것처럼 얼굴을 찌푸렸다. 중앙 신전과 다르게 문제가 너무 커졌다. 차기 첸트와 구르트리스하이트의 입수는 일개 영주의 뜻으로 각하할 수 있는 문제가 아니다.

"빌프리트 오라버니도 부르는 쪽이 좋을지도 몰라요. ……평생과 관련된 일이니까."

그렇게 제안했더니, 질베스타는 조금 생각한 뒤에 고개를 저었다.

"아니…… 빌프리트는 안 부른다."

"어째서죠? 빌프리트 오라버니에게도 커다란 문제가 아닌가요."

"그래, 맞다. 하지만 부른다고 뭐가 달라질까? 무슨 생각을 했건 간에, 왕이 명령하면 거역할 수 없다. 빌프리트가 귀족원에서 쓸데없이 난리를 피우는 결과만 벌어질 뿐이다. 화를 내면서 불만을 큰 소리로 토해 내거나 측근들에게 정보가 넘어가는 쪽이 더 곤란하다."

하긴, '로제마인을 에렌페스트에서 내보낼 수 없다'라고 첸트에게 주장하는 건 영주 부부로 충분하다. 그리고 아직 왕족 측에서 정식으로 이야기가 나온 것도 아닌데, '로제마인이 차기 첸트 후보다'라는 말을 멋대로 퍼트려서도 안 되고.

"이 급박한 때에 길길이 날뛰는 아들을 상대해 줄 시간은 없다. 왕족과 대면하기 전에 에렌페스트의 방침을 정하고 교섭 대책을 구상하거나 조건을 생각하는 쪽이 훨씬 중요하겠지. 빌프리트는 미성년이고 영주 회의에 나올 수 있는 것도 아닌 데다, 왕족이 초대하지도 않았다. 여기에 부를 필요성을 못 느끼겠다. 사후 승낙이 되겠지만, 결혼 상대는 부모가 정하는 것이니까 딱히 문제가 되지는 않겠지."

질베스타는 너무나 내키지 않는다는 얼굴로 미간에 짙은 주름을 새기면서 말했다. 영주다운 말과 표정이 일치하질 않는다. 그리고, 정말로 내키지 않는다는 표정 그대로 나를 쳐다봤다.

"빌프리트는 물론이고 너도 왕족과의 논의에는 초대받지 않았다. 그리고 나는 아우브 에렌페스트다. 가능한 교섭을 해보겠지만, 에렌페스트는 결코 강자가 아니다. 네 뜻에 맞지 않는 결과가 나올 수 있을지도 모른다. 그건 각오해 줬으면 한다."

교섭은 전부 질베스타와 플로렌치아에게 맡기는 수밖에 없다. 그건 알고 있다.

"양아버님은 소중한 가족과 제 목숨을 구해 주셨습니다. 생각하지 못한 결과가 벌어지는 일이 종종 있었지만, 양녀가 된 만큼 책임은 다해 왔습니다. 그러니 양아버님이 제 가족과 신전 사람들과 구텐베르크들을 지켜 주시는 한, 아우브 에렌페스트로서 내리신 판단에는 양녀로서 따르도록 하겠습니다."

질베스타가 이를 악무는 게 느껴진다. 그 원통해 보이는 얼굴에서 나에 대한 감정을 느끼며, 나는 플로렌치아에게 도청 방지 마술구를 내밀었다.

"영주 부부가 초대받았다면 양어머님께 비밀로 할 수는 없겠죠. 양아버님, 설명 부탁드리겠습니다."

질베스타가 고민하면서 입을 열었다. 하지만 쉽사리 말이 나오지 않았다. 그 모습을 보고 있던 플로렌치아가 "당신 표정을 보면 고민할 시간도 아까울 것 같은데요"라며 웃는 얼굴로 재촉했다.

"실은……."

내가 차기 첸트 후보라는 말을 들은 플로렌치아는 웃는 얼굴 그대로 잠시 굳어져 있다가, "겨울의 보고서 덕분에 조금은 익숙해진 줄 알았는데……"라면서 이마에 손을 얹었다.

"왕족으로서는 쓸데없는 혼란을 피하고 싶을 테니 제가 후보에 올랐다는 사실은 양아버지와 양어머니, 아버지 가슴속에만 담아 두셨으면 합니다."

"알고 있다. 왕족이 어떤 상황을 바라는지도 알 수 없으니까."

에그란티느는 왕족이 바라는 것은 현상 유지라고 했다. 대영지와 대영지가 다투는 일이 벌어지지 않고, 지기스발트를 차기 첸트로 옹립해 가는 것이…… 라고, 거기까지 생각했을 때 정신이 번쩍 들었다.

그것은 에그란티느의 바람이다. 아나스타지우스는 에그란티느의 근심을 떨쳐내고 싶다고 말했으니 둘만의 바람인지도 모른다. '나한테 구르트리스하이트를 입수하게 하고 지기스발트의 제3 부인으로 삼겠다'는 말은 첸트나 지기스발트의 입에서 들은 말이 아니다. 왕족 내부에서 정보 단절이 벌어진 현재 상황을 바탕으로 생각해 봐도 성급하게 단정하는 건 위험할지도 모른다.

"아버님 말씀대로 왕족이 어떤 상황을 바라는지를 모릅니다. 그러니까 왕족의 일은 나중에 생각하도록 하죠. 아버님은 왕족에게서 에렌페스트에게 이익이 될 것을 최대한 쥐어짜려면 어떻게 해야 좋은지를 생각하셔야 합니다."

"로제마인?!"

내가 왕족 일은 뒤로 미루자고 제안했더니 질베스타와 플로렌치아의 눈이 휘둥그레졌다.

"저를 지기스발트 왕자의 제3 부인으로 삼겠다고 했던 아나스타지우스 왕자는 에렌페스트의 일은 에렌페스트가 알아서 하라고 말했습니다. 왕족은 에렌페스트의 이익을 생각하지 않고 있습니다. 저희 스스로, 저희 영지가 최대의 이익을 얻어낼 수 있게 해야만 하겠죠……. 작년에 있었던 단켈페르거와의 출판 교섭을 참고삼아 결코 양보할 수 없는 최저한의 조건, 이 정도는 얻을 수 있으리라고 생각되는 조건, 여기까지 따내면 훌륭하다는 대승리의 조건을 정하도록 해요.”

질베스타와 칼스테드가 서로 마주 보더니 “상인 같은 표정을 짓고 있다”라면서 쓸쓸하게 웃었다. 이번 호출에서 갑자기 조건 교섭이 시작되지는 않을 것 같지만, 마음의 준비는 해 두는 쪽이 좋다. 나는 중앙 신전에 가게 되는 경우와 차기 첸트 후보에 대한 이야기가 나온 경우 양쪽에 대해 구체적인 조건을 제안해 봤다.

“저로서는 중앙으로 데려가는 측근에 제한을 두고 싶지 않습니다. 그러니까 중앙 신전으로 가게 된다고 해도, 견습 청색 무녀가 아니라 영주 후보생으로서의 대우를 요구합니다. 그리고 에렌페스트의 도서관 이상의 책이 필요하네요.”

“이 녀석, 로제마인. 그건 어디까지나 네 개인적인 일이고 에렌페스트의 이익은 없지 않은가.”

보통은 문관이 제출한 의견을 정리하거나 좋다고 생각되는 것들을 선택하기만 했겠지. 질베스타는 내 입에서 나온 조건을 듣고 얼굴을 찌푸렸다.

“그렇게 생각하신다면 양아버님과 양어머님도 조건을 말씀해 주세요. 이번 일은 최대한 알리지 않는 쪽이 좋다는 걸 알고 있으니까, 평소처럼 문관에게 상담할 수가 없습니다. 스스로 에렌페스트의 이익을 얻어 내야만 해요.”

정신이 번적 든 것처럼 질베스타와 플로렌치아가 에렌페스트의 이익에 대한 의견을 내기 시작했다. 평소에도 문관의 말을 듣거나 회의에서 다른 영지 아우브들과 이야기를 하는 입장이다 보니, 일단 시작되니까 그 다음에는 빠르게 진행됐다. 나는 차례차례 나오는 이익과 조건을 서자판에 적어 나갔다. 여기에 우선순위를 정해서 정리해 두면 왕족과의 논의에서도 조금이나마 도움이 되겠지.

"이번에는 왕족의 요망이 나오는 정도겠죠. 하지만 교섭 상대라는 점에서 보면 왕족이라고 다를 건 없습니다. 이익이 있다면 협력해도 좋지만, 이쪽의 이익이 전혀 없다면 협력할 수 없다는 자세만은 유지해 주세요. 그리고 양자 결연을 해소하기 위해서는 제 동의도 필요하니까, 제 의견도 들어 달라고 부탁해주세요

상인 성녀

다음날, 나는 지하 서고에 가지 않고 쉬기로 했다. 오틸리에가 이제 막 열이 내려간 상황에서 돌아다니다가는 또 열이 날 거라고 걱정했고, 클라리사가 '로제마인 님의 몸이 제일 중요합니다'라고 강경하게 반대했기 때문이다.

"로제마인 님은 종일 지하 서고에서 문헌만 보고 계셨습니다. 상당히 피곤하셨겠죠. 푹 쉬도록 하세요."

나는 측근들 말대로 다시 침대로 돌아가면서 책 상자를 가리켰다.

"그럼 클라리사. 푹 쉬고 싶으니까 거기 있는 책을 집어 주세요."

"침대에서 책을 읽으실 셈입니까?"

"부탁받아서 하는 일과 취미는 별개고, 푹 쉬기 위해서는 책이 필수잖아요?"

깜짝 놀라는 클라리사를 보고, 나는 "그런 반응은 정말 오랜만이네요"라고 말하면서 중간까지밖에 못 읽었던 책의 제목을 지시했다.

"하르트무트한테서 듣기는 했지만, 실제로 보니 정말 놀랍군요."

"최근에 로제마인 님이 너무 바쁘셨고, 많이 튼튼해지시기도 한 탓에 느긋하게 보내는 독서 시간이 없었던 것도 사실이기는 하죠."

리젤레타가 쿡쿡 웃으면서 책을 읽기 쉽도록 침대를 정리해 줬고, 클라리사가 책 상자를 열어서 책을 꺼내 줬다. 나는 오틸리에에게 부탁해서 한넬로레나 막달레나에게 쉬게 됐다는 내용의 올도난츠를 날리게 한 뒤에 책장을 넘겼다. 클라리사가 "영주 회의에 다녀오겠습니다"라고 말하는 목소리가 멀리서 들려올 무렵에는, 내 의식은 완전히 책에 사로잡혀 있었다.

내가 느긋하게 독서를 즐기고 있는데 올도난츠가 날아왔다. 하얀 새가 책 위에 내려앉은 탓에 어쩔 수 없이 눈에 들어왔다.

"힐데브란트입니다. 몸이 좋지 않으신가 보군요. 병문안을 갈까 했습니다만, 미성년인 로제마인 님은 여기에 안 계신 것으로 되어 있으니 안 된다고 어머님께 꾸중을 들었습니다. ……빨리 나으시기를 빕니다."

귀여운 병문안 올도난츠 덕분에 살짝 웃으면서, "열은 내려갔지만, 측근들이 걱정해서 상황을 지켜보고 있을 뿐입니다. 내일은 지하 서고로 가겠습니다"라고 답장을 보냈다.

다음날은 힐데브란트와 약속한 대로 지하 서고로 갔다. 질베스타와 플로렌치아는 왕족에게 호출돼서 회의다. 결과는 기숙사로 돌아가야 알 수 있다. 지하 서고에는 한넬로레, 힐데브란트, 막달레나가 있다. 오늘은 아나스타지우스와 에그란티느도 사교가 있다는 것 같다.

"평안하신지요, 로제마인 님. 몸이 좋아지신 것 같아서 안심했어요."

한넬로레는 다과회에서도 쓰러지는 내가 사당 순례를 했으니 몸이 안 좋아지는 건 아닐까 하고 걱정했던 것 같다. 이젠 괜찮다고 말하며 미소를 지었을 때, 힐데브란트도 다가왔다.

"로제마인, 좋아져서 다행입니다"

"병문안 올도난츠를 보내 주셔서 감사합니다, 힐데브란트 왕자님."

감사 인사를 했더니 힐데브란트가 보라색 눈동자를 반짝이면서 기쁘게 웃었다. 왕족치고는 감정 표현이 솔직해서 귀엽다. 나를 따르는 모습이 왠지 멜키오르와 닮아서, 나도 모르게 편한 표정을 짓게 된다.

힐데브란트와 이야기하다가 갑자기 시선이 느껴져서 고개를 돌렸다. 막달레나가 우리를 빤히 쳐다보고 있었다. 눈이 마주치자 막달레나가 "여러분, 인제 그만 서고로 들어가시죠"라고 말하면서 빙긋 웃었다.

묵묵히 필사를 하고 있는데, 누가 어깨를 살짝 두드렸다.

"로제마인, 잠깐 괜찮으십니까?"

"무슨 일이신가요, 힐데브란트 왕자님. 모르는 글자라도 있으신가요?"

질문을 받는 건 처음이 아니다. 나는 글자에서 눈을 떼고 고개를 돌렸다. 힐데브란트는 진지한 표정으로 날 보면서, 입을 열었다.

"한넬로레와 어머님이 쉬시는 동안에 이야기하고 싶었습니다. ……로제마인이 구르트리스하이트를 손에 넣고 첸트가 되는 겁니까?"

"……저는 왕족이 아니라서, 그럴 자격이 없습니다."

힐데브란트 입에서 그런 말이 나왔다는 건, 왕족 사이에서 내가 차기 첸트 후보라는 정보가 공유된 것 같다. 한넬로레에게는 들리지 않게 말하려고 하는 분별은 있는 것 같지만, 이런 곳에서 얘기해도 되는 걸까. 의문을 품고 있는데, 힐데브란트가 살며시 내 손을 잡았다.

"로제마인, 저는 당신을 돕고 싶습니다."

무슨 의미인지 몰라서 눈을 깜박이고 있었더니, 또각또각하고 빠르게 걷는 발소리가 다가왔다.

"힐데브란트, 뭘 하고 있나요?"

"어머님……."

힐데브란트의 얼굴이 새파래진 걸 보면, 말해선 안 되는 일이었다고 짐작할 수 있다. 막달레나가 나를 쳐다봤다.

"로제마인 님, 힐데브란트가 무슨 말을 했나요?"

"저를 돕고 싶다고 하셨습니다. 몸은 이제 괜찮아졌는데, 힐데브란트 왕자님은 정말 상냥하시군요."

차기 첸트 후보에 대해서는 한마디도 하지 않고, 나는 빙긋 웃었다. 막달레나는 의심하는 것 같은 시선으로 우리를 본 뒤에, 어쩔 수 없다는 얼굴로 "힐데브란트, 쉬도록 하죠"라면서 대화를 끝냈다.

힐데브란트가 나와 접촉하지 않도록 막달레나가 감시하는 것 같은 상황에서 점심 식사를 마치고, 묵묵히 현대어 번역을 진행했다. 그러고 있는데 지기스발트가 왔다. 영주 회의가 시작된 뒤로 지기스발트가 이 지하 서고에 온 건 이번이 처음이다.

지기스발트는 왕족의 사정 때문에 지하 서고에서 일하고 있는 우리를 격려하고, "오늘은 푹 쉬도록 하세요"라는 말로 한넬로레에게 돌아가라고 재촉했다.

"과분한 배려, 황송할 따름입니다."

한넬로레는 걱정된다는 것처럼 몇 번이나 나를 돌아보면서 서고 밖으로 나갔다. 나도 일어서려고 했더니 다시 앉으라고 했다.

"여기가 아니면 그대와 이야기를 할 수가 없으니까."

지기스발트는 온화한 미소를 지으면서 내 맞은편에 앉았고, 천천히 입을 열었다.

"아나스타지우스에게서 그대와 이야기할 때는 너무 솔직할 정도로 솔직하게 말하지 않으면 전해지지 않는다고 들었습니다. 가능한 통할 수 있도록 말할까 합니다만, 괜찮겠습니까?"

아나스타지우스의 표현이 조금 짜증 나기는 하지만, 틀린 말은 아니다. 왕족과 이야기할 때 오해가 발생하는 것보다는 솔직하게 말해 주는 쪽이 더 좋기는 하니까.

"제가 너무 솔직해도 처분 대상으로 삼지 않겠다고 해 주신다면……."

"소중한 첸트 후보를 처분할 리가 있겠습니까."

슬쩍 웃으면서 그렇게 말한 뒤에 지기스발트가 나를 똑바로 봤다.

"아나스타지우스의 보고를 듣고, 저희는 당신이 차기 첸트 후보라는 것을 알았습니다. 그리고 왕족 등록이 없으면 구르트리스하이트를 손에 넣을 수 없다는 것도……."

디트린데의 봉납춤과 성결식 덕분에 귀족들이 중앙 신전의 말을 아주 조금이나마 믿기 시작했다는 것 같다. 옛 의식을 부활시켜서 올바른 첸트를 얻어야 한다고. 그렇기에 나도 구르트리스하이트를 손에 넣을 수 있다고 생각한 것 같다. 하지만, 그건 잘못됐다.

"왕족이 아닌 저에게는 자격이 없습니다. 자격이 없으면 얻을 수 없으니까, 왕족이 구르트리스하이트를 손에 넣는 것이 제일입니다. 에그란티느 님께 부탁해 주세요."

"아쉽게도, 왕족에게는 그럴 여유가 없습니다."

지기스발트가 곤란하다는 얼굴로 말해 줬다. 도서관의 주추에 해당하는 마술구의 마력이 고갈되어 가고 있는 것처럼, 중앙에 있는 마술구 중에 마력이 거의 고갈된 것이 있다고 한다.

"이건 절대로 발설해선 안 됩니다. 중앙에는 긴급 사태 때문에 마력을 공급할 수 있는 이가 적기 때문에, 라는 이유로 움직임을 멈춘 마술구가 잔뜩 있습니다. ……며칠 전에, 그중 하나가 붕괴했습니다."

"붕괴, 말인가요?"

"마력을 완전히 잃으면 무너지는 마술구도 있는 것 같습니다."

우리가 평소에 사용하는 마술구는 마력이 떨어진다고 해서 부서지는 일은 없다. 하지만, 오래된 마술구는 마력이 완전히 떨어지면 형체도 남지 않고 부서져 버리는 것 같다.

"아득한 옛적부터 물려받아 온 귀중한 마술구를 우리 대에 이르러 붕괴하도록 내버려 둘 수는 없습니다. 딱히 중요치 않다고 판단해 방치해 뒀던 마술구들에 아버님은 물론 우리들까지 회복약을 마셔 가며 마력을 차차 불어넣고 있습니다. 사당을 돌며 대량의 마력을 사용할 형편이 안 됩니다."

빨리 나를 왕족으로 끌어들여서 구르트리스하이트를 손에 넣고, 마력과 귀족들을 따르게 할 권력이 필요하다고 지기스발트가 호소했다. 듣고 보니 방치하면 나라가 간단히 붕괴해 버릴 것 같았다.

"원래는 그대가 성인이 된 뒤에 혼인을 통해서 왕족으로 삼아야겠죠. 하지만, 저희는 그대가 성인이 될 때까지 기다릴 수가 없습니다. 당장이라도 왕족으로 맞이하고 싶습니다. 에렌페스트의 양자 결연을 해소하고 아버님의 양녀가 돼서 구르트리스하이트를 손에 넣고, 성인이 된 뒤에 저와 결혼하는 겁니다. 그것이 최선의 미래라고 생각하지 않습니까?"

디트린데와 결혼해서 연좌로 처벌당하게 되는 페르디난드를 구하는 쪽을 생각하면 지금 당장이라도 구르트리스하이트를 손에 넣을 수 있는 상황은 나쁘지 않다. 물론 에렌페스트의 현재 상황을 생각하면, 덥석 물어 버릴 수도 없지만.

"아버님은 협력을 부탁하는 이상 에렌페스트에게도 이익이 있어야 한다고 생각하시고 다양한 제안을 하셨습니다. 하지만 아우브 에렌페스트는 받아들이지 않았습니다."

"······어떤 제안을 하셨기에?"

내 질문에 지기스발트는 "상당히 우대하는 것입니다만······"이라고 운을 띄운 뒤에 가르쳐 줬다.

"로제마인의 출신 영지인 에렌페스트를 우대해서 순위를 올리고, 귀족들을 최대한 많이 중앙으로 모셔서 첸트가 되는 그대의 입장을 강화하겠다고 제안했습니다만, 거절당했습니다."

다른 대영지라면 영향력이 커진다고 기뻐했을 왕족의 제안이지만, "쌍방에게 이익이 없는 계약은 성립하지 않는다"라면서 매몰차게 각하했다는 것 같다.

······뭐, 그렇겠지.

"에렌페스트는 대체 얼마나 욕심이 많은지, 정말 난처합니다."

"지기스발트 왕자님, 에렌페스트는 급격하게 순위가 올라갔기 때문에, 영지 내부의 귀족들이 따라오지 못하는 상황입니다. 순위에 걸맞은 처신을 못 한다고 다른 영지에서도 말하고 있습니다. 당분간은 순위를 유지하거나 조금 낮춰서 내정을 충실하게 다져 가야만 합니다. 순위를 올리면 곤란해집니다."

내가 에렌페스트의 사정을 털어놨더니, 지기스발트는 깜짝 놀라서 눈이 휘둥그레졌다. 하위 영지와 상위 영지 모두에게서 섬김을 받는 입장이다 보니, 지기스발트는 양쪽에 요구되는 행동 차이를 그다지 심각하게 여기지 않았던 것 같다. 조금만 신경 쓰면 바로잡을 수 있다는 정도만 생각했고, 몇 년에 걸쳐서 변혁해 가야 한다는 인식까지는 못

했던 것 같다. 그리고 올해는 순위를 올리는 것보다 승자 영지로 취급했으면 한다는 요망이 있었기 때문에, 에렌페스트를 야심이 큰 영지라고 여겼던 것 같다.

"그렇다면, 당신의 입장을 강화하기 위해 귀족을 불러오는 것은……"

"원래 사람이 많았던 것이 아닌데, 이번 겨울에 정말 크나큰 이유가 있어서 숙청을 행했습니다. 영지 내부의 귀족이 너무 감소해서 가능한 많은 귀족을 중앙으로 보내라고 하시면 에렌페스트가 버틸 수 없습니다."

지기스발트는 말없이 손으로 머리를 감싸고는 나를 쳐다봤다. 서로의 생각에 상당히 큰 차이가 있고, 엇갈리기까지 한 것 같다.

"말씀드린 대로, 에렌페스트에는 에렌페스트의 사정이 있습니다. 당장 왕족의 양녀가 될 수는 없습니다."

"그것이 붕괴가 다가오고 있는 유르겐슈미트를 구하는 것보다 중요한 일입니까?"

지기스발트의 말에는 도저히 숨길 수 없는 초조함이 담겨 있었다. 하지만 나도 양보할 수는 없다.

"그쪽은 마력 부족이라는 한마디로 끝나는 문제겠죠? 이쪽은 제가 없으면 절대로 안 됩니다."

"말씀해 주시죠."

지기스발트가 몸을 살짝 앞으로 내밀었다.

"저는, 에렌페스트에서 인쇄 사업과 신전장과 고아원장과 영주 일족의 책무를 맡고 있습니다. 그중에 영주 후보생의 책무는 당장이라도 형제에게 맡기는 것이 가능합니다. 하지만 나머지는 그리 간단히 해결

할 수가 없습니다."

　멜키오르와 측근에게 신전장 일을 맡기려고 해도 모든 제사를 보여 주려면 일 년은 필요하고, 고아원을 이대로 유지해 줄 수 있도록 해야만 한다. 인쇄 업무도 엘비라에게의 인수인계에다 구텐베르크의 출장을 어떻게 해야 좋을지, 내가 중앙으로 간다면 전속들은 대체 어떻게 해야 좋을지 등등, 정리해야 할 문제가 산더미처럼 많다.

　"그리고, 저와 약혼하면서 차기 아우브가 내정됐습니다만, 그 전제가 무너지게 되면 에렌페스트는 혼란에 빠지게 됩니다. 사전 준비는 필요합니다. 정변과 숙청 때문에 힘든 상황이 돼서 대영지와의 다툼을 피하고 싶은 왕족이라면, 숙청 이후에 영지 내부에서 기베들의 다툼이 벌어지는 것을 피하고 싶은 아우브의 심정도 이해해 주시리라고 생각합니다."

　에그란티느도 아나스타지우스도 정변 같은 다툼이 벌어지는 것을 피하고 싶다고 말했었다. 이쪽 사정을 전혀 이해하지 못한다고는 못하겠지.

　"그리고, 양어머님은 임신 중입니다. 아이가 태어날 때까지는 마력을 공급할 수 없습니다. 내년 지금 무렵에는 양아버지가 제2 부인을 맞이할 예정이고, 겨울에는 여동생이 귀족원에서 가호의 의식을 치릅니다. 최소한 내년까지, 저는 마력적인 문제로 에렌페스트에서 움직일 수 없습니다."

　"에렌페스트보다 유르겐슈미트 쪽이 훨씬 긴급하고 힘든 상황입니다만……."

　"제게는 에렌페스트 쪽이 긴급하고 힘든 상황입니다만……."

　지기스발트의 말을 흘려 넘기면서 나는 빙긋 미소를 지었다.

"왕족에게 부족한 마력은 어떻게든 하도록 하죠. 그러니까 마력으로 제게 1년이라는 시간을 팔아 주세요. 그리고 대영지의 상식이 아니라 에렌페스트의 사정을 고려한 뒤에, 에렌페스트와 제게 이익이 되는 조건을 받아들여 주세요."

지기스발트는 잠시 진지한 표정을 지었다가 빙긋 웃으며 "죄송하지만, 다시 말씀해 주시겠습니까?"라고 말했다. 나는 다시 한 번 마력으로 시간을 사겠다고 제안했다.

"……마력 1년 어치로, 1년이라는 유예 말씀이십니까? 원래는 왕족 일곱 명 분의 마력입니다. 아무리 로제마인 님의 마력이 많다고 해도, 혼자서 감당할 수 있는 양이 아닙니다"

세상 이치를 모르는 아이를 타이르는 것처럼 지기스발트는 온화하게 웃는 얼굴로 뻔히 알고 있는 얘기를 했다. 나는 빙긋 미소를 지었다. 아무리 나라도 그렇게 많은 마력을 혼자서 감당할 생각은 없다.

"저 혼자서 감당한다고는 말씀 드린 적이 없습니다. 지금, 귀족원에는 마력을 지닌 분이 잔뜩 계시지 않습니까?"

지기스발트는 또다시 잠깐 진지한 표정을 지은 뒤에 미소를 지었다. 이번에는 그 웃는 표정이 약간 어색했고, 마치 어떻게든 이해하려고 하는 것처럼 "……잔뜩 계시다?"라고, 내 말을 작은 소리로 되풀이했다. 아무래도 잠깐 멈칫했다가 미소를 짓는 게 지기스발트가 놀랐을 때의 반응인 것 같다.

……페르디난드 님의 업무 누락이랑 비슷한 걸까.

웃는 얼굴 속에서 경악하고 있는 지기스발트에게 여유가 있는 것처럼 보여주기 위해, 나는 더 짙은 미소를 짓고 필사적으로 머리를 회전시켜서 내 승리 조건을 열심히 생각했다.

최강의 승리는 날 위해서가 아니라 왕족을 위해서 봉납식을 하는 거라고 믿게 만들고, 왕족이 주최하게 해서 봉납식 준비를 전부 중앙에 떠넘겨 일 년 이상의 시간을 뜯어낸다. 하는 김에 홍보를 제대로 못하는 에렌페스트가 각 영지에 은혜를 베푸는 것을 돕게 만든다. 그렇게 해서 우위에 선 뒤에, 양녀가 되는 조건으로 에렌페스트의 요구를 최대한 받아들이게 만드는 것이다.

나는 완전히 상인 모드로 전환해서 지기스발트를 쳐다봤다. 전초전으로서 일 년 이상의 시간을 버는 것부터 공격해 가고 싶다. 왕족의 말과 명령을 군말없이 순종하며 받아들이는 귀족님들의 논의가 아니라, 내 전장으로 끌어들여서 이야기의 흐름과 주도권을 차지한다.

정면에 있는 사람은 왕족이 아니라 교섭 상대다. 질베스타와 마찬가지로 보통 왕족들은 교섭을 문관에게 맡기고 승낙이나 각하 결정만 내리는 입장이다. 측근이 들어올 수 없는 이 지하 서고 안에서라면 밖으로 나가는 것보다 승산이 높다.

……최저 라인은, 어떤 수단을 써서라도 일 년 이상의 시간을 따내는 것과 페르디난드 님의 처우 개선에 대해 왕족의 확실한 약속을 받아 내는 것. 난 해낼 거야! 벤노 씨, 힘을 빌려줘요!

"영주 회의에서 봉납식을 치르도록 하죠."

"설마 회의를 위해서 모인 아우브에게서 마력을 받아 낼 생각입니까? 그런 일은 전대미문……."

내 제안에 지기스발트의 웃는 얼굴이 살짝 일그러졌다. 하지만, 왕족은 이미 귀족원 학생들에게서 마력을 모은 전적이 있다. 학생이건 아우브건 큰 차이는 없겠지. 더 말하자면, 나는 아우브한테서만 마력을 뽑아내려는 게 아니다. 회의에 따라온 측근들도 의식에 참여하게 할 생각이다.

……뜯어낼 수 있을 때, 뜯어낼 수 있는 데서, 뜯어낼 수 있는 만큼 뜯어낸다. ……그렇죠, 벤노 씨?

"어머나, 왜 그렇게 놀라시는 거죠? 봉납식은 지기스발트 왕자님의 바람을 이루기 위해서도 필요한 일이 아닌가요."

봉납식과 자신의 바람이 연결되지 않는지, 지기스발트는 아주 조금 곤혹스런 표정이 됐다. 살랑, 호사로운 금색 앞머리가 흔들렸다.

"제 바람……? 그렇다면, 왕의 양녀가 되어서 구르트리스하이트를 손에 넣고, 성인이 된 뒤에는 저와 혼인하시겠다는 말씀이십니까?"

"아닙니다. 제가 아우브와 회의에 동석한 문관들에게서 들은 지기스발트 왕자님의 바람은 저를 중앙 신전의 신전장으로 삼고, 그 뒤에 각지로 파견하고 제사를 치러서 각지의 수확량과 가호를 늘리는 것이었습니다. 귀족의 수준을 끌어올리는 것이 유르겐슈미트 전체에서 최우선으로 처리해야 하는 일이 아니던가요?"

지기스발트가 "그건……"하고 반론하려고 했을 때, "지기스발트 왕자님은 아우브 에렌페스트에게 그렇게 바라셨죠?"라고 몰아붙였다. 겨우 며칠 전에 본인이 했던 말이고, 에렌페스트의 귀족들을 난처하게 만들었던 요망이다. 이제 와서 발뺌하는 건 용납하지 않을 생각이다.

"그러니까, 저는 왕자님이 바라신 대로 봉납식을 하겠습니다. 각지의 아우브와 귀족들은 제사에 참여하면서 신전과 제사의 중요성을 이해하게 되고, 일단 참가하면 자신의 영지에서 같은 제사를 행하기도 수월해지며, 수확량과 가호를 늘릴 수도 있습니다. 중앙 신전은 마력이 많은 자에 의한 제사를 바라고 있으니까 당연히 협력해 주겠죠."

에렌페스트의 성녀를 중앙 신전의 신전장으로 삼아서 각지에 파견하고 제사에 대한 지식을 널리 퍼트려야 한다고 주장하고 있는 다른 영지의 귀족들도, 마력이 없어서 제사를 재현하지 못하기 때문에 마력이 풍부한 신전장이 필요하다고 말했던 중앙 신전도 봉납식에 참가하게 한다. 거절은 용납하지 않겠어.

……모두가 바라는 대로 제사를 치르고, 마력을 있는 대로 짜내 주겠어. 흥~ 이다.

"왕족이 최우선으로 생각하는 각 영지의 수준을 올리는 일이 가능한 데다 대량의 마력을 손에 넣을 수 있고, 제가 양녀가 될 때까지 일 년이라는 시간 유예가 생깁니다. 누구도 손해 보지 않는 훌륭한 생각이 아닌가요?"

진지한 얼굴로 내 말을 듣고 있던 지기스발트가 깜짝 놀랐다는 것처럼 눈을 깜박이고, 천천히 미소를 지었다.

"……분명히 훌륭한 생각이기는 합니다만, 대체 언제 하실 생각이십니까?"

영주 회의는 2주 이상 걸리는 경우도 있다. 아직 일주일 이상 남았으니까, 귀족원에서 봉납식을 했던 때를 생각해 봐도 준비 기간은 충분하다. 영주 회의와 병행하며 준비해야 하니까 조금 힘든 스케줄이 되기는 하겠지만, 중앙 귀족은 에렌페스트보다 사람이 훨씬 많으니까 문제없다.

"영주 회의 마지막 날이면 괜찮지 않을까요? 그만큼 시간이 있으면 준비도 가능할 것 같습니다."

"아무리 그래도 너무 급합니다. 많은 사람이 움직여야 하니까 예정에 없는 일은 할 수가 없습니다."

충분한 시간을 두고 문관과 시종이 예정을 짜고, 그에 맞춰 생활하는 것이 일상이겠지. 지기스발트는 다른 사람의 사정에 어쩔 수 없이 말려들어서 부득이하게 예정을 변경한 경험이 없는 게 틀림없다. 괜한 예정을 집어넣는 것에 거부감을 보였다.

그리고 왕족을 대하는 귀족치고는 계속 변화구만 던져대는 나한테 어떻게 반응해야 좋을지 상담할 사람도 없어서 너무나 곤란해하는 게 보인다. 하지만 나는 지기스발트를 몰아붙이는 기세를 늦춰 줄 생각은 털끝만큼도 없다.

……앞으로 왕족과의 교섭에서 양아버님이 편해질 수 있도록, 온 힘을 다할 거야!

나는 놀라는 표정을 짓고 "지기스발트 왕자님이 봉납식을 주저하시다니, 저는 생각도 못 했습니다"라고 말하며 뺨에 손을 대고 눈을 살짝 촉촉하게 만들면서 상대를 쳐다봤다.

"다른 영지에 제사 방법을 가르쳐서 유르겐슈미트의 수준을 높이는 것이 최우선이라고 말씀하신 분은 다른 사람도 아닌 지기스발트 왕자님이 아니시던가요? 혹시 다른 영지의 아우브들의 입을 다물게 하기 위해서, 그다지 급한 일이 아닌데도 불구하고 저를 중앙 신전으로 보내려고 하셨던 건가요?"

"그런 건 아니지만……."

"저를 중앙의 신전장으로…… 라는 왕족의 요망에 아우브 에렌페스트는 정말 곤란해하고 있는데, 그렇게 급한 일도 아니었다니……."

나는 안게리카 흉내를 내서, 최대한 슬퍼 보이게 속눈썹을 떨면서 눈을 감았다. 효과는 만점이다. 지기스발트는 웃는 얼굴을 잊어버린 것처럼 당황하면서 고개를 저었다.

"기다려 주세요, 로제마인. 오해입니다. 그저…… 그런 대규모 제사는 중앙 신전이나 문관들과 좀 더 논의를 하고, 예정을 맞춰서 준비해야 하는 일이 아니겠습니까. 그럴 시간도 예정도 없는데, 너무나 갑작스러운 일이라서 놀랐을 뿐입니다."

흐응……. 아, 그러세요. 그렇게 나온단 말이죠?

변명하는 지기스발트에게, 이번엔 내가 정색하고야 말았다. "이해해 주시겠습니까?"라고 말하면서 미소 짓는 지기스발트를 보며 나는 차갑게 웃었다.

"지기스발트 왕자님, 제가, 의문이 있다면…… 말씀드려도 될까요?"

"어떤 것인지요?"

"제 인생의 예정에는 왕의 양녀가 되는 일은 존재하지 않았습니다. 영주 후보생이 왕의 양녀가 된다는 것은, 원래 첸트와 아우브 사이에서 서로가 수긍할 수 있도록 충분히 시간을 들여서 논의하고, 예정을 짜서 준비하는 기간이 필요한 일이 아니던가요?"

웃는 얼굴인 채로 말도 못 하고 굳어져 버린 지기스발트를 보면서, 나는 계속해서 말했다.

"왕의 양녀가 되라고 명하는 것과 봉납식 준비를 명하는 것, 어느 쪽이 더 갑작스러운 일일까요? ……왕족에게, 저와의 양자 결연은 봉납식보다 간단히 처리할 수 있는 일인가요? 에렌페스트도 저도 상당히 가볍게 보고 계시는 모양이군요."

내가 대놓고 왕족의 언동을 비난했더니, 지기스발트는 진지한 얼굴로 몇 번이나 눈을 깜박이면서 나를 쳐다봤다. 어쩌면 나를 뭐든지 얌전히 시키는 대로 받아들이는 귀족 영애라고 생각했던 걸까. 아니면, 지금까지는 은유적인 귀족 언어로 이런저런 말을 하는 사람은 있어도,

대놓고 솔직하게 비난하는 사람은 없었던 걸까.

"그대의 양자 결연은 정말로 긴급하고 절박하기 때문입니다. 결코 그대를 가볍게 여기는 것이 아닙니다."

"긴급하고 절박한 것은 왕족의 마력 부족이 아니던가요? 제가 성인이 되기까지 기다리지도 못 하고, 에렌페스트를 혼란에 빠트려서라도 양자 결연이 필요할 정도로 긴급한 상황이시라면, 이쪽에 말도 안 되는 명령을 하는 것과 마찬가지로 중앙 신전과 각지의 아우브에게 봉납식 준비를 명하시면 되지 않을까요. 상대의 예정이나 의견도 묻지 않고 자신의 사정만을 내세우는 것이 왕족의 특기일 텐데요."

"왕족이 자신의 사정만을 내세운다고 여기고 계신 겁니까? 이래 봬도 가능한 이해를 조정한다고 생각하고 있습니다만."

의외라는 얼굴로 말하는 지기스발트 때문에 나도 모르게 얼굴을 찌푸리고 말았다.

"이렇게 제 의견을 들으려고 해 주시는 것을 보면, 조정하시겠다는 생각이 있다는 것까지는 알겠습니다. 하지만, 왕족의 사정을 주장하기만 하고 저희 사정은 그냥 흘려듣고 계시고, 저희에게 이익을 제공하는 말씀은 전혀 안 하고 계시지 않나요? 무엇보다 마력이 필요한 것도 구르트리스하이트가 필요한 것도 왕족의 양녀가 되는 것도 각지의 아우브에게 제사에 대해 가르치는 것도, 전부 왕족의 바람입니다. 무엇하나 에렌페스트나 제가 바라는 것이 아닙니다. 그 부분은 이해하셨나요?"

사실은 구르트리스하이트가 손에 들어오면 읽어 보고 싶다고 생각하고 있지만, 그건 이 자리에서 굳이 말할 일이 아니다. 왕족이 주도해서 봉납식을 치를 수 있도록 나는 지기스발트를 열심히 몰아붙였다.

"제가 귀찮은 봉납식을 제안한 것은 왕족을 위한 일입니다. 제사 따위, 아우브가 자기 영지의 신전을 조사하고 각자가 알아서 하면 되는 일입니다. 자기 영지의 일은 자기 영지에서 어떻게든 해야 한다고 아나스타지우스 왕자님이 말씀하셨습니다."

내 말을 가만히 듣고 있던 지기스발트가 고개를 살짝 갸웃거렸다.

"봉납식을 하는 것은 마력으로 일 년 이상의 시간을 사기 위한 것이고, 시간이 필요한 것은 왕족이 아니라 로제마인과 에렌페스트가 아닙니까?"

아마도 왕족은 아무리 찾아도 찾아내지 못했던 구르트리스하이트가 눈앞에 매달린 것 같은 상태라 주위가 안 보이는 상황이겠지. 잘 모르겠다는 얼굴인 지기스발트에게 나는 현실을 들이댔다.

"제가 구르트리스하이트에 가장 가깝다고 판명된 지 겨우 며칠이 지났는데, 양녀로 삼겠다고 간단히 말씀하시는 왕족께서는 이미 저를 받아들일 준비가 되어 있으신 건가요? 아마도 세례식을 마친 왕족에게는 별궁이 주어지는 것이었죠?"

양자 결연 계약만이라면 간단히 끝낼 수 있을지도 모르지만, 왕의 양녀로서 생활하려면 별궁 준비, 가구와 생활 도구 반입, 중앙 귀족 중에서 측근 후보 선출, 에렌페스트에서 데려가는 측근의 생활 환경 준비, 중앙의 망토와 브로치를 갖추는 등등, 당장 생각나는 것만 해도 상당히 많은 준비가 필요하다.

"아무런 준비도 없이 양녀가 되는 건 불가능하다고 생각합니다만, 혹시 왕족은 양녀로 들어가는 제게는 별궁 따위는 필요 없고, 성인이 될 때까지 신전장으로서 중앙 신전에 던져 놓으면 된다고 생각하시는 건가요? 아니면, 겨우 며칠 만에 별궁 준비까지 전부 마치셨는지요?

아아, 그렇게 우수한 중앙 귀족들이 계시면 봉납식 준비 따위는 하루도 안 걸리겠네요. 정말 믿음직합니다.”

지기스발트는 웃는 얼굴을 유지한 채로 진녹색 눈동자를 아주 조금 이리저리 굴리더니 지하 서고 밖에 있는 측근들의 공간 쪽으로 시선을 옮겼다. 막달레나와 힐데브란트도 그쪽에 있지만, 대화를 방해하지 말라는 말을 들었는지 이쪽의 상황을 살피고는 있어도 들어오려고 하지는 않았다.

“그것은…… 의붓어머니가 되는 어머님이, 약혼자가 되는 제 별궁에 객실을 준비하실 생각으로…….”

지기스발트가 억지로 쥐어 짜낸 대답에 나는 일부러 놀란 척하면서, “어머나, 친자식에게는 별궁을 내려 주고 양녀에게는 객실을 주는 것이 왕족의 관례인가요?”라고 말하며 미소를 지었다.

“그러한 관례는 처음 알았습니다. 친자식과 양자를 차별한다는 끔찍한 소문이 돌고 있는 양아버지와 양자 결연을 맺었을 때는 친자식과 마찬가지로 잘 준비된 방을 주셨는데, 첸트께서 주시는 것은 다른 분 별궁의 객실인가요. 그렇게 대우하시면서, 저와 에렌페스트를 가볍게 보는 것이 아니라고 하시는 건가요?”

지기스발트는 아픈 곳을 찔렸다는 얼굴이 됐다. 눈을 몇 번이나 깜박이고 필사적으로 할 말을 찾고 있다는 걸 알 수 있었다. 왕족의 억지로 꾸민 미소가 완전히 사라진 걸 보자 나는 내가 분명히 우위에 섰다고 확신했다.

“이렇게 왕족의 제안에 대해 하나하나 부족한 점을 지적하면, 저는 봉납식을 하지 않고도 일 년이라는 시간을 손에 넣는 것이 가능합니다.”

……왕족과 다른 영지가 우리에게 받을 인상이라든지, 그 이후의 취급을 생각한다면 사용하지 않는 쪽이 좋은 수단이지만.

나는 최종 수단이라고 생각하고 있는데, 혼란에 빠진 지기스발트는 당연한 지적이라고 생각하고 있을 것이다. 실제로, 반론을 전혀 못 하고 있다.

"확실히, 갑작스러운 봉납식은 예정에 없는 갑작스럽고 귀찮은 일이니까, 선의라고 말씀드려도 왕족께서는 믿어 주지 않으실 수도 있습니다. 하지만, 저는 나름대로 모두가 이익을 얻으면서 일 년이라는 시간을 얻기 위해 제안했습니다. 제가 봉납식에 협력하는 쪽이 좋을까요? 아니면, 봉납식 이외의 방법으로 일 년의 시간을 벌까요?"

나는 지기스발트를 똑바로 보면서 물었다. 지기스발트도 나를 똑바로 보고 있다. 진심이 대체 어떤 것인지 살피는 것 같은 눈이다.

한참을 서로 마주 본 뒤에, 지기스발트가 후, 하고 숨을 내쉬었다.

"……그대의 배려를 감사히 받아들여서 봉납식을 하도록 첸트께 진언하겠습니다."

마음을 정한 것 같은 지기스발트가 에렌페스트에 제사 준비를 시키는 일이 없도록, 나는 선수를 쳐서 준비하는 데 필요한 것들을 생각나는 대로 줄줄이 말했다.

"에렌페스트로서는 제단과 신구 사용 허가를 받기가 힘드니까, 봉납식 준비는 중앙에 부탁드리겠습니다. 무대는 없는 상태에서 강당을 넓게 사용하면 아우브 이외의 측근들도 의식에 참여하게 할 수 있겠죠."

지기스발트는 잠깐 진지한 얼굴로 굳어진 뒤에 빙긋 웃었다.

"로제마인, 그대는 아우브는 물론이고 측근까지 참가하게 할 생각입니까? 대체 얼마나 많은 마력을 받아 낼 생각이십니까?"

"얼마나라고 하셔도……. 받아 낼 수 있을 때, 받아 낼 수 있는 곳에서, 받아 낼 수 있는 만큼 받아 내는 것이라고, 저는 그렇게 배우면서 자라 왔습니다."

내가 의기양양한 얼굴로 가슴을 활짝 펴고서 벤노에게 배운 가르침을 피로했더니, 지기스발트는 말로 이루 표현할 수 없는 곤혹스러운 얼굴로 "신전에서 자란 탓에 상식이 다르다고 들었는데, 이런 것이었습니까"라고 중얼거렸다.

……아깝다! 신전이 아니라 평민으로 자란 탓입니다!

"더 말씀드리자면, 서로가 지속적으로 이익을 취할 수 있다면 더욱 좋다고 합니다. 이번 경우라면, 참가 영지에 대해 매년 영주 회의에서 가호 재취득 의식을 치르는 것을 미끼로 삼아 봉납식을 연례행사로 만드는 것을 제안해 보면 어떨까요. 가호 의식은 시간이 걸리니까 영주 회의 한 번에 영지 두 곳 정도만 치를 수 있겠죠. 하지만 10년에 한 번 정도 비율로 가호를 얻는 의식에 재도전할 수 있다면, 누구나 진지하게 제사에 임하겠죠."

진심으로 수준을 끌어올리고 싶다면 어른에게도 의식을 치를 기회를 제공해야만 한다. 어른이 진지하게 기도하게 되면 아이들은 당연히 따라가는 법이니까.

"그리고, 아우브 클라센부르크로부터 공동 연구로서 귀족원 봉납식을 연례행사로 할 수 있는지에 대한 타진이 있었으니까, 잘만 되면 봄 끝 무렵과 겨울에 많은 마력이 모이게 됩니다."

"로제마인, 마력은 그렇게 간단하게 어떻게 할 수 있는 것이 아닙니다."

"마력을 노리고 양자 결연을 맺는 것은 간단한 일인가요? 왕족은 수단을 가리지 못할 정도로 긴급한 상황이시죠? 마력을 모으는 방법을 여러모로 생각하는 쪽이 좋지 않을까요?"

내 발언에 지기스발트는 눈이 휘둥그레진 채로 완전히 굳어져 버렸다. 아무래도 왕족에게는 완전히 생각도 못 한 제안을 해 버린 것 같다.

"생각난 것을 조금 말씀드리기는 했습니다만, 어디서 어떻게 마력을 끌어올지, 봉납식을 연례행사로 할지는 저와는 전혀 관계없는 일입니다. 지금은 봉납식 준비에 대한 이야기를 계속해도 될까요?"

"……예, 그러시죠."

머리가 잘 돌아가지 않는 것 같은 지기스발트를 위해 나는 근처에 있던 종이에 봉납식 절차를 적으면서 설명했다.

"각 영지에 일시와 지참물을 알리는 것은 올도난츠나 초대장을 사용하면 큰 수고가 들지 않습니다. 별궁에 남아 있는 귀족에게 빈 마석을 준비하게 하고 중앙 신전에 제사 준비를 명하면, 영주 회의 진행에는 거의 부담이 가지 않을 거라고 봅니다. 그렇지, 귀족원과 중앙 신전두 곳에 성배가 있고, 기원식이 끝난 지금이면 작은 성배도 마력을 담는 데 쓸 수 있으니까, 중앙 신전에 준비하게 해 주세요."

거기서 나는 일단 펜을 멈추고 고개를 들었다. 내 웃는 얼굴을 본 순간, 지기스발트의 얼굴이 일그러졌다. 안 좋은 예감이 들었을까. 맞아요.

"그리고, 에렌페스트의 협조로 실현된 봉납식이라는 것을 왕족 측에서 확실하게 홍보해 주세요. 계속 하위 영지였던 에렌페스트는 누가 알아주기를 기다리기만 하다 보니, 아무래도 홍보를 잘 못 하는 구석이 있으니까요."

"잠깐 기다려 주세요. 왕족이 에렌페스트를 홍보하라는 말씀이십니까?"

어째서 그래야 하는 거냐고 말하고 싶은 것 같은 지기스발트에게 나는 당연하다는 얼굴로 고개를 끄덕였다.

"저와 신관장인 하르트무트, 청색 신관 의상을 입을 수 있는 호위 기사들의 출장 비용입니다. 에렌페스트로서는 아무런 보답도 없는 협력은 해 드릴 수가 없습니다. 왕족은 저희의 이익을 고려해 주시겠다고, 그렇게 말씀하셨죠?"

일단 입술을 꾹 다문 지기스발트가 복잡한 표정으로 한숨을 쉰 뒤에, 온화한 미소를 지었다. 다른 영지에 은혜를 입히는 데 협력해 주기로 약속해 줬다. 이익을 위해 행동하는 데 서툰 에렌페스트의 귀족에게 맡기는 것보다 훨씬 효과적으로 다른 영지에게 생색을 내 주겠지. 이러면 틀림없이 질베스타도 기뻐해 줄 거야.

······양아버님, 벤노 씨. 저, 해냈어요! 전초전은 완전 승리 아닌가?

"그나저나, 마력을 그렇게 받아 내면 각 영지에서 불만이 나오지 않을까요?"

내가 봉납식에 대해 적은 종이를 지기스발트에게 건넸더니, 지기스발트는 봉납식 준비의 흐름을 훑어보면서 문제점을 말했다.

"봉납식에서 모으는 마력은 신들의 가호를 얻기 위한 제사에 참여하는 비용이고, 이번 수업의 수강료라고 사전에 말해 두면 나중에 큰 불만은 나오지 않겠죠. 불만이 있는 영지는 참가하지 않으면 됩니다."

"그렇게 되면 참가하는 영지가 적어지지 않을까요? 노력해서 준비할 가치가 있을까요?"

이상한 걱정을 하는 지기스발트를 보고 생각했다. 이 사람은 정말로 왕자님이구나, 라고.

"봉납식에 참가하지 않으면 장래의 수확량이나 신들의 가호에서 눈에 보이는 차이가 나게 됩니다. 주위에 있는 영지가 풍요로워지는 것을 보고 후회하지 않으면 좋겠군요, 라고 부추기면 참가할 수밖에 없겠죠."

클라센부르크는 귀족원에서 했던 봉납식을 미끼로 삼으면 출석할 테고, 영지 전체가 가호를 얻기 위해 일치단결하고 있는 드레반헬은 관심을 가지고 참가하겠지. 그리고 귀족원의 봉납식에 오지 못했던 영지는 반드시 참가하고 싶어 할 테고.

"그리고, 가호 재취득 의식을 가능하게 할 수 있다면 큰 보답이 될 테고, 지하 서고에서 손에 넣은 의식의 정보에 대해 은근슬쩍 냄새를 풍기면 미끼를 덥석 물어 버리는 영지도 많겠죠. 참가할 가치가 있다고 생각하게 만들기만 하면 되니까, 사람을 모으는 건 어떻게든 됩니다."

내 제안에 지기스발트는 5초 정도 눈을 감고서 천천히 숨을 내쉰 뒤에, 빙긋 미소를 지었다. 상당히 동요하게 만든 것 같다. 어쩌면 온실에서 자란 왕자님에게는 너무나 악랄하게 들렸을지도 모른다.

……뭐, 내 스승이 벤노 씨랑 페르디난드 님이니까, 조금쯤 악랄해도 어쩔 수 없잖아!

"아, 그리고 이번에는 제사를 경험한 적이 없는 영지에게 가르쳐 주기 위한 봉납식이니까 겨울에 귀족원에서 경험한 왕족은 참가할 필요가 없다고 생각합니다."

지기스발트는 눈에 보일 정도로 안심한 표정을 지었다.

"알겠습니다. 왕족과 중앙에서 준비를 하고, 각 영지에 참가를 촉구하겠습니다. 단, 회복약 준비를 부탁드려도 되겠습니까? 중앙에서는 왕족이 사용하는 쪽을 우선하고 싶습니다."

"회복약은 각자 준비하는 것이잖아요? 평소에도 허리에 차고 다니니까 잊지 않도록 주의만 환기해 주면 충분합니다."

지기스발트가 "귀족원 봉납식에서는 에렌페스트가 준비하지 않았던가요?"라면서 눈이 휘둥그레졌지만, 그때와 지금은 에렌페스트의 입장이 전혀 다르다.

"귀족원 봉납식은 저희의 연구에 협력을 부탁드리기 위한 것이었으니까 보답이 필요하다고 생각해서 준비했습니다. 하지만 이번에는 제사에 대해 알고 싶다고 바라는 분들께 왕족의 요청을 받은 에렌페스트가 시간과 노력을 들여서 굳이 가르쳐 드리는 겁니다. 저희가 회복약을 준비할 필요는 전혀 없다고 봅니다. 그보다 지하 서고의 문헌을 읽는 쪽이 훨씬 중요하지 않나요?"

……영주 회의가 끝나면 인수인계 등을 해야 하니까 독서를 할 여유도 없는 일 년이 되겠지.

내가 이 지하 서고에 다니는 것은 영주 회의 기간뿐이다. 그리고 회복약을 만드는 것보다 독서 시간 쪽이 훨씬 중요하니까.

"유료로 판매한다면 고려해도…… 안 되겠네요. 팔면 드레반헬이 전부 사들여서 레시피를 해석하려고 난리를 칠 것 같으니까요. 강의에서 배우는 회복약 중에도 효과가 큰 약이라면 팔 수 있지만, 누구나 가지고 있는 약이니까 에렌페스트의 이익이 되지는 않을 거라고 생각합니다."

채집 장소에서 기사들에게 채집을 맡기고, 영주 회의 대응에 바쁜 문관들을 동원해서 회복약을 만들게 해 봤자 우리에겐 부담만 가고 이익은 없다.

"……에렌페스트가 급격하게 풍요로워진 이유를 알겠습니다. 그리고, 영지 내부의 귀족이 급격한 순위 상승을 따라오지 못하는 이유도 확실히 이해했다는 기분이 드는군요."

피곤한 기색이 담긴 미소를 짓는 지기스발트에게, 나는 빙긋 웃어 보였다.

"서로를 더 깊이 이해하게 된 것 같아서 다행이군요. 그럼, 봉납식 준비에 대한 이야기는 끝났으니까 다음에는 제가 왕족의 양녀가 되기 위한 조건에 대해 잠시 얘기해 볼까요?"

"또 있습니까?"

……어? 겨우 전초전이 끝났을 뿐이고, 가장 중요한 논의는 아직 시작도 안 했잖아요?

왕의 양녀가 되는 조건

"또라뇨……. 봉납식은 기본적으로 왕족이 마력을 모으고 다른 영지가 제사에 대해 더 깊이 이해하기 위해서 하는 것이고, 에렌페스트 쪽에서는 인수인계와 준비를 위한 시간을 벌 뿐입니다. 에렌페스트의 이익은 없습니다."

"……로제마인이 바라는 것인데도 이익으로 이어지지 않는다는 것입니까? 어째서 이익으로 이어지지 않는 일을 바란 거죠?"

지기스발트가 눈동자에 약간 경계하는 기색을 드리우고 물었다. 그런데 어째서 일 년이라는 준비 기간이 이익이 된다고 생각한 걸까. 나는 살짝 한숨을 쉬었다.

"지기스발트 왕자님은 긴급한 상황이니까 당장 다른 영지로 이동하고 거기서 생활해 주세요, 라는 말을 들으면 이동하실 수 있나요? 왕족의 일은 인수인계도 뭣도 필요 없을 만큼 간단한 일이 아니라고 생각합니다만, 이동을 위한 준비 기간이 본인과 중앙의 이익이라고 생각하시나요?"

"저는 성인이고 당신은 미성년자입니다. 아무리 집무를 보고 있다고 해도, 책임지는 집무의 양에는 큰 차이가 있습니다."

생글생글 웃으면서 하는 말을 듣고, 나는 인수인계가 필요하다고 설명한 일에 대한 인식에 큰 차이가 있다는 것을 알아차렸다. 왕족은 미성년자인 내가 하는 일을 아우브를 돕는 정도라고 인식하고 있는 것 같다.

아아……. 그래서 왕족 쪽에서만 준비를 마치면 당장이라도 될 거라고 생각했구나.

"지기스발트 왕자님, 제 인수인계에 시간이 걸리는 건 제가 책임자이기 때문입니다. 인쇄에 관한 일도 신전에 관한 일도, 아버님을 돕는 것이나 장래를 위한 훈련이 아니라 제가 사업의 책임자로서 일하고 있습니다."

"로제마인, 당신은 미성년자가 아닙니까. 아무리 그래도 성년 보호자가 있지 않겠습니까?"

지기스발트의 일그러진 미소에 나는 차가운 미소로 맞섰다.

"제 보호자인 페르디난드 님을 왕명으로 빼앗아 가셨으면서 무슨 말씀이신가요? 지금 신전에 제 보호자는 없습니다. 제가 신전장이자 고아원장이고, 신관장은 제 측근입니다. 측근은 제 이동에 따라올 테니까, 후임 신전장과 고아원장과 신관장을 겨우 일 년 동안에 키워야만 합니다."

굳이 성인이 인수인계를 받는 건 아니다. 나와 같이 이동하는 것이 큰 문제가 될 뿐이다. 아무리 생각해도 하르트무트가 에렌페스트에 남을 리가 없다. 내가 중앙으로 이동하면 주위에 무슨 짓을 해서라도 인수인계를 하고 따라오겠지. 그것만은 확신을 가질 수 있다.

……이런 확신은 가지고 싶지도 않지만, 틀림없이 클라리사도 같이 올 거야!

"일 년 동안에 모든 제사의 축문을 외우고, 제사의 진행과 준비에 대해 파악해야만 합니다. 제사는 영지의 수확량과 직결되고, 고어를 읽지 못하면 신전장의 성전도 읽을 수 없습니다. 인수인계가 그렇게 간단한 일이 아니라는 것을 이해하셨나요?"

나는 아직 고어를 제대로 외우지도 못한 왕족을 보면서 미소를 지었다. 지기스발트는 한참 동안 말의 진의를 캐내려는 것처럼 눈을 깜박이면서 나를 쳐다봤고, 쥐어짜는 것 같은 목소리로 중얼거렸다.

"아우브 에렌페스트는 대체 무슨 생각입니까? 정말로 이렇게 어린 아이를 책임자로 삼다니, 말도 안 되는 일입니다."

"페르디난드 님에게서 신관장을 물려받은 제 측근이 성인이니까, 아버님도 페르디난드 님도 문제없다고 생각하셨겠죠. 제가 성인이 될 때까지 후계자를 키우면 되니까요. 각지에서 우수한 인재가 모여드는 중앙과 똑같이 생각하시면 곤란합니다."

에렌페스트는 인재가 부족하다고 말씀드렸죠? 라고 재차 확인했더니, 지기스발트는 살짝 고개를 숙였다. 말에서 전해지는 인식에 큰 차이가 있다는 것을 새삼 실감하고 있는 것 같다.

"보통 결혼이라도 자기 물건들을 챙기고, 새로운 생활에 필요한 물건을 준비하고, 주위 분들과 작별 인사를 나누는 데 일 년에서 이 년 정도는 걸리죠? 영지를 옮기려면 일 년 정도의 준비 기간은 당연히 있어야 하고, 그것이 결코 이익이 아니라고 생각하지 않으시나요?"

그 당연한 시간도 주지 않으려고 했던 왕족을 은근히 나무라면서 나는 앞으로 어떻게 해야 할지 예정을 생각했다. 인쇄업과 가을이나 돼야 퀼른베르거에서 돌아오는 구텐베르크와의 교섭을 생각하면 솔직히 2년에서 3년 정도는 필요한 상황이다.

"일 년의 준비 기간 정도로는 제가 없어지는 에렌페스트의 손실을 전혀 메울 수 없습니다. 제가 독서 시간을 줄이고 일 년 동안에 신전장 업무, 고아원장 업무, 인쇄 업무까지 인수인계해야 하니까요. 왕의 양녀가 되면서 잃게 되는 에렌페스트의 손실을 메워 주시는 건 당연한 일이고, 거기에 이익까지 얹어 주시지 않으면 도저히 대응할 수가 없습니다."

인수인계의 급행료는 비싸다고 말하며 나는 지기스발트를 쳐다봤다. 각 영지에서 마력을 쥐어짜야 한다는 사실을 실감한 지금, 왕족이 얼마나 짜낼 수 있을지 전전긍긍하고 있다는 걸 알 수 있었다.

"신전장과 고아원장은 알겠습니다만, 인쇄 업무라는 것은? 이쪽도 책임자입니까?"

"에렌페스트에서의 인쇄 업무는 제 손을 많이 벗어났으니까, 업무 인수인계 자체는 그렇게 큰일이 아닙니다. 하지만 중앙에 인쇄를 가져 갈지 여부와 제 전속을 어떻게 이동하게 할지, 전속을 데려간다고 해도 가게를 갖게 할 수 있을지, 공방을 만들 수 있을지. 이동시킬 장인과 새로 고용할 장인의 숫자, 교육 기간, 중앙 상인들의 관계와 상점과의 교섭 방법은 어떻게 할지 등, 중앙과 조정해야 하는 일들이 정말 많습니다."

일이 생각하고 싶지도 않을 만큼 많네요, 라고 동의를 구했더니, 지기스발트는 몇 초 동안 진지한 표정을 지은 뒤에 미소를 지으며 "그건 영주 후보생이 아니라 문관과 시종의 일입니다"라고 말했다.

"물론 어느 정도는 맡기지만, 한 번씩은 직접 확인해야 하지 않나요? 전부 다른 사람에게 맡길 수는 없습니다. 서면과 실제가 다른 경우도 많고, 에렌페스트와 중앙에서는 방식의 차이도 있겠죠. 그리고 문관이 모든 것을 정확하게 보고한다는 보장도 없습니다."

문제투성이인 상태라도 자신이 무능하다고 여겨지고 싶지 않은 문관이 보고를 제대로 하지 않았던 일을 떠올렸다. 한 번씩 현장에 가 봐야만 알 수 있는 일이 정말 많다.

"그렇군요. 정말로 책임자였군요, 로제마인은."

"예. 그러니까, 일 년은 정말 부족한 시간입니다."

준비 기간을 늘려 주지 않겠냐는 마음을 담아서 미소를 지었더니, 지기스발트도 미소를 지으며 고개를 저었다.

"사정은 알았고, 봉납식에서 얻을 수 있는 마력의 양에 따라 고려하는 방법도 있겠지만, 이쪽도 일 년 이상은 기다릴 수가 없습니다. 일 년 안에 모든 준비를 끝내 주십시오. 그리고 에렌페스트가 어떤 방법으로 손실을 메우고 싶다고 생각하는지 확인해 보겠습니다. 막달레나 님도 같이 들으시는 쪽이 좋겠죠."

대체 어떤 교섭을 하려는 건지. 진녹색 눈동자가 아주 알기 쉽게 긴장하고 있다.

"저, 지기스발트 왕자님. 에렌페스트의 조건에 대해 말씀은 드리겠지만, 저는 잘못이나 오해가 발생하지 않도록 제 의견을 말씀드릴 뿐입니다. 최종적으로 결정하는 것은 첸트와 아우브 에렌페스트입니다. 굳이 막달레나 님을 모실 필요는 없다고 생각합니다만……."

영지의 중요한 결정은 아우브가 한다. 여기서 내가 무슨 말을 하건 최종적인 결정권은 없다. 그리고 그 결정은 첸트와의 회합에서 이루어진다.

"상식과 이익에 차이가 있다는 것을 서로가 이해했으니까, 지기스발트 왕자님은 저와 에렌페스트의 솔직한 요망을 첸트께 전해 주시기만 하면 됩니다. 최종적으로 어떤 조건을 어떻게 받아들이고 합의할지는 저희가 정할 수 있는 일이 아닙니다."

여기서 하는 말로 결정되는 게 아니라는 것을 나는 다시 강조해 뒀다. 아우브를 무시하고 결정했다든지, 멋대로 굴지 말라고 야단맞지 않기 위해서. 그리고 내가 왕족에게 뭔가 말꼬리를 잡혔을 때 "결정권은 아우브께 있습니다"라는 말로 도망치기 위한 아주 중요한 예방책이다.

참고로 봉납식에 대해서는 제안만 했을 뿐이고, 최종적으로 지기스발트가 하겠다고 결정했으니까 내가 멋대로 정한 건 아니다.

……제안하고 조금 부추겼을 뿐이다. 주최도 준비도 책임도 전부 왕족한테 떠넘겼으니까 괜찮아, 괜찮다고.

무엇보다 페르디난드가 아렌스바흐로 가는 것을 왕족이 정했고, 영주에게는 끼어들지도 못하게 한 것이 바로 작년 일이다. 견디지 못하겠다는 표정을 짓고 있던 질베스타를 떠올려 보면, 나도 똑같은 짓을 할 생각은 없다.

"아, 그렇군요. 분명히 저희에게 결정권은 없습니다."

지기스발트는 훗, 하고 미소를 짓고는 "그럼, 양녀가 되기 위한 조건을 말씀해 주시죠"라고 말했다. 아무래도 나한테 결정권이 없다는 걸 인식하고는 상당히 마음이 편해진 것 같다.

……왠지 날 어려워하기 시작한 것 같은데? 뭐, 됐나.

"양아버님께서도 바라는 것이 있겠지만, 먼저 말씀드리겠습니다. 일 년 이상의 준비 기간을 주시고, 이쪽의 조건을 받아들여 주신다면 왕명에는 따르겠습니다. 조건이 맞지 않을 뿐이고, 저희는 딱히 반역의 의지가 있다거나 괜히 일을 크게 만들고 싶은 것은 아닙니다"

그렇게 말했더니, 질베스타에게 자신들의 의견을 각하당했던 지기스발트는 "그렇습니까"라고 말하며 누가 봐도 알 수 있을 정도로 안도했다. 그리고 거기서, 나는 확실하게 못을 박았다.

"하지만, 유르겐슈미트와 왕족의 사정이 최우선이고, 에렌페스트가 어떻게 되건 상관없다고 말하는 왕족으로 행동할 수는 없습니다. 제 게두르리히는 에렌페스트고, 저는 신전에서 자랐습니다. 저를 양녀로 삼으시겠다면, 그 부분은 이해해 주세요."

양자가 되거나 결혼해서 다른 영지로 이동하면 그쪽을 최우선으로 생각하는 것이 당연한 일이겠지. 하지만 나는 양자 결연이 끝나자마자 '에렌페스트는 다른 영지입니다'라는 태도를 보일 자신이 없다. 자랑거리가 아니라는 건 잘 알고 있지만, 나는 아직 평민 마을도 페르디난드도 나한테서 멀리 떨어져서 관계가 없어졌다고 생각할 수가 없다. 나한테 소중한 존재고, 위험한 일이 생기면 엄청나게 화를 낼 자신이 있다.

"당신에게 귀족의 상식이 당연하게 통할 것이라고는 생각하지 않는 쪽이 좋다는 것은 이해했습니다. 그래서 에렌페스트에 대한 보상은 어떤 것을 바라십니까?"

지기스발트가 온화하게 웃으며 물었고, 나는 입을 열었다.

"아니스타지우스 왕자님께도 부탁드렸습니다만, 왕명에 의한 약혼을 취소하고 페르디난드 님을 에렌페스트로 돌려보내 주세요. 페르디난드 님이 있으면 에렌페스트의 문제는 대부분 해결됩니다."

페르디난드가 돌아오고 일 년이라는 시간이 있으면 마력 부족 문제도, 라이제강을 억누르는 것도, 후임 육성도, 페르디난드의 건강 상태도 걱정할 필요가 없어진다. 내가 유레베에 잠겨 있던 2년 동안 평민 마을 상인들과도 유스톡스를 통해서 연계를 취하고 있었다.

"아나스타지우스도 같은 대답을 했으리라고 생각합니다만, 페르디난드를 에렌페스트로 돌려보낼 수는 없습니다. 지금 아렌스바흐가 무너지게 둘 수는 없습니다."

에렌페스트 입장에서 가장 중요한 제안은 첸트에게 전해지기도 전에 지기스발트 선에서 각하되었다.

"페르디난드 대신 아렌스바흐를 다스릴 수 있는 독신 영주 일족을 데려올 수 있다면 가능할 수도 있겠습니다만, 저에게는 짚이는 사람이 없습니다. 에렌페스트에 그런 사람이 있다면, 본인을 설득해서 일 년 이내에 데려와 주십시오."

아나스타지우스와 비슷한 대답이 돌아왔다. 왕족은 무슨 일이 있어도 페르디난드를 아렌스바흐에서 내보낼 생각이 없는 것 같다. 살짝 발끈했지만, 여기까지는 예상했다. 아렌스바흐의 중추에 깊이 들어가 버린 페르디난드를 그리 쉽게 해방해 줄 리가 없다는 정도는 알고 싶진 않았지만, 알고 있다.

……그렇다면, 안전과 생활 환경 개선만이라도 받아 내야지.

페르디난드는 이미 다른 영지로 가 버린 사람이라고 질베스타가 말했었다. 그래서 에렌페스트에서 요구할 내 양녀 결연 조건에 페르디난드의 처우 개선에 관한 내용은 없다. 어떻게든 하고 싶다면 내가 행동하는 수밖에 없다.

……아나스타지우스 왕자님도 스스로 알아서 하라고 말했었지.

나는 일단 진지한 표정을 지었다가 빙긋 미소를 지었다. 순간적으로 지기스발트의 미소가 일그러졌지만, 바로 원래의 웃는 얼굴로 돌아왔다.

"지금 시점에서 페르디난드 님의 약혼을 취소하는 것이 어렵다는 말씀은 들었습니다. 동시에, 구르트리스하이트가 있다면 또 다른 수단을 생각할 수 있다는 것도……."

아나스타지우스의 말이 왕족의 공통된 인식이냐고 묻자, 지기스발트는 천천히 고개를 끄덕였다.

"말씀하신 대로, 구르트리스하이트를 손에 넣을 수 있다면 약혼 취소도 가능하겠죠."

"그렇다면, 제가 구르트리스하이트를 손에 넣을 때까지, 또는 구르트리스하이트를 손에 넣는 것이 절대로 불가능하다는 사실을 알게 될 때까지 페르디난드 님의 혼인을 연기해 주세요. 디트린데 님과 결혼만 하지 않으면 연좌로 처벌받는 일은 없겠죠?"

……구르트리스하이트를 손에 넣을 때까지 약혼을 취소할 수 없다면, 약혼 상태를 계속 이어 가면 되는 거야.

일단 연좌 회피에 대한 확실한 약속을 받아 내기 위해서 결혼을 연기해 달라고 부탁했더니, 지기스발트는 팔짱을 끼고서 잠시 생각에 잠겼다.

"성결식을 더는 연기할 수는 없습니다. 귀족원에 들어갈 때 레티치아가 받을 처우를 고려하면 디트린데 님이 아우브가 되는 경우 그 두 사람의 혼인은 어쩔 수 없이 필요해질 테니까요."

주추를 물들이고 영주 회의에서 디트린데가 아우브로 승인되면 아렌스바흐의 규정에 의해 레티치아는 상급 귀족 신분으로 강등된다. 그것을 막기 위해서는 영주 회의 첫날에 하는 성결식 때부터 아우브로 승인받을 때까지의 사이에 양자 결연을 끝낼 필요가 있다는 모양이다. 분명히, 귀족원에 영주 후보생으로서 들어가는 것과 상급 귀족으로 들어가는 것은 큰 차이가 있다.

"그렇다면, 다음 아우브가 결정되면 다른 영주 후보생을 상급 귀족으로 강등시키는 아렌스바흐의 이상한 규칙을 왕족이 폐지해 버리면 되는 것이 아닌가요?"

"……영지의 규칙을 폐지할 수 있는 사람은 아우브뿐입니다. 제안은 하고 싶습니다만, 돌아가신 아우브 아렌스바흐가 폐지하지 않았으니, 저희로서는 어떻게 할 도리가 없습니다."

법률서에 반하지 않은 한, 왕족이 각 영지의 마이너 룰을 멋대로 폐지할 수 없다고 한다. 단켈페르거에는 단켈페르거의 아렌스바흐에는 아렌스바흐의 사정이 있어서 생긴 규칙이니까, 다른 영지에서 보기에는 필요없다고 생각되는 규칙도 없어지면 곤란한 경우가 많았다는 모양이다.

그러고 보니까…… 역사가 긴 탓에 단켈페르거도 이상한 규칙이 많았었지.

"페르디난드의 연좌 회피가 목적이라면, 왕과 양자 결연을 맺는 것을 조금 앞당기면 대응할 수 있지 않을까요?"

영주 회의 첫날에 성결식을 치른다. 그래서 영주 회의보다 조금 빨리 내가 왕과 양자 결연을 맺고 서고 깊은 곳에 들어가면 된다고 말했다. 거기서 구르트리스하이트를 손에 넣으면 페르디난드의 약혼을 취소하는 것이 가능하고, 안 되면 그대로 디트린데와 결혼한다. 그렇게 되면 레티치아에게도 영향이 없다는 것 같다.

"단, 그 경우에는 로제마인이 제시한 준비 기간이 1년보다 약간 짧아지게 됩니다. 괜찮겠습니까?"

나는 잠시 시선을 이리저리 옮겨 댔다. 일 년 이상의 준비 기간을 만들라고 지시한 사람은 페르디난드였다. 일 년보다 약간 짧아도 괜찮은 걸까, 확실하게 일 년을 넘어야만 하는 걸까, 페르디난드의 생각을 물어보지 않으면 도무지 모르겠다.

"……당장은 답을 드릴 수 없습니다. 페르디난드 님이 무사히 약혼을 취소할 수 있도록, 저의 양자 결연을 맺는 시기에 대해서는 다시 한 번 잘 생각해 보겠습니다. 하지만, 약혼도 약혼 취소도 못 한 채로 페르디난드 님은 아렌스바흐에 머무는 상태가 되니까, 처우 개선을 바랍니다. 비밀의 방을 줄 수 있도록 첸트께서 아렌스바흐에 명령해 주세요."

내가 페르디난드의 약혼 취소를 포기한 덕분에 무거운 짐을 내려놓은 지기스발트가 잠깐 진지한 표정을 지었다가 미소를 지었다.

"약혼자가 혼인할 때까지는 객실을 주고 비밀의 방을 주지 않는 것은 귀족의 관례입니다. 아렌스바흐에 그렇게 무리한 요구를 하는 것은 힘들다고 봅니다."

내가 신전에서 자란 탓에 귀족의 상식이 통하지 않는 부분이라고 생각했겠지. 지기스발트가 꼼꼼하게 설명해 줬다. 하지만 그건 알고 있다. 보니파티우스도 플로렌치아도 '약혼자 입장에서는 비밀의 방을 줄 수 없다'고 말했었다.

"결혼한 뒤에는 방을 옮겨서 비밀의 방을 받을 수 있다고 알고 있었기에, 저도 지금까지는 포기하고 있었습니다. 하지만, 연기되지 않았나요. 다른 관례가 있다는 것도 알고 계시겠죠?"

성결식이 연기된 시점에서 지기스발트가 말했던 관례에는 구멍이 생겨 버렸다. 관례를 예로 들어서 안 된다고 한다면, 이쪽도 관례대로 요구하면 된다.

"결혼이 불가능해졌으니까, 페르디난드 님이 일단 에렌페스트로 돌아오는 것이 가능하죠? 원래는 결혼이 불가능한 상태라면 약혼 취소를 요구하는 것도 가능할 것입니다. 그런데 왕명으로 무리하게 약혼 상태를 유지하고 있으니까, 일단 에렌페스트로 돌아와서 재정비하는 정도는 문제가 없겠죠? 약혼을 취소하지만 않으면 왕명을 어긴 것도 아니고, 관례대로 하는 것이 되니까요."

다른 영지에서 약혼자를 불러왔는데도 결혼을 할 수 없는 상태가 된 경우, 약혼자를 강제로 붙잡아 둘 수는 없다. 문제가 있다는 이유로 약혼자 쪽에서 취소를 요구할 수도 있다.

"페르디난드의 경우에는 약혼 자체가 왕명이고, 이미 집무를 시작했기 때문에 정보 누설이라는 관점 때문에라도 돌아갈 수가 없습니다. 그대도 영주 후보생이니 그 정도는 알고 계시겠죠?"

"약혼자 입장인 페르디난드 님에게 꼼짝도 못 할 정도로 집무를 맡기고 있다는 자체가 아렌스바흐와 왕족의 잘못이고, 관례상으로는 일시 귀향이 가능하다고 이해하고 있습니다."

페르디난드 본인은 왕명을 받아들여서 갔을 뿐이고, 에렌페스트에 폐를 끼치지 않기 위해서라도 거리를 두고 싶다는 말을 했으니 본인은 일시 귀향을 바라지 않을지도 모른다.

……하지만, 그런 건 상관없어. 중요한 건 비밀의 방을 확보하는 것이니까.

"왕족에게 관례가 중요하다고 말씀하신다면, 관례대로 일단 페르디난드 님을 에렌페스트로 돌려보내고, 주추를 완전히 물들여서 아우브가 확정된 뒤에 다시 결혼을 위해 아렌스바흐로 가게 해 주세요. 관례대로 할 수 없다면 페르디난드 님께 비밀의 방을 드리고, 여름에 치를 예정인 아렌스바흐의 장례식에서 명령이 확실하게 실행되고 있는지 왕족과 아우브가 확인해 주시고요. 약혼을 취소할 수 없는 이상, 처우 개선은 양보할 수 없습니다."

내가 선택을 강요하자, 지기스발트는 더 짙은 미소를 지으면서 살짝 한숨을 쉬었다.

"……제가 결단을 내릴 수 없는 일입니다. 선택은 아버님이 하셔야 합니다. 괜찮으시겠습니까?"

페르디난드가 돌아와 준다면 제일 기쁘겠지만, 페르디난드가 아렌스바흐의 집무를 쥐고 있는 데다 레티치아의 교육까지 맡은 현재 상황에서는 관례라고 해도 돌아오게 할 수는 없다고 생각하고 있다.

……그러니만큼, 비밀의 방 정도는 받아내야지!

일단 첸트가 어느 쪽을 선택해도 좋다고 생각하면서 고개를 끄덕인 나는 지기스발트가 얼굴에 미소를 드리운 채 진녹색 눈으로 나를 빤히 쳐다보고 있다는 걸 알았다.

"……로제마인은 페르디난드에게 상당히 집착하는군요."

"예. 신전에서 자라는 동안에 허약한 제게 여러 약을 만들어 줬고, 살아갈 수 있도록 온갖 공을 들였고, 귀족 사회에서 살아갈 수 있도록 교육도 해 줬습니다. 귀족원에서 제가 최우수가 된 것도 페르디난드 님의 지도 덕분이죠. 그렇게 너무나 많은 은혜를 입었는데 전혀 갚지를 못했습니다. 제 스승이자 가족처럼 소중한 분이죠."

빙긋 웃으면서, 나는 지기스발트를 쳐다봤다. 이대로 연좌를 피하게 해 주겠다는 확약 정도는 받아내고 싶다. 나는 더 짙은 미소를 지었다.

"그러니까 말이죠, 신전 공방에 틀어박혀서 연구하기를 좋아하던 소중한 가족이 왕명으로 자기 영지와 사이가 좋지도 않은 다른 영지에 사위로 들어가게 되고, 결혼하기 전부터 첸트와 같은 냄새가 날 정도로 약에 절어서 집무를 보는 나날을 보내고, 성결식이 연기됐는데 일시 귀향도 허락되지 않고, 비밀의 방조차도 받지 못하는 이 상황에서 제가 얼마나 걱정하고 있는지, 명령한 이에게 어떤 감정을 품고 있는지, 왕족 여러분도 부디 상상해 주셨으면 합니다."

지기스발트가 웃는 얼굴인 채 굳어 버렸다. 얼굴에서 핏기가 가셨다는 걸 알 수 있다. 나는 볼에 손을 얹고 살짝 한숨을 쉬면서 이렇게 말했다.

"페르디난드 님이 아렌스바흐에서 그렇게 힘들게 지내고 있는데, 그 결과가 디트린데 님과 연좌로 처벌이잖아요? 아무리 귀족의 상식에서는 다른 영지에 간 사람을 걱정하지 않는 것이라고 해도, 저는 도저히 가만히 있을 수가 없습니다. 제가 예전에는 감정을 잘 억누르지 못해서, 자주 마력이 폭주했었습니다. 지금 폭주하면 어떻게 될까요?"

고개를 갸웃거린 상태에서 지기스발트를 쳐다보며 협박하다가 나는 정말로 궁금해졌다.

……잠깐, 정말로 어떻게 될까? 어디까지 영향이 미칠지 모르겠네.

마력은 예전보다 늘어났다. 슈타프가 성장해서 제어할 수 있게 됐지만, 폭주하면 어떻게 될지 나도 상상할 수가 없다.

내가 생각하는 동안 지기스발트도 열심히 생각한 것 같다. 잠시 침묵한 뒤, 나와 눈이 마주치자 빙긋 웃었다.

"로제마인이 그렇게까지 걱정하지 않아도 되도록 페르디난드의 연좌 회피에 대해서는 아버님과 잘 상담해 보겠습니다. 선처할 수 있도록 저도 열심히 해 보겠습니다."

"어머나, 기뻐라. 믿고 있겠습니다, 지기스발트 왕자님."

……좋았어! 연좌 회피는 어떻게든 될 것 같아. 해냈어요, 페르디난드 님! 이거, 아주 잘 했다 수준 아냐?

무릎 위에서 주먹을 꽉 쥐면서 승리 포즈를 취하고, 나는 기분 좋게 다음 조건을 꺼냈다. 내가 생각하던 최저 조건을 클리어해서 콧노래라도 부르고 싶은 기분이지만, 아직 끝난 게 아니다. 나는 표정을 바로잡고 지기스발트를 보면서 말했다.

"페르디난드 님과 제가 빠지면서 줄어드는 마력을 메우기 위해 에렌페스트에 인재를 받아들일까 합니다. 에렌페스트 사람과의 혼인은 약 4년 동안 남녀 모두, 그러니까 에렌페스트로 들어오는 사람으로 한정한다는 건에 대해 첸트의 승인을 부탁드립니다. 이쪽에서는 한 사람도 내보낼 수 없습니다."

이건 플로렌치아가 제안한 조건이다. 순위 급상승과 새로운 유행들 덕분에 에렌페스트와 관계를 맺고 싶어 하는 영지는 많다. 실제로 귀족원 학생들은 다른 영지 학생들이 말을 걸어 오는 경우가 많아졌다고 들었다. 매년 열 쌍 이상의 성결식이 있고, 그중에 절반 정도는 다른 영지와의 결혼이다. 그 결혼을 전부 에렌페스트에 들어오는 형태로만 치르게 할 수 있다면, 빠르게 성인 귀족의 숫자를 늘릴 수 있다. 그 부부들 사이에서 태어나는 아이는 당연히 에렌페스트 소속이 되니까, 귀족 전체를 늘리는 데도 상당히 유효하겠지.

영주 일족이 관여하지 않는 결혼은 아우브 간에 허가하는 것이니까 지기스발트는 "승인될 것입니다"라고 말하며 가볍게 고개를 끄덕여 줬다.

"그리고, 아이가 태어났을 때 주는 마술구를 30에서 40개 정도 준비해 주셨으면 합니다. 마술구가 없어서 귀족이 되지 못하는 아이들이 있습니다만, 그 아이들을 귀족으로 키울까 합니다."

"아이에게 주는 마술구를 30에서 40개 말씀이십니까? 너무 많은 것 같습니다만?"

만들기 힘들고 비싸기 때문일까, 지기스발트의 미소가 짙어졌다.

"어머나? 결혼 조건이다 보니 꽤 적게 계산한 결과입니다만. 저와 페르디난드 님의 마력량과 업무량은 중급 귀족 30에서 40명 정도 가지고는 부족할 정도의 가치가 있습니다. 왕족은 에렌페스트에 그만한 손실을 입히고 있다는 자각을 가져 주셨으면 합니다."

일 년이라는 시간에다 이 정도를 손에 넣으면 내가 중앙으로 이동해도 에렌페스트의 마력 문제는 어떻게든 되겠지.

"그리고, 중앙에 나가 있는 에렌페스트 출신 귀족에게 일단 귀향하도록 명령해 주시겠습니까?"

이건 질베스타의 의견이다. 지금 상황에서는 중앙과 다른 영지의 정보가 전혀 들어오지 않는다. 지금까지는 유스톡스가 어디선가 입수해 왔다는 것 같은데, 지금은 정말로 정보가 들어오지 않는 상황이 됐다는 모양이다. 클라리사한테 의지하고 있는 상태니까 얼마나 힘든 상황인지 알아 줬으면 싶다.

……나도 중앙에 가기 전에 한 번쯤 얼굴을 봐 두고 싶으니까, 마침 잘 됐다.

거절한다고 해도, 왕족이 질베스타에게 했던 요구는 '내가 중앙에서 일하기 쉽도록 에렌페스트의 인재를 보내라'는 것이었다. 보통은 자신의 파벌을 만들기 위해서 출신 영지 사람들을 측근으로 두겠지.

그렇게 생각하다가 '어라?' 하는 생각이 들었다. 베로니카가 가장 위세를 떨치던 시절의 에렌페스트밖에 모르고 중앙으로 가 버린 에렌페스트 귀족과 베로니카가 실각한 뒤에 세례식을 치른 나와 서로 인식이 맞을까, 하고. 아무리 생각해 봐도 말이 통하지 않을 것 같다. 먼저 얼굴을 봐 두는 정도는 해 둬야 측근을 고르든지 할 수 있을 것 같다.

이 요망에는 지기스발트도 "그것은 이쪽에서도 바라던 일입니다"라고 기뻐하며 흔쾌히 승낙해줬다. 고향으로 돌아가고 싶어 하지 않는 그들 때문에 왕족도 곤란했던 모양이다. 명분이 생겼으니까 겨울에는 고향에 돌아가도록 명령해 준다고 했다.

"마지막으로, 에렌페스트가 아닌 제 개인적인 조건이 몇 가지 있습니다. 여러 사정이 있어서, 저는 미성년 측근들의 이름을 받았습니다. 나이, 계급을 불문하고 데려가는 측근은 전부 받아들여 주세요."

"그것은 성인이 된 뒤에 하면 안 되는 것입니까? 미성년은 무엇을 하려고 해도 부모의 허가가 필요하고, 귀족원의 소속을 생각하면 에렌페스트에 있는 쪽이 좋을 것 같습니다만……."

지기스발트는 이해할 수 없다는 것처럼 고개를 갸웃거렸다. 나는 "부모가 없는 사람도 있습니다"라고 대답하면서, 첸트에게 전해 주기를 부탁했다.

"이름을 받고 목숨을 맡은 이상, 저는 그들의 부모보다 큰 권리를 갖고 있습니다. 그들은 무엇을 하건 간에 제 허락이 필요하고, 제게 이름을 바친 사람을 지금의 에렌페스트에 놔둘 수 없는 이유도 있습니다. 이유에 대해서는 저희 아버님께 여쭤봐 주세요."

그 말로 마무리를 짓고, 일단 숨을 골랐다. 지금부터 요구할 것들은 반드시 쟁취해야만 하는 것이다. 내가 자세를 바로잡았더니, 지기스발트도 따라 하는 것처럼 자세를 바로잡았다. 온화한 미소를 짓고 있지만 약간 경계하는 태세다. 나는 기합을 넣고 지기스발트를 쳐다봤다.

"이건 제 개인적으로 가장 중요하고 양보할 수 없는 조건입니다. 저를 아내로 들이기를 바라신다면, 지기스발트 왕자님께도 아주 중요한 조건이 될 것입니다."

"어떤 것인가요?"

"지하 서고 이외의 정보 수집을 위해서도 중앙에 있는 모든 도서관과 도서실을 자유롭게 출입할 수 있게 하고, 모든 문헌을 읽을 권리를 요구합니다. 그리고, 제 별궁에 도서관을 준비해 주세요."

힘이 들어간 내 요구를 듣고서 지기스발트가 3초 정도 침묵하다가 어색한 미소를 지었다.

"……별궁에 도서실 말입니까? 왕궁 도서관과는 별개로?"

"사실은 제가 에렌페스트의 제1 부인이 되기 위한 조건은 에렌페스트의 도서실과 신전 도서실을 자유롭게 이용하는 것이었습니다. 제 결혼에는 도서관이 필수입니다. 남편이 되시겠다면, 지기스발트 왕자님은 제게 주어질 별궁에 도서실을 만들어 주세요. 저는, 당신을 위해 이런 도서관을 준비했다는 말과 함께 구혼받는 것이 꿈입니다."

지기스발트 왕자님은 저와 결혼하기를 바라시죠? 라고 말하며 미소를 지었더니, 지기스발트는 어색하게 웃으면서 "저와의 결혼을 긍정적으로 생각해 주신 것 같아서 기쁩니다"라고 말했다.

……얼굴, 굳었거든요?

"그런데, 그 도서실은…… 대체 어느 정도 규모가 되어야 할까요?"

"솔직히 에렌페스트의 도서실을 뛰어넘는 규모로…… 라고 말씀드리고 싶지만, 페르디난드 님의 도서실보다 크기만 하면 그걸로 좋습니다."

"페르디난드의 도서실 말입니까?"

나는 고개를 크게 끄덕여 보였다.

"예. 보호자인 페르디난드 님은 아렌스바흐로 가실 때 본인의 저택과 소장하고 계시던 책을 제게 양도해 주셨습니다. 기왕에 왕족 남편이 생기는 것이잖아요. 보호자 이상의 것을 바란다고 벌을 받지는 않겠죠? 에렌페스트 영주 일족의 개인적 소장품을 뛰어넘는 규모 정도라면, 왕족에게는 간단하겠죠? 우흐흥."

내가 넓이와 처음에 책장에 꽂혀 있던 책의 숫자에 대해서 신나게 설명하는 사이에, 지기스발트의 얼굴에서는 점점 미소가 사라져 갔다.

……어라? 혹시, 왕족인데 힘든가?

"저, 저기, 별궁에 도서실을 준비하는 게 정 힘드시다면, 왕궁 도서관을 제 별궁으로 삼아 주셔도 괜찮습니다. 도서관에 사는 것도 꿈이었으니까 아주 환영합니다. 제 남편이라는 입장을 바라시는 지기스발트 왕자님이 어떤 도서관을 선물해 주실지 기대되네요."

조르는 의미도 담아서 빙긋 웃었더니, 지기스발트 왕자는 반쯤 멍한 얼굴로 "제가, 당신의 남편이 되는 것입니까?"라고 중얼거렸다.

……응? 지기스발트 왕자가 그렇게 말했잖아? 어라? 내가, 뭔가 잘못 들었나?

고개를 갸웃거리면서 나는 확인해 봤다. 내가 잘못 들었다면 정말 창피하잖아.

"왕족으로서는 그게 최선이니까 저와 결혼하고 싶다고, 조금 전에 지기스발트 왕자님이 말씀하셨죠? ……혹시, 제가 잘못 들었나요?"

"잘못 들은 것은 아닙니다. 조금 생각했던 것과 다르다고 할까요……. 최선……. 그렇군요. 최선이었습니다. 하지만, 로제마인은 정말 그걸로 괜찮으십니까?"

이제 와서나마 내 의견을 들어 줄 생각이 든 모양이다. 어차피 이 자리가 아니면 내 솔직한 기분을 전하는 건 힘들어지겠지. 나는 속내를 말하기로 했다.

"저는 제가 신전장으로서 축복한 부부의 신랑과 결혼하고 싶다는 생각을 해 본 적도 없지만, 왕의 양녀로서의 의무라면 어쩔 수 없으니까 받아들일까 합니다. 그러니 제 마음의 평온을 지킬 수 있는 도서관 정도는 준비해 주세요."

빌프리트하고 약혼했을 때와 마찬가지다. 보호자가 바란다면 받아들이는 수밖에 없다. 내 고집이 통하는 환경이 아니라는 정도는 이해하고 있다.

"……도서관 정도는, 말입니까."

지기스발트 왕자가 어째선지 먼 곳을 보는 눈빛이 되었다. 그토록 뜨겁게 말하던 자신의 희망이 이루어져서 기뻐하는 얼굴은 아닌 것 같다. 왜지? 이해할 수가 없네.

잘은 모르겠지만, 나는 내 조건을 말했다.

"일단 에렌페스트와 저의 솔직한 의견과 조건은 이상입니다. 어떠한 선택을 할지는 첸트와 아버님께 맡기도록 하죠. 제가 쾌히 왕의 양녀가 돼서 왕족 여러분과 오래오래 사이좋게 지낼 수 있도록, 잘 의논해 주세요."

받아낸 조건

지기스발트와의 개인 면담을 마친 뒤, 나는 질베스타를 비롯한 사람들에게 왕족 측의 상식에 관해 설명하고, 왕족이 에렌페스트를 우대할 생각이었다는 사실을 전했다. 엇갈리는 구석도 많기는 했지만, 부담만을 강요하려는 것은 아닌 모양이니까 어떻게든 교섭은 가능할 것 같다고.

그리고 마력 부족을 해소하고 다른 영지의 불만을 막기 위해 영주 회의 마지막 날에 왕족이 주최하는 봉납식을 하게 됐다는 것과, 왕의 양녀가 되기 위한 조건으로 에렌페스트와 내 개인적 요망을 말했다고 보고했다. 작년 같은 일이 벌어지지 않도록, '결정권은 아우브께 있으니까 저는 의견을 말할 뿐입니다'라고 주장했다는 점은 몇 번이고 강조해 뒀다.

질베스타는 자신들의 논의가 제대로 풀리지 않은 직후 지하 서고에서 나한테 승낙받기 위해서 움직이고 있던 왕족한테 화를 냈고, 결정권이 없다고 주장한 나를 칭찬해 줬다.

그 뒤에 왕족 측에서 또다시 호출이 들어왔고, 이틀 뒤에 의논하는 자리를 갖게 되었다.

"자, 로제마인. 네가 왕족과 어떤 교섭을 했는지 다시 설명해 주겠나."

어째선지 질베스타가 몹시 화가 난 얼굴로 돌아왔다. 기숙사 회의실에서, 측근도 플로렌치아도 없는 개인 면담 상태다. 화가 난 질베스타가 내 볼을 손가락으로 찌르고 마구 돌려대면서 위협했다.

"……푸히?"

"아냐! 이번에는 왕족도 오해가 발생하지 않도록 측근들을 물리고 대화를 했지만, 너는 지하 서고에서 지기스발트 왕자에게 믿을 수 없는 수준의 불경을 저질렀다는 것 같던데?"

영문을 모를 이유로 야단맞고서 나는 고개를 덜컥, 수준으로 갸웃거렸다.

"지기스발트 왕자가 솔직하게 말하고 싶다고 하셨고, 사전에 처벌하지 않겠다고 허가를 하셨기 때문에 저도 솔직하게 이야기했을 뿐이에요. 그런데, 인제 와서 양아버님께 꿍얼꿍얼 투덜댔다는 건가요? 남자답지 못하게."

"딱히 꿍얼꿍얼 투덜댄 건 아니다. 네가 다른 데서도 똑같은 짓을 저지를 것 같으니 거듭거듭 주의를 주라는 충고를 들었을 뿐이다. 위가 쪼그라드는 기분이었다."

……역시 남자답지 못하네.

귀족답게 말하라고 했으면 아무리 나라도 그런 말은 안 했다. 솔직히 말하라길래 그렇게 했더니 투덜대는 건 너무하는 거 아닌가.

"일 년이라는 시간을 얻기 위해서 왕족이 주최하도록 만든 봉납식은 그렇다 치고, 양녀의 조건에 관해서는 교섭다운 교섭은 하지도 않았어요. 저한테는 결정권이 없으니까, 조건을 말할 때 확실하게 페르디난드 님을 구해 줄 수 있도록 아주 조금 겁을 줬을 뿐이에요."

"잠깐! 나는 조금 전에 왕족에게, 위협이라니 기분 탓이겠지요. 말에 오해가 있어서 그렇게 생각하셨을 뿐이고 로제마인한테 그럴 생각은 없었을 겁니다, 라고 변명하고 왔다! 정말로 겁을 줬다는 거냐?!"

질베스타가 입에 거품을 물고서 말했다. 필사적으로 변명했다는 질베스타한테는 미안하지만, 왕족의 말은 틀리지 않았다. 나는 자각을 하고서 위협했다.

"제가 걱정해 봤자, 다른 영지로 가 버리면 다른 영지 사람이라고 아무도 친하게 대해 주지 않을 테고, 아나스타지우스 왕자는 혼자서 알아서 하라고 하셨습니다. 평범하게 부탁해서 안 됐으니까 그 자리가 아니면 쓸 수 없는 수단을 썼을 뿐이죠. 다른 기회였다면 불경죄로 처벌받았겠죠?"

무슨 말을 해도 처분당하지 않는 절호의 기회에 내 생각을 왕족에게 전했을 뿐이다. 전해지지 않았다면 다른 수단을 생각하려고 했다.

"왕족의 얼굴이 새파래질 정도로 전해졌으니까, 더는 생각하지 않아도 된다."

"……페르디난드 님의 연좌 회피와 처우 개선을 왕족이 받아들여 주셨나요?"

내가 기대에 부푼 가슴을 안고서 쳐다보고 있었더니, 질베스타가 힘없이 고개를 끄덕였다.

"그래, 페르디난드에게 비밀의 방을 주도록 아렌스바흐에 명령해 주시겠다는 것 같다."

"야호! 다른 조건은 어떻게 됐나요?"

"대부분의 조건을 받아들였다. ……어떤 의미에서는 네 덕분이다."

그렇게, 질베스타는 회의에서 있었던 일을 얘기해 줬다. 지난번에는 범위 지정 도청 방지 마술구를 사용했지만, 이번에는 측근도 호위 기사들도 물리고 도청 방지 마술구를 썼다는 듯하다.

그런 엄중한 경계 속에서, 완전히 지친 것 같은 왕족과 영주 부부의 논의가 중심이 됐었는데, 내가 제시한 조건이 틀림없는지, 이렇게 받아들이면 되는지에 대한 확인과, 왕족의 인식과 에렌페스트의 인식을 맞춰 갔다는 모양이다.

"이야기를 들어 보니 왕족 중에서도 로제마인의 취급에 대해서는 의견이 상당히 나뉘어 있었다."

구르트리스하이트를 손에 넣는 자가 차기 첸트가 되니까 손에 넣은 자의 말에는 전면적으로 따라야 한다. 별궁의 준비는 말도 안 된다. 첸트의 왕궁 본관으로 맞이해야 하고, 자신이 별궁으로 옮겨 가야 마땅하다고 주장한 사람이 트라오크발.

"그렇기 때문에 첸트는 자신이 신뢰하는 자를 주위에 두는 것이 제일이고, 자신의 파벌은 스스로 만들어야 한다는 의견을 지닌 것 같다. 결과적으로 가능한 많은 귀족을 중앙으로 보내야 한다는 이야기가 나왔지만, 에렌페스트 쪽에서 각하한 탓에 경악한 모양이다."

그리고 내 결혼에 관해서는 자신의 파벌을 만들기 위해서 결혼이라는 수단을 이용하는 것은 당연한 일이고, 지금의 왕족이 참견할 일이 아니다. 구르트리스하이트를 손에 넣기 위해서 양자 결연이 필요하니까 그렇게 하기는 하겠지만, 그 이후의 일에 대해서는 절대로 참견하지 않겠다. 새로운 첸트가 원하는 대로 유르겐슈미트를 이끌어 가면 된다는 것 같다.

"듣기에는 좋은 얘기지만, 뒷일은 알아서 하라고 내팽개친 것이나 마찬가지겠죠?"

"지기스발트 왕자는 너와 똑같이 받아들인 듯하다. 구르트리스하이트를 손에 넣는 것만으로는 유르겐슈미트를 다스릴 수 없다고 말씀하셨다.”

에렌페스트 출신인 데다 권력도 없고, 대영지와 연줄도 없다. 전혀 참견하지 않겠다는 말은 지지해 주지도 않겠다는 말이다. 구르트리스하이트만 가지고 있는 미성년자에게 마음대로 정치를 하라고 해 봤자 대체 뭘 할 수 있을까. 그렇게 내팽개쳐 버리다니, 말도 안 된다. 왕족의 양녀가 돼서 구르트리스하이트를 손에 넣어야 하니까 제 아내로서 대우하고 지금의 정치 기반을 그대로 사용하는 형태로 왕족이 뒤에서 지지해 주는 쪽이 가장 혼란이 적을 거라고 주장했다는 것 같다.

하지만 트라오크발은 ‘그대의 의견에도 일리가 있지만, 받아들일지를 결정하는 사람은 첸트’라는 주장을 굽히지 않았다고 했다.

“그 지기스발트 왕자의 의견을 네가 받아들였다고 들었는데.”

“저희 조건을 받아들여 주신다면 결혼해도 좋다고 생각합니다.”

그런 부모와 형의 의견에 아나스타지우스가 이의를 제기했다고 한다.

“아나스타지우스 왕자는 구르트리스하이트를 손에 넣고 첸트의 힘을 손에 넣어 봤자 로제마인이 정치를 할 수 있을 리가 없다. 무리라고 말했다는 모양이다. 거기까지는 지기스발트 왕자와 같은 의견이었지만, 그다음이 말이다…….”

질베스타는 말끝을 흐리고, 나를 슬쩍 쳐다봤다.

“뭐죠? 아나스타지우스 왕자가 뭐라고 하셨나요?”

“신전에서 자랐고 귀족의 상식에서 벗어나 책에만 미쳐 있는 로제마인에게 유르겐슈미트를 맡길 수는 없다. 지금까지의 상식이 통하지 않아서 큰 혼란에 빠질 것이다. 가능한 빨리 구르트리스하이트를 빼앗아야 한다고 말해서 트라오크발 왕이 엄청나게 화를 냈다.”

"……아나스타지우스 왕자의 말이 실례되는 내용이기는 해도, 틀린 건 아니니까요."

게다가 구르트리스하이트를 빼앗는 것이 가능하다면 성인이 될 때까지 중앙 신전에서 신전장을 시켜 에렌페스트에 대한 주위의 불만을 다른 곳으로 돌리고, 성인이 된 뒤에 에렌페스트로 시집보낸다. 구르트리스하이트를 양도하지 않는다면 내가 진짜 첸트라는 사실을 숨긴 채 지기스발트의 제3 부인으로 삼고, 필요한 때 외에는 도서관에 가둬 두는 것이 제일 평화롭다고 주장했다는 것 같다.

그 의견에 트라오크발이 '구르트리스하이트를 손에 넣는 차기 첸트에게 너무 불경한 짓이다'라고 야단을 쳤고, 아나스타지우스는 지하 서고에서 나와 접촉하는 것을 금지당했다고 한다.

"트라오크발 왕은 에렌페스트가 바라는 대로 최대한 편의를 봐 줄 생각이라고 말씀하셨다. 하지만 차기 첸트가 되는 이상은, 중앙의 예산과 국고 상태에도 신경을 써 주면 고맙겠다고, 정말 미안하다는 것처럼 말을 꺼내셨다."

"중앙의 예산과 국고 상태에 에렌페스트가 신경을 써야 한다고요?"

내가 고개를 갸웃거렸더니 질베스타가 짜증 난다는 것처럼 나를 노려봤다.

"개인적인 도서실인지 도서관인지를 조건으로 제시했지?"

들어 보니 내 도서실은 돈이 너무 들어서 왕족이 엄청나게 곤란해하고 있다는 모양이다. 도서실과 비교하면 다른 조건들은 전부 있는 그대로 받아들일 수 있는 수준이라는 것 같다.

"이번 논의 결과, 왕족은 다른 조건을 전부 받아들일 테니 에렌페스트는 도서실 설치를 포기하는 것으로 양쪽이 합의했다."

"노오오오오! 너무해요! 절대로 양보할 수 없는 가장 중요한 조건이 날아가 버렸잖아요! 내 도서실!"

나도 모르게 있는 힘껏 소리를 지른 탓에 산소 결핍이 와서 어질어질한 머리를 손으로 붙잡고, 눈물을 글썽이면서 질베스타를 노려봤다. 지기스발트와 그렇게 열심히 이야기를 했는데, 제일 중요한 부분이 전혀 전해지지 않았다.

……지기스발트 왕자, 이 바보!

"시끄럽다 로제마인. 첸트와 아우브의 결정이다. 따라라. 너, 양부인 내 결정에는 따르겠다고 하지 않았나."

"아아아아! 분명히 말하긴 했어요!"

……그때의 나는 정말 바보야!

"왕궁 도서관과 기타 자료실 등에 드나드는 건 마음대로 해도 되니까 책을 읽을 수 없는 것도 아니고, 네 도서실보다 다른 조건을 전부 받아들이는 쪽이 훨씬 더 중요했다. 포기해라. 네가 엄청난 조건을 던져 버린 덕분에 요구를 전부 받아들여 주긴 했지만, 왕족들은 혼이 완전 나가 버렸다."

지하 서고에서 귀족과 회담에 임할 생각이었던 지기스발트는 상인 모드인 나와 대면하면서 상식 차이와 말이 안 통한다는 점, 그리고 밖에서 생각하는 왕족의 모습 때문에 여러모로 자신감을 잃었다는 듯하다. 그리고 지기스발트의 보고를 받은 왕족도 어떻게 대처해야 좋을지 골머리를 썩게 됐다는 것 같다.

영주 회의 마지막 날의 봉납식은 명분과 이유가 확실했고, 준비 절차와 당일에 해야 할 일들에 대해 적어 줬기 때문에 스케줄이 힘들기는 해도 대처할 수는 있다. 이익도 크니까 약간 무리할 가치가 있다. 에렌페스트의 현재 상황과 요구, 페르디난드의 처우 개선도 받아들일 수는 있다. 하지만 도서실, 도서실만은 도저히 어떻게 할 수가 없다는 듯하다.

"너는 대체 무슨 생각으로 개인적인 도서실을 요구했냐?"

"예? 제가 사는 건물 안에 도서실을 설치하는 건 당연한 일이 아닌가요?"

에렌페스트의 신전에는 신전 도서실이 있고, 성에도 도서실이 있고, 귀족원 기숙사에는 독서 코너가 있다. 그리고 페르디난드한테서 상속받은 마이 도서관도 있다. 왕족의 양녀로서 살아야 하는 별궁이라면 도서실 정도는 있는 게 당연하겠지.

"에렌페스트에서 벗어난다는 것은 페르디난드 님에게 받은 마이 도서관에서도 나가야만 한다는 얘기잖아요? 제가 지금까지 에렌페스트에서 가지고 있던 것들을 포기하는 대신에 새로운 도서관을 바라는 게 그렇게 이상한 일인가요? 영주의 양녀에서 왕의 양녀가 되는데 생활 수준을 낮춰야 하다니, 보통은 생각도 못 할 일인데 말이죠……."

내 주장에 질베스타가 "아~"하고 뭐라 표현할 수 없는 소리를 냈다.

"생활 수준의 기준이 도서실이라는 점에서 골치가 아프지만, 왕족의 방만은 준비해 주기로 했으니까, 내용물은 전부 페르디난드의 도서관에서 가지고 가라."

"잠깐만요. 페르디난드 님의 도서관이 아니라 제 도서관이에요. 이미 받았으니까. 그건 확실하게 해 주세요."

내가 주장했더니 질베스타가 정말 귀찮다는 것처럼 손을 저었다.

"그런 건 됐으니까, 나라 예산을 다 거덜 낼 정도의 책을 요구하지 마라."

"……딱히 그 정도까지 요구한 건 아니에요. 페르디난드 님께 받은 것처럼, 새로운 책이 아니라 왕자가 개인적으로 소유하고 있는 책이면 됐다고요. 읽어 본 적 없는 책을 받기만 하면 된다고 할까, 부부가 되려면 왕자가 가지고 있는 책을 공유 재산으로 처리해 주는 정도의 대우면 충분했어요. 부족한 건 왕궁 도서관에 있는 책을 베끼면 책장을 채울 수 있고……."

질베스타는 "음……. 이 상식이 없는 점은 페르디난드 탓인가"라고 중얼거리면서 질렸다는 얼굴로 고개를 저었다.

"로제마인, 하나 말해 두겠는데, 페르디난드 같은 양의 책을 조상에게서 물려받은 게 아니라, 자기 세대에서 개인적으로 소유하고 있을 만큼 돈 많은 호사가는 거의 없다. 지기스발트 왕자가 읽는 책은 전부 왕궁 도서관에 있는 것이고, 개인적으로 구입해서 소유한 책은 없다는 것 같다. 즉, 새로운 도서실을 만들려면 책을 전부 새로 구입해야만 하고, 페르디난드와 동등한 양을 준비하게 된다면 유르겐슈미트가 금전적으로 파탄난다."

질베스타의 설명에 나는 너무 큰 충격을 받고 온몸에서 힘이 빠져나가는 기분을 맛봤다. 그러니까, 내가 중앙에 가서 얻을 수 있는 개인적인 책은 한 권도 없다는 뜻이다.

"최악이네요. 책 한 권도 없는 주제에 왕자라고 하다니! 소녀의 꿈을 완전히 부숴 버렸어요! 이미 아내가 두 사람이나 있으면서 책은 한 권도 없고, 도서실을 만들어 주면서 구혼하지도 않는 왕자라니, 저는 대체 어떤 부분을 보고 가슴이 두근거려야 하나요?"

"넌 대체 무슨 소리를 하는 거냐?"

질베스타가 이해할 수 없다는 표정을 지었지만, 지기스발트와 약혼하기 위해서는 아주 중요한 일이다.

"빌프리트 오라버니조차도 기숙사 책장에 있는 책들은 제 마음대로 해도 된다고 했거든요?! 설마 진짜 왕자님이 가진 책이 없다니…….왕궁 도서관을 제 별궁으로 삼아도 좋다고 부탁했는데, 결론은 도서실을 포기하라니……."

생활 수준은 물론이고 약혼자의 질까지 떨어져 버리고 말았다. 이게 대체 무슨 일이지. 왕의 양녀가 되기 위해서 잃어버리는 것들이 이렇게까지 클 줄은 몰랐다.

"실망했어요. 정말 실망했어요. 지기스발트 왕자님한테 실망했어요."

중앙에 가는 것에 대해 조금 긍정적으로 생각했었는데, 기분이 완전히 가라앉았다. 일 년 동안 인수인계를 하면 새로운 도서관이 날 기다릴 거라고 생각하면서 열심히 일하려고 했는데, 의욕이 슈르르르르 ~ 하고 빠져나가 버렸다.

"페르디난드 님의 처우 개선과 연좌 회피를 약속해 줬으니까 가기는 하겠지만…… 중앙 따위는 가고 싶지도 않아요. 하아, 내 도서관에서 떠나야 한다니……."

"그만 해라. 어쨌거나 방은 준비해 주기로 했고, 네게는 납본 제도가 있지 않으냐. 에렌페스트에서 만든 책은 보내 줄 테고, 그러다 보면 늘어날 테니까 기다리면 되겠지."

질베스타는 '에렌페스트에 있는 것과 다를 게 없다'라고 했지만, 새 책이 올 때까지 시간이 너무 걸린다. 생활 수준이 떨어진다는 점에는 변함이 없다. 어째서 그렇게 간단한 걸 이해해 주지 못하는 걸까.

"일단 도서관 이야기는 그만하자. 끝난 일이다. 그밖에 결정된 사항에 대해 말하겠다. 네 처우에 관한 일이니까 잘 들어 둬라."

멋대로 끝내지 말아 주길 바라지만, 아무리 매달려 봤자 왕과 영주 사이에서 정해진 일을 뒤집을 수는 없다. 힘없이 어깨를 늘어트리고, 나는 질베스타의 말을 들었다.

"네 제안대로 봉납식을 하고 마력을 얻으면 일 년 동안 트라오크발 왕과 지기스발트 왕자가 구르트리스하이트를 손에 넣을 수 있는지 도전해 보겠다고 했다. 안 되면 예정대로 너를 양녀로 삼고."

질베스타의 말을 듣고 나도 모르게 얼굴에서 웃음이 사라졌다. 누군가가 자기 힘으로 구르트리스하이트를 손에 넣은 경우, 지금까지 제시한 조건들은 어떻게 되는 거지?

"제가 양녀가 되지 않으면, 조건은 어떻게 되는 거죠?"

"페르디난드의 연좌 회피와 비밀의 방만은 이번에 지하 서고에서 번역한 일의 대금으로서 얻어낼 수 있게 됐지만, 나머지는 무효가 된다. ……하지만, 도전은 해 보겠지만 어려울 거라고 예상하는 것 같다. 다른 영지의 미성년자인 너에게 전부 맡겨 버리고 왕족이 아무런 노력도 안 할 수는 없다고 트라오크발 왕이 말씀하셨다."

페르디난드의 연좌 회피와 환경 개선을 확실하게 약속해 준다면 그걸로 됐다. 중앙에 가고 싶지 않으니까, 제발 두 사람이 열심히 해 줬으면 좋겠다.

……엄청나게 맛없는 회복약을 선물로 보내면서까지 응원해 주고 싶은 지경이다. 독살이 아닌가 의심받을 것 같기도 하지만.

"여러모로 손을 써야 하니까, 대략 일 년 동안 준비 기간을 가지고, 내년 영주 회의 무렵에 에렌페스트의 양자 결연 해소와 왕과의 양자 결연을 맺는다. 그동안 표면적으로는 현재 상태를 유지하고, 내부적으로는 왕의 양자가 되는 예정으로 에렌페스트와 왕족이 움직이게 된다. 알겠나?"

조용히 물었고, 나는 고개를 끄덕였다. 왕의 양녀가 되는 것을 공공연하게 말할 수 없는 예정이라는 점은 이해한다. 정보를 최대한 공개하지 않고 비밀리에 움직이는 건 정보망이 단절된 에렌페스트로서는 쉬운 일이다. 어떻게든 되겠지.

"영지로 돌아간 뒤에 하게 될 영주 일족 회의는 일단 측근들 없이 진행할 생각이다. 그 뒤에 이야기를 어디까지 알릴지 생각해 보자."

"저와 멜키오르의 측근과 신전 사람들에게는 전하겠습니다. 인수인계와 처신을 생각할 필요가 있으니까요. 구텐베르크에게는 언제 전해야 할까요? 중앙에 기술을 전하는 건 어떨까요? 지금까지와 마찬가지로 출장을 나가서 기술을 전해야 할지, 이주해야 할지……. 받아들일 태세가 갖춰지지 않으면 그 사람들에게 부담만 되겠죠."

저는 생각나는 대로 인수인계에 관한 사항들을 말했다. 신전과 구텐베르크, 전속들하고 이야기를 주고받는 것이 일 년 동안의 중심이 될 것 같다.

"부담이 갈 거라고 예상한다면 네가 왕의 양녀가 돼서 자기 직인들을 받아들일 태세를 갖춘 뒤에 하면 되지 않겠느냐? 평민 마을의 일은 서두르지 말라고, 나한테 그렇게 열심히 말했을 텐데."

"그렇다면 벤노 씨와 상담해서 정하겠습니다. 중앙의 문관과도 이야기를 해서 빨리 자료를 보내 달라고 해야겠네요. 아버님, 전에 각하하셨던 멜키오르와의 측근 공유를 허락해 주시면 안 될까요? 제게는 귀족원의 상급 호위 기사가 부족하거든요."

강의와 기숙사를 오가는 것만 생각한다면 지금 상태로도 괜찮지만,

지하 서고에 가려면 상급 호위 기사가 필요하고, 멜키오르의 측근들을 교육할 시간도 최대한 많이 있었으면 싶으니까.

"멜키오르의 대답에도 달린 일이지만, 뭐 괜찮겠지. ……그런데 너, 일 년 동안 표면상으로는 현상 유지라고 해도, 약혼을 취소해야 하는 빌프리트에 대해서는 어떻게 생각하고 있지?"

질베스타의 말을 듣고 최대한 피하려고 했던 빌프리트 생각이 머릿속에 떠올랐다.

"솔직히 말해서…… 약속 취소에 대해서는 아무 생각도 없어요. 오누이이기는 해도 약혼자라는 거리감은 없었고, 최근에는 접촉한 일도 적었고, 올도난츠를 보냈더니 싫어했고……. 무엇보다 약혼에 필요한 의식을 하나도 안 치렀으니까요."

마석 교환도, 내가 좀 더 성장하면 할 예정이었던 마력의 색 맞춤도 해 주지 않았다. 나와 빌프리트의 약혼은 왕이 승인했을 뿐인 구두 약속에 불과하다. 나로서는 상대가 빌프리트에서 지기스발트로 바뀔 뿐이다. 정략결혼이다 보니 연애 감정 같은 것도 없기 때문에, 딱히 들뜨거나 침울해질 일도 없고.

"하지만, 빌프리트 오라버니의 장래와 처한 상황에 대해서는……. 베로니카 님이 양육하셨고 하얀 탑에 들어갔던 빌프리트 오라버니가 차기 아우브로 지목된 것은 저와의 혼약 때문이었습니다. 인제 와서 갑자기, 그것도 왕명이라는 자기 힘으로는 어떻게 할 수도 없는 이유로 손에 들어오기 직전이었던 장래가 뒤집혀 버리는 건 불쌍하다고 생각합니다."

질베스타가 "그러냐"라고 중얼거렸다. 여기 없는 빌프리트의 장래를 걱정하는 부친의 얼굴이다. 그 눈이 나를 보고 있지 않다는 걸 느끼면서 나는 천천히 한숨을 쉬었다.

"왕명으로 장래가 바뀌어 버리는 사람은 빌프리트 오라버니만이 아니에요. 페르디난드 님도 저도 마찬가지입니다. 에렌페스트를 떠날 예정이 없었는데 떠나게 됐죠. 손에 넣었던 소중한 것들을 포기하고, 소중한 사람과도 헤어져야만 합니다."

이렇게 걱정해 주는 가족과 떨어지지 않고 같이 있을 수 있다는 것만으로도 부럽다는 생각이 든다.

"빌프리트 오라버니는 에렌페스트에 있을 수 있어요. 부친인 아버님이 지켜봐 주시면 그걸로 좋지 않을까요?"

"……그렇구나."

며칠 뒤, 에렌페스트의 기숙사에도 왕족으로부터 초대장이 왔고, 질베스타가 영주 회의 마지막 날에 왕족이 주최하는 봉납식을 행한다고 말했다. 이걸로 다른 영지의 압력 때문에 힘들어하지 않게 됐다고 설명했더니 귀족들이 기뻐하며 환호성을 질렀다. 하지만 제사에 참여한 적이 없는 귀족이 많다 보니, 참가해서 가호 재취득을 목표로 하라고 명령하자 놀란 목소리가 터져 나왔다.

"로제마인의 측근들은 청색 의상을 입고, 봉납식에서도 보좌와 호위를 맡도록."

"알겠습니다."

당일에 의식을 치르는 게 전부니까 준비할 것은 거의 없다. 나는 영주 회의 마지막 날까지 계속 지하 서고에 갔다.

"왕족이 주최해서 봉납식을 하는군요. 제사 방법을 알았으면 하는 다른 영지의 목소리에 응해 주기 위해 에렌페스트의 협력으로 실현됐

다고 들었습니다. 단켈페르거에서도 참가하고 싶다면서 흥분하고 있
습니다. 에렌페스트는 정말 힘들겠군요."

점심 식사 때 한넬로레가 단켈페르거도 참가한다고 말해 줬다.

"디터 전후의 의식에서 가호를 받을 수 있다는 연구 성과가 나와 있
으니까 단켈페르거는 참가하지 않을 거라고 생각했어요."

"디터 이외의 제사에도 관심이 있는 것 같아요. ……그 제사만으로
는 다른 신들의 가호를 받을 수 없잖아요?"

실례되는 말일지도 모르지만, 단켈페르거가 디터가 아닌 다른 일에
관심을 보일 거라고는 생각도 못 했기 때문에 살짝 놀랐다.

왜…… 그렇잖아. 너도나도 디터라는 분위기잖아? 그래서 말이야.

한넬로레의 말에 의하면 문관과 시종은 좀 더 다른 신들의 가호도
바란다는 것 같다.

"그리고, 어른들이 다시 한 번 가호를 얻는 의식을 할 수 있다는 점
이 중요하겠죠. 보통은 영주 회의에 동행하지 않는 중급이나 하급 귀
족의 재취득은 어떻게 할지 아버님과 어머님이 아주 고민하고 계셨
어요."

같이 이야기를 듣고 있던 막달레나가 "그 부분은 조정이 필요하겠
군요"라고 말하면서 고개를 끄덕였고, 힐데브란트는 제사에 참가하지
못한다고 탄식했다.

"이번에는 미성년자인 한넬로레 님도 참가하지 못하니까 마찬가지
입니다. 귀족원 강의에 도입하자는 의견도 나왔고, 클라센부르크와 에
렌페스트의 공동 연구로서 정례화하자는 의견도 있습니다. 귀족원에
갈 때까지 기다리세요."

어머니의 말을 들은 힐데브란트는 "……그래서는 너무 늦습니다"

라고, 살짝 불만을 흘리면서 입술을 삐죽 내밀었다.

"역시 대부분의 영지가 참가하기로 했나요?"

한넬로레의 물음에 막달레나가 고개를 끄덕이며 "그래요"라고 말했다.

"아렌스바흐만은 페르디난드 님이 제사에 대해 가르쳐 줄 테니 참가할 필요가 없다는 것 같습니다. 그 밖의 영지에서는 참가 의사를 밝혔습니다."

귀족들을 데리고 기원식을 하며 돌아다녔다는 페르디난드의 편지가 생각났다. 제사의 경험만 있어 봤자 의미는 없다. 가호를 늘리고 싶으면 의식을 다시 치러야 한다.

"봉납식에 참가하는 영지들이 노리는 것은 가호 재취득인데, 참가하지 않아도 괜찮을까요?"

내가 고개를 갸웃거리면서 의문가는 점을 말했더니, 막달레나는 뭐라 표현할 방법이 없는 감정을 억누른 것만 같은 차가운 미소를 지었다.

"디트린데 님이 차기 첸트가 되면 의식 따위는 몇 번이고 할 수 있다고 하더군요."

"……정말로 그런 말을 했나요?"

"예. 올도난츠로 전해 왔습니다. 주위에 있는 측근들이 필사적으로 말리는 목소리도 들려왔습니다만, 왕족 모두가 들었으니 틀림없는 사실입니다."

……히이이이이이익! 페르디난드 님의 연좌 회피, 왕족을 협박해서라도 확약을 받아 두길 정말 잘 했어!

영주 회의의 봉납식

웬일로 기숙사에 찾아온 힐쉬르는 슈바르츠와 바이스처럼 움직이는 도서관 마술구를 만들기 위해 필요한 소재에 대해 적힌 목패를 건네주면서 기분 좋게 말했다.

"로제마인 님, 저도 이번 봉납식에 참가하게 됐습니다. 아우브께 감사하다는 말을 전해 주세요."

건네준 목패의 내용과 입으로 말하는 화제가 전혀 달라서 고맙다는 말을 해야 좋을지 화제에 맞춰 줘야 좋을지 아주 조금 혼란스러워졌다.

"목패, 정말 감사합니다. 그리고 봉납식에 참가하게 되셔서 정말 다행이네요."

귀족원에서 했던 봉납식은 연구였기 때문에 참석자는 학생 영주 후보생과 상급 문관들로 한정됐었다. 하지만 연구욕이 왕성한 선생님들에게도 가호가 증가하는 제사는 흥미로운 일이었던 것 같다.

그리고 이번에 영주 회의에서 봉납식을 하기로 결정됐는데, 초대장을 받은 사람은 각 영지의 아우브와 측근들이었고, 교사는 해당되지 않았다. 힐쉬르가 '또 교사만 따돌리는 건가'라고 불만을 토로해서 질베스타가 왕족에게 올도난츠를 보내 희망하는 교사에게도 초대장을 보내 달라고 부탁했다.

……참가 인원은 많을수록 좋으니까. 왕족도 엄청나게 기뻐했어.

"그나저나 이번에는 회복약을 직접 준비해야 하는군요. 군돌프가 원통해 했습니다. 에렌페스트가 나눠 줬던 회복약이 정말 효력이 좋았다는 학생들의 말을 듣고 자기 몸으로 효력을 시험해 보고 싶었다는 것 같습니다."

역시 드레반헬은 약이 목적이었다고 생각하면서 나는 피식 웃어서 흘려 넘겼다. 힐쉬르는 눈을 반짝반짝 빛내며 나를 쳐다봤다.

"왕족은 영주 회의에서의 의식을 정례화할 생각인 것 같은데, 가호의 재취득에 대해서만은 조금 불만이 있을지도 모르겠습니다."

"어머나, 그런가요?"

"10년에 한 번 정도 빈도로 재도전할 수 있는 건 좋지만, 마력의 사용 감각에 변화가 나오는 건 여러 가호를 받은 뒤의 일입니다. 계속 마력을 제공해야만 의식에 재도전할 수 있는데, 처음 1, 2년째에 뽑힌 영지는 가호가 거의 늘어나지 않겠죠?"

힐쉬르 말이 옳다. 가호를 받으려면 봉납한 마력의 양과 신들의 눈에 들 수 있는 평소 행실과 큰 관계가 있기 때문에, 별생각 없이 생활했는데도 간단히 가호가 늘어나는 건 아니다.

매일같이 신전에 와서 '누가 제일 먼저 슈타프를 신구로 바꿀 수 있을까'라고, 얼핏 보면 바보 같은 승부를 하면서 신구에 마력을 봉납한 내 측근들이 받은 가호의 숫자와, 내가 유레베에 잠겨 있던 때부터 시작해서 5년 가량 기원식과 주추에 마력을 봉납하고 있는 빌프리트의 가호 숫자를 비교하면 빈도와 양이 중요하다는 걸 알 수 있다.

"가호를 받기 어려운 불리한 순서에 배정되는 건 패자 영지가 되겠죠. 안 그래도 마력이 부족한데 처음 재취득에서는 가호를 거의 받지도 못하고 그다음에는 10년 이상 봉납식에서 마력을 착취당해야 효과를 느낄 수 있습니다. 나중 일을 생각하면 주위와 차이가 벌어지게 되니까 참가하지 않을 수도 없죠. 하지만, 상당히 힘든 10년이 될 것이라고 생각하면 불만을 품는 영지가 나올 겁니다. 그러니까 로제마인 님. 불만을 피하기 위해서 회복약을 나눠 주면 안 될까요?"

힐쉬르의 지적을 듣고 나는 잠시 생각에 잠겼다. 분명히 그런 불만을 피하기 위해서는 당장 눈에 보이는 이익을 제공하는 것도 중요할 수 있다.

"……불만을 피하는 쪽이 좋다고 생각한다면, 힐쉬르 선생님께서 왕족에게 진언하고 중앙 소속 선생님분들이 협력하고 노력해서 회복약을 만드시면 좋을 겁니다. 선생님분들 중에 한두 분은 효과가 큰 회복약의 레시피를 가지고 계시죠? 에렌페스트가 노력할 일은 아닙니다."

내가 싱긋 웃으면서 거부했더니, 힐쉬르가 재미없다는 것처럼 어깨를 으쓱거렸다.

"……말씀하신 대로 패자 영지를 위해 회복약을 만들어 봤자 아무런 이익도 없겠죠. 제 연구 시간을 줄여서 회복약을 만드는 건 정말 말도 안 되는 일입니다."

"진심으로 동의합니다. 저도 소중한 독서 시간을 줄여서까지 아무런 이익도 없는 일을 할 수는 없으니까요. 그리고 이번 주최자는 왕족입니다. 괜히 나설 생각은 없습니다."

내가 그렇게 선언했더니 힐쉬르가 훗, 하고 웃었다.

"말은 그렇게 하면서도, 로제마인 님이 불만을 해소하기 위해서 할 수 있는 일은 없는지 생각하고 있다는 정도는 저도 알 수 있습니다. 당신은 얼핏 봐서는 자신에게 아무런 이익이 없는 일을 하는 분이니까요……. 귀족원 강의도 크게 변경하기로 결정됐습니다. 그쪽도 로제마인 님의 의견이 발단이었죠? 자신의 의견이 왕족을 움직이고 있다는 사실을 자각하세요. 그러다가 왕족에게 잡아먹힐 겁니다."

주의를 줬지만, 이미 늦었다. 이미 그렇게 되기로 결정됐으니까. 하지만 힐쉬르의 말을 들어 보면 내가 왕의 양녀가 된다는 이야기가 알려지지는 않은 것 같다.

"귀족원 강의에 어떤 변화가 일어나나요?"

"왕족 측에서 마력을 압축하고 가호를 얻은 뒤에 슈타프를 취득하는 쪽이 좋다는 의견이 나왔습니다. 졸업식 때 취득하는 쪽으로 되돌리고 싶다는 의견입니다만, 각 영지에서 실무를 치르면서 슈타프 사용 방법을 가르치는 것보다는 귀족원에서 연습하는 쪽이 좋다는 의견이 압도적으로 많았고, 협의를 거듭한 결과 슈타프 취득이 3학년 때로 돌아가게 됐습니다."

슈타프를 빨리 취득하는 쪽이 교사들 입장에서는 강의가 간단해지고 좋으니까 지금까지는 아무도 1학년 때 슈타프를 취득하는 것에 대해 반대 의견을 내지 않았다는 것 같다. 영주 회의도 후반에 접어들고 있는 상황에서 너무나 갑작스러운 요망이다 보니 힐쉬르는 내가 관여했다고 의심한 모양이다.

……큭, 분하지만 정답이야!

"거기에 따라서 교사는 1, 2학년생의 강의를 예전 방식으로 되돌리라는 지시를 받았습니다. 군돌프 선생님 쪽이 중심이 돼서 올겨울까지 준비하기로 했습니다."

교사들은 강의 내용은 쉽게 바꿀 수 있는 것이 아니라고 호소했지만, 우리가 2학년 때 프라우렘이 옛날 교육 범위를 도입한 실적을 예로 들었더니 결국 끝까지 반대하지 못 했다는 것 같다.

……흐음, 프라우렘 선생님의 폭주가 왕족에 도움이 되는 일도 있구나.

"그리고, 귀족원 강의에 봉납식을 도입할 수는 없는지에 대한 타진도 있었습니다. 지금은 아직 신전에 가기 힘든 영지가 많지만, 조금이라도 빨리 제사를 경험하고 가호를 받기 위해서 강의 중에 주위와 다투지 않으면서 기도를 시작하는 편이 중요하다는 이유 때문입니다."

하지만 이쪽은 교사들에게 노하우가 전혀 없어서 각하. 몇 년 동안은 에렌페스트와 클라센부르크의 공동 연구로서 봉납식을 하고, 언젠가는 귀족원 강의에도 도입하게 될 것 같다.

"귀족원이 시작되면 공동 연구에 대한 제안이 들어오겠죠. 클라센부르크는 이번 봉납식 준비를 도우면서 왕족으로부터 준비 방법이나 의식의 흐름을 배운다고 들었습니다."

……왕족도 클라센부르크도 빨리 움직였네. 에렌페스트에는 딱히 요청하지 않은 것 같지만 말이야. 오늘도 여름에 판매할 성전 그림책의 시제품 세트를 가지고 가서 선전하고 왔다는 보고밖에 못 받았으니까.

거기까지 생각했을 때 정신이 번쩍 들었다. 그러고 보니까 클라센부르크가 준비를 전부 맡아준다면 의식을 치르는 정도는 상관없다고 전에 말했었다. 내가 아우브 클라센부르크와 했던 이야기를 설명했더니, 힐쉬르가 수긍했다는 표정을 지었다.

"아, 그렇군요. 이미 그런 이야기가 있었나요. 언젠가는 강의의 일환이 될 테니까 회복약을 직접 준비하도록 한다면 클라센부르크의 부담이 크게 줄어들겠군요. 에렌페스트는 꽤 간단히 회복약을 준비하지 않았던가, 라고 클라센부르크가 의심하고 있었습니다."

……회복약 준비는 꽤 힘드니까.

만들기도 힘들지만, 무엇보다 힘든 건 소재를 모으는 일이다. 옛날 에렌페스트의 채집 장소에서는 그렇게까지 많은 소재를 채집할 수 없었다. 아마 다른 영지의 채집 장소는 지금도 소재가 그렇게 많지 않겠지.

……채집 장소를 직접 회복시키면 좋겠지만, 기도 문구를 모르면 할 수 없는 일이니까…….

음~ 하고 생각하고 있었더니, 리젤레타가 따뜻한 식사를 담은 상자를 가지고 왔다. 힐쉬르가 가지고 와 준 목패에 대한 보수 같은 것이다. 이런저런 정보를 제공해 주고 있으니까 뭔가 더 얹어 주는 쪽이 좋을지도 모른다.

"리젤레타, 이쪽으로 오세요."

이야기를 마칠 때까지 벽 앞에서 대기할 자세를 보인 리젤레타에게 힐쉬르가 푸근한 미소를 지으며 손짓하고는 상자를 받았다.

"그럼, 로제마인 님께 필요한 소재의 메모를 전해 드렸으니까, 저는 이만 연구실로 돌아가겠습니다."

"아, 저기, 힐쉬르 선생님. 제가, 아직 여쭤볼 게……."

"안녕히 계세요, 로제마인 님. 다음에 뵙는 건 영주 회의 봉납식이 되겠군요."

아직 이야기가 끝나지도 않았는데, 힐쉬르는 음식을 들고서 발을 돌리더니 재빨리 돌아가 버렸다. 남겨져서 멍한 표정을 짓고 있는 나를 보고 리젤레타가 어깨를 늘어뜨렸다.

"……죄송합니다, 로제마인 님. 설마 이야기 도중에 힐쉬르 선생님이 돌아가 버리실 줄은 몰랐습니다. 좀 더 천천히 준비해야 했습니다."

"힐쉬르 선생님은 귀족원 교사지만, 귀족원에서 배우는 귀족의 존재 방식에서 가장 멀리 떨어진 분이시니까요. 행동을 예측하지 못하는 것도 어쩔 수 없는 일이에요."

나는 리젤레타를 달래 줬다. 나도 갑자기 이야기를 잘라 버리고 등을 돌릴 줄은 몰랐다. 저 사람은 너무 자유분방하다.

"위로해 주셔서 감사합니다, 로제마인 님. 하지만, 이미 몇 년이나 힐쉬르 선생님과 접하고 잇는데도 불구하고 행동을 예측하지 못했던 저는 시종으로서 너무나 미숙합니다. 기껏 정보를 얻을 수 있는 중요한 기회였는데……."

……마음은 이해하지만, 귀족의 규범에서 멀리 떨어진 힐쉬르 선생님의 행동을 읽는 건 어려운 일이니까 어쩔 수 없어. 시종이라고 초능력자는 아니니까.

나는 지하 서고에서 현대어 번역을 진행하고, 점심 식사 때 막달레나를 통해서 왕족과 봉납식에 관해 논의도 했고, 그러는 사이에 영주회의 마지막 날이 찾아왔다. 갑작스러운 예정이었지만, 무사히 준비를 마쳤다는 것 같다.

나는 아침 식사를 마친 뒤에 몸을 씻고서 신전장 의상을 입은 뒤, 청색 의상을 입은 측근들과 같이 봉납식 개시 시간보다 일찍 지정된 대기실로 갔다.

……으아, 임마누엘이다.

대기실에 들어가자마자 "기다리고 있었습니다"라는 말로 맞이해 준 임마누엘의 얼굴을 본 순간, 성결식이 끝난 뒤에 앞질러 가서 기다리고 있었던 일이 생각났다. 왠지 기분 나쁜 임마누엘한테서 거리를 두고 싶은 기분이 들었을 때, 코르넬리우스가 살며시 어깨를 밀었다. 선도하고 있던 하르트무트 뒤에 숨을 수 있도록 아주 조금 이동하게 해 줬다.

내가 코르넬리우스를 봤더니, 나를 안심시키려는 것처럼 살짝 웃은 뒤에 표정을 다잡았고, 그리고는 앞으로 슥 나서서 하르트무트와 나란히 섰다. 두 사람이 노려보는 가운데 임마누엘과 인사를 나눈 뒤에, 나는 준비돼 있던 의자에 앉았다.

"가까운 시일에 로제마인 님을 중앙 신전의 신전장으로 모시게 될 것 같아서 정말 기쁘게 생각하고 있습니다."

"전에도 말씀드렸듯이 로제마인 님은 에렌페스트의 영주 후보생이시고, 중앙 신전의 신전장이 될 예정은 전혀 없습니다. 이번 봉납식도 왕족의 요망에 응했을 뿐입니다."

하르트무트가 '이제 슬슬 이해하시지'라는 것처럼 차가운 미소를 지으며 그렇게 말했더니, 임마누엘도 차갑게 웃어 보였다.

"오늘 제사가 끝나면 당장이라도 왕족 측에서 에렌페스트로 요망을 전할 것입니다. 로제마인 님을 중앙 신전의 신전장으로 모시겠다고. 영주 후보생을 중앙으로 이동시킬 방법이 전혀 없는 것은 아니라고 들었습니다. 에렌페스트에서는 왕족의 명령에 거역할 수 없습니다."

미소를 짓는 임마누엘을 보고 하르트무트가 살짝 놀란 표정을 지었지만, 바로 훗, 하고 도발하는 것처럼 웃었다.

"이런, 중앙 신전 신관은 모르고 계셨습니까? 영주 후보생이 중앙으로 이동할 수 있는 방법은 혼인뿐이라고 정해져 있습니다. 그리고 결혼한 자는 신전장이 될 수 없습니다. 즉, 중앙으로 이동하는 일은 있어도 로제마인 님이 중앙 신전에 들어가는 것은 있을 수 없는 일입니다.

……아, 어쩌면 왕족은 중앙 신전이 아니라 자신들이 로제마인 님을 끌어들이려는 생각이 아닐까요?"

성전 검증 회의에서 페르디난드가 지적할 때까지 영주 후보생이 이동할 수 없다는 것도 몰랐던 임마누엘은 그런 귀족들의 사정을 정말로 몰랐던 것 같다. "왕족이 끌어들인다고……?"라고 말하면서 눈이 살짝 휘둥그레지고 충격을 받은 얼굴이 됐다. 아무래도 진심으로 왕족이 손을 쓰면 나를 중앙 신전 신전장으로 만들 수 있을 거라고 생각했던 모양이다.

……에렌페스트의 양자 결연을 취소한다는 방법이 있기는 하고, 실제로 왕족 쪽에서 중앙 신전에 들어갈 수는 없겠냐는 이야기가 있었으니까 중앙 신전은 나름대로 승산이 있다고 생각했겠지.

하지만, 나는 영주 회의 도중에 구르트리스하이트에 가장 가까운 차기 첸트 후보가 돼 버렸다. 그리고 왕과 양자 결연을 맺는 방향으로 이야기가 진행됐다. 중앙 신전 이야기는 왕족의 머릿속에 존재하지도 않겠지.

……영주 회의 동안 입장이 단번에 달라져 버렸으니까.

"임마누엘, 당신은 강당으로 가 주세요. 귀족들의 입장과 정렬에 대해 설명해야 하지 않겠습니까?"

하르트무트와 눈싸움을 벌이는 임마누엘이 너무나 짜증 나서, 나는 살짝 손을 흔들어 퇴실을 명했다. 하지만 임마누엘은 퇴실하기는커녕, 오늘 의식에 대한 불만을 늘어놓기 시작했다.

"로제마인 님, 봉납식은 제단을 향해서 행하는 의식입니다. 귀족들을 원형으로 배치하는 것은 다시 생각해 주시도록 왕족께 진언해 주십시오."

임마누엘은 성배를 중심에 놓고 귀족들이 도넛 모양으로 둘러싸고서 행하는 봉납식에 강한 거부감을 보이고 있다. 하지만 왕족에게 아무리 말해도 들어 주지 않았던 것 같다.

이번 봉납식은 신들께 마력을 봉납하는 것이 아니라 자신들이 사용하기 위해서 성배에 모으는 것이니까 제단을 향해서 치러서는 안 된다. 제단을 향해서 봉납식을 하면 제단에 줄지어 있는 모든 신구에 마력이 흘러 들어가게 되니까.

"다른 신구에 마력이 들어가면 그만큼 중앙 신전에는 도움이 됩니다."

"저는 마력적인 의미로 중앙 신전을 도울 생각이 없습니다. 매년 각 영지의 수확량이 떨어지고 있는 건, 마력이 많은 청색 신관과 청색 무녀를 중앙 신전으로 보낸 탓이 아니던가요. 오히려 중앙 신전에서 각 영지의 신전을 도와줬으면 싶을 지경입니다."

정변 이후에 마력이 많은 견습들이 귀족 사회로 돌아간 것도 큰 이유지만, 사람들이 중앙 신전으로 모인 것도 작은 영지의 신전에게는 큰 타격이 됐을 것이다. 에렌페스트의 신전에 남아 있던 청색 신관을 보면 알 수 있다.

"……그걸 고려하고도 이번에 각 영지에서 얻은 마력을 중앙 신전에서 사용하고 싶다면 왕족과 이야기해 주세요. 이번 주최자는 왕족입니다. 제가 아닙니다."

다시 한 번 손을 흔들어서 퇴실을 요구했더니 하르트무트와 안게리카가 반쯤 억지로 임마누엘을 대기실에서 쫓아냈다. 레오노레가 걱정하는 얼굴로 나를 쳐다봤다.

"괜찮겠습니까, 로제마인 님. 벌써 피곤해 보이십니다만."

약간 초점이 맞지 않는 광신자 같은 열기를 지닌 임마누엘의 눈이 정말 싫다. 기분 나빠. 마주보기만 해도 체력을 빼앗기는 것 같은 기분이 든다.

"생각해야 할 일들이 너무 많은 탓에 잠이 조금 부족했습니다. 봉납식을 치르지 못할 정도는 아니지만, 임마누엘을 상대할 여력은 없습니다."

지금은 아직 측근들에게도 왕의 양녀가 된다는 이야기를 하지 않았다. 에렌페스트로 돌아간 뒤에 해야 할 일을 생각하니 한숨이 나왔다. 빌프리트와 약혼 취소에 대한 이야기를 하고, 차기 영주를 어떻게 할지 협의하고, 측근들의 뜻을 확인하고, 신전에서 멜키오르에게 후계자 교육을 해야만 한다. 그리고 평민 마을과의 논의도 필수고.

……페르디난드 님에게도 사라지는 잉크로 편지를 보내야지. 연좌 회피와 비밀의 방 획득에 성공했다는 것과 유르겐슈미트와 에렌페스트를 지키게 됐다는 이야기. 그 밖에도 위험한 은색 천이라든지 오르텐시아 선생님이 디트린데 님에게 했던 의미를 알 수 없는 말이라든지…… 정말 많은데. 양아버님이 편지를 보내는 걸 허락해 주실까?

"로제마인 님, 귀족들의 입장이 끝났습니다. 이미 제사에 대한 설명도 마쳤습니다. 오늘은 중앙 신전의 제사니까 오늘이야말로 제가 신관장으로서 모시도록 하겠습니다."

내가 멍하니 앞으로 해야 할 일을 생각하는 사이에 의식의 시간이 된 것 같다. 부르러 온 임마누엘이 손을 내밀었다. 다음 순간, 하르트무트가 웃는 얼굴로 그 손을 뿌리쳤다.

"아무리 그래도 그건 너무 무모하다고 봅니다. 귀족도 아닌 청색 신관이 아우브들이 있는 중심에서 마력을 봉납할 수 있을 리가 없습니다. 흐름을 거스르지 못하고, 마력이 고갈돼서 최악의 경우에는 죽게 됩니다. 원 부분에 있기만 해도 위험하지 않겠습니까?"

하르트무트는 임마누엘의 손을 뿌리친 자기 손을 꼼꼼히 닦아낸 뒤에, "저는 당신이 죽어도 아무렇지도 않습니다만, 로제마인 님은 마음에 두시겠죠"라고 말하면서 내게 손을 내밀었다. 나는 두 사람을 번갈아서 보고 하르트무트 쪽으로 손을 뻗었다.

"아무래도 의식 중에 죽게 되면 곤란합니다. 다무엘, 당신은 원 위에서 의식을 치러 주세요. 마력이 힘들 것 같으면 신호를 보내시고요."

"알겠습니다."

"다른 호위 기사 분들은 의식을 치르지 말고 호위 임무에 전념해 주세요."

"예!"

나는 내 측근들에게 둘러싸여서 강당으로 향했다. 뒤쪽에 있는 안게리카가 임마누엘의 움직임을 철저하게 경계하고 있는 게 느껴진다.

"신전장, 입장."

방울 소리와 함께 안에 들어갔더니, 빨간 천 위에서 도넛 모양으로 줄지은 채 한쪽 무릎을 꿇고 있던 귀족들이 일제히 이쪽으로 고개를 돌렸다. 임마누엘이 불만을 늘어놓은 것처럼, 귀족원 봉납식처럼 제단을 향하는 게 아니라 중심에 놓인 성배 쪽으로 향하고 있다.

……무슨 원그래프 같다.

귀족들이 각 영지의 망토를 두르고 있어서 비율을 뜻하는 원그래프처럼 보인다. 역시 대영지는 사람이 많고, 소영지는 사람이 적다. 설명을 잘했는지 중심에 가까운 쪽에 영주 부부가 있고, 바깥쪽으로 갈수록 마력이 약해지도록 배치한 것 같다.

내가 도넛 모양으로 모여 있는 귀족들 사이로 걸어가기 시작하자, 다무엘이 원 위에서 "당신은 여기까지입니다"라는 말로 임마누엘을 막는 목소리가 들려왔다. 임마누엘은 다무엘에게 맡기고 나는 계속 걸어갔다.

에렌페스트의 밝은 황토색 쪽을 봤더니, 제일 앞에 질베스타가 보였다. 원래는 그 옆에 있어야 할 플로렌치아는 임신 중이라 불참했다. 기사단장인 칼스테드와 기사 몇 명은 원 밖에 서서 경계하고 있다.

……아, 중앙 귀족도 참가하는구나.

빨간색과 파란색 망토 사이에 검은 망토를 걸친 단체가 있다. 단, 왕족은 의식에 참여하지 않으니까 문관과 시종이겠지. 왕족은 귀족들의 고리에서 조금 떨어져서 붉은 천이 없는 곳에 나란히 앉아 있다. 그 주변에는 호위를 맡은 중앙 기사단이 버티고 서서 살벌하게 노려보고 있다.

원형으로 모여 있는 귀족들의 중심 부분에 도착했더니, 큰 성배 두 개와 작은 성배 여러 개가 놓여 있었다. 중앙에는 기베가 없고 첸트를 제외한 왕족들이 기베처럼 별궁과 그 주변에 마력을 공급하기 위해서 관리하기 때문에 모아 오는 자체는 그렇게 큰일이 아니었다는 것 같다. 성배 안에 빈 마석이 준비된 것도 확인하고, 나는 고개를 한 번 끄덕였다. 이 정도 있으면 괜찮겠지.

"아우브 에렌페스트, 그리고 로제마인. 우리의 급한 부탁에 응해 준 것에 대해 여기 있는 모든 귀족을 대표해서 감사한다."

첸트의 감사 인사에 두 팔을 교차시키며 무릎을 꿇어서 답례하고, 나는 바닥에 깔린 빨간 천에 손을 댔다. 내 옆에서 하르트무트도 무릎을 꿇었지만, 청색 의상을 입은 호위 기사들은 그대로 서 있었다.

"나는 세계를 창조하신 신들께 기도와 감사를 바치는 자."

"나는 세계를 창조하신 신들께 기도와 감사를 바치는 자."

사람들이 복창하기를 기다리면서 기도를 바쳤다.

처음에는 잘 맞지 않았던 목소리가 점점 맞아 가는 것은 귀족원에서 치렀던 봉납식과 마찬가지다. 손을 짚고 있는 붉은 천에 빛의 파문이 생기고, 성배로 흘러 들어가는 것도 익숙한 광경이다.

어라……? 귀족원 신구만 빛나고 있네? 내 슈타프를 사용해서 제사를 치르면 빛의 기둥이 솟았는데, 신전의 신구를 사용해도 빛의 기둥이 솟아나지 않는다. 지금까지 경험을 통해서 그렇게 생각했는데, 한쪽 성배만 빨갛게 빛나기 시작했다.

흔들리는 빨간 빛이 감도는 성배는, 마치 이것만이 진짜라고 주장하는 것 같았다. 그 빨간 빛은 불꽃처럼 흔들렸고, 불똥이 하늘로 날아오르는 것처럼 작은 빛이 되어 둥실둥실 천천히 위로, 위로 올라갔다. 빛의 기둥이 솟는 것과 또 다른, 처음 보는 신기한 현상이다.

……플류트레네의 밤에 봤던 신기한 빛과 닮았나?

눈을 떼지 못하고 있었더니, 다무엘이 "여기까지입니다"라고 말하는 목소리가 들려왔다. 나는 바닥에서 손을 떼고 천천히 일어났다.

"의식을 마치겠습니다. 여러분, 바닥에서 손을 떼 주십시오. 슬슬 마력이 떨어져 가는 분이 있으실 때입니다."

중급 귀족 정도의 마력을 지닌 하급 기사 다무엘한테는 한계지만, 영주 회의에 참여하는 계급의 귀족이라면 마력이 완전히 떨어지지는 않았을 것이다. 효력이 그다지 좋지 않은 회복약이라도 문제없이 회복할 수 있겠지. 주추 마술에 마력을 공급하고 있는 아우브들은 특히 아무렇지도 않은 표정이고, 처음 제사에 참여한 귀족들도 피곤한 기색을 보이고 있지만, 귀족원의 봉납식 때처럼 완전히 지친 사람은 그리 많지 않았다.

……그래 그래, 앞으로 정례화를 생각해서 너무 쥐어짜지 않았고, 제대로 경험하게도 해 줬으니까, 이만하면 완벽하지?

그렇게 생각하면서 만족스러운 미소를 지은 직후, 원 위에서 의식에 참여하고 있었던 듯한 청색 신관과 청색 무녀가 의식을 잃고 쓰러져 있는 모습을 보고 작은 소리로 "아" 소리를 내고는 손으로 입을 막았다.

저쪽…… 깜박했다. 그나저나 항상 제사를 치르고 있을 테니까 자기 한계 정도는 알고 있을 텐데? 왜 쓰러진 거야?!

나는 엄청나게 놀랐지만 크게 놀라지 않은 것 같은 얼굴로 귀족들을 돌아보고, 필요한 사람은 회복약을 마시라고 했다. 술렁이는 분위기가 되고 사람들이 제각기 회복약을 마시는 모습을 둘러보며 나는 봉납식에 대해 말했다.

"이것은 원래 겨울의 의식이고, 봄의 기원식 때 기베에게 건네는 작은 성배와 직할지를 적셔 주는 성배에 마력을 채우기 위한 것입니다. 자신의 영지 신전에서 귀족들이 기도를 바치고 마력을 봉납하면 영지의 수확량이 향상될 것입니다. 또한 마력과 기도를 바치는 것을 통해 귀족은 신들의 가호를 받을 수 있게 됩니다."

나는 참고삼아 빌프리트가 받은 가호의 숫자를 말했다. 내 설명을 듣고 있던 첸트가 천천히 고개를 끄덕였고, 학생에게 제사를 경험하게 하기 위해서 올겨울에도 귀족원에서 봉납식을 행한다고 말했다.

"신들의 가호를 받기 위해서는 어린 시절부터 더 많은 기도가 필요하다. 올해도 귀족원에서는 에렌페스트와 클라센부르크의 공동 연구로서 봉납식을 행할 예정이 있고, 양족의 승낙을 받았다."

……에렌페스트에 정식으로 타진을 했던가?

지하 서고에서 비공식적으로 물어보기는 했지만, 질베스타한테도 말을 했으려나. 아니면 귀족원 일이니까 영주의 허가는 필요 없는 걸까. 어쨌거나 이렇게 많은 사람 앞에서 첸트가 선언하면 승자 영지에 들어가게 해 준 체면을 생각해서라도 '못 한다'든지 '안 한다'고 말할 수는 없겠지.

못 한다고 말할 수 없는 건 참가를 권유받은 각 영지도 마찬가지다. '또 마력을 빼앗기는 건가'라는 심정인 듯한 표정으로 빈 회복약 용기를 보고 있는 귀족들의 모습에는 애수가 감도는 것처럼 보이기도 햇다.

"첸트도 말씀하신 대로 신들의 가호를 받기 위해, 유르겐슈미트를 지탱하기 위해서 의식을 행할 필요가 있습니다. 하지만 반드시 회복약을 써야 하니까 학생들에게는 조금 힘들겠죠."

내 말에 반응해서 고개를 드는 귀족들이 여러 명 있었다. 상당수가 패자 영지 사람들이다.

"귀족원 봉납식에서는 작년처럼 에렌페스트가 회복약을 준비해 주시는 겁니까?"

"아닙니다. 조금만 상상해 보시면 아시겠습니다만, 귀족원 전원의 회복약을 준비하는 것은 대영지인 클라센부르크에게도, 중간 영지인 에렌페스트에게도 큰 부담입니다."

나는 미소를 지으며, 기대에 가득 찬 시선을 딱 잘라 버렸다. 일 년 뒤에는 내가 없어져 버릴 가능성이 농후한데 에렌페스트에 그런 역할을 짊어지게 할 수는 없다.

"하지만 여러분이 회복약을 만드는 것이 조금이라도 편해질 수 있도록, 채집 장소를 회복시키기 위한 기도문을 가르쳐 드릴까 합니다."

"……예? 채집 장소 말입니까?"

무슨 말인지 모르겠다는 얼굴인 귀족들에게 나는 고개를 크게 끄덕여 보였다. 가르쳐 주는 것은 기도문뿐이다. 소재의 품질을 높이고 싶으면 자신들이 회복시키면 된다. 그것도 고려해서 마력을 조금만 쥐어짰으니까.

"귀족원의 각 영지에 주어진 채집 장소에는 신기한 마법진이 심어져 있습니다. 지면에 손을 대고 오늘 했던 것과 마찬가지로 각 영지의 귀족들이 전부 나서서 마력을 봉납하며 기도를 바치면 채집 장소를 회복시킬 수 있고, 품질이 좋은 소재를 얻을 수 있게 됩니다. 회복약 만들기가 수월해지고, 스스로 의식을 치르는 것도 가능해진다는 뜻입니다."

시끄러울 정도로 술렁이는 귀족들을 향해 나는 기원식에서 사용하는 플류트레네에게 바치는 기도문을 가르쳐 줬다. 한 번에 알아듣지 못한 사람들이 "한 번 더 부탁드리겠습니다"라고 말해서, 나는 몇 번이나 기도문을 말해 주면서 완전히 채워지지 않은 성배에 몰래 내 마력을 부었다.

"이번에는 성배에서 녹색 빛이……?"

"……어머나? 실례했습니다. 기도문을 외운 탓에 하마터면 다른 의식이 될 뻔했습니다."

나는 급하게 성배에서 손을 떼고, 급하게 미소를 지어 보였다. 하마터면 조금 실패할 뻔했지만, 준비한 성배를 전부 채웠으니까 일 년이라는 시간은 문제없이 받아 낼 수 있을 것이다.

이렇게 해서 나는 무사히 영주 회의 봉납식을 마쳤다.

참고로 귀환하기 전에 에렌페스트의 채집 장소에서 어른들에게 채집 장소를 회복해 달라고 했다. 여러 명이 하면 일단 회복시키는 것 자체는 가능한 것 같다. 내가 없어진다고 해도 채집 장소를 회복시키지 못 하는 사태는 벌어지지 않는다. 그걸 확인하고 조금 안심했다.

에필로그

"겨우 끝났군요."

영주 회의가 끝난 날 저녁 식사는 어머니 막달레나와 같이 하기로 약속했다. 미성년자라서 참가하지 못했던 힐데브란트가 봉납식에서 어떤 일이 있었는지 가르쳐 달라고 부탁했기 때문이다.

사실 자신의 측근을 참가시키고 측근에게 물어볼 수 있으면 좋았겠지만, 혼자 남아 있는 힐데브란트에게서 호위를 떼어놓을 수는 없다. 그리고 다른 사람들이 봉납식에 참가해서 사람이 얼마 없는 중앙을 지키는 쪽에 인원을 배정하는 것을 우선했기 때문이다.

"어머님, 봉납식은 어떤 느낌이었습니까? 역시 빛의 기둥이 솟았습니까?"

왕족으로서 왕과 나란히 서는 것이 아니라 중앙의 귀족으로서 봉납식에 참가했던 막달레나를 보며 힐데브란트가 두근두근하는 심정으로 물었다. 귀족원 봉납식도, 영주 회의 초입에 행해진 성결식도, 로제마인이 신전장을 맡은 제사는 들어 본 적이 없는 의식이었다.

막달레나는 커틀러리를 놀려 향초로 싼 어린 새를 한입 먹은 뒤에 천천히 주위를 둘러봤다. 힐데브란트가 너무나 기대한 탓인지, 시중을 들고 있는 시종과 뒤에 서 있는 호위 기사들도 관심을 가진 얼굴로 막달레나의 대답을 기다리고 있었다.

"겨울에 참가했던 왕족분들께 들었던 것 같은 빨간 빛의 기둥은 솟아나지 않았습니다."

"예? 그랬습니까?"

로제마인이 의식을 치르면 뭔가 이상한 일이 일어날 거라고 생각했던 힐데브란트에게는 너무나 김새는 대답이었다.

"슈타프로 신구를 만들어 냈는지 신전에 있는 신구를 썼는지에 따라 변화가 발생하는 것일 수도 있고, 원래 봉납식은 겨울의 의식이다 보니 계절이 다른 탓인지도 모른다고 로제마인 님이 말씀하셨습니다."

"빨간 기둥을 보고 싶다고 하셨는데, 어머니도 아쉬우셨겠군요."

지난번에는 집무를 보기 위해 왕궁에 남아 있어야 했기 때문에 막달레나는 봉납식에 참가하지 못했다. 참가했던 왕족의 이야기를 듣고, 한 번쯤 자신의 눈으로 직접 보고 싶다고 말했었다.

"겨울의 귀색인 빨간색 빛의 기둥은 보지 못했지만, 성배가 귀색인 빨간색으로 빛나고 빨간색 빛이 하늘거리며 위를 향해 천천히 올라가는 광경은 정말 환상적이고 아름다운 광경이었습니다."

장난스레 빨간 눈동자를 가늘게 만들면서 웃은 막달레나의 말에 힐데브란트는 통쾌한 기분을 맛보면서 "역시 이상한 일이 일어났군요"라고 말했다.

"더 자세히 말씀해 주세요, 어머니."

겨울에 귀족원에서 행했던 봉납식과 달리 이번 봉납식에서는 빨간색 빛의 기둥이 솟아나지 않았다. 하지만 처음에는 따로따로 놀던 기도하는 목소리가 점점 하나가 되어 가면서 제사에 참가한 사람들의 마음이 하나가 된 것 같은 일체감과, 뒤쪽에서 계속 흘러오는 마력의 흐름에 몸을 맡기는 기분 좋은 느낌은 이야기로 들은 그대로였다는 것 같다.

즐겁게 말하는 막달레나를 보고 있으니, 미성년자라서 봉납식에 참가하지 못했던 힐데브란트는 너무나 아쉬운 기분이 들었다.

　"그렇게 많은 사람이 모여서 치르는 제사는 처음이었기 때문에, 말로 이루 표현할 수 없는 황홀한 기분이 들었습니다. 끝난 뒤의 피로감도 기분 좋다고 느껴질 정도였으니까요……."

　귀족원 봉납식에서는 쓰러지는 사람도 속출했다고 들었지만, 이번에는 로제마인이 일찌감치 끝낸 덕분인지 마력을 너무 소모해서 쓰러진 귀족은 없었던 것 같다.

　"중앙 신전의 청색 신관과 청색 무녀는 쓰러졌더군요. 마력의 흐름이 너무 빨라서 적당한 때에 끊을 수 없었다는 모양입니다. 마력 차이가 너무 심하게 나면 같이 의식을 치를 수 없다고 사전에 말씀드리지 않았느냐고 로제마인 님이 곤혹스런 얼굴로 말씀하셨습니다."

　마력 압축을 해 본 적도 없는 청색 신관이나 청색 무녀와 영지를 지탱하는 각지의 아우브와 측근의 마력량이 큰 차이가 나는 것은 당연한 일이고, 로제마인은 에렌페스트의 신전에서도 다른 청색 신관들과 별개로 봉납식을 치르고 있다는 듯하다.

　"중앙 신전은 귀족과 함께 봉납식을 치러 본 적이 없으니까 어쩔 수 없는 일이겠죠."

　그렇게 말하고 막달레나가 피식 웃었다. 옛 제사를 재현하고 차기 첸트 후보를 선별할 수 있게 됐다고 거만하게 굴면서 왕족에게 차례로 새로운 요구를 들이대는 중앙 신전을 탐탁찮게 여기던 막달레나는 속이 후련하다는 표정이 되어 있었다.

　식사를 마치고 식당에서 담화실로 자리를 옮겨서 아르투르에게 식후 차를 준비해 달라고 한 뒤, 힐데브란트는 사람들을 물렸다. 왕족에게는 격동의 영주 회의였기 때문에 다른 사람들이 들어선 안 되는 일이 너무나 많았다. 무슨 이야기를 하건 간에 사람을 물리고 도청 방지 마술구를 사용해야 했다.

자신에게 주어진 도청 방지 마술구를 꼭 쥐고, 힐데브란트는 막달레나를 쳐다봤다. 느긋하게 차 향기를 즐기고 있는 모친에게, 마술구를 쥐고 있으면서도 살짝 소리를 죽여서 물었다.

"이번 봉납식에서 로제마인 님이 성녀라는 인상을 주고, 왕의 양녀가 되기에 적합한 인재로서 특별하게 보이도록 하는 데 성공했습니까?"

"그렇습니다. 봉납식만으로도 충분히 특별하게 보였을 텐데, 그 뒤에 사람들이 조금이라도 편하게 회복약을 만들 수 있게 되었으면 한다고 말씀하시고 플류트레네의 축사를 몇 번이나 말하면서 성배를 녹색으로 빛나게 하는 모습은 그 누가 봐도 특별하게 보였겠죠. 에렌페스트에서 독점해도 되는 인물이 아니라는 마음을 품게 하는 데 성공했다고 생각합니다."

이쪽의 계획에는 없었지만 상당히 좋은 결과가 됐다고 막달레나가 말했다. 로제마인은 신기한 현상을 일으키는 제사를 당연하다는 얼굴로 치르고, 채집 장소를 회복하기 위한 축사까지 암송하면서 사람들에게 가르치는 과정에서 성배를 녹색으로 빛나게 했다. 그 모습은 신들과의 대화에 익숙한 성녀라고 부르기에 걸맞은 것이었다.

"구르트리스하이트 건만으로도 그분은 중앙으로 모셔야 마땅한 인재입니다. 에렌페스트로서는 뼈아픈 일이겠지만, 왕의 양녀가 되는 데 반대하는 사람은 거의 없겠죠."

제사에 관한 풍부한 경험과 정보가 있고, 차기 첸트가 되기에 충분한 마력량을 지녔다. 현대어로 번역한 석판의 정보를 보면 사당 순례에 성공한 로제마인이 전속성이라는 것도 추측할 수 있다. 설령 차기 첸트가 되지는 못하더라도, 다음 세대의 왕족을 위해서는 확보하고 싶다.

"정말로……. 구혼 조건으로 도서실을 만들어 달라고 했던 사람과 동일 인물이라는 것을 믿을 수가 없었습니다."

막달레나는 한숨을 쉰 뒤에 천천히 차를 마시기 시작했다. 힐데브란트는 막달레나처럼 컵을 손에 들고, "로제마인은 지기스발트 형님과 결혼하고 싶지 않은 것뿐입니다"라는 말을 차와 함께 삼켜 버렸다.

지하 서고 안에서 지기스발트와 단둘이서 이야기하던 로제마인은 중간에 눈물을 글썽였다. 슬픈 눈으로 지기스발트를 보면서 떨고 있었다. 게다가 도저히 준비할 수 없는 조건을 내놓은 것도, 지기스발트와 결혼하고 싶지 않은 심정을 드러낸 것이 틀림없다.

"아우브 에렌페스트가 도서실의 각하에 동의해 주셔서 정말 다행입니다."

"……아버님은 그래도 좋다고 하셨습니까? 그러니까, 빌프리트와 로제마인의 약혼이 취소되게 됩니다만……."

첸트의 명령은 절대적이다. 빌프리트와 로제마인의 약혼도 첸트의 말에 의해 결정되었을 것이다. 그런데, 약혼을 취소하고 새로운 약혼을 하라고 허락해도 되는 걸까. 그것이 가능하다면 자신의 약혼도 취소할 수 있는 건 아닐까. 힐데브란트가 여러모로 생각하면서 물었더니, 막달레나는 잔을 내려놓고 살짝 어깨를 으쓱거렸다.

"그것이 제일 안전하고 좋은 형태로 끝낼 수 있는 방법이니까, 반대는 하지 않으셨습니까. 에렌페스트에게 좀 더 힘이 있었다면 빌프리트 님을 국서로 삼는 것도 가능했을지도 모릅니다. 하지만 그런 그릇이 아니라고 아우브 에렌페스트가 말씀하셨습니다. 아마도 인재가 부족한 에렌페스트에서 더는 유력한 귀족이 유출되는 것을 피하고 싶어서 그러셨겠죠."

막달레나가 아는 범위에서 에렌페스트가 급격히 순위를 높인 것은 기본적으로 로제마인의 공적이고, 우수한 자는 젊은 사람 중에 많을 것이라고 분석했다.

"아우브 에렌페스트는 명령한 것을 그대로 받아들이려고만 하는 하위 영주의 아우브다운 반응을 보였지만, 젊은 문관은 조건을 제시하거나 은근슬쩍 반론도 하면서 교섭하려는 자세를 보였으니까요."

로제마인을 중앙 신전 신전장으로, 라는 의견이 많은 영지에서 나왔기 때문에 첸트와 지기스발트가 에렌페스트에 요망을 제시했다. 그때 아우브 에렌페스트와 그 측근들이 상당히 난처한 표정으로 입을 다물어 버렸는데도, 젊은 문관이 아주 시원스레 웃는 얼굴로 '도저히 받아들일 수 없습니다'라고 말하면서 각하한 뒤에 대체안을 제시했다는 보고를 받았다.

'초대 왕은 신전장이었던 시절이 있습니다. 에렌페스트의 신전장은 에렌페스트의 영주 후보생이 맡고 있습니다. 그렇다면, 왕족의 관할인 중앙 신전은 왕족이 맡는 것이 도리입니다. 힐데브란트 왕자가 중앙 신전에 들어가서 성인이 될 때까지 신전장을 맡아 주세요. 어떤 공부를 해야 좋은지 알고 싶다면, 차기 신전장 교육을 맡은 제가 가르쳐 드리겠습니다.'

에렌페스트의 영주 후보생을 중앙 신전에 들이고 싶다고 제안한 것은 왕족이니까, 왕족을 신전에 들일 생각이냐는 반론은 못 했다는 모양이다.

"……저는 혼인으로 아렌스바흐로 가야 하는 데다, 신전에도 들어가야 하는 겁니까?"

어떤 상황이 되더라도 왕족으로 남게 되는 형들에 대한 대응과 너무 다르지 않은가. 그렇게 생각하니 힐데브란트는 아버지가 자신의 가치를 너무 낮게 여기고 있다고 생각할 수밖에 없었다.

"아무리 그래도 그런 상황이 벌어지게 되면 제가 막을 것입니다."

막달레나는 씁쓸하게 웃으면서 상냥한 눈으로 힐데브란트를 바라봤다. 자신을 지켜 주는 어머니의 눈빛을 느끼며, 힐데브란트는 작은 소리로 물었다.

"……저는 정말로, 아렌스바흐로 가야하는 건가요?"

마찬가지로 '그런 상황이 벌어지게 되면 제가 막을 것입니다'라는 대답을 기대했지만, 막달레나는 "왕명이니까요"라고 말하면서 살짝 미소를 지었다.

"장래에 디트린데가 제 친인척 된다고 생각하면 너무나 불안합니다. 그런 인물이 키운 공주와 제가 잘해 나갈 수 있을까요?"

지하 서고에서 아주 잠깐 들었던 목소리와 그 내용. 봉납식에 참가하지 않겠다는 소식을 전한 아렌스바흐에서 온 올도난츠를 들어 보면 차기 아우브 아렌스바흐가 될 디트린데가 어떤 인물인지는 금세 알 수 있었다.

왕명을 거부하는 태도를 보여선 안 된다. 힐데브란트가 다른 누구에게도 말할 수 없는 불안을 슬쩍 흘렸더니, 막달레나는 깜짝 놀랐다는 표정으로 자리에서 일어났다. 그리고는 앉아 있는 힐데브란트 옆으로 와서는 살며시 안아 줬다.

"괜찮아요, 힐데브란트. 당신이 결혼하기 전에 반드시 디트린데 님을 배제할 테니까. ……보통은 디트린데 님의 결혼 상태인 페르디난드 님이 그 사람을 잘 감시하고 불경한 짓을 하지 않도록 조심해야 하지만, 그분에게는 기대할 수 없을 것 같으니까요."

막달레나는 약간 강한 어조로 말했다.

"결혼해 버리면 연좌가 적용되는 것은 뻔히 알고 있을 테니 지금 제대로 가르쳐 두지 않으면 나중에 자신이 험한 일을 겪게 될 텐데, 시간이 반년이나 있었는데도 그 상태가 아닌가요."

막달레나가 디트린데의 불경한 태도를 예로 들면서, 그런 짓을 허용하고 있는 페르디난드를 깎아내렸다. 어머니의 말에 의하면 페르디난드는 여자 마음을 모르고, 누군가에게 애정을 쏟는 일도 전혀 없고, 여성은 물론이고 대부분의 인간과 마주하는 걸 처음부터 거부하고 있는 사람이라는 것 같다.

"페르디난드 님은 외모나 성적 등의 외면만은 좋고, 기사로서의 실력도 훌륭합니다. 멀리서 보기만 하면 완벽한 인물로 보이겠죠. 하지만 그분은 계획을 세울 때는 마왕처럼 징그럽고, 협상할 때면 으름장을 놓고, 파벌 조정은 잘하긴 하지만, 그게 전부입니다. 예전부터 감정적인 측면을 배제하고 사람들을 배치할 줄은 알더라도 개인과 개인이 마주해야만 하는 대인관계는 전혀 못 했으니까요."

너무나 심한 인물평에 힐데브란트는 눈이 휘둥그레졌다. 지금까지 다과회나 지하 서고의 점심 식사 때 로제마인에게서 들었던 페르디난드와 너무나 다른 것 같았다.

"저…… 어머님. 페르디난드가 로제마인 님의 스승인 그분이 맞나요? 다른 분 이야기인가요?"

"같은 사람입니다. 페르디난드 님만큼이나 누군가를 키운다는 단어
가 어울리지 않는 분도 없습니다. 틀림없이 측근이 로제마인 님을 돌
봤겠죠."

막달레나는 정말 이상하다는 얼굴로 "그분은 어린아이를 키울 수
있는 분이 아닙니다"라고 말했다. 너무 엄격해서 어린아이를 망칠 게
틀림없다는 모양이다.

"하지만, 로제마인이 왕의 양녀가 되는 조건에는 페르디난드의 구
제가 들어가 있었죠? 로제마인은 페르디난드를 잘 따르는 게 아닐
까요?"

어지간히 잘 따르지 않으면 그런 조건을 제시할 리가 없을 것이다.
힐데브란트의 말에, 막달레나는 여전히 수긍할 수 없다는 얼굴로 "믿
을 수 없는 일이지만, 그렇겠죠"라고 말하며 고개를 끄덕였다.

"솔직히 말해서, 아우브 에렌페스트 외에 페르디난드 님을 가족처
럼 좋아하는 사람이 있으리라고는 생각도 못 했으니까, 지기스발트 왕
자님에게서 그 조건을 들었을 때는 정말 놀랐습니다."

로제마인이 왕의 양녀가 되는 조건으로 페르디난드의 연좌 회피와
처우 개선을 바란다고 했다는 것은, 한마디로 아렌스바흐에서의 처우
가 왕족에게 직소해야만 할 정도로 나쁘다는 뜻이 아닐까.

"어머님…… 저도 첸트가 되고 싶습니다. 그렇게 되면 아렌스바흐
로 가지 않아도 되겠죠? 로제마인이 페르디난드의 처우 개선을 요구
할 정도로 아렌스바흐는 끔찍한 곳이겠죠?"

"당신이 아무런 걱정도 없이 지낼 수 있도록 아렌스바흐를 정리하
기 위해서라면, 이 어머니는 온 힘을 다하겠습니다. 하지만, 당신이 첸

트가 되는 것은 용납할 수 없습니다."

막달레나는 힐데브란트를 상냥하게 안은 채, 빙긋 웃는 얼굴로 딱 잘라서 각하했다.

"어째서인가요?"

"하나는 당신이 지금부터 도전한다고 해도 시간이 너무 오래 걸리기 때문입니다. 원래는 양자 결연을 맺기 위해서 일 년이나 기다릴 여유도 없다는 건 알고 있겠죠? 그런데 당신은 속성도 부족하고, 아직 귀족원에도 들어가지 않았습니다. 당신이 자격을 얻을 때까지 시간이 얼마나 걸릴 것 같나요?"

유르겐슈미트의 붕괴는 힐데브란트의 성장을 기다려 주지 않는다고 막달레나가 말했다.

"그리고, 또 하나. 이쪽은 더 중요합니다. 일 년 뒤에 로제마인 님을 양녀로 맞이하고 구르트리스하이트를 입수하는 것만 이루면, 그분이 첸트입니다."

막달레나는 첸트가 두 사람이 될 수는 없고, 트라오크발 왕의 피를 이어받은 힐데브란트가 로제마인보다 나중에 첸트가 될 자격을 가지게 되면 유르겐슈미트가 갈라지는 일이 벌어질 수 있다고 설명해 줬다.

"자신들이 애타게 원해서 약혼을 취소시키고 고향에서 끌어내면서까지 얻은 새로운 첸트의 치세를 지금의 왕족이 흔드는 짓은 첸트도 저도 절대로 인정하지 않습니다. 왕족인 힐데브란트가 해서는 안 되는 일입니다."

어머니의 엄한 말에 힐데브란트는 고개를 숙였다. 이해는 하지만 감정적으로는 받아들일 수가 없다.

"어머님, 로제마인 님은 몸이 약하십니다. 첸트 같은 격무는 버티지 못합니다. 지탱해 줄 누군가가 필요합니다. 저는 로제마인을 돕고 싶은 것뿐입니다."

집무 때문에 지쳐 있는 아버지의 모습을 생각해 보면, 첸트 업무가 로제마인이 처리할 수 있는 일이 아니라는 정도는 힐데브란트도 알 수 있다. 다과회에서 쓰러진 연약한 공주를 첸트로 삼아서는 안 된다. 여성 아우브를 도울 수 있도록 결혼 상대가 영주 일족이어야 한다고 정해진 것처럼, 여성 첸트를 돕기 위해서 결혼 상대에게도 첸트의 자격이 필요하지 않겠느냐고 힐데브란트는 호소했다.

"힐데브란트의 걱정은 당연합니다. 그렇기에 약혼자로서, 남편으로서 로제마인 님을 도와주는 것은 지기스발트 왕자님이 할 일이지 힐데브란트가 해야 할 일이 아닙니다."

"……지기스발트 형님은 로제마인 님을 괴롭히시지 않았습니까."

힐데브란트가 불만이 가득 담긴 목소리로 나라면 로제마인한테 더 상냥하게 대해 줄 수 있다고 말하며 입술을 삐쭉 내밀자, 막달레나는 붉은 눈동자에 엄격한 기색을 담고서 말했다.

"로제마인 님과 접촉한 시간이 긴 덕분에 당신이 로제마인 님을 흠모하게 됐다는 것은 알고 있었지만, 자신의 입장을 넘는 행동을 해서는 안 됩니다. 당신은 레티치아 님과 약혼했습니다. 감정을 잘 삭일 수 있어야만 합니다."

아무리 불만을 품어도 왕명은 어쩔 도리가 없다. 자신과 레티치아의 약혼도, 지기스발트와 로제마인의 약혼도 번복할 수 있는 사람은 첸트뿐이다.

……내가 첸트가 될 수만 있다면 몸이 약한 로제마인이 바라지 않

는 결혼을 강요당하면서 첸트가 되는 일도, 내가 아렌스바흐로 가는 일도 없을 텐데.

힐데브란트는 막달레나의 팔을 살며시 뿌리쳤다.

"급하다면 왕족 모두가 도전해 봐야 하지 않겠습니까?"

"봉납식에서 마력을 모으기는 했지만, 왕족의 일은 그것만이 아닙니다. 전원이 도전할 여유가 있을 리가 없겠죠. 그리고…… 아무리 도전하려고 해도 당신이 슈타프를 얻으려면 귀족원 3학년이 되어야 합니다."

"예?"

"귀족원의 강의 내용이 변경됐습니다. 사당에 들어가기 위해 필요한 슈타프를 힐데브란트가 얻을 수 있는 건 로제마인 님이 성인이 된 이후가 됩니다."

……그렇다면, 너무 늦지 않습니까. 아버님은 어째서 제가 도전하게 해 주시질 않는 겁니까?!

무슨 말을 해도 들어 주지 않으리라는 건 알고 있다. 힐데브란트는 차와 함께 여러 가지 불만을 꿀꺽 삼켜 버렸다. 뱃속에 불만이 쌓여 가는 것을 느끼며 어머니와의 식사를 마쳤다.

왕족에게, 그리고 힐데브란트에게도 격동의 영주 회의가 끝나고, 일상이 돌아왔다.

중앙 기사단 기사단장인 라오블루트와 함께하는 검술 훈련도 오랜만이다. 영주 회의 중에는 기사단이 호위 임무를 맡느라 바빠서 아침 식사를 마치고 지하 서고에 갈 때까지 짧은 시간 동안 자신의 호위 기사와 잠깐 연습하는 것이 고작이었다.

제대로 된 기초 훈련부터 시작해서 검을 맞댔다. 겨우 몇 번 칼을 부 딪쳤을 때, 라오블루트가 얼굴을 찌푸리면서 중단하라고 말했다.

"검이 많이 어지러우신데, 대체 무슨 일이 있으셨습니까?"

검술을 가르쳐 주는 라오블루트가 한심하다는 것처럼 "이래서는 훈 련을 할 수가 없습니다. 쉬도록 하죠"라고 말하고, 훈련장 안에 있는 휴식 장소로 걸어갔다. 무거운 검을 들고 힐데브란트도 뒤를 따라갔 다. 나름대로 속내를 숨긴다고 생각했는데, 상대에게 전해졌다는 것이 너무나 답답했다.

휴식 장소에서 대기하고 있던 수석 시종 아르투르가 갑작스런 휴식 때문에 살짝 놀란 표정을 지으면서 차를 내왔다. 차를 받으며 라오블 루트가 "그런 얼굴로 대체 무슨 고민을 하고 계십니까?"라는 말로 힐 데브란트에게 고민을 털어놓아 보라고 했다.

"……말할 수 없습니다."

결혼해서 아렌스바흐로 가는 게 너무 싫다는 말은 못 한다. 성인이 되면 디트린데가 자신의 친인척이 될 거라고 생각하니 너무나 우울해 져서 어떻게든 약혼을 취소할 방법이 없는지만 필사적으로 생각하고 있다는 말은 할 수가 없다. 왕명을 부정하는 것이 돼 버리니까.

로제마인이 차기 첸트에 가장 가깝다는 것도 말하면 안 된다. 왕족 이 측근까지 물리고서 결정한 일을 입에 담아서는 안 된다. 더 말하자 면 로제마인이 싫어하는 지기스발트가 아니라, 자신이 로제마인과 결 혼하는 것이 제일이라고 생각한다는 것도 말할 수가 없다.

원래는 조금이라도 일찍 마력 압축을 해서 힐데브란트 자신도 아버 지와 지기스발트처럼 사당 순례를 하고, 로제마인처럼 차기 첸트 자격 을 얻고 싶다고 생각하고 있다. 로제마인이 성인이 될 때까지 자격을 얻으면 결혼해서 아렌스바흐로 갈 필요도, 로제마인이 내키지 않는 결혼을 할 필요도 없을 텐데, 라고도 생각했다.

하지만 슈타프 취득이 귀족원 1학년에서 3학년 때로 변경됐다. 자신이 3학년이 되면 로제마인은 이미 성인이 되어 있다. 3학년 때 슈타프를 얻고 차기 첸트 자격을 얻기 위해 움직이면 그때는 너무 늦는다.

무엇 하나 말할 수 있는 것이 없다. 자신의 고민을 말하고 싶지 않은 힐데브란트는 약간 퉁명스러운 표정을 지으면서 화제를 바꾸려 했다. 건드리지 않았으면 싶은 것들만 물어보는 탓에 조금 화가 난 탓이기도 했고.

"슈라트라움 꽃이 대체 무슨 꽃인지 고민하고 있었습니다."

"예?"

갑자기 화제를 바꿔서 이해하지 못했는지, 라오블루트가 경악한 얼굴로 힐데브란트를 봤다. 라오블루트의 깜짝 놀란 얼굴을 보고 아주 조금 마음이 풀려서 힐데브란트는 살짝 웃었다.

"도서관 서고에서 오르텐시아가 디트린데에게 물었습니다. 라오블루트가 좋아하는 꽃이죠? 아렌스바흐에서만 구할 수 있다고 하던데, 어떤 꽃인가요?"

기사단장에 투박한 느낌인 라오블루트에게도 좋아하는 꽃이 있다는 점, 전혀 접점이 없을 것 같은 아렌스바흐에서만 피는 꽃을 좋아한다는 이야기를 듣고서 놀랐던 일을 떠올리면서 물었다.

"아…… 서고에서 그런 일이 있으셨습니까."

몇 초 동안 침묵한 뒤에 라오블루트가 가볍게 웃었다. 귀족들이 마음속 동요를 감추려고 할 때 자주 보이는 표정이다. 그 표정 그대로, 라오블루트는 천천히, 할 말을 찾고 있는 것처럼 시선을 이리저리 움직였다.

"슈라트라움 꽃은…… 달콤한 향기가 나는 하얀 꽃입니다. 제가 좋아하는 꽃이기는 합니다만, 쉽게 구할 수가 없습니다. 그래서 올해는 피었는지를 물었던 것입니다."

아름답게 피는 것 자체가 보기 드문 꽃일까. 힐데브란트는 신기하다고 생각하면서 고개를 갸웃거렸다.

"라오블루트는 기레센마이어 출신이 아니었나요? 어떻게 아렌스바흐에서만 피는 꽃을 알게 됐습니까?"

그 질문에 라오블루트는 먼 곳을 보는 듯한 표정을 짓고, 이미 많이 흐릿해진 볼의 상처를 손가락으로 천천히 쓰다듬었다. 힐데브란트는 그 상처와 관계가 있는 걸까, 라고 생각했다. 이미 잃어버린 뭔가를, 씁쓸한 표정과 함께 그리워하는 어른의 얼굴이다.

"뭔가 추억이 있습니까?"

"오래전…… 제가 갓 성인이 됐을 무렵에 배속됐던 별궁의 주인이 좋아하던 꽃이었습니다. 별궁 한쪽에 온실이 있고, 거기에 피어 있었죠. 언제 들어온 꽃인지는 주인도 모른다고 했습니다만, 여러 세대에 걸쳐서 소중히 키워 왔다고 들었습니다. ……그리고 5년도 지나지 않아서 제 배속이 변경되었습니다. 지금은 주인도 없고 폐쇄된 별궁의 이야기입니다."

힐데브란트는 그 이야기를 듣고서 아주 오래전에 왕족과 결혼한 아렌스바흐의 공주가 별궁으로 가져왔던 꽃이 아닐까 생각했다. 자신이 태어나기도 전에 있었던 정변 때문에 숙청당한 왕족이 많고, 폐쇄된 별궁도 잔뜩 있다고 들었다. 아마도 그중에 하나겠지.

"자, 제 추억에 관한 이야기도 했고, 왕자님의 고민도 들었습니다.

계속 그런 상태시면 검술 훈련은 물론이고 공부도 제대로 안 되시겠죠."

자신도 걱정한다고 말하면서 라오블루트가 아르투르 쪽을 봤다. 기껏 화제를 바꿨다고 생각했는데 원래 이야기로 돌아와 버렸다.

아르투르도 걱정된다는 얼굴로 보고 있고, 라오블루트는 "어라, 제게는 물으셨으면서 힐데브란트 왕자님은 대답해 주지 않으시는 것입니까"라고, 마치 보복하는 것처럼 대답을 재촉했다. 어린 시절부터 자신을 돌봐 주고 있는 두 사람에게는 뭔가 대답을 해야만 할 것 같다는 생각이 들었다.

결혼해서 아렌스바흐에 가는 것이 싫다는 말은 할 수 없다. 로제마인이 차기 첸트에 가장 가깝다는 것도, 왕의 양녀가 된다는 것도 말해서는 안 된다. 지기스발트가 아니라 자신이 로제마인과 결혼하는 것이 가장 좋다고 생각하고 있다는 사실도 입에 담아서는 안 된다.

힐데브란트가 말할 수 있는 것은 귀족원의 커리큘럼 변경에 관한 불만뿐이었다.

"……지금 당장 슈타프를 갖고 싶다는 생각을 하고 있었습니다. 그런데, 아버님이 귀족원의 강의 내용을 변경하셨습니다. 그것이 조금 슬프다고 생각하고 있었습니다."

"지금 당장, 말씀이십니까……."

눈이 휘둥그레진 뒤, 뭔가를 생각하는 것처럼 눈을 슬며시 감았던 라오블루트가 슬며시 웃었다.

"힐데브란트 왕자님은 왕족이 아니십니까. 문을 열 수 있으실 테니 가지려고 마음먹으시면 가지실 수도 있습니다."

"정말입니까?!"

기대를 담은 눈으로 라오블루트를 쳐다보는 힐데브란트의 목소리와 아르투르의 깜짝 놀란 목소리가 겹쳐졌다.

　"기사단장씩이나 되시는 분이 무슨 말씀이십니까?!"

　라오블루트가 손을 슬쩍 들어서 아르투르를 막았다.

　"하지만, 첸트는 힐데브란트 왕자님을 생각해서 강의 내용 변경을 강행하신 것입니다. 그런 부모의 마음을 이해해 주십시오."

　"예?"

　자신을 위해서, 라고 말해도 이해할 수가 없다. 힐데브란트는 로제마인이 성인이 되기 전에 첸트 후보가 돼서 자신의 약혼도 로제마인의 약혼도 취소해 버리고 싶은 심정이다. 그래서 지금 당장이라도 슈타프를 갖고 싶어 하는 것이다. 그런데 강의 내용이 변경되고 말았다. 자신을 방해했다는 생각이 들었다. 그런 힐데브란트에게 라오블루트는 느릿한 말투로 강의 내용이 변경된 이유를 말했다.

　"슈타프를 얻기 전에 가능한 마력 압축을 하고 기도를 바쳐서 신들의 가호를 받아 속성을 늘려 두는 쪽이 좋다는 것을 알게 됐습니다. 그래서 강의 내용을 변경한 것입니다. 첸트가 서둘러 강의 내용을 변경하신 것은 힐데브란트 왕자님이 조금이라도 좋은 슈타프를 얻으시기를 바라는 마음에 의한 것이 분명합니다."

　라오블루트의 설명에 아르투르가 안도한 표정으로 고개를 끄덕였다.

　"힐데브란트 왕자님, 기사단장의 말씀이 맞습니다. 트라오크발 왕의 마음을 헤아려 주십시오."

　가능한 좋은 품질의 슈타프를…… 이라는 말을 듣고, 힐데브란트는 잠깐 생각했다. 그러고 보니 왕족들끼리만 이야기하던 때에 '작은 사당을 돌면서 모든 권속의 가호를 받으면 대신의 가호도 받을 수 있다는 것 같습니다'라고 어머님이 보고했을 것이다. 글을 베껴 쓰는 것을 잘 못 하는 자신에게 주어진 문헌 중에는 지도도 있었다.

……작은 사당을 돌아서 속성을 늘리면……?

기도를 바쳐서 속성을 늘릴 수 있다면 왕족인 힐데브란트가 차기 첸트가 될 수 있을지도 모른다.

"……마력 압축을 하고 기도를 해서 모든 속성을 얻는다면, 아버님도 슈타프를 얻어도 된다고 하실까요?"

"힐데브란트 왕자님, 지금은 첸트와 함께 마력 압축과 속성 증가를 위해 노력해 주십시오. 적절한 때에 제가 말씀을 드리겠습니다."

자신이 노력해서 속성을 놀린다면 아버님께 같이 부탁해 주겠지. 힐데브란트는 지금까지의 경험을 통해서 그렇게 판단했고, 밝게 웃으면서 고개를 끄덕였다. 아르투르도 "잘 부탁드리겠습니다"라고 말하면서 온화한 미소를 지었다.

라오블루트는 살짝 웃으며 아르투르에게 "별것 아니지만"이라고 말하고는 기사를 향해 손을 흔들었다. 신호를 받은 기사 한 명이 나무 상자를 가지고 와서 아르투르에게 건넸다.

"이쪽은 에렌페스트에서 진상한 교육 완구라는 모양입니다. 신들의 이름을 기억하기 쉽도록 궁리해서 만든 책과 완구가 들어 있습니다. 그 영지의 성적이 급격하게 올라간 비밀 중 하나라는 것 같더군요."

이제부터 거래하고 있는 영지에도 판매하기 시작할 예정이라 왕족에게도 견본이 진상되었다. 이제부터 공부를 시작해야 할 힐데브란트에게 주라고 왕께서 명하셨다고 라오블루트가 말했다. 수상한 것이 들어 있지는 않은지, 위험한 것은 아닌지에 대한 조사가 끝났기 때문에 여기로 가져왔다는 모양이다.

"막달레나 님은 힐데브란트 왕자님이 귀족원에 들어가신 뒤에 드리는 것이 좋겠다고 말씀하셨습니다만, 미리 공부해서 나쁠 건 없습니다. 이것으로 잘 공부해 두십시오. 신들의 이름은 가호를 늘리기 위한 기도에 필수입니다."

아르투르가 건네준 것은 힐데브렌트에게는 익숙한 에렌페스트의 책이었다. 팔락팔락 넘겨 보니 미려한 그림과 알기 쉬운 설명이 보였다. 이것이 있으면 로제마인에게 조금 더 다가갈 수 있겠지.

……신들의 이름을 외우고, 기도를 바쳐서 속성을 늘리고, 아버님께 슈타프를 얻고 싶다고 부탁할 것입니다.

길을 잃고 헤매던 어둠 속에서 한 줄기 빛을 발견한 듯한 기분이 들었다. 자신이 가야 할 방향이 정해진 것이 너무나 기뻐서 힐데브란트는 고개를 들었다. 라오블루트가 씩 웃으면서 검을 손에 들고 자리에서 일어났다.

"자, 힐데브란트 왕자님. 망설임이 조금이나마 사라진 것 같으니 연습을 계속하도록 하시죠."

"예! 잘 부탁드리겠습니다."

아르투르에게 책을 돌려주고, 힐데브란트는 검을 집어 들고 라오블루트를 따라갔다.

바라지 않는 결혼

겨울 끝 무렵, 귀족원 졸업식을 마치고 며칠 뒤의 일입니다. 저는 드레반헬 기숙사의 제 방으로 저를 부르러 온 측근을, 믿을 수 없다는 심정으로 돌아봤습니다.

"아돌피네 님, 오르트빈 님이 하실 말씀이 있다고 부르십니다. 영주 부부도 동석하신다고 하셨습니다."

저는 영지 대항전과 졸업식에 지기스발트 왕자의 약혼자로서 출석했습니다. 디트린데 님의 봉납춤에서 무대 위에 잠깐 나타났던 마법진에 대해, 그리고 중앙 신전의 신전장이 '그분이야말로 차기 첸트 후보다'라고 말한 것에 대한 정보가 필요했기 때문입니다.

하지만, 정보를 가지고 있는 곳은 왕족, 중앙 신전, 그리고 에그란티느 님이 정보 수집을 위해 면회를 의뢰한 로제마인 님이 계신 에렌페스트 정도겠죠. 왕족이 제게는 보고도 하지 않을 정도로 중요한 일이니까 정보를 입수할 수 있으리라고는 생각하지도 않았습니다. 그래도, 일단 오르트빈에게 에렌페스트와 연락할 수는 없는지 부탁했었습니다.

"빌프리트 님으로부터 정보를 얻었다는 건가요?"

졸업식이 끝나고 귀족원에서 영지로 귀환할 준비를 하는 시기입니다. 설마 에렌페스트가 초대에 응하리라고는 생각도 못 했고, 정보를 흘려 줄 가능성도 전혀 없다고 생각했습니다.

만약 드레반헬이 그런 초대를 받았다면 틀림없이 거절했겠죠. 아무래도 오르트빈은 제가 생각했던 것보다 에렌페스트와 깊은 관계를 가지고 있는 것 같습니다.

"당장 지정된 회의실로 가겠습니다."

만약 중앙 신전의 신전장이 말한 대로 디트린데 님이 차기 첸트가 되면 지금의 왕족은 배제당하게 됩니다. 그렇게 되면 제 약혼에 있어 첸트와 드레반헬 사이에 맺은 계약의 전제 자체가 무너져 버리기 때문에, 약혼 취소가 가능해집니다.

어쩌면…… 제 희망이 이루어질 수도 있습니다!

저는 차기 아우브 드레반헬을 목표로 노력을 거듭해 왔습니다. 하지만 정변 이후에 첸트가 자신의 지지 세력을 강화하기 위해 왕자와 대영지 드레반헬과의 혼인을 원했고, 그러면서 제 꿈은 무너지고 말았습니다. 두 사람의 왕자 중 누군가와 결혼해야만 하도록 돼 버렸습니다.

……영주의 제1 부인에게서 난 딸이 아니었다면, 이라는 생각을 대체 몇 번이나 했을까요.

영주가 영지에 이익을 가져다주는 혼인이라고 판단해서 결정했으면, 저는 영주 일족으로서 따르는 수밖에 없습니다. 설령 그 상대가 차기 왕의 자리를 얻기 위해 에그란티느 님의 선택을 받으려고 필사적인 데다가, 또 한 사람의 약혼자 후보인 저는 전혀 배려하지도 않는 두 사람의 왕자라고 해도 제 약혼은 번복할 수 없습니다.

솔직히 말하자면, 약혼 취소를 위해서라면 그 디트린데 님이 차기 첸트가 되는 것을 응원해도 좋다고 생각할 만큼 저는 이 약혼이 너무나 싫습니다.

"오르트빈, 에렌페스트에서는 뭐라고 했죠?"

"누님, 이쪽으로."

회의실에는 부모님과 오르트빈이 있었습니다. 저는 오르트빈이 내민 도청 방지 마술구를 쥐었습니다. 제 인생이 크게 달라질지도 모릅니다. 기대를 품고 동생의 연갈색 눈동자를 바라봤습니다.

"역시 발설이 금지된 것 같습니다. 자세한 것은 가르쳐 주지 않더군요. 하지만, 그 마법진이 나타난 것만 가지고는 디트린데 님이 차기 첸트가 될 수 없다는 것 같습니다. 누님이 왕족과 결혼하는 데는 아무런 문제도 없다고…… 그렇게 생각합니다."

"그렇구나……. 잘 했다 오르트빈."

보고를 듣고 안도한 표정을 지은 부모님과 달리, 저는 크게 실망했습니다. 기대했던 만큼 더더욱 크게 낙담한 느낌입니다.

"아쉽군요. 디트린데 님이 차기 첸트가 된다면 약혼을 취소할 수 있는 절호의 기회가 됐을 텐데……."

"아돌피네, 너는 정식 약혼까지 했으면서 아직도 그런 말을 하는 것이냐?"

"어머나. 아버님이 말씀하시지 않으셨나요. 이 약혼은 첸트와 드레반헬의 계약이라고. 그렇다면, 첸트가 달라지면 계약의 전제가 달라지게 되니 당연히 계약의 재검토와 취소도 시야에 들어오게 되겠죠?"

드레반헬이 차기 첸트의 후원자가 되는 대신, 차기 첸트는 드레반헬에 편의를 봐준다는 완전한 정략결혼입니다. 그래서 지기스발트 왕자님이 차기 첸트가 되지 않는다면 이 결혼은 의미가 없어지게 됩니다. 새로운 첸트와의 관계를 어떻게 구축해 갈 것인지를 우선하게 될 테니까.

"상대는 왕족이고 차기 왕이다. 이보다 좋은 혼처가 어디 있겠느냐. 대체 뭐가 마음에 안 든다는 것이냐?"

"지기스발트 왕자님입니다. 더 정확히 말하자면, 타고난 입장 때문에 쌓아 온 오만한 성격과, 다른 사람을 멸시하고 있다는 사실을 알려고 하지도 않는 둔감함, 그것을 지적하면 불경이 될 수밖에 없는 입장이 마음에 안 듭니다."

"누님!"

"아돌피네, 너……."

저는 질문에 대답했을 뿐인데 아버님이 깜짝 놀라셨고, 어머님은 미간에 주름을 지으셨고, 오르트빈은 눈이 휘둥그레졌습니다.

"저는 지금까지 약혼자로서 제대로 된 취급을 받아 본 적이 없습니다. 결혼 이후의 생활도 똑같으리라고 상상할 수 있습니다. 이런 상황에서 어떻게 속 편하게 왕족과의 약혼이라고 기뻐할 수 있을까요? 누군가가 교대해 주신다면 진심으로 환영하겠습니다."

에그란티느 님이 상대를 선택할 때까지, 저는 약혼자 후보인데도 완전히 무시당했습니다. 정식으로 약혼이 성립한 뒤에도 저에 대한 취급은 크게 달라지지 않았습니다. 약혼자로서 최소한의 대접을 받았을 뿐입니다. 다른 영지의 영주 후보생과 약혼했더라면 훨씬 소중한 대우를 받았겠지요.

"하지만, 안심하세요. 저는 제 입장을 이해하고 있으니까 왕족과의 혼인에서 도망칠 생각이 없고, 영주 일족으로서 영지를 위해 희생할 각오도 되어 있습니다. 하지만, 그것과 개인적인 호불호는 별개라는 이야기입니다. 약혼의 전제가 달라진다면 온 힘을 다해서 뒤집을 생각이지만, 아니라면 체념할 뿐입니다."

저는 자리에서 일어나 먼저 회의실에서 나와 버렸습니다. 왕족에 대한 불경을 입에 담았다고 자각하고는 있지만, 불경에 관한 잔소리를 듣고 싶지는 않았습니다.

그리고 계절이 바뀌어, 영주 회의를 며칠 앞둔 봄의 끝 무렵이 됐습니다. 저는 짐을 지기스발트 왕자님의 별궁으로 옮기게 해서 결혼한 뒤에 사용할 제 방을 준비하는 중입니다. 정돈되어 가는 방을 보고 있어도, 결혼에 대해 두근거리는 마음은 전혀 싹트지 않았습니다.

"아돌피네 님, 따분해 보이는 표정이 되셨습니다."

"당신이 잘못 봤을 뿐입니다, 오델쿤스. 경비상의 문제 때문에 별궁에 출입할 수 있는 시간과 인원이 정해져 있죠? 결혼한 뒤에는 드레반헬 사람을 쓸 수도 없는데 성결식까지 시간 여유가 거의 없습니다. 예상대로 진행되고 있는지 긴장하고 있을 뿐입니다."

오델쿤스는 드레반헬 출신 중앙 문관이고, 성결식 이후에는 제 측근이 되기로 정해졌습니다. 그의 여동생 리즈벳이 제 시종이다 보니, 다른 중앙 귀족보다는 조금 편하게 느껴집니다.

"리즈벳으로부터 여러모로 투덜대는 말을 듣기는 했습니다만, 그렇게 생각하도록 하겠습니다."

중앙 귀족이 된 오델쿤스가 나를 놀리는 것처럼 눈썹을 살짝 들어 올렸습니다. 주인의 내부 사정을 다른 사람에게 말한 리즈벳에게는 주의를 줘야겠지만, 중앙에도 제 심정을 아는 측근이 있다고 생각하니 마음이 든든합니다.

"그보다, 오델쿤스는 어떤 용무로 여기에 있는 건가요? 중앙 귀족 측근은 의식이 끝난 뒤에 소개할 예정이라고 들었습니다. 당신은 아직 제 측근이 아니지 않습니까? 멋대로 입실해도 된다고 생각하시나요?"

"심부름입니다. 지기스발트 왕자님으로부터 응접실로 와 주셨으면 한다는 전언을 받아 왔습니다. 왕자님께서는 며칠 뒤에는 측근이 될 테니 괜찮지 않겠느냐고 말씀하셨습니다."

오델쿤스를 비롯한 이들은 성결식을 마친 뒤에 제 측근이 되기 때문에 영주 회의 준비는 물론이고 방을 이동하는 등의 일도 해야만 합니다. 결코 한가할 리가 없고, 원래는 정식으로 임명되지도 않은 이를 제 측근으로 취급하는 것은 절대로 있어서는 안 될 일입니다.

······마치 자신이 제일 바쁘다고 생각하는 부분도, '며칠 정도'라고 생각하는 거만한 부분도 정말 마음에 안 드는군요.

"성결식 식전의 바쁜 시기에 신부를 호출하다니, 대체 무슨 이야기려나요? ······성결식을 중지하거나 연기한다는, 그런 좋은 이야기라면 좋겠습니다만."

"아돌피네 님!"

입을 삐죽 내미는 리즈벳에게 저는 한숨을 쉬면서 살짝 손을 흔들었습니다.

"드레반헬 사람들 앞입니다. 의식이 끝날 때까지 짧은 동안, 사소한 불만 정도는 용납해 주세요."

저는 지기스발트 왕자님의 호출에 응하기 위해 방을 정리하고 있던 측근 중에서 몇 명을 동반할 인원으로 선택했습니다. 사람이 이만큼 빠지면 작업이 지체되겠죠. 사전에 아무런 연락도 없이 사람을 부르는 일에 아무런 의문도 갖지 않는 데다, 사과나 배려도 없는 점이 정말 왕자님답습니다.

······이렇게 불러서 전혀 중요하지도 않은 이야기라면 어떻게 해야 좋을까요?

그런 생각을 하면서 지기스발트 왕자님이 계신 응접실로 향했습니다만, 제 걱정은 기우였습니다. 상당히 중요한 이야기를 해 주셨습니다. 안 좋은 의미로.

"나엘라헤가 산후다 보니 제 마력이 변질되면 곤란합니다. 그래서 그대와의 부부 생활은 당분간 연기할 예정입니다."

지기스발트 왕자님은 진녹색 눈을 부드럽게 좁히고, 산뜻한 미소를 지으면서 충격적인 발언을 하셨습니다. 의미를 도저히 모르겠습니다. 너무나 놀라워서 머릿속이 새하얘졌습니다.

……무슨 말씀을 하시는 건가요, 이 왕자님은.

저보다 먼저 결혼한 나엘라헤 님이 출산한다는 자체는 전혀 이상할 것이 없습니다. 그분의 출산을 숨겼다는 것도, 기본적으로 세례식 때까지는 친족이 아닌 이에게 공공연하게 알리지 않는 것이기 때문에 이해합니다. 귀족원 졸업식에서 만났을 때는 배가 부풀지 않았으니까, 출산한 뒤로 계절이 하나 이상 지났겠죠. 지기스발트 왕자님은 '당분간'이라고 하셨습니다만, 이제 슬슬 영향이 없을 시기가 될지도 모릅니다.

하지만, 보통은 약혼한 뒤에 다른 아내를 임신하게 하지는 않고, 만약에 마력의 변질을 받아들이지 않는 상태라면 결혼 자체를 연기합니다. 성결식을 치를 의미가 없습니다.

……어쩌면 부부 생활이 아니라 결혼을 연기하겠다고 말하고 싶었던 걸까요? 아니, 제가 잘못 들었겠죠. 설마 왕족이 그런 비상식적인 말씀을 하실 리가 없습니다.

"정말 죄송합니다. 지기스발트 왕자님은 결혼 연기라는 의미로 말씀하셨을 텐데, 제가 조금 잘못 들었군요……. 안심하십시오. 드레반헬은 연기를 쾌히 받아들이겠습니다."

이쪽의 예정도 크게 변경되어야 하니까 직전이 아니라 나엘라헤 님의 임신이 확정됐을 때 상담해 주셨으면 싶었습니다. 사전에 연락만 주셨다면, 저는 전면적으로 환영했을 텐데.

"그렇게 중요한 이야기시라면, 당장이라도 아버님께 기별을 드려야……."

"아, 오해입니다 아돌피네. 사람 말은 잘 들어 주세요. 성결식은 예정대로 행합니다. 그대와의 부부 생활을 연기할 뿐입니다."

……잘못 들은 걸로 해 주기는 하셨는데……. 저는 정말로 이 분과 결혼해야 하는 걸까요?

이게 차기 왕인 제1 왕자가 아니라 제 동생 오르트빈이었다면 자기가 얼마나 말도 안 되는 헛소리를 했는지 골수까지 스밀 정도로 가르쳐 줬을 것입니다. 눈썹이 찌푸려지려고 하는 얼굴을 간신히 다잡고, 저는 빙그레 미소를 지었습니다.

"원래는 연기해야 할 성결식을 강행하는 이유를 가르쳐 주세요."

……아내로 대우할 생각도 없는 주제에 결혼하라고 하다니, 저를 정말 바보로 여기는 것 같은 명령인데, 그렇다면 그럴 만한 이유가 있으시겠죠.

지금까지 약혼자로서 최소한의 대우만 해 줬는데, 이번에는 성결식을 치른 뒤에도 부부로서 취급하지 않겠다는 말을 했습니다. 지금까지 이만큼 바보 같은 취급을 받아 본 적은 제 기억에 없습니다.

제 굴욕과 분노 따위는 전혀 통하지도 않았는지, 지기스발트 왕자님은 "아돌피네는 모르는군요"라고, 세상 물정 모르는 어린아이를 보는 것 같은 눈으로 저를 보면서, 어쩔 수 없다는 것처럼 미소를 지었습니다.

"정변 이후에 왕족에게는 마력이 부족해서 지금은 한 사람이라도 많은 왕족이 시급하게 필요한 상황입니다."

"어째서 그것이 귀족의 상식을 완전히 무시하면서까지 제가 결혼해야만 하는 이유가 되는지요? 혹시 지기스발트 왕자님은 마력 변질을 할 수 없는 기간에는 아내를 들여서는 안 된다는 것을 모르시는지요?"

내가 진심으로 너무나 비상식적인 일이라고 걱정했더니, 지기스발트 왕자님은 생각지도 못한 말을 들었다는 것처럼 난감하다는 얼굴로 저를 쳐다봤습니다.

"물론 알고 있습니다만, 그래도 협력해 주셨으면 싶어서 말씀드렸습니다."

……그런 것은 한마디도 안 해 주셨고, 아무리 생각해도 협력을 바라는 말투로는 들리지 않았습니다만?

자신이 결정된 사항으로써 말하면 주위에서 그렇게 행동하는 것이 당연하다 생각하고, 상대의 감정이나 의사에 대한 무시는 물론 반론이 있으리라고는 전혀 생각도 안 한다는 것이 잘 전해졌습니다. 타고난 입장에서 나오는 오만. 이 사람이 그것을 깨닫는 날은 오지 않겠죠.

"먼저, 앞으로 일 년을 기다리기 힘들 정도로 절박한 상황이라면, 그 근거를 말씀해 주시죠."

정변 이후로 계속 마력이 부족하다는 말을 들어 왔습니다. 하지만 나엘라헤 님과 에그란티느 님이 왕족으로 들어갔습니다. 설령 나엘라헤 님이 출산했다고 해도, 예전과 달리 다소나마 여유가 있겠죠. 제가 설명을 요구하자, 지기스발트 왕자님은 너무나 알기 쉽게 비장한 표정을 지었습니다.

"상당히 심각합니다. 정변 이후로 필요할 때 마력을 공급하면 된다는 생각에 공급을 멈춰 뒀던 옛 마술구가 붕괴했습니다."

"마술구가 붕괴했다고요……? 아무리 마력을 공급하지 않았다고 해도, 일단 제작한 마술구가 붕괴한다는 이야기는 들어 본 적이 없습니다. 그렇다면, 그것은 주추 마술에 가까운 것인가요……?"

저도 모르게 한 말에 등줄기가 얼어붙는 것 같은 공포를 맛봤습니다. 왕족이 지키는 마술구, 왕궁에 있는 옛 마술구라면 나라의 중추를 이루는 것이겠죠.

"그렇습니다. 지금까지 움직임이 멎어 있던 마술구를 전부 조사하고, 붕괴의 위험성이 있는 마술구에는 전부 마력을 주입해야만 하는 상태가 되었습니다. 그래서 한 사람이라도 많은 왕족이 시급히 필요하고, 나엘라헤가 빠진 자리를 메워야만 합니다."

……한마디로, 나엘라헤 님이 출산 때문에 왕족으로서 해야 할 일을 못 하게 됐으니까, 제가 대신하라는 말씀이신가요.

순식간에 마음이 식어 버렸습니다. 정략결혼 상대라고 해도 조금 더 다르게 표현할 수 있을 텐데. 그저 마력 요원에 불과하다는 말을 듣고도 비상식적인 결혼에 동의할 사람이 있을까요.

"그리고, 저희 성결식에서는 로제마인 님이 신전장을 맡아서 축복해 주시기로 했습니다. 그래서 지금까지 에렌페스트나 중앙 신전과 협의를 거듭하기도 했으니, 새삼스레 연기나 중지는 불가능합니다."

"로제마인 님이 신전장이라고요? 저는, 그런 말은 못 들었습니다만……."

의식의 신전장이 바뀐다는 것은 아주 중요한 일이 아니던가요. 어째서 드레반헬에는 한마디도 연락이 없었던 걸까요. 어떤 경위로 로제마인 님이 신전장을 맡게 되셨는지 설명을 요구했더니, 지기스발트 왕자님은 느긋한 말투로 이야기를 시작하셨습니다.

"아나스타지우스와 에그란티느의 졸업식에 축복이 쏟아졌던 일을 기억하십니까? 아무래도 그때 축복한 자가 로제마인이라는 것 같습니다."

그 축복 때문에 지기스발트 왕자보다 아나스타지우스 왕자 쪽이 차기 왕에 걸맞은 것이 아닌가, 라는 소문이 돌았습니다. 저도 그 자리에서 들었기에 알고 있습니다. 그 소문을 불식하기 위해 로제마인 님께 신전장을 부탁하고, 중앙 신전 신전장은 하지 못하는 진짜 축복을 하게 해서 지기스발트 왕자가 차기 왕에 걸맞은 사람이라는 것을 영주들에게 보여 주려는 것 같습니다.

……대체 무슨 바보 같은 생각인가요.

왕이 차기 왕을 지명한 이상, 귀족들이 떠드는 소리 따위는 신경 쓸 가치도 없습니다. 밖에서 뭐라고 하건 뒤집을 수 없는 일입니다. 귀족의 의향으로 번복하는 것이 가능하다면 제가 먼저 했을 테니까요.

"다른 영지의 미성년 영주 후보생을 영주 회의에 부르고, 성결식에서 신전장을 맡기다니…… 저는 반대합니다. 아무리 생각해도 로제마인 님 본인이 바라신 일이 아닐 거라 생각되고, 할 일을 빼앗긴 중앙 신전 신전장도 당연히 좋게 생각하지 않을 것입니다. 안 그래도 미묘한 중앙 신전과의 관계는 어떻게 하실 생각이십니까?"

"글쎄요? 계획한 사람도 책임을 지는 사람도 아나스타지우스니까, 저는 잘 모릅니다."

……무책임한 것도 정도가 있습니다. 그런 축복은 필요 없다고 동생을 나무라는 것이 형이 할 일이 아닌가요!

지기스발트 왕자님은 항상 어떻게든 동생을 끌어내리고 자신을 높이기 위해서 필사적이었습니다. 이번에도 아나스타지우스 왕자님이 말을 꺼내셨다고 했습니다만, 지기스발트 왕자님의 평소 태도가 은근한 협박이 됐을 가능성도 크겠죠.

"그렇게 됐으니, 성결식은 예정대로 결행하지만 부부 생활은 일 년 가량 연기하도록 하겠습니다."

수상한 미소와 함께 자기 하고 싶은 말만 다 털어놓고, 지기스발트 왕자는 자리에서 일어났습니다. 빨리 돌아가라는 의사 표시입니다.

……정말 오만하고 좋아할 수 없는 분입니다.

"지기스발트 왕자님이 저를 처로서 대할 생각도 없으면서 성결식을 강행하는 것은 도저히 승낙할 수 없습니다. 일 년가량 연기하시겠다면 내년에 해도 되겠죠. 아버님과 이야기를 나눈 뒤에 다시 대답을 드리도록 하겠습니다. 로제마인 님께도 성결식은 연기하겠다고 전해 주세요."

제가 '절대로 승낙하지 않겠다'라고 말한 순간, 지기스발트 왕자님은 부드러운 금발을 휘날리며 고개를 돌리더니, 깜짝 놀란 것처럼 진녹색 눈을 크게 떴습니다.

"아돌피네, 그대는 제 말을 듣기는 했습니까?"

자신의 의견이 통하지 않았다는 사실에 놀라서 다시 자리에 앉는 지기스발트 왕자님 앞에서, 저는 돌아가기 위해 조용히 자리에서 일어났습니다. 더는 이야기를 계속할 가치도 없습니다. 이후의 판단은 아우브인 아버지께 맡길 생각입니다. 결혼을 연기하건 속행하건, 어떻게든 영지에 이익을 가져오시겠죠.

"잘 들었습니다. 지기스발트 왕자님이 귀족으로서의 상식을 무시하고 자신의 편의만을 중시하시는 데다, 제 입장을 존중해 줄 생각이 없으시다는 생각이 아주 잘 전해져 왔습니다."

"그런 것은……. 그대를 아내로서 대하지 않겠다는 말은 하지 않았습니다. 그러니까, 당분간 잠자리를 연기할 뿐입니다. 당연한 일이지만, 제 제1 부인으로서 존중합니다."

왕족으로서 결정된 사항을 전하고, 제가 그것을 부정하지 않으면 당사자의 허가를 받았다고 주위 사람들을 밀어붙일 생각이었겠죠. 남편에게 순종한 아내가 되기 위해서 자라온 여성이라면 모를까, 저는 다른 영지의 영주와 맞서는 차기 영주를 목표로 삼아 왔습니다. 그러한 수법이 통하리라 생각하셨다면, 앞으로의 생활에서도 곤란해집니다.

"저는 부부 생활이 없는 신부로서 주위에서 업신여김받는 것을 간과할 수 없습니다. 최소한 부모님과 측근들에게는 지기스발트 왕자님의 입으로 직접 왕족 측의 사정을 설명해 주세요. 부부 생활 연기에 대해서도 제게 문제가 있는 것이 아니라 지기스발트 왕자님의 사정과 책임에 의한 것이라고 명언해 주시면, 협력해 드릴 수도 있습니다."

지기스발트 왕자는 더는 아무런 말도 못 하고, 눈이 살짝 휘둥그레져서 저를 응시하고 있습니다. 어쩌면 주위에 순종하는 사람들밖에 없을 수도 있는 그에게는 너무 강렬했는지도 모릅니다. 하지만, 저는 제 인생이 걸려 있습니다. 양보할 생각은 없습니다.

……뭐든지 처음이 중요한 법이니까요.

성결식 당일이 찾아왔습니다. 지기스발트 왕자님에게서 사정에 대한 설명을 들은 아버님은 너무 억지에 비상식적인 방식이라고 얼굴을 찌푸리셨습니다. 하지만, '지극히 비상식적인 일이지만 왕족의 사정을 존중하겠다'라고 판단하셨습니다. 그때 아버님은 제 인내심에 상당할 만큼의 대가를 확실하게 받아 내셨다고 들었습니다.

……역시 대단하십니다, 아버님. 정말 마음이 든든해요.

동시에, 제가 지기스발트 왕자님을 도저히 좋아할 수 없는 이유에 대해서도 공감하신 것 같습니다. 정략결혼이니까 받아들여야 한다는 태도는 그대로지만, 그래도 좋고 싫은 것은 어쩔 수 없다고 말씀하셨습니다.

"자, 다 됐습니다. 아아, 정말 아름다우십니다."

"아돌피네, 그렇게 복잡한 표정을 짓지 마세요. 속내를 들켜서는 안 됩니다. 주위에서 세상에 가장 행복한 신부라고 믿어 마지않을 정도의 미소를 지어야 합니다."

"예, 어머님."

준비를 도와주신 어머님과 시종들과 함께 저는 기숙사의 제 방을 나왔습니다, 현관홀에서 기다리고 계시던 아버님이 저를 보고는 숨을 한 번 크게 내쉬셨습니다.

"너는 머리가 좋은 데다 노력가다. 왕족이 되더라도 강하게 처신할 수 있겠지. 때로는 얌전히 따르는 척도 하면서 지기스발트 왕자에게서 드레반헬의 이익이 될 만한 것을 잘 끌어내도록 하거라."

"노력하겠습니다."

"자, 가자."

저는 영지의 귀족들로부터 격려와 축복을 받으며 드레반헬의 기숙사를 나왔습니다. 아버님의 에스코트를 받으면서 왕족 대기실로 향했습니다. 주위에는 측근이 있고, 그중 한 사람은 빈 나무 상자를 들고 있습니다.

"지기스발트 왕자님, 오래 기다리셨습니다."

왕족 대기실에는 지기스발트 왕자님과 측근들이 있습니다. 아마도 다른 왕족들은 다른 방에 있거나 이미 강당으로 가고 있겠죠.

"그럼, 망토를 교환하시죠."

먼저 제 시종이 드레반헬의 망토와 브로치를 벗겨서 지참해 온 상자 안에 넣습니다. 이것으로 저는 더 이상 드레반헬 기숙사를 자유롭게 드나들 수 없게 됐습니다.

다음으로 지기스발트 왕자의 시종이 내민 나무 상자에서 검은 망토를 꺼냈습니다. 왕족을 뜻하는, 양면이 검은색인 망토입니다. 왕족 이외의 중앙 귀족은 바깥이 검정, 안쪽은 출신 영지의 색이 들어간 망토를 사용합니다. 망토를 인증 브로치로 고정하자 익숙한 에메랄드그린이 왕족의 검은색이 되어 버렸습니다.

가슴을 차지하고 있는 것은 드레반헬을 떠난다는 섭섭함과 희망을 전혀 품을 수 없는 결혼에 대한 불안. 그것을 삼키고, 저는 왕족과 결혼하는 것을 자랑스럽게 여기는 대영지의 공주다운 미소를 지었습니다.

"그럼, 저희는 강당으로 가겠습니다."

아버님은 한 걸음 뒤로 물러나시더니, 제 앞에서 한쪽 무릎을 꿇으셨습니다. 목구멍까지 올라왔던 "왜 이러십니까?"라는 말을 필사적으로 삼켰습니다. 왕족의 상징인 망토를 걸친 저는 차기 왕의 제1 부인입니다. 아우브가 무릎을 꿇는 것은 당연한 일입니다. 하지만 아버님이 제 앞에서 무릎을 꿇는 모습을 보니 위화감만이 들었습니다.

"아돌피네 님, 당신의 행복을 기원합니다."

"감사합니다, 아우브 드레반헬."

아버님과 많은 측근과의 작별을 마치고, 로제마인 님의 신비로운 축복을 받으며 저는 성결식을 마쳤습니다. 지금까지 본 적이 없는 아름다운 축복을 받은 덕분에 저는 지금까지보다 긍정적인 생각으로 지기스발트 왕자님의 제1 부인으로서, 그리고 왕족으로서 유르겐슈미트를 지켜 나가겠다고 결의했습니다.

……결의는 했습니다만.

영주 회의 기간에 저는 상당히 애매한 입장에 놓였습니다. 결혼해서 왕족이 되기는 했지만, 지금까지 회의 같은 일에 참여해 본 일이 전혀 없었기 때문에, 왕족으로서의 사교는 거의 해낼 수가 없습니다. 이제는 드레반헬의 회의에 출석하는 것도 허용되지 않습니다.

원래는 익숙하지 않은 부부 생활에 지친 몸을 쉬게 하는 시간이지만, 저희는 부부 생활을 연기했기 때문에 딱히 그런 시간은 필요하지 않습니다. 하지만 대외적인 일을 볼 수는 없으니까 별궁 밖으로 나가지 말라고 하면서 감시까지 세워 뒀습니다.

"……체면을 차리기 위해 아주 필사적이군요."

"귀족으로서도 왕족으로서도 체면은 중요합니다. 오늘은 어떻게 보내실까요? 새색시시니까, 서방님을 위해 자수라도?"

시종 리즈벳이 아침 식사 그릇을 치우면서 오늘 예정을 물었습니다.

"그런 부부 같은 일은 진정한 의미로 아내가 된 뒤에 생각하겠습니다. 결혼한 이유가 마력 부족이니까 회복약 조합이라도 할까요. 여유가 있을 때 만들어 두는 쪽이 좋을 것 같으니까."

저는 측근이 된 문관 오델쿤스를 불러 달라고 해서 오늘은 조합을 하겠다는 뜻을 전했습니다.

"또 새색시답지 않은 일을……."

"남매가 똑같은 소리를 하는군요."

제 뒤에 있는 리즈벳과 정면에 있는 오델쿤스가 시선을 주고받더니 눈썹을 살짝 들어 올렸습니다. 두 사람의 질렸다는 얼굴을 보고, 저는 타협안을 내기로 했습니다.

"어쩔 수 없군요. 회복약 만들기도 하고, 새색시답게 남편을 위한 부적이라도 만들어 볼까요. 왕족은 가호 재취득이 가능하다고 들었습니다. 그렇다면 조금이라도 많은 신들께 기도를 바치는 쪽이 좋겠죠. 신의 기호가 들어간 부적을 만들면 조금이나마 도움이 되지 않을까요?"

"정말 좋은 생각입니다."

측근들도 찬성했으니 저는 조합복으로 갈아입었고, 문관들에게 소재와 레시피를 적은 자료 등을 들려서 별궁 안에 있는 조합실로 이동했습니다.

"이쪽 레시피는 귀족원에서 배우는 것이 아닌 것 같습니다만……."

"마력을 우선해서 회복하는 약입니다. 귀족원에서 로제마인 님이 봉납식을 하셨을 때, 저는 왕족의 약혼자 자격으로 참가가 허락됐습니다. 그때 받았던 회복약이 정말로 훌륭했었기에……. 조금이라도 비슷하게 만들고 싶어서 상당히 개량한 것입니다."

"이 레시피를 봐도 되겠습니까? 그러니까, 아돌피네 님께서 비밀로 삼으시는 레시피는 아니신지요?"

세상에는 널리 알리는 레시피와 개인적인 비밀로 삼는 레시피가 있습니다. 로제마인 님이 비밀로 삼으시는 것처럼, 저도 제 측근에게만 알려 주고서 숨기고 있습니다.

"함부로 발설해서는 안 됩니다. 하지만 여러분은 이대로 조합해 주시고, 이후에는 같이 개량해 나가고 싶습니다."

오델쿤스와 다른 문관들에게 레시피를 보여 주고 소재를 준비하게 하고 도구를 씻으라는 등의 지시를 내리면서 저는 조합 준비를 시작했습니다.

"아돌피네 님이 직접 조합하시겠다는 것입니까?!"

다른 영지 출신의 문관이 깜짝 놀라서 큰 소리를 내자, 드레반헬 출신 문관들이 바로 대답했습니다.

"그렇습니다. 연구가 활발한 드레반헬에서는 영주 일족이 조합하는 것도 흔한 일입니다."

"아돌피네 님은 자신도 연구를 진행하고 계십니다. 저희 문관은 일상에서 사용하는 회복약과 연구 밑준비 등을 합니다. 주인의 연구, 주인이 사용하는 소재와 레시피를 파악하는 것은 필수입니다."

그들의 대화를 듣고, 저는 다른 영지의 영주 일족들은 조합을 거의 안 한다는 사실이 생각났습니다.

……그렇군요. 중앙의 일에 익숙해진 동향 출신 측근이 필요하겠군요.

드레반헬과 중앙의 방식을 다 익힌 측근의 조력이 없으면 다른 영지 출신 측근들과 서로 이해하는 데까지 시간이 너무 오래 걸리겠죠.

"이번에는 여러분이 처음 만드는 회복약이니까, 시범을 보여 드리겠습니다. 앞으로 마력 회복약 제작은 이 레시피대로 부탁드리겠습니다."

"시범까지 보여주시는 이상, 앞으로 실패는 용납되지 않습니다."

"오델쿤스, 저는 아버님처럼 그렇게까지는 엄하지 않습니다. 세 번까지는 용서합니다."

그렇게 말한 순간, 모든 문관의 얼굴이 진지해져서 제 손과 레시피만 쳐다보기 시작했습니다. 완성된 마력 회복약을 마신 문관 한 사람이 신기하다는 것처럼 고개를 갸웃거렸습니다.

"놀라울 정도로 마력이 회복되고 있습니다만, 아돌피네 님은 이 레시피의 어디가 불만이십니까?"

"아직 로제마인 님이 나눠 주셨던 회복약에는 당해 내지 못합니다. 특히 회복 속도에서 큰 차이가 나고……. 대체 뭘 사용한 걸까요?"

제가 개량에 대한 의견을 구했더니, 오델쿤스가 잠깐 생각에 잠겼습니다.

"개량할 수 있다면 그것이 제일이겠지만, 회복 속도는 그다지 중요하지 않습니다. 자기 전에 마시면 다음 날에 확실하게 회복되어 있을 테니까, 일상에서는 딱히 곤란하지 않겠죠."

그렇게 생각하고 넘어가자는 느낌을 받고, 저는 "그것도 그렇군요"라고 말하며 고개를 끄덕였습니다.

"여러분은 이 레시피를 기억할 때까지 조합해 주세요. 저는 지기스발트 왕자님께 선물할 부적을 만들겠습니다. 오델쿤스, 도와주세요."

문관들에게 지시를 내리고, 저는 부적 제작을 시작했습니다. 마법진을 그리면서 주위 상황을 살핀 뒤, 오델쿤스에게 도청 방지 마술구를 건넸습니다.

"왕족의 마력 부족이 심각하다고 들었습니다. 개량을 꺼리는 이유가 뭔가요?"

"……회복이 빨라지면 그만큼 혹사당하게 됩니다. 당분간은 보통 회복약을 사용해서 어느 정도 휴식 시간을 확보해 주십시오."

부부 생활이 연기된 지금, 지기스발트 왕자가 제게 기대하는 역할은 왕족에게 마력을 바치는 것과 나엘라헤 님이 하시던 일의 빈자리를 메우는 것뿐입니다. 오델쿤스는 저를 걱정해 주는 것이겠죠. 충고는 솔직하게 받아들이고 싶습니다.

"상상했던 이상으로 힘든가 보군요. 회복약 개량은 비밀리에 진행하도록 하죠. 그건 그렇고, 오델쿤스 당신은 영주 회의의 상황을 알고 있나요?"

"아돌피네 님의 측근은 전원이 별궁에 갇혀 있다 보니 알 도리가 없습니다. 그렇게까지 해서라도 알리고 싶지 않은 일이 벌어지고 있는 것은 아닐까요?"

"아버님께 연락을 드리려고 해도 반드시 누군가가 방해를 합니다. 이렇게까지 감시당할 줄은 몰랐습니다."

저는 한숨을 한 번 쉬고 마법진을 그리기 시작했습니다.

"그나저나 저는, 어째서 오르트빈이 아닌 걸까요?"

"갑자기 무슨 말씀이십니까?"

내 손이 그리는 마법진을 보고 바람 속성치가 높은 소재를 준비하던 오델쿤스가 눈썹을 살짝 들어 올렸다.

"로제마인 님과 같은 학년이라면 귀족원에 흥미로운 일들이 잔뜩 있어서 정말 즐거울 것 같다는 생각을 합니다. 그리고, 남성이라면 최소한 자신의 꿈을 위해 노력하는 정도는 허락되겠죠?"

남성이라도 데릴사위로 들어가는 것이 결정되는 일이 있기는 하지만, 여성에 비하면 갑자기 결혼이 정해져서 다른 영지로 보내지는 경우가 적습니다. 차기 영주가 되기 위해 노력하고 우수한 성적을 거둔다면, 드레반헬에서는 다른 영지로 보내지게 될 확률이 지극히 낮아집니다.

"그래서, 무슨 부적을 만들 생각이십니까?"

"이걸 보면 아시겠죠?"

저는 꼼꼼하게 신의 기호를 적었습니다.

"아돌피네 님, 이별의 여신 유게라이제의 부적을 남편에게 선물하지 말아 주십시오."

"이건 제 것입니다. 아무리 그래도 알아서 트집 잡힐 일을 만들지는 않습니다."

지기스발트 왕자에게 바치는 것은 다른 부적입니다. 자기 편의를 우선하느라 정해진 일을 멋대로 처리하는 구석이 고쳐질 수 있도록 질서의 여신 게보르트눈으로 할지, 차기 왕에 걸맞은 인격이 되도록 바라면서 인도의 신 에아바클레렌으로 할지 고민됩니다.

"본인 것으로 삼는 것도 자제해 주시면 감사하겠습니다만……."

오델쿤스의 목소리는 못 들은 것으로 했습니다.

저는 완전히 격리된 상태인 채로, 영주 회의 기간이 지나갔습니다. 마지막 날에는 인사와 봉납식 견학에 참가하기 위해 별궁에서 내보내 줬습니다. 하지만 어째서 영주 회의 마지막 날에 봉납식을 하게 됐는지에 대해서는 웃는 얼굴로 "나중에 설명하겠습니다"라고만 말할 뿐이고, 제대로 대답해 주지 않았습니다.

"지기스발트 왕자님, 설명을 부탁드리겠습니다."

같이 별궁에 갇혀 있던 문관들은 저와 마찬가지로 눈을 희번덕거리면서 정보를 수집하기 위해 열심히 뛰어다니고 있습니다. 그리고 저는 원흉에게 설명을 요구했습니다.

"아, 마침 잘 됐군요. 영주 회의의 결정을 전할 예정이었습니다."

그렇게 해서 불려간 곳에는 지기스발트 왕자님의 제2 부인인 나엘라헤 님도 계셨습니다. 푸근한 미소를 짓고 있는 이 사람이 저는 너무나 거북합니다. 인생관이라고 할까, 삶의 방식이라고 할까, 노력하는 방향성이 너무나 달라서 서로 어우러질 수가 없습니다.

"구르트리스하이트를 손에 넣기 위해 로제마인을 왕의 양녀로 삼게 됐습니다. 로제마인이 성인이 된 이후에 제 제3 부인으로 맞이할 것입니다."

……이번엔 또 무슨 소리를 하는 거죠?

"죄송합니다만 좀 더 자세히 설명해 주시겠습니까? 어째서 그런 일이 벌어진 것이죠?"

"그대가 별궁에서 편히 쉬고 있는 동안, 영주 회의는 정말 힘들었습니다."

제가 별궁에서 나오지 못하도록 감시까지 세워 놓은 분이 하실 말씀인가요. 딱히 쉴 필요도 없었고, 이런 바보 같은 제안을 뒤늦게 들을 바에는 자력으로 정보를 수집하고 싶었습니다.

……손이 압도적으로 부족해요.

"지기스발트 왕자님께 한 가지 확인하고 싶습니다만, 이런 제안을 하고서 제게 아내로서 존중받는다고 생각하라는 것입니까?"

"이런, 내가 차기 왕인 이상, 구르트리스하이트를 가져오는 자를 받아들이는 것은 중요한 일이 아니겠습니까. 드레반헬과의 계약에 대한 전제입니다. 물론 제1 부인인 당신이 구르트리스하이트를 가져와 준다면 그보다 좋은 일은 없습니다."

……하지도 못하는 주제에 투덜대지 말라는 말인가요. 차기 왕이라면 당신이야말로 자신의 힘으로 구르트리스하이트를 손에 넣으면 되지 않겠나요.

로제마인 님이 왕의 증거인 구르트리스하이트를 차지하면 그분이 차기 왕이 되지 않겠습니까. 그런 분을 제3 부인으로 삼고 자신이 차기 왕이 되겠다니, 뻔뻔하다고 생각하시지는 않는지요.

"아무튼 이것은 이미 결정된 일입니다."

"지기스발트 왕자님이 차기 첸트가 되는 것이 무엇보다 중요하니까요. 저는 최대한 협력하겠습니다."

나엘라헤 님은 웃는 얼굴로 환영하고 있습니다. 저분도 자신의 생활만 지킬 수 있다면 다른 일은 어떻게 되건 상관없는 분이시겠죠.

"로제마인 님과 에렌페스트는 받아들였습니까?"

"이런저런 조건을 제시하기는 했지만, 최종적으로는 흔쾌히 받아들였습니다. 이번 일을 통해서 잘 알게 됐습니다만, 아나스타지우스의 말이 맞았습니다. 로제마인은 하위 영지의 신전에서 자란 탓에 귀족의 상식이 전혀 통하지 않습니다. 정말 곤란하더군요."

....당신보다는 훨씬 말이 잘 통할 것 같습니다만.

부드러운 금발을 좌우로 흔들고 동의를 구하며 어깨를 으쓱이는 모습을 보고, 저는 오히려 화가 나서 차가운 눈빛으로 쳐다봤습니다. 그런 저와 달리, 로제마인 님과 직접 면식이 없는 나엘라헤 님은 "그렇게 이상한 아이를 상대하느라 힘드셨겠습니다"라고 위로해 주고 있습니다. 아무리 생각해 봐도 왕족의 압력을 받은 로제마인 님이 더 힘들었을 것 같습니다만.

"앞으로 일 년 동안은 로제마인을 왕의 양녀로 맞이하기 위한 준비를 진행해야 합니다. 아돌피네도 도와주셨으면 합니다만, 아직 왕족에 적응하지 못한 그대에게는 힘든 일일까요?"

……대체 어디까지 비상식적인지요? 어렵고 어렵지 않고 이전에, 제게 맡긴다는 자체가 잘못이라는 생각 자체를 못 하는 건가요.

지기스발트 왕자님의 교육 담당에게 따져대고 싶은 충동에 사로잡히면서 저는 입을 열었습니다.

　"로제마인 님이 첸트의 양녀가 되신다고 하셨죠? 왕족으로 맞이할 준비는 첸트의 제1 부인이 하는 일입니다. 아내로서 맞이하는 것도 아닌데, 지기스발트 왕자님이 준비하는 것은 도리에 어긋나는 일이 아닌지요?"

　"왕족의 양녀입니다만, 주위에서는 저의 제3 부인으로 맞이하는 것처럼 보여야 한다는 점이 중요합니다. 아나스타지우스 쪽이 로제마인과 사이가 좋으니까 성인이 된 뒤에 그 녀석과 결혼하게 될 것처럼 보이면 곤란합니다."

　에그란티느 님 때처럼 아나스타지우스 왕자님께 빼앗길 수는 없다고 생각하는 것 같습니다. 구르트리스하이트를 가져오는 자를 반드시 자기 수중에 넣어 둬야 한다고 생각하는 걸까요.

　……이 말을 들어 보면 고작해야 구두 약속 정도일 뿐이고, 로제마인 님이 제3 부인이 된다고 확정된 것은 아니라고 봐야 할까요?

　첸트의 결정이라면 아나스타지우스 왕자님도 적대시하지는 않겠죠. 저와 마찬가지로 지기스발트 왕자님의 편의대로 휘둘리게 될 로제마인 님이 불쌍해서 동료 의식이 느껴집니다.

　……하지만, 로제마인 님이 왕족이 되면 같이 연구할 수 있을지도 모릅니다.

　그렇게 생각하니 아주 조금 기분이 좋아졌습니다. 하다못해, 성인이 되고 제3 부인으로서 지기스발트 왕자님의 별궁으로 옮길 때까지는 로제마인 님이 자유롭게 지내실 수 있도록 돕고 싶습니다.

　"돕는 것은 좋습니다만, 양녀라면 별궁을 준비해야겠군요? 어느 별궁인지요? 중앙의 별궁은 전부 사용하고 있지 않던가요?"

"귀족원에 있는 별궁이 될 예정입니다. 조사를 위해 라오블루트에게 열쇠를 맡겼습니다. 조사 과정에서 몇 가지 가구를 밖으로 꺼내기도 했고, 여기저기 청소도 했습니다. 다른 별궁보다는 준비하기가 다소나마 편하겠죠. 그리고 귀족원에 있는 별궁이라면 그분이 좋아하는 귀족원 도서관과도 가깝습니다."

⋯⋯귀족원 도서관은 영주 회의가 끝나면 닫히는 게 아니던가요? 아니면, 로제마인 님을 위해서 일 년 내내 열어 두겠다는 건가요?

어쨌거나 구르트리스하이트를 가져올지도 모르는 로제마인 님에게는 지기스발트 왕자님도 상당히 배려하고 있는 것 같습니다. 저를 대하는 태도와 너무나 다르다는 생각에 한숨이 나오려고 했지만 간신히 삼켰습니다.

"여러모로 준비할 것이 있으니, 앞으로 일 년 동안은 많이 힘들어질 것으로 보입니다. 하지만 로제마인이 양녀가 되면 모두가 편해지겠죠. 최소한 마력 면에서는 상당한 도움이 될 것입니다."

자신의 사정만 말하는 지기스발트 왕자 때문에 골치가 아파서 저도 모르게 지금 막 만든 부적에 마력을 담으면서 기도했습니다.

⋯⋯이별의 여신 유게라이제시여, 부디 이 악연을 끊어 버리는 신구를 휘둘러 주시옵소서!

슈라트라움의 꽃

"그럼 솔랑쥬. 오늘은 이만 실례하겠습니다. 내일 다시, 빛의 여신의 내방과 함께."

"예, 오르텐시아. 조심해서 가세요. 내일 다시, 빛의 여신의 내방과 함께."

솔랑쥬와 인사를 나누고 저는 중앙동을 향해 걸어가기 시작했습니다. 학생들이 영지로 돌아간 뒤 저는 사서 기숙사에서 지내는 것이 아니라 자택과 귀족원 도서관을 왕복하고 있습니다. 지금은 학생들이 있을 때에는 하지 못했던 보관 서고 정리와 손상된 책을 수복하는 일을 하고 있습니다. 슈바르츠와 바이스가 움직이지 않는 기간이 길었던 탓에 방치된 곳이 잔뜩 있습니다.

그리고 봄 끝 무렵에 있는 영주 회의에서는 왕족과 도서 위원이 지하 서고에서 자료를 확인할 예정입니다. 그것을 위한 준비도 슬슬 시작해야 합니다. 남편이 부탁해서 귀족원 도서관의 사서로 취임했습니다만, 저는 지금 하는 일에 상당히 보람을 느끼고 있습니다.

"다녀왔습니다."

평소처럼 수석 시종에게 인사하는데 안쪽에서 라오블루트 님이 나왔습니다. 중앙의 기사단장인 남편은 집에 있는 때보다 일터에 있는 쪽이 많고, 제가 귀가했을 때 맞이해 준 적은 한 번도 없습니다.

"어머나, 라오블루트 님. 어쩐 일이시죠?"

"긴히 할 말이 있다. 저녁 식사 전에 방으로 와 주게."

집에 오자마자 남편이 보자고 하는 일은 거의 없습니다. 대체 무슨 일이 일어난 걸까요. 저는 제 방에서 옷을 갈아입고 바로 남편의 방으로 갔습니다.

"시종들은 물러가도록. 그리고, 이것을."

잡안인데도 시종들을 물리고 도청 방지 마술구까지 사용하는 것을 보자 저는 침을 꿀꺽 삼켰습니다. 뭔가 엄청난 일이 일어난 것 같습니다.

"왕궁에 있는 옛 마술구…… 정변 이후에 사용하지 않는다는 이유로 마력 공급을 멈춰 두고 있었던 마술구가 붕괴했다."

"아무리 마력이 없어졌다고 해도, 마술구가 붕괴하다니……."

예를 들자면 조명 마술구는 마력 공급이 없어지면 불빛이 꺼집니다. 하지만, 그게 전부입니다. 마력 공급을 하지 않아도 마술구 자체가 붕괴하는 일은 없습니다.

"마술로 만든 건물의 주추처럼, 건물을 지키기 위한 마술구는 아무래도 마력을 공급하지 않으면 붕괴하는 것 같다."

"큰일이 아닌가요! 그럼 뭔가 건물이라도 무너졌나요?"

"창고로 사용하던 작은 탑이 무너져서 하얀 모래처럼 돼 버렸다. 왕궁은 아주 난리가 났지. 같은 위험이 없는지 문관이 건물이라는 건물을 전부 조사하고, 왕족이 마력을 공급하러 돌아다니고 있다."

남편이 너무나 담담하게 말하는 탓에 소동이 일어났다는 느낌은 잘 전해지지 않았지만, 왕궁의 탑 하나가 소실됐다니, 정말 엄청난 사태입니다.

"그래서, 귀족원 도서관에도 같은 마술구는 없는지 마술구를 전부 조사해 줬으면 싶다는 첸트의 말씀이 있었다. 지하 서고에 중요한 정보가 있다는 사실을 알게 됐으니, 그곳이 무너지면 큰일이 난다. 사서 기숙사에서 묵어도 되니까 영주 회의 전까지 조사를 마칠 수 있겠나? 필요한 마술구에는 영주 회의 때에 왕족이 마력을 주입해 준다고 하더군."

"기숙사에서 묵을 필요는 없습니다. 귀족원 도서관은 괜찮습니다. 로제마인 님의 부탁을 받은 라이문트와 함께 대부분의 마술구를 조사했으니까요. 그리고 마력이 없어서 위험했던 도서관의 주추라고 할 수 있는 마술구에는 로제마인 님이 봉납식에서 모았던 마력의 잔여분을 듬뿍 주입해 주셨습니다. 첸트께 그렇게 전해 주세요."

도서관의 위험은 해결됐으니 안심하라는 뜻으로 말했지만, 라오블루트는 미간에 깊은 주름을 지었다.

"주추와 비슷한 용도의 마술구에는 왕족의 마력이 필요할 텐데? 아, 그리고 보니 귀족원 봉납식에는 왕족이 참가했었지. 주입한 마력의 일부가 왕족의 마력이었다는 뜻인가……."

귀족원 도서관을 지키는 마술구에는 저도 필사적으로 마력을 주입했었지만, 색이 변하지 않아서 초조해했었습니다. 어쩌면 마력량이 아니라 왕족의 마력이 아니라는 점이 문제였던 것인지도 모릅니다.

제가 도서관에 있는 마술구에 대해 생각하고 있는데, 라오블루트 님이 뭔가가 생각났다는 것처럼 눈썹을 살짝 움직이고는 저를 봤습니다.

"……오르텐시아. 사서도 문관이지? 그렇다면, 당신이 문관동에 드나들어도 문제는 없나?"

"예? 예, 그렇겠죠. 특별히 문제시하는 분은 없을 겁니다."

정확히 말하자면 학생들이 떠난 뒤에도 중앙으로 이동하지 않고 귀족원에 남아 있는 문관 코스 선생님들은 자기 연구만 생각하는 분들입니다. 제가 아니라 다른 누가 드나들어도 신경 쓰지 않을 겁니다.

"미안하지만, 당신이 도서관과 사서 기숙사는 물론이고, 문관동에도 같은 마술구가 있는지 조사해 줬으면 싶다. 기사나 시종 코스 교사들은 명령하면 바로 움직이지만, 지금 시기에 귀족원 연구실에 틀어박힌 문관 코스 교사들은 아무리 명령해도 자기 연구만 하려고 드니까."

그 걱정에는 저도 동의할 수밖에 없습니다. '왕족이 방문할 테니 영주 회의 때까지 확인하라'라고 말하면, 그 사람들은 '영주 회의 중에 왕족이 방문할 때까지'라고 멋대로 해석하고, 뒤로 미룰 것입니다. 저는 쓸쓸하게 웃으면서 고개를 끄덕였습니다.

"영주 회의에서는 왕족이 지하 서고를 방문할 것이다. 여러모로 준비가 필요하겠지. 당신은 영주 회의 때까지 사서 기숙사에서 지내도록 하게."

"알겠습니다. 첸트의 명령, 확실히 받들겠다고 전해 주세요."

대화 결과, 내일부터 영주 회의 때까지 저는 사서 기숙사에서 지내게 됐습니다. 하지만 라이문트가 협력해 준 덕분에 겨울 동안 도서관에 있는 마술구의 용도와 마력량 등의 확인은 거의 끝났습니다. 사실 주추와 같은 용도의 마술구는 건물 하나에 하나만 있습니다.

그리고 영주 회의를 위해 준비할 것도 그렇게 많지 않습니다. 지하 서고 앞에 있는 휴식 장소를 깨끗이 치우고, 점심 식사나 휴식할 때 시종이 차를 준비할 수 있도록 사서 기숙사로 유도하는 방법, 어디까지 출입을 허가해도 되는지 솔랑쥬와 의논하고, 동행하는 측근들의 대기 장소를 어디로 정할지 등을 생각하는 정도입니다. 저희 사서들은 지하 서고 안에 들어갈 수 없기 때문에, 슈바르츠와 바이스에게 맡기는 수밖에 없습니다.

"수복 작업은 진행 중이고, 집과 일터까지 왕복을 생각하면 많이 편해져서 고맙기는 하지만……. 솔직히 말해서 사서 기숙사에 묵을 정도로 일이 많지는 않은 것 같군요."

사서 기숙사에서 묵으려면 시종을 한 사람 데려가야 합니다. 교사라고 해도 동행할 수 있는 시종은 한 사람입니다. 저는 시종 딜미라를 데리고 귀족원으로 향했습니다. 두 사람이 묵을 준비를 해야 하다 보니 짐이 많아졌습니다.

"혹시 라오블루트 님은 오르텐시아 님이 안 계신 동안에 여성을 데려오려는 것이 아닐까요?"

"당신은 또 그런 소리를……. 결혼한 지 대체 몇 년이나 지났는지는 아시나요?"

딜미라는 제가 라오블루트 님과 결혼하기 전부터 저를 섬겨 온 사람입니다. 같은 또래다 보니 편하게 대하는 사이입니다. 딜미라의 가장 큰 특징은 라오블루트 님이나 수석 시종을 엄청나게 싫어한다는 점일까요. 이것만은 나이를 아무리 먹어도 달라지지 않습니다.

저는 결혼 직후에 라오블루트 님의 수석 시종으로부터 대놓고 '나리께는 잊지 못하는 분이 계십니다. 그 점을 명심해 주십시오'라는 말을 들었습니다. 원래 알고 있던 일이고, 저는 연정 때문에 결혼한 것이 아니었기에 딱히 신경 쓰지 않았습니다. 하지만, 제 시종으로서 동행한 딜미라는 아직도 화를 내고 있습니다.

"신혼집에 막 도착한 신부에게 할 말인가요! 저는, 저 높은 곳으로 이어지는 계단을 올라가면 신들께 그 죄를 호소할 생각입니다."

"그런 걸 호소하면 신들도 곤란할 텐데요."

왕궁의 전이진을 사용해서 이동하고, 중앙동에서 사서 기숙사로 향하는 중에 중앙 기사단 사람들이 보였습니다. 선두에 있는 사람은 부단장 로얄리테트 님이고, 그 뒤를 따라 기사 몇 명이 같이 걷고 있습니다.

"어머나, 로얄리테트 님."

"오르텐시아 님, 오랜만에 뵙습니다. ……귀족원 도서관 사서로 취임하셨다고 들었습니다만, 그 짐과 시종은 어쩐 일이십니까?"

"왕명으로 영주 회의 때까지 사서 기숙사에서 지내게 됐습니다. 마술구를 조사해야 하거든요."

그 말을 듣고 어느 정도 사정을 이해했던 모양입니다. 로얄리테트 님은 "아, 기사단장님은 그 말씀을 전하려고 귀가하셨군요"라고, 납득했다는 목소리로 말했습니다.

"최근 들어 여기저기서 큰일이 일어나는 데다, 예년과 달리 오르텐시아 님께 기사단장님의 사무 일을 도와 달라는 부탁을 드릴 수도 없다 보니, 저희도 참 큰일입니다. 그분은 자꾸만 서류 업무를 뒤로 미루시니까……."

어깨를 으쓱거리는 로얄리테트 님께 "힘내세요"라고 말하면서 저도 모르게 쓸쓸한 미소를 지었습니다. 저는 섬기던 주인을 잃으면서 측근 자리를 잃었고, 결혼해서 가정에 들어왔습니다. 하지만 아이가 생기지 않았기 때문에 너무나 한가했고, 그래서 남편을 통해 기사단 사무 업무를 돕기도 하고, 부탁받은 마술구를 만들거나 회복약을 조합하기도 했습니다.

"여러분은 어쩐 일이신가요? 귀족원에 계시다니, 별일이군요."

"영주 회의의 경비 체제를 다시 검토하고 있습니다. 구 베르케슈토크 기숙사까지 경비하던 작년과 비교하면 할 일은 적지만, 올해 영주 회의에서는 에렌페스트의 로제마인 님이 성결식 때 신전장을 하신다지 않습니까? 그래서 경비의 재검토나 중앙 신전과 교섭할 일이 많아졌습니다."

중앙 신전 신전장은 자신이 해야 하는 의식을 빼앗겼다고 화를 냈고, 신관장은 마력량이 많은 영주 후보생이 신전장을 맡는다면 옛 의식을 재현할 수도 있을 것 같다면서 여러모로 알아보는 모양입니다. 중앙 신전 안에서도 귀족에게 제 할 일을 빼앗기는 건 견딜 수 없다는 신전장파와 귀족을 이용해서 옛 의식을 재현하고 예전과 같은 신전의 권위를 되찾자고 주장하는 신관장파로 나뉘어 있다는 것 같습니다.

"어머나, 로제마인 님이 영주 회의에서 신전장 역할을 하신다는 건가요?"

지하 서고에서 필사와 현대어 번역을 한다는 이야기는 들었습니다만, 성결식에서 신전장 역할까지 맡는다는 것은 처음 알았습니다.

"왕족이 의뢰하셨다고 들었습니다. 차기 왕인 지기스발트 왕자님께 성결식 의식에서 진짜 축복을 드리기 위해서라던가요……. 갑자기 일이 많아져서 큰일입니다."

"예? 로제마인 님이 중앙 신전 사람은 못 하는 진짜 축복을 보여줄테니까 신전장을 맡겨 달라고 한 게 아니었습니까?"

"잠깐. 그건 어디서 들어온 정보지?! 왕족의 의뢰니까 중앙 신전의 설득과 경비 정도는 확실하게 해 두라는 요구를 받았을 뿐인데."

"왕족에게 그런 요구를 하다니, 불경 아닙니까?"

"분명히 귀찮은 일이 생길 것이니까 조건을 걸 만도 하지."

기사들이 제각기 말하는 모습을 보면서 저는 눈을 깜박거렸습니다.

"……왠지, 중앙 기사단 안에서도 정보가 정리되지 않은 분위기군요. 정보나 의견을 통일하지는 않으시나요?"

첸트의 명령에 바로 움직일 수 있도록 기사단에 전달되는 정보는 통일되고 있습니다. 세상에 아무리 다양한 정보가 돌아다니더라도 첸트께서 어떻게 생각하시는지를 가장 우선하기 때문입니다.

"지금은 기사단이 조금 혼란스러워서……."

로얄리테트 님은 말꼬리를 흐렸지만, 저는 왠지 짐작이 갔습니다. 자세한 사정은 모르지만, 겨울에 중앙 기사단 사람이 폭주했다는 이야기를 들었습니다.

"왕명을 받았는지, 기사단장님도 연락 없이 단독으로 행동하시는 경우가 많아지셨습니다. 그 별궁의 조사도 처음에는 혼자서 하실 생각이셨던 것 같고, 이번에 오르텐시아 님께 첸트의 말씀을 전하기 위해 귀가하신 것도 기사단에는 확실하게 말씀하시지 않았습니다."

아무래도 중앙 기사단 내부 곳곳에서 서로에 대한 의심이 발생하고 있는 것 같습니다.

"오르텐시아 님, 집을 너무 오래 비워 두시면 안 됩니다. 기사단장님이 여성을 데려오실지도 모르니까요."

"그럴 우려가 있는 겁니까?!"

기사의 농담에 반응한 사람은 제가 아니라 시종 딜미라였습니다. 농담하는 투로 말한 기사가 깜짝 놀란 얼굴이 됐습니다.

"아, 죄송합니다. 그냥 농담이었는데……."

"농담이라고 하셨지만, 그런 의혹의 근거가 되는 언동이 있었기에 하신 말씀이겠죠? 그렇죠?"

딜미라의 기세에 기사들이 뒷걸음질 치고 있습니다.

"저, 오르텐시아 님. 기사단장님과 무슨 문제라도 있으셨습니까?"

"결혼할 때 조금……. 벌써 10년도 넘었는데, 딜미라가 계속 이러고 있습니다."

로얄리테트 님은 "크흠!"하고 웃음을 참는 것 같은 헛기침을 한 뒤에, 다시 딜미라 쪽을 봤습니다.

"안심하십시오. 의혹 같은 것은 없습니다. 라오블루트 님은 성실한 남편입니다."

로얄리테트 님의 말에 따르면 작년 이맘때 구 베르케슈토크와 관련된 토지를 조사하다가 마수가 잔뜩 나온 적이 있었고, 중앙 기사단이 마수 토벌에 협력했다는 것 같습니다.

"토벌해야만 조사를 진행할 수 있다는 사정이 있기는 했습니다만……. 그런 싸움을 치른 뒤에는 여성을 필요로 하는 기사도 있습니다. 아렌스바흐의 제1 부인은 슈라트라움 꽃이 아름답게 피어 있다고 하면서 어떤 장소로 안내해 주셨습니다."

기사들이 여성들을 고르는 중에, 라오블루트 님은 '아아, 정말 아름답군. 나는 이 슈라트라움 꽃을 갖고 싶다'라고 말씀하시고, 그곳의 꽃병에 있던 하얀 꽃을 바라셨다고 합니다.

"라오블루트 님이 꽃을 원하는 모습을 상상도 못 하겠습니다만, 좋아하시는 꽃이려나요?"

딜미라의 솔직한 말에 기사들이 필사적으로 웃음을 참는 표정이 되었습니다. 진지한 얼굴로 "아마, 추억이 있으신 것처럼 보였습니다"라고 대답하는 로얄리테트 님은 상당히 강한 인내심을 지닌 것 같습니다.

"하지만, 저는 라오블루트 님이 하얀 꽃을 집으로 가지고 돌아오신 모습은 본 적이 없습니다. 딜미라는 본 적이 있나요?"

아무래도 남편이 하얀 꽃을 가지고 왔다면 눈에 띄었을 텐데. 저도 딜미라도 본 적도 들은 적도 없습니다.

"아무래도 다른 곳에서 받은 꽃을 집까지 가져갈 수는 없다고 생각하신 건 아닐까요?"

"어머나, 그 사람이 그런 것까지 신경 쓰다니……."

"꽃병에 꽂혀 있었다면 줄기를 자른 꽃이잖아요? 시들었을 뿐이겠죠. 오르텐시아 님, 지금 둘러대는 거예요. 분명히."

딜미라의 말을 듣자 웃음이 치밀어 올라왔습니다. 로얄리테트 님은 떨떠름한 표정으로 어깨를 으쓱거렸습니다.

"하지만, 기사단장님은 부인께 성실합니다. 그건 제가 보장합니다. 기사들에게도 불필요하게 경솔한 발언은 자제하도록 지도할 테니, 안심해 주십시오."

로얄리테트 님은 기사들에게 사죄하게 하고는 딜미라와 거리를 두려는 것처럼 재빨리 걸음을 옮겼습니다. 저도 아직 할 말이 남은 것 같은 딜미라를 데리고 도서관을 향해 걸어갔습니다.

예상했던 대로, 도서관과 문관동의 마술구 조사는 그리 오래잖아 마무리되었습니다. 건물의 주추에 해당하는 마술구의 장소와 남은 마력량을 확인하고 보고한 뒤, 이번에는 제2 보관 서고의 자료에 바람을 쐬게 하고 수복 작업을 진행했습니다.

"솔랑쥬, 이쪽 자료들은 대여 빈도가 높으니까 열람실 책장으로 옮기는 게 어떨까요?"

"그렇게 하죠. 문의가 있을 때마다 열쇠가 필요해서 정말 번거로우니까요."

저희는 슈바르츠와 바이스에게 서가 등록 변경을 부탁하고, 열람실 책장을 정리하기 시작했습니다.

"정변 이전의 강의를 참고하는 선생님이 늘어날 줄이야, 몇 년 전에는 생각도 못 했어요. ……프라우렘 선생님이 계기가 됐으려나요?"

"정변 때문에 숙청당한 선생님들의 강의 내용을 다시 검토하고, 그런 일을 허용할 만큼 유르겐슈미트가 진정됐다는 뜻이겠죠."

기쁜 일이지만, 지금까지 사라진 자료들은 돌아오지 않습니다. 제가 귀족원에 있던 당시의 자료는 많이 줄어들었습니다.

"이용자, 왔다."

"이용자, 안내한다."

갑자기 슈바르츠와 바이스가 말했습니다. 이 시기에 도서관에 오는 사람은 문관 코스 선생님 분들입니다. 자, 오늘은 어떤 분이려나요. 중급 사서 솔랑쥬한테 무리한 일을 강요하는 경우가 많으니까 상급 사서인 제가 대응하기로 했습니다.

"제가 홀에서 맞이하겠습니다. 솔랑쥬는 여기서 작업을 계속해 주세요."

열람실에서 나와 홀의 문이 열리기를 기다리고 있었더니 바로 검은 망토를 입은 집단이 들어왔습니다. 하지만, 귀족원 교사 집단은 아니었습니다.

"아나스타지우스 왕자님이 아니십니까. 어쩐 일이신지요?"

전혀 예상도 못 했던 왕족의 모습을 보고 저는 눈이 휘둥그레졌습니다. 아무런 기별도 없이 소수의 측근만을 데리고 온 것을 보면, 암행이 아닌가 싶습니다.

"혹시 문관동에 마력을 공급하시기 위해 오셨나요?"

달리 도서관을 방문할 이유가 생각나지 않아서 그렇게 물었더니, 아나스타지우스 왕자님은 고개를 저으셨습니다.

"아니, 그대가 서둘러 조사해 줬으면 하는 일이 있다. 비밀리에 이야기를 나눌 수 있는 장소는 있나?"

집무실로 안내했더니 왕자님은 측근들을 조금 물러나게 해서 거리를 두고, 도청 방지 마술구를 꺼냈습니다. 측근에게도 들려줄 수 없는 내용이라는 뜻입니다. 저는 조금 긴장됐습니다.

"이 일에 기사단이 끼어들지 않았으면 싶다. 그대가 남편의 요청으로 사서에 취임했다는 것은 알고 있지만, 먼저 이 계약들에 서명해 줬으면 한다."

왕자님은 계약 마술의 계약서를 펼쳤습니다. 왕에 대한 충성을 계약하는 내용과 다른 곳에서 발설하지 않겠다는 계약 내용을 보고, 저는 너무나 난처해졌습니다.

"이쪽의, 첸트께 충성을 맹세하는 계약 마술에는 서명할 수 없습니다."

"뭐라고?! 그대……."

눈이 휘둥그레져서 놀라움과 노기를 머금은 목소리로 말하는 왕자에게 서둘러 설명했습니다.

"저는 지혜의 여신 메스티오노라께 충성을 맹세하고 지식의 수호자가 됐습니다. 아무리 첸트라고 해도 다른 이에게 충성을 맹세하는 것은 여신과의 계약에 어긋납니다. 왕족께 거역할 생각은 없습니다만, 이 계약서에는 서명할 수 없습니다."

"……지식의 수호자라는 것이 뭐지?"

저는 아나스타지우스 왕자님께 지식의 수호자에 대해 설명했습니다.

"지하 서고 열쇠를 손에 넣기 위해, 왕족께 구르트리스하이트를 가져오는 데에 도움이 되기 위해, 저는 지식의 수호자가 됐습니다. 이것으로는 제 충성심이 부족할까요? 정변의 숙청에서 처형당한 상급 사서들처럼 처벌될까요?"

그들도 지식의 수호자였기 때문에 아무리 왕에게 충성을 맹세하고 싶어도 계약 마술에 서명하지 못해서 처형당했다고도 전해집니다. 아나스타지우스는 깜짝 놀란 표정으로 저를 바라봤습니다.

"처형된 자들에게 그런 사정이 있었을 줄이야……. 왕족은 대체 얼마나 비정한 짓을……."

"그들은 구 베르케슈토크 출신이었으니까 당시 트라오크발 님께 충성을 맹세할 수 없다고 말하면 위험하다고 여겼겠죠. 저는 클라센부르크 출신이고, 배신 때문에 주인인 발디프리드 님을 잃었습니다. 그래서 당시 왕족의 입장을 조금이나마 이해한다고 생각합니다."

배신에 이은 배신 때문에 주위 사람들을 믿을 수 없던 시기가 있었습니다. 적대하는 영지 출신은 더더욱 경계해야만 했고, 계약서에 서명할 수 없다고 하는 자는 믿지 않는 세상이었습니다.

"아무리 왕족이 숙청을 명했다고 해도, 아나스타지우스 왕자님은 아직 세례식도 치르지 않은 어린아이셨습니다. 어떠한 사정이 있었는지 알아 두시는 것은 중요하지만, 숙청에 관해서 책임은 없으시다고 생각합니다. 단, 이번 계약서에 관해서는 책임자입니다."

아나스타지우스 왕자님은 계약서를 노려보듯 쳐다보다 신음을 삼키셨습니다. 아마도 지금까지는 비밀 안건에 관여하는 상대에게 계약서를 적으라고 하면 그만이었겠죠. 왕에게 충성을 맹세한다, 아무리 왕족에게 순종한다고 해도 그것을 형태로 보여줄 수 없는 자가 있다는 것을 알고, 어떻게 해야 좋을지 고민하고 있다는 것이 손바닥을 보듯 뻔히 보입니다.

"아나스타지우스 왕자님, 저는 충성을 맹세하는 계약서에 서명할 수 없습니다. 하지만, 이쪽에 있는 질문 사항에 관한 묵비 계약서에는 서명할 수 있습니다."

"……그쪽만 해도 좋다."

서명을 마치자, 아나스타지우스 왕자님은 중앙 기사단의 기사가 귀족원의 디터 중에 중소 영지 학생들을 말려들게 하며 폭주했다는 것과, 그 원인으로 추정되는 토루크라는 식물에 대해 설명해 주셨습니다.

"말린 것을 불에 넣어서 사용하며, 달콤한 냄새와 함께 기억의 혼탁, 환각 증상, 도취감을 느끼게 하는 강한 작용이 있는 위험한 식물이란 것입니까……."

"그래. 에렌페스트에서 들어온 정보인데, 증거가 전혀 없다. 증거가 없는 상태에서 괜히 정보가 퍼지기라도 하면 에렌페스트가 중앙 기사단에게 사용했다고 말하는 자가 나올 가능성도 있다. 가능한 비밀리에 증거를 잡기 위해서 내가 움직이라고 아버님께서 명하셨다."

에렌페스트를 적대시하고 의심하는 자들의 필두는 라오블루트 님이라고 생각합니다. 제가 사서가 된 것도 따지고 보면 남편이 에렌페스트의 동향을 캐기 위해서였습니다.

"왕국 도서관에서 토루크에 대해 조사하게 했지만 자료가 전혀 없었다. 쉰 살이 넘은 문관이 귀족원에 재학하던 당시에 배웠던 특수한 식물이라는 것 같더군. 그걸 가르쳤던 약초학 교사는 자신이 재학하던 시절에 퇴직했다고 들었다. 그 이야기를 왕궁 도서관 사서에게 전했더니, 교사의 연구 자료와 성과물이라면 왕궁 도서관이 아니라 귀족원 도서관에 있지 않겠냐고 하더군⋯⋯."

그 사서가 말한 대로, 교사가 강의에서 가르쳤다면 왕궁 도서관이 아니라 귀족원 도서관의 관할입니다. 하지만 왕궁 도서관에 자료가 전혀 없다면 토루크라는 것은 상당히 보기 드문 식물이겠죠.

"교사를 특정하는 데서부터 시작한다면 강의에서 사용했던 자료에 도달할 가능성이 있습니다. 제자가 잘 물려받아서 자료가 남아 있다면 당시에 강의를 들었던 문관의 이름 같은 것도 나올지도 모릅니다. 특수한 약초에 관한 강의를 들었던 사람은 적을지도 모르지만, 전혀 안 남아 있지는 않겠죠."

"그런가."

저는 희망이 보였다는 표정을 지은 아나스타지우스 왕자님께 못을 박았습니다. 너무 기대하면 그 기대가 빗나갔을 때 곤란하기 때문입니다.

"하지만, 그 교사나 후임 제자의 출신지에 따라서는 숙청 때 소실됐을 가능성이 있습니다. 왕궁 도서관에 자료가 전혀 없다면 그럴 가능성이 크지 않을까요. 출신지가 다른 학생이 남긴 참고서까지 전부 찾아보겠지만, 반드시 찾아내겠다고 말씀드릴 수는 없습니다."

처형당한 상급 사서들은 최대한 많은 자료를 남기기 위해서 목숨까지 바쳤지만, 그래도 챙기지 못한 것들이 당연히 존재한다고 솔랑쥬가 말했습니다. 모든 자료가 제3 보관 서고로 옮겨가지는 않았다는 것 같습니다.

"⋯⋯가능한 한도에서라도 좋다. 부탁한다."

아나스타지우스 왕자님을 배웅한 뒤에, 저는 슈바르츠와 바이스의 도움을 받아서 약초학 교사를 특정하는 것부터 시작했습니다. 퇴임한 연대를 알았으니까 귀족원의 자료를 보면 금세 알 수 있습니다. 그 후 계자로 교사가 된 제자를 특정하는 것도 어렵지 않았습니다. 하지만 안 좋은 예감은 맞는 법입니다. 그 제자는 처형당했습니다.

현재의 약초학 교사가 당시의 자료를 물려받았는지 확인하기 위해, 저는 열람실과 제2 보관 서고에 있는 약초학 교과서와 참고서를 샅샅이 확인했습니다. 하지만 강의 내용은 전임자와 전혀 달랐습니다. 특수한 약초에 관한 내용은 적었고, 각 영지의 고유 약초를 다른 토지에서 재배하기 위해서는 어떻게 해야 좋은지에 대한 연구가 주를 이뤘습니다. 이전의 강의를 반영하려고 하지도 않았습니다.

"제3 보관 서고에 있으면 좋을 텐데……."

저는 슈바르츠와 바이스를 데리고, 제3 보관 서고로 갔습니다. 그곳에는 정치범으로 처형당한 사람들이 남긴 연구 자료가 보관되어 있습니다.

슈바르츠와 바이스와 함께 찾아봤습니다만, 그 교사의 자료는 단하나도 반입되지 않았습니다. 토루크에 관한 기술이 있는 자료는 없었습니다.

"원래 보기 드문 식물이라면, 별명으로 불렸을 가능성도 있지 않을까?"

저는 토루크와 같은 증상을 일으키는 식물에 관한 기술을 찾기 시작했습니다. 약초에 대해 적힌 자료를 차례로 조사해 갔습니다.

"오르텐시아, 이거."

바이스가 내민 자료에는 비슷한 효과가 있는 약에 관한 기술이 있었습니다. 특수한 입장의 여성에게 사용한 약의 소재가 '슈라트라움의 꽃'이라고 불렸다는 단 한 줄. 그것도 2백 년 전의 일기 같은 자료입니다.

……슈라트라움의 꽃? 아렌스바흐에서 그런 말을 쓰지 않았던가요?

저는 그 뒤에 '슈라트라움의 꽃'에 대해 조사하기 시작했습니다. 하지만, 그 말을 찾아봐도 약의 재료라는 내용은 없었습니다.

……겨우 이것만 남아 있다니……. 숙청 때 귀중한 자료들이 대체 얼마나 소실된 걸까요.

일단 조사가 일단락돼서 아나스타지우스 왕자님께 '조사 종료'라는 연락을 보내고 나니, 제 집안 상황이 조금 궁금해졌습니다. 중앙 기사단장인 남편은 거의 집에 없습니다. 저도 영주 회의 때까지는 부재하게 됩니다만, 집을 지키는 시종들에게 별문제는 없을까요.

"그 불안은 정말 이해합니다. 그 수석 시종에게 맡기는 건 불안하니까요."

"딜미라, 그런 발언은 좋지 않다고 말했을 텐데요."

"그 사람은 만약에 라오블루트 님이 여성을 데려온다고 해도 오르텐시아 님께 절대 보고하지 않습니다. ……마침 좋은 기회입니다. 두고 온 물건을 가지러 가는 모양새로 불시에 귀가하시는 건 어떻습니까?"

대체 무슨 상상을 하는 건지, 아주 즐거워 보입니다. 딜미라가 말한 대로 수석 시종은 저보다 라오블루트 님을 우선합니다만, 그것은 알고 지낸 세월을 생각하면 그렇게 이상한 일도 아닙니다.

……딜미라도 이러고 있으니까요.

"저는 그렇게까지 할 필요는 없다고 봅니다. 당신이 상황을 보고 오세요. 기숙사 생활에도 질렸죠? 비누나 화장품도 보충할 겸, 하루 동안 외출을 허가합니다."

딜미라한테 집으로 심부름을 보낸 뒤 저는 도서관 열람실로 갔고, 하루 동안 작업을 하면서 딜미라가 돌아오기를 기다렸습니다.

"다녀왔나요, 딜미라. 라오블루트 님이 여성을 데려오셨던가요?"

"……여성이 아니라, 중앙 신전 신관장을 데려오셨습니다."

딜미라의 말에 따르면 둘이서 뭔가 이야기를 나누면서 '에렌페스트의 꽃을 받을 수 있다면……'이라고, 뭔가에 대한 교섭을 하고 있었던 것 같습니다.

"차를 새로 내 드릴 때 가까이 갔을 뿐이다 보니, 어떤 교섭인지는 알 수가 없었습니다. 하지만 평소에는 전혀 웃지 않던 분이 귀족다운 거짓 미소를 짓고 있으니까 뭔가 못된 일을 꾸미는 것처럼 보이더군요. 기사단장이라기보다는 완전히 악역의 표정이 되어 있었습니다."

딜미라가 무슨 말을 하려는지는 알겠습니다. 볼에 상처가 있는 탓인지, 라오블루트는 미소를 지으면 더 흉악하게 보이거든요.

"진지한 얼굴로 이야기를 나눴다면 일에 관한 것이겠죠. 성결식 관련으로 중앙 신전과 이야기를 나누는 일이 많아졌다고 며칠 전에 로얄리테트 님이 말씀하셨잖아요."

"예. 하지만, 기사단 일을 보실 때는 항상 여러 명이 대응했는데, 이번에는 라오블루트 님 혼자서 대응했다는 점이 왠지 이상하다는 생각이 들었습니다."

기사단에서는 조사나 교섭을 할 때 은폐나 오해 등을 막기 위해서 여럿이서 행동하게 되어 있습니다. 기사단장인 남편이 그 원칙을 깼으리라고는 생각할 수 없습니다.

"차를 바꿔 드릴 때는 자리를 비워서 딜미라가 못 봤을 뿐인 건 아닐까요?"

"수석 시종도 손님이 오셨다는 말을 하지 않았고, 다기 숫자를 생각해 봐도 다른 사람이 있을 가능성은 낮습니다. 왠지 수상하지 않으신가요?"

"하지만, 일이 아닌데도 중앙 신전 신관장과 연락을 취하는 건 생각할 수도 없잖아요?"

정변 이후로 왕족과 중앙 신전은 계속 험악한 관계였고, 기사단장으로서 왕을 섬기는 라오블루트 님도 중앙 신전과 사이좋게 지내는 분위기는 아니었습니다. 신전 사람과 개인적으로 사이좋게 지내는 것은 생각할 수도 없고, 업무 이외의 이유로 만나는 일은 없을 거라고 생각합니다.

"분명히 단독 행동이 많아졌다고 하셨었죠. 그것도 일 때문일 것입니다. 적어도 남녀의 밀회로 보이지는 않았습니다."

"뭐예요, 딜미라도 참. 그게 무슨 소리예요?"

얼굴을 마주 보고 쿡쿡 웃었습니다. 어쨌거나 집도 평온하고 특별한 문제가 없다는 것을 알고서, 저는 안도했습니다.

아나스타지우스 왕자님이 조사 결과를 묻기 위해 도서관에 찾아온 때는 영주 회의 직전이었습니다. 상당히 바쁘신 것처럼 보입니다. 저는 도청 방지 마술구를 받고 집무실에서 왕자님과 마주 앉았습니다.

"결론부터 말하자면, 그 교사의 연구 성과는 남아 있지 않습니다. 그의 후임인 제자의 출신지가 베르케슈토크였습니다."

"······그런가."

어깨를 늘어트렸지만, 아나스타지우스 왕자님의 시선은 제 곁에 쌓여 있는 몇 권의 자료 쪽으로 향해 있습니다. 저는 그중 한 권을 집어 들었습니다.

"귀족원 도서관에서도 토루크라는 식물에 관한 기술은 찾아내지 못했습니다. 비슷한 효과를 지닌 약과 소재를 찾아봤더니, 이쪽에 신경 쓰이는 기술이 있었습니다."

저는 책갈피를 잡고서 해당 페이지를 펼쳤습니다.

"아나스타지우스 왕자님은 슈라트라움이라는 꽃을 알고 계십니까?"

"모른다. 생명의 권속이자 꿈을 관장하는 신의 이름을 지닌 꽃인가. 뭔가 은어처럼 들리는군."

"그렇습니다. 이쪽은 약 200년 전의 기술입니다만, 약의 소재를 가리키는 은어였던 것 같습니다. 왕족과 영주를 상대하는 특정한 여성에게 사용된 약의 소재고, 쉽게 들어갈 수 없는 곳에서 키우기 때문에 이 저자는 입수하지 못했다는 것 같습니다."

제가 기술된 문장을 보여드리자, 아나스타지우스 왕자님은 흘끗 보고서 고개를 갸웃거렸습니다.

"그것이 토루크일 가능성이 있다는, 그런 말인가?"

"가능성이 있기는 하지만, 불명입니다. 약의 소재라고 적힌 기술은 하나뿐이었습니다. 그리고, 슈라트라움 꽃에 대해 조사해 봤습니다. 시간을 따라 내려와 보니, 약의 소재가 아니라 여성을 가리키는 말로 사용되는 쪽으로 변한 것 같습니다. 그쪽 기술이 더 많더군요."

저는 '영주 회의 기간에 아우브 베르케슈토크에게 슈라트라움 꽃의 초대가 들어왔다. 그 하얀 꽃이 달린 초대장을 갖고 싶다'든지 '제2 왕자가 슈라트라움 꽃을 원했지만 거절당했다는 것 같다'라고 적힌 자료를 보여드렸습니다.

"아무래도 약 100년 전에는 왕족과 영주를 초대하는 여성이 있는 시설이 있었고, 그 여성들을 슈라트라움 꽃이라고 불렀던 것 같습니다. 어째서 약의 소재가 여성을 뜻하게 됐는지는 자료만 봐서는 알아낼 수가 없습니다. 그 약을 사용하는 여성을 그 이름으로 부르게 된 것은 아닌가 싶기는 합니다만……."

아직 젊은 왕자에게는 조금 자극이 강했던 걸까, 아니면 결벽한 성격이라서 그런 걸까. 아나스타지우스 왕자는 징그럽다는 것처럼 얼굴을 찌푸렸다.

"왕궁 도서관에서 슈라트라움 꽃을 조사해 보면 약이나 소재에 대한 단서를 얻을 수 있을지도 모릅니다. 그런데, 아나스타지우스 왕자님은 짚이는 것이 없으신지요? 저는 문관으로서 발디프리드 왕자님을 섬겼습니다만, 슈라트라움 꽃이라는 말을 들어 본 적도, 그런 초대장을 본 적도 없습니다."

백 년 전의 자료에 있는 말이지만, 왕궁의 옛이야기로도 들어 본 적이 없습니다.

"나도 없다. 왠지 꽃을 바치는 것과 관련이 있을 것 같군. 중앙 신전은 아닌가?"

"중앙 신전은 왕족과 영주로 한정되지 않고, 귀족원 교사가 바란다면 들어가는 것이 가능했다고 생각합니다. 시대에 따라 변화했을 가능성은 있습니다만, 그런 변화에 대해서는 중앙 신전에 자세한 자료가 있을 것입니다."

슈라트라움 꽃과 신전에 꽃을 바치는 것에 무슨 관계가 있는지 귀족 도서관의 자료만 봐서는 알 수가 없었습니다.

"일단 왕궁 도서관에서 슈라트라움 꽃에 대해 조사해 보겠다. 고맙다."

"기다려 주세요. 아직 이야기는 끝나지 않았습니다."

조금이나마 단서를 얻었다고 웃는 얼굴로 몸을 돌리려는 아나스타지우스 왕자를 급하게 붙잡았습니다.

"현재는 싸운 뒤에 기사들에게 주어지는 여성을 슈라트라움 꽃이라고 부른다는 것 같습니다."

"……그런 말은 들어 본 적이 없다만."

고개를 돌린 아나스타지우스 왕자님이 의아하다는 것처럼 눈살을 찌푸렸습니다. 중앙 기사단에서도 클라센부르크에서도 그런 말은 들어보지 못했답니다. 제게도 낯선 말입니다.

"저도 바로 며칠 전에 처음 들었습니다. 작년에 중앙 기사단이 구베르케슈토크 관련 조사를 하던 중에 마물을 토벌했을 때, 아렌스바흐에서 제공한 여성을 슈라트라움 꽃이라고 불렀다는 것 같습니다."

"아렌스바흐라고?"

아나스타지우스 왕자님이 눈썹을 들어 올렸습니다. 지금까지와는 전혀 다른 반응을 보고, 저는 눈을 깜박거렸습니다.

"뭔가 알고 계시는지요?"

"아니, 구체적인 지명이 나와서 놀랐을 뿐이다. 그…… 기사단 사람들은 뭐라고 했나? 아렌스바흐에서 뭔가 신기한 식물을 봤다든지, 난로에 불이 피워져 있고 달콤한 냄새가 났다든지, 그런 이야기는 없었나?"

직접 물으면 될 텐데…… 라고 생각한 직후, 기사단이 개입하지 않았으면 싶은 안건이라고 말씀하셨던 것이 생각났습니다.

"죄송합니다만, 잡담을 나누던 중에 잠깐 나왔던 정도였습니다. 며칠이나 지난 일이고, 중요한 일이라고 생각하지도 않았기에 그리 명확하게 기억하지는 못했습니다. 아마도……."

아렌스바흐의 제1 부인이 '슈라트라움 꽃이 아름답게 피었습니다' 라면서 안내했다는 것, 라오블루트 님이 그것을 거부하고 하얀 꽃을 받았다는 것 등등, 저는 기억 속에 있는 일들을 말했습니다.

"흐음. 미안하지만, 슈라트라움 꽃이라는 명칭이 아렌스바흐에서 일반적인지 확인해 줄 수 있겠나?"

"아렌스바흐의 기사들에게 물어보라는 말씀이십니까?"

"아니, 노골적으로 물어보는 것이 아니라, 그러니까, 기사들과 잡담처럼, 은근슬쩍 반응을 확인하기만 해도 된다."

갑자기 어려운 부탁을 하셨습니다. 같은 교사, 같은 중앙 귀족, 동향 출신 등등 뭔가 관계가 있는 분이라면 잡담도 할 수 있겠습니다만, 도서관을 방문한 적도 없는 귀족과 어떻게 접촉해서 잡담을 나눠야 할까요.

"영주 회의 기간에 아렌스바흐 분들은 도서관에 찾아오지 않을 겁니다. 잡담처럼 은근슬쩍…… 그렇다면 면회 의뢰를 하는 것도, 다과회나 회의실 앞에서 제가 기다리는 것도 자연스럽지 못하지 않겠습니까? 귀족원이 시작된 뒤에 해도 된다면 학생들에게 물어보는 것도 가능하겠지만, 미성년자에게는 그다지 알려지지 않은 일이겠죠."

내가 걱정되는 부분에 대해 말했더니, 아나스타니우스 왕자는 고개를 한 번 끄덕였습니다.

"디트린데, 또는 그 측근이 도서관에 가도록 손을 쓰겠다. 찾아오면 물어봐 줬으면 싶다. 만약 그 대화를 로제마인에게 들려줄 수 있다면 그렇게 해 주겠나? 그 녀석은 어디선가 묘한 정보를 잘 입수해 오니까."

여러모로 새로운 것들을 가져다주는 로제마인 님께 기대하는 마음은 저도 이해합니다.

"하지만, 어떻게 물어봐야 좋을까요? 갑자기 슈라트라움 꽃을 아십니까? 라고 물을 수도 없을 것 같습니다만?"

잡담처럼 말을 걸라고는 하지만, 힘들 것 같습니다. 특히 아렌스바흐 분들에게 슈라트라움 꽃은 여성을 뜻하는 말입니다. 함부로 입에 담을 화제는 아니겠죠.

"남편이 다른 여성을 소개받거나 꽃을 받는 것에 대해 조금 질투하는 듯한 태도라면 자연스럽지 않을까."

"그러려나요?"

"남편이 다른 여성에게서 꽃을 받지 않았나? 보통은 도저히 그냥 넘어갈 수 없는 일이 아닌가?"

……어머나, 아나스타지우스 왕자님은 그러시는군요. 귀여우셔라.

에그란티느 님과의 열애 이야기는 많이 들었습니다만, 이렇게 본인에게서 직접 들어 본 적은 없었습니다. 풋풋하다고 할까, 젊음이 느껴져서 왠지 흐뭇한 기분이 듭니다.

"아나스타지우스 왕자님의 언동을 참고하면 질문할 수 있을지도 모릅니다. 부끄럽게도 저는 질투하지 않았습니다. 좋아하는 꽃을 받아서 좋겠다는 생각에 저까지 기뻐하는 기분이 들었으니……."

"클라센부르크 출신 여성은 어째서 그렇게 반응하는 것인가?! 그러면 안 되지 않는가. 다소의 질투는 부부간에도 필요한 것이다. 그대의 남편은 다른 여성에게서 하얀 꽃을 받았고, 그것을 통해 기억을 더욱 깊게 만들려고 했다. 그렇다면……."

아나스타지우스 왕자님의, 열기가 담긴 연기 지도가 시작됐습니다.

"디트린데 님, 하나 여쭙고 싶은 게 있습니다만…… 슈라트라움 꽃은 올해도 아름답게 피었을까요?"

저는 어흠, 하고 헛기침으로 디트린데 님의 웃음소리를 잘라 버리고는 안쪽에 있을 로제마인 님께도 들리도록 약간 큰 목소리로 물었습니다.

"그게 무슨 꽃이죠?"

"디트린데 님은 모르시나요? 아렌스바흐에서만 손에 넣을 수 있는, 제 남편이 좋아했던 꽃이라고 하더군요. 게오르기네 님께 여쭤봐 주세요."

하지만 디트린데 님은 물론이고 한눈에 봐도 나이가 많은 남성 호위 기사도 모르겠다는 표정을 지었습니다. 젊은 여성에게 물어볼 일이 아니라고 나무라는 표정이 아니라, 전혀 짐작도 못 하겠다는 표정이었습니다. 그게 너무나 이상하게 여겨졌습니다.

……아렌스바흐의 제1 부인, 게오르기네 님 주위에서만 사용하는 말이려나요?

하지만 그 뒤에 지하 서고에서 소동이 벌어지고, 영주 회의 중에 유르겐슈미트를 뒤흔드는 변화가 차례로 일어났습니다. 그 결과, 그들의 반응과 제 작은 의문들을 아나스타지우스 왕자님께 보고하지 못한 채 영주 회의가 끝났습니다.

……상황이 진정되면 부르시겠죠.

저는 마음을 편하게 먹고 솔랑쥬와 함께 영주 회의의 뒤처리를 했습니다. 사람들 출입이 많았던 지하 서고 앞의 휴식 장소와 지하로 들어가지 못하는 측근들이 대기했던 열람실을 깨끗하게 치웠습니다. 사서 집무실을 정리하고, 사서 기숙사의 제 방을 치우고, 슈바르츠와 바이스에게 마력 공급을 마치는 데까지 며칠이 걸렸습니다. 이것으로 사서 기숙사 생활은 끝입니다. 딜미라와 함께 집으로 돌아갑니다.

자택에 도착하자마자, 라오블루트 님이 할 말이 있으니 방으로 와 달라고 부르셨습니다.

"오르텐시아, 당신에게 물어볼 것이 있다. 슈라트라움 꽃에 대해 누구에게 들었나?"

후기

오랜만에 뵙습니다, 카즈키 미야입니다.

「책벌레의 하극상 ~사서가 되기 위해서라면 뭐든지 할 수 있어~ 제5부 여신의 화신 Ⅴ」를 구입해 주셔서 정말 감사합니다.

프롤로그는 보니파티우스 시점. 한 번 은퇴했었지만 로제마인의 부탁을 받고 호위 기사들을 단련시키고, 성에서 집무를 돕고, 빌프리트의 차기 영주 교육을 부탁받은 할아버지입니다.

본편은 멜키오르를 비롯한 아이들에게 신전장으로서 맹세의 의식을 받게 하는 것부터 시작됩니다. 평민 마인으로서 맹세의 의식을 한 것이 제2부 초반. 그 시절과 비교하면 많이 성장했다는 생각이 듭니다.

왕족과 각 지역 영주들이 모이는 영주 회의 이야기입니다. 보통 미성년자는 들어올 수 없지만, 로제마인은 성결식에서 신전장 역할을 맡기 위해, 그리고 지하 서고에서 문헌을 현대어로 번역하기 위해서 불려 왔습니다. 오랜만에 만나는 한넬로레와의 수다가 귀중한 치유가 됩니다.

디트린데의 내방, 그것을 피하려 밖에 나갔다가 발견한 사당, 신들에게서 받은 귀색 석판…… 이야기가 단번에 움직였네요. 이 사당 순례는 '모든 사당에서 받은 말을 알고 싶다'는 요망이 여러 번 있었기 때문에 서적판을 내면서 가필한 내용입니다.

그리고 지기스발트를 상대로 교섭해서 페르디난드의 연좌 회피와 일 년 동안의 인수인계 기간을 얻어내기 위해 분투하는 상인 성녀, 벤노와 페르디난드의 가르침을 받은 로제마인이 어떻게 성장했는지 아주 잘 알 수 있으리라고 생각합니다. 두 스승이 그 자리에 있었다면 '왕족을 상대로 저지를 짓은 아니잖아!'라면서 꿀밤을 날릴지, '잘했다'라고 칭찬해 줄지 미묘하네요(웃음).

에필로그는 힐데브란트 시점입니다. 로제마인을 좋아하고, 왕명으로 약혼자가 정해진 것에 대해 불만을 품고 있습니다. 자신의 바람을 이루고 싶어서 필사적이지만, 어려서 주위가 잘 보이지 않습니다. 라오블루트에게 전해진 '슈라트라움 꽃'은 대체 어떤 전개를 불러올까요.

이번 오리지널 단편은 아돌피네 시점과 오르텐시아 시점입니다.

아돌피네 시점에서는 차기 첸트인 지기스발트와 결혼하게 된 아돌피네의 심정과 상황을 써 봤습니다. 아우브 드레반헬을 목표로 하던 그녀에게는 처음부터 내키지 않는 정략결혼입니다. 그런 아돌피네에 대한 지기스발트의 대응은 과연…….

오르텐시아 시점은 라오블루트가 영주 회의 중인 왕족에게 대응하기 위해 사서 기숙사에 묵으라고 하는 곳에서 시작됩니다. 아나스타지우스에게 의뢰받은 '토루크'의 조사, 거기서 부상한 '슈라트라움 꽃'과의 연관성에 대해.

이번 권에서 시이나 님께서 새롭게 디자인해 주신 캐릭터는 막달레나. 첸트의 제3 부인이고, 단켈페르거 출신인 힐데브란트의 모친입니다. 페르디난드를 자기 영지로 끌어들이고 싶어 하는 하이스히체 일행의 진언을 들은 아버지가 그럴 마음을 먹었다는 것을 알자마자, 트라오크발에게 구혼해서 왕족과의 혼담을 자기 힘으로 처리한 강자입니다.

공지 사항입니다.

· 【2021년 4월 15일】 제2부 코믹스 5권&페르디난드 손수건 일본 발매.
· 【2021년 5월 15일】 제3부 코믹스 4권&엽서 세트 일본 발매.
코믹스 발매에 맞춰서 요청이 많았던 굿즈를 제작했습니다. 제2부는 마인이 페르디난드의 이름을 알게 되는 계기가 됐던 자수가 들어간 손수건. 제3부는 페슈필 콘서트에서 판매된 프로그램&일러스트 3종 엽서 세트입니다.
· 제5부 VI&드라마 CD 6.
다음 권, 제5부 6은 드라마 CD 동봉판도 발매됩니다(※일본 한정입니다). 영주 회의에서 왕족과의 논의와 로제마인이 이동한다는 것을 알게 된 에렌페스트 사람들과의 대화가 메인. 이 후기를 쓰고 있는 시점에서는 아직 녹음이 끝나지 않았습니다만, 각본 확인 작업은 끝났습니다. 지기스발트에게 대체 어떤 목소리가 붙을지, 벌써부터 기대됩니다.

손수건, 엽서 세트, 드라마 시디…… 전부 일본 TO 북스 온라인 스토어(https://tobooks.shop-pro.jp/)에서 책과 세트로 구입하면 조금 혜택이 있을지도. (※굿즈만 구입하는 것도 가능합니다)
그밖에 관련 서적과 굿즈 정보는 부디 홈페이지를 확인해 주세요.

이번 표지는 사당 순례 이미지입니다. 제목에 가려졌습니다만 사당, 손에 넣은 귀색의 석판, 그리고 왕족. 봄 끝 무렵의 영주 회의니까 귀족원인데도 로제마인이 평소의 검은 옷이 아닙니다. 정말 신선하고 귀엽습니다.
컬러 일러스트는 지하 서고에서 작업하는 모습. 로제마인, 한넬로레, 막달레나, 힐데브란트입니다. 오랜만에 한넬로레가 나오니까 일러스트가 있었으면 싶어서……. 시이나 유우 님, 정말 고맙습니다.
마지막으로 이 책을 구입해 주신 여러분께 최상급의 감사를 바칩니다.
제5부 Ⅵ은 여름에 발매될 예정입니다. 그쪽에서 다시 뵙겠습니다.

2021년 1월 카즈키 미야

가장 중요한 사항

노오오오!!! 가장 중요한 조건이 날아갔잖아요오오!!

논의 결과, 도서관 설치는 포기하기로 했다.

그렇긴 해요! 그렇다면 두 번째로 중요해요!!

제일 중요한 건 페르디난드의 연좌 저지잖아?

도서관이 없다는 것은 제 마음의 평온을 유지하기 힘들어진다는 뜻이거든요? 매일같이 피폐해서 촉촉함을 제 마음은 공허해지고 란 구멍이 빵 뚫리게 그게 제 건강에 얼 주는 는 분들은

양아버님, 새삼 무슨 소리예요.

……다시금, 네가 이상하다고 재인식했다.

미남입니다

라오 블루트는 아닌 것 같은데? 라는 의문이

아무래도 미남이 많은 귀족 중에서

여기서 사모님께 여쭤 보겠습니다

라오블루트 님은 사람을 보는 통찰력, 단련된 육체, 노력을 게을리하지 않는 자세. 전부 훌륭한 분입니다.

사람의 미의식은 각자 다르다고 생각합니다만

방긋 방긋   방긋 방긋

그렇다면 30년 동안 대체 무슨 일이?!

예?!

그런데, 귀족원 입학 때는 모든 이가 돌아볼 정도의 미소년이었다고 들었습니다.

책벌레의 하극상 [5부] 여신의 화신 V

초판 1쇄 발행   2024년 3월 15일

저자 카즈키 미야

발행인 원종우
발행처 (주)블루픽

주소 (13814) 경기도 과천시 뒷골로 26, 2층
영업부 02-6447-9000   **편집부** 02-6447-9019   **팩스** 02-6447-9009
메일 edit@bluepic.kr   **웹** vnovel.kr

ISBN 979-11-6769-281-8 04830

Honzukino Gekokujo Shisho ni naru tameni ha Syudan wo Erande Iraremasen
Dai Go-bu Megami no Keshin 5
By Miya Kazuki
Copyright © 2021 by Miya Kazuki
First published in Japan in 2021 by TO Books, Inc.
Korean translation rights arranged with TO Books, Inc.
through Shinwon Agency Co.

이 책과 수록 내용의 한국 내 저작권은 신원 에이전시를 통한
TO BOOKS와 독점 계약으로 (주)블루픽이 소유합니다.